本格推理小説

O《オ》Z《ズ》の迷《めい》宮《きゅう》

ケンタウロスの殺人《さつじん》

柄《つか》刀《とう》 一《はじめ》

KOBUNSHA

カッパ・ノベルス

Ozの迷宮
目次

目次・扉デザイン／泉沢光雄《いずみさわみつお》
オブジェ／大貫竜哉《おおぬきたつや》【Little Smith】

私立探偵は職業ではなく生き方である。
名探偵は生き方ではなく、宿命である。

1 密室の矢

1

「どうしてこんな……」

破られたドア越しに、坂出良希《さかいでよしき》は義父の無惨な死体を見つめていた。そして、その不可解な状況を……。

大ぶりの片手ハンマーを握る小々峰年男《さざみねとしお》は、まだ肩で息をしていた。両開きの樫《かし》の扉は、左側のほうが特に大きく押しあけられている。

書斎の中央に死体。

半《なか》ばうつぶせのその左の胸が、手にしたハンカチなどでは押さえきれなかった鮮血に染まっている。

しかしその場の床に血の痕跡はなかった。むしろもう少し部屋の奥に、格闘の跡《あと》を思わせて、薄緑色の絨毯がかなりの血痕で汚されている部分がある。坂出厳《たもつ》は、そこから這ってきたのかもしれなかった。

血だまりの中に、半分だけの、折れた矢が転がっていた。

男達の後ろにいたばあやのフサエが、肉づきのいい両手を胸の前で合わせて後ずさり、廊下の壁にドンと背中をぶつけた。念仏でも思い出そうとして果たせないかのように、血の気のない唇が不規則に震《ふる》えている。

他の者と同様、青ざめた顔つきのまま、勇崎淳也《ゆうざきじゅんや》が室内をためらいがちに見回した。どこか呆然とした様子だった。まだ潜《ひそ》んでいるかもしれない殺人者を探しているようにも見えた。

その場にいる最後の一人は、鷲羽恭一《わしうきょういち》といった。坂出良希がもう二年ほど通いつめている郊外レストランのオーナーにしてコック長だった。ダルマにも引けを取らない体形と顔つきの持ち主で、何事においても年齢以上の威風を発揮できる男といえる。

良希は、鷲羽の作る料理の信奉者であるだけでなく、彼のレストランへ調理器具を納入している業者の一員でもあった。良希は三十一歳。鷲羽は三十九

現場見取図

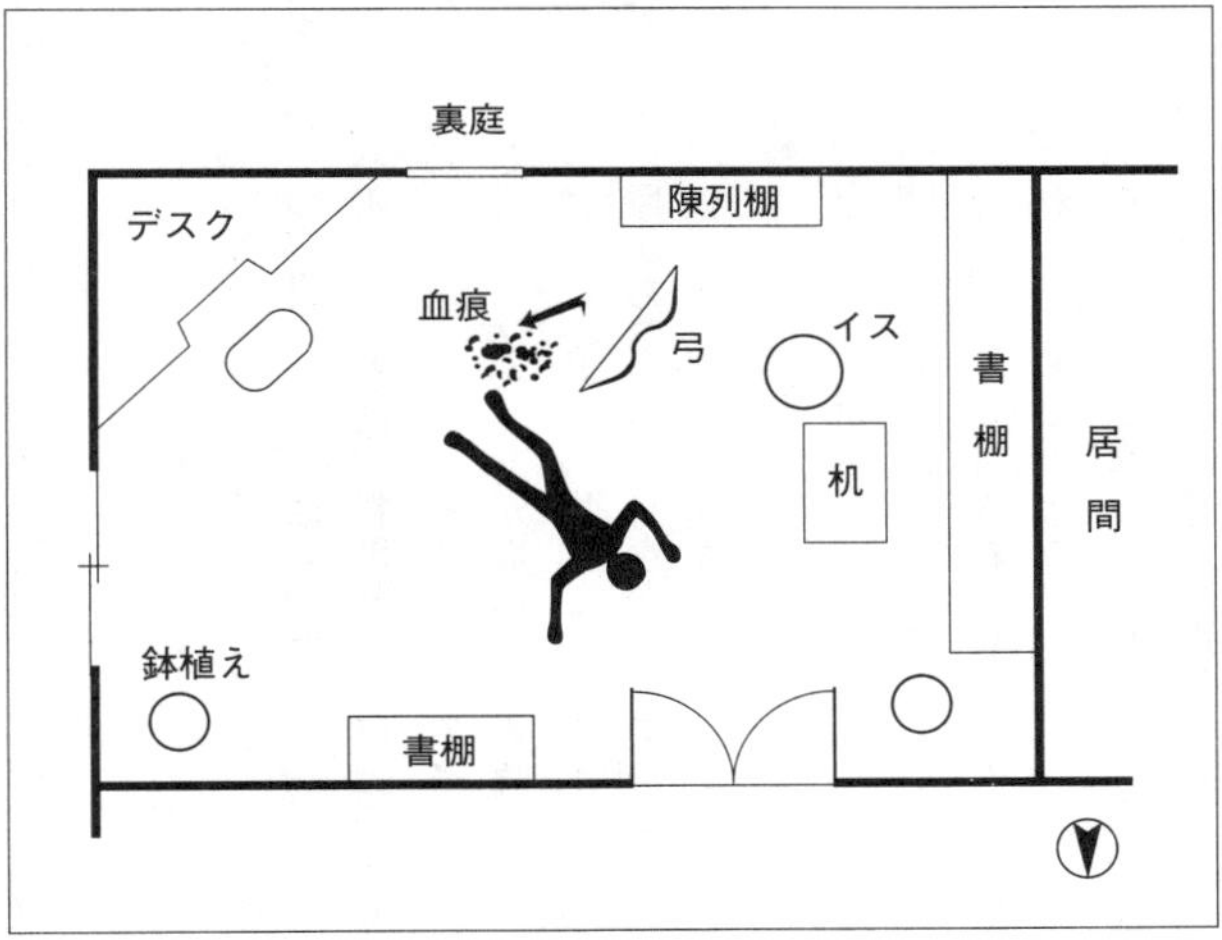

歳。この週末に食事会のスケジュールを組み、「あなたの手腕を披露してほしい」と、良希は名料理人に出張を依頼したのである。

六月。函館市近郊の山裾《やますそ》。まさに初夏といえる陽気に恵まれ、うまくいけばこの集まりは、格別の料理によって盛りあがるはずだった。

しかし待ち受けていたのは、誰も予想すらしなかった、このような悲惨な事態だった。

書斎は十数畳ほどの広さで、すっきりとしながらも古色を帯びている。人が隠れられるような場所は元よりない。他の出入り口は二つの窓だけであり、両方とも錠がおりていた。

誰もが立ち尽くしていたが、その停滞している事態を押し分けるようにして、一人、鷲羽恭一が室内に踏み込んで行った。

「血のフレーバーなどあってはならないが……」

太鼓腹の上にベルトを揺すりあげ、誰にもなにも言わせない態度で死者へ向かって行く。

「特にこれは、気に入らない雰囲気を香らせている」

無頓着なほど堂々としているように見えて、肥満体のコック長は足元にも気を配っているようだった。それを倣《なら》いつつ、良希も室内に入った。

良希の見る限り、鷲羽は、料理という自分の作品をけなされることと、行動をむやみに規制されることと、そしてしゃがみ込むことがなによりも嫌いな男だったが、今はとにかく、坂出厳という六十歳の男の死を慎重に確かめるために身をかがめていた。

胸の傷は、やはり、矢によるものであるらしい。二度めの襲撃は受けていない。やせがたのその顔に、意外と、さほどの苦悶の色は見られなかった。ただ、常日頃から眉間《みけん》に刻まれていた深い皺は、まだ静かにそこにあった。屈強とも評された意志の力が、最後まで曇らされなかったかのように。

それなりの敬意と弔意《ちょうい》を見せた鷲羽が、重い体をゆっくりとのばして部屋の様子を改めていく。

南東の角を占めて斜めの形で造りつけのデスクがあり、書きかけの原稿が載《の》っていた。その右手に、小窓というには少し大きめの、外にひらく縦長の窓が南に向いている。東の壁には引き違いの窓があるが、書斎としてはあまり明るくはない部屋だった。地味で重厚だった坂出厳の作風にはふさわしい環境なのかもしれない。

北側が廊下であり、左寄りにドアがあった。

西の壁はほとんどすべてが書棚で埋まっている。その中央、手前に小さな机があり、資料などの書籍類で覆《おお》われている。傍らに、クローム製の丸イスが一脚。そしてそのそば、南向きの窓の横に、弓矢の陳列棚があった。

弓道に専心した若かりし日を偲《しの》ぶかのように、主《あるじ》は、屋敷のそこかしこに弓矢の収集を配置していた。今、目の前にある陳列棚のガラス戸はあき、そこから弓が一張りと矢が半分だけなくなっていた。横向きに上下に並ぶ三本の矢。それぞれが三つのL

字の金具の上に載っており、一番下の一本が、真ん中の金具のところで折れて矢じりのあるほうが失われていた。その部分が凶器となったらしく、血にまみれて床に落ちている。

他に、一部に蒔絵《まきえ》を施された黒漆《くろうるし》塗りの二人張りの弓が、陳列棚の前に投げ出されていた。二人がかりでなければ張れないと形容される強力な弓だ。握りの部分が血で濡れているようだった。もう一張り、装飾性の強い祭事用の弓があったが、これはケースの中に収まっている。

いったいこの部屋でなにが起こったのか……？

胸の内で呟《つぶや》きながら、坂出良希は小窓の外へ目を向けた。見晴らしのいい天然の裏庭と、幅三十メートルほどの深い渓谷を隔てて、今しがたまで自分が散策していた原生林が見えていた。

2

警察への連絡を済ませた後、一同は居間に身を寄せ合っていた。

「殺されたのか……」

五十五歳、自ら詩も手がけるベテランの書評家としては芸のない呟きが、勇崎淳也の口から漏《も》れていた。

「自殺など考えられない……。物理的状況、義兄《あに》のあの性格から推《お》してもな」

一つの解答を出しつつも、小々峰年男は頭をかかえ込んだ。

坂出巌は、ペンネームを坂出保《たもつ》とする、エッセイストであり文芸評論家でもあった。ドイツ、モンブラン製の極太《ごくぶと》のマイスター万年筆と怜悧《れいり》な眼識から生み出される硬質の論評は、時に辛辣《しんらつ》であり、時に心理の真実であるがゆえに読む者をたじろがせた。

日常生活においても軽佻《けいちょう》とは縁遠いスタイルを保ち続けていた男である。

　今回の私的な集まりを企画したのも、主人との閉鎖的な山荘生活に厭《あ》いていた、ばあやの日戸《ひど》フサエのほうであった。その提案の度重なる催促に、むしろ辟易《へきえき》して、厳が同意する形になったもののようだ。厳の妹、小々峰年男の妻は、急の腰痛で、そして他二名の編集者らはどうしても抜けられない仕事が生じたために欠席となり、こうして初夏の一時《いっとき》を過ごすために男四人が集まったのだった。

　日戸フサエは、ばあやとして扱われているとはいえ、厳より二歳年上なだけであり、まだふくよかともいえる頑健な体つきをしていたが、今は腑《ふ》抜《ぬ》けたように顔色をなくして隅の椅子に沈んでいた。

「最近なにか……厳義兄《にい》さんが気に病んでいた様子なんてあったかい？」

　小々峰の声もフサエには届いていないようなので、坂出良希は、

「いつものあの人のままでしたよ」

　と答えていた。好意的な響きはこもらない声で。

　さらに一つの推定として、

「でも、こんな山奥の別荘に、行きずりの物盗りが押し入ったとも考えられないでしょうし……」

　と良希はつけ加えた。

　それはすでに、誰の頭にも浮かんだことであったろう。第三者的な賊の凶行ではないのだとしたら……。

「しかもこれは……よく小説などに出てくるところの密室事件だろう……」小々峰は強張《こわば》った表情のままで、ゆるりと頭を振った。「この目で見ていながら信じられんよ……」

「そこで――」

　空気を引き締めるような声を出したのは、今まで終始目を閉じたままでいた鷲羽恭一だった。太い足をかろうじて組み、丸い腹の上に両手を置いている。刺激的な状況にありながら、手をこまぬいているし

かないことに非常な苛立ちを覚えている様子だった。

「あの事態を発見に至るまでの状況をお訊《き》きしたい」

見開かれた両眼に気圧《けお》されたわけでもないだろうが、

「ああ、そうですな」

小々峰が眉《まゆ》を寄せておぼつかない声を出した。

三十代の鷲羽は、良希を除けば一同の中で最も若い人間だったが、その押し出しのせいか、それとも、出張して来たにすぎない料理人という他者的立場にあるためか、座を客観的に取りしきる役におさまりつつあった。もっとも、その場の中心を領したがるという彼の性格がものを言っているのかもしれないが。

「午後三時の時点から話すべきでしょうね」

軽く包帯を巻いた人差し指に視線を据える勇崎が、一言添えた。

「そう、三時にお茶を淹《い》れてやると、義兄が言っていたのです。お二人は外に出ておられたが」

と、小々峰は鷲羽と良希に視線を走らせた。

しかし、お茶を淹れるというのも、客をもてなそうという良識とは少し違う意味合いを持つものであったらしい。坂出厳と勇崎淳也は、英国での正式なお茶の淹れかたとその伝統に関して、紙上で軽い論争をした経験があるのだった。

ところが三時を五分すぎても坂出厳が書斎から姿を見せないことに勇崎淳也が気がついた。坂出は時間にも厳格な男だった。さらに五分、彼らは客間で雑談を交わしながらホスト役を待っていた。

時を同じくして、いつもの習慣を逸《いっ》した主の行動を日戸フサエも気にし始めていた。キッチンでこういなごをつまみながら時代劇の再放送を見ている場合ではなくなってきた。三時に合わせて焼きあげたマフィンも、厳の盛りつけを待ってオーブンに入ったままである。

フサエは客間に顔を出してみた。

書斎に声をかけてみる役を、男性客は彼女に押しつけた。機嫌の悪い厳の声を浴びる気にはなれなかったのだ。

しかし、何度ノックをし、名を呼んでも室内から返答はなかった。明らかな異変だった。フサエは青くなって勇崎と小々峰に助力を求め、小々峰が腰をあげた。

原稿に取り組む時、室内から錠を掛けるのが坂出厳の常だった。鍵もあったが、それが使われることはめったになかった。錠は、ツマミを倒すと扉表面のスチール棒が横に滑る掛け金である。扉が動かないことを確認した小々峰は、一応、日戸にキッチンの戸棚から鍵束を持って来てもらったが、鍵を回しても扉があくことはなかった。やはり掛け金がおろされているのだ。

騒ぎがここまでになっても中から応答がないことに勇崎もさすがに心配になったらしく、客間から顔を出して二人に合流した。

人が歩くことにはあまり適していない屋敷の周りをぐるりと回り込むよりはと、フサエに教えられて、小々峰が、大工道具の中からハンマーを持ち出してきた。三時十五分をすぎた頃だろう。

その直後、不穏に鳴り響くハンマーの音に引かれて、帰宅した鷲羽と良希が書斎へと足を向けたのであった。

扉は、間違いなく内側から錠がおろされていた。二つの窓も同様だった。引き違いの窓は二重になっていて、内窓には縦にスライドさせる錠、外窓にはクレセント錠があった。縦長の小窓のスライド錠を含めて、三つともしっかり掛かっていたことは間違いなかった。

「密室などという状況がなければ」小々峰が小声で意見を述べた。「精神に変調をきたした人間の侵入というセンも考えられたろうがな。作家はけっこう、そういう危害を受けるものだ」

「物事は実際的に考えるべきでしょうね」

今度は鷲羽恭一が言った。

「現実に即してシンプルに」

「するとどうなるんです？」

皮肉るというよりは、多少懐疑的に勇崎が問い返す。

「閉ざされた空間で死亡していたというなら、考慮すべき死の原因は、自殺か、事故死でしょう」

「事故死……」

「まさか、糸とクリップを使うトリックで、何者かが外から扉をロックしたわけでもありますまい。そんな方法が可能としても、あのツマミのかたさはかなりのものですよ」

「必然性がないよな……」呟き半分に良希は同意した。

鷲羽が一つ頷《うなず》く。「自殺を装う手段にしては現実性が薄い。どこから見ても根拠が薄弱ですからね。死体発見を大きく遅れさせる役にも立たない。密室を破る時の動きに連動して、矢が被害者に放たれるような工作もこの場合は成り立ちません。なぜなら──私達は医学的専門知識を持ち合わせてはいませんが──坂出氏が死後十分以上経過していたであろうことは、おおよそ断定できるからです。したがって、凶行が行なわれたのは午後三時前後なのではないでしょうか」

この場合の無言は同意のしるしだった。

「事故死と言われたが……」小々峰が水を向けた。

「どのような想定を持っているのです？」

答える鷲羽はさらりとした口調だった。

「コレクションの矢を弓に番《つが》えていた坂出氏が、それを誤って放ってしまった。勢いよくはね返ってきた矢が不運極まりない結果をもたらした……」
一、二拍の沈黙の後、小々峰が、
「それでも不自然さが残る」

と論じ、勇崎も、

「矢は半分だけだったはずだ」

と注意を促した。

しかし鷲羽は二人の発言にはかまわず、太い首を日戸フサエのほうへ巡らした。

「坂出氏は、コレクションをよく手になさるほうでしたか？」

フサエもいくらか頭が回る状態まで回復してきている様子だった。

「いえ、ええ……」しかし答えのほうは確たるものとはいかない。「取り出して眺めたり、磨き込んだりしている時はありましたけど、番えたりなさったのを見た覚えは一度もありません」

「まあ、ご主人のすべての行動を日戸さんが見ているわけでもないだろうからな」

負けおしみ的に言うと、鷲羽は九十キロを超える体重から椅子のスプリングを解放した。

「どちらに？」勇崎が思わずというように声を出す。

「もう一度現場を観察させてもらいますよ」

一同を従える形になった鷲羽は、廊下を進み、鷹揚《おうよう》に書斎へ歩み入った。入り口で立ち止まっている勇崎が、端整な顔を不安げに曇らせ、常識的な声をかける。

「あまりうろつくのはよくないのでは？」

「指紋をつけたりはしません」もそもそとした、後ろ向きのままの声だったが、内容はきっぱりとしていた。「この絨毯には足跡も残らないようですし、私がちょっと歩き回った程度で混乱する警察なら、ハナから期待などできないでしょう」

そんな言葉に力を得て、良希も部屋に入って観察をした。

陳列棚の前に、一部血に汚れている以外には異状のない弓。その左側に、長さ二十数センチの折れた矢が、これも血にまみれている。一番血痕が多い床の上だ。その血の痕跡は、部屋の中央、出入り口側へと向かう。血を吸って丸められているハンカチは、坂出厳当人のものと確認された。彼の左手も赤く染まり、膝や靴の底にも多少の血痕が認められた。

この書斎は、ドアの下のわずか一センチほどの細い空間以外、外部と通じる隙間は鍵穴も含めて一切なかった。例外的な換気口も、その構造上、気体以外はとても通り抜けられそうにない。

室内には、矢を弾き返すような金属部分も、そのようなカーブや角度を持つ物もまったく見られなかった。傷らしい傷もない。矢傷に限らず、書籍類や家具、鉢植え、絵画、ドア周辺などに、なんらかの工作を思わせる痕跡は皆無《かいむ》だった。

良希は、鷲羽と並んで弓矢の陳列棚を覗き込んでいた。

「矢のかすかなほこりが見えるかね？」

「ええ。三本とも……」

「どうやらこの矢は、ここしばらく動かされたことがないらしいな。三本めの矢の矢じりのほうだけがもぎ取られたということか……」

「それに、はね返ってきた矢が、ああまで見事に深く人の体に突き刺さるというのも、ちょっと……」

事故死説も多分に旗色が悪くなり、鷲羽は豊かな顎《あご》の肉に指を当てて困惑げだった。

「他殺のセンに戻らざるをえないとなると……」

鷲羽は振り返って小々峰に声をかけた。

「この中では小々峰さんが弓矢に関しては一番お詳しいんでしたね？」

「門前の小僧程度だが」

小々峰は少しずつ部屋に入って来ていた。

「この矢は特別な物ですか？」

「いや、篠竹《しのだけ》でできた平均的な戦場用の矢だ。栗色に艶があるのは、透漆《すきうるし》を何重にも塗ってあるからで、そういう意味では上等の品といえるかもしれない。貴重でないコレクションはないが、その矢が義兄にとって特別意味があったとも聞いていない」

「この矢が、ドアの下を通り抜けられますかね？」

矢じりは槍のような細根形なので横にすれば不都合はないことになる。矢の太さでも目測していたのか、しばらくして小々峰が、

「まあ、ぎりぎり通り抜けられるかもしれないが、すぐに絨毯のけばにつかまってしまうだろう。そん

なことに意味があるのかね?」

「さあ、今のところはなんとも……」

そこで、廊下のほうに立っていた勇崎が声を出した。

「鷲羽さんに良希くん、あなた方が歩いていたコースはこの書斎沿いともいえるものでしょう。無論、距離はあるが、なにかを見たり聞いたりはしていないのですか?」

問われた二人は顔を見合わせ、それから良希が記憶をたぐった。

外へ出たのは二時半少しすぎだったろう。

橋を渡り、東へ進むうちに、木の間《こま》越しに見えていた山荘も視界から消えていった。鳥達のさえずりと、瞬《また》く間に訪れる、緑の光に包まれた爽やかな孤独感の中、二人は細い道をたどって行った。

坂出良希は、母が死んでからの四年間、ほとんど義父との交渉を絶っていた。社会的儀礼に反しない程度にではあるが、それは体面を考えて、というよりは、自分に意固地さを感じたくないためであった。

親子として生活した十年間、良希は母の新しい連れ合いにどうしても親しみを感じることができなかった。むしろ反感を、よそよそしさを意識し続けた。頑《かたくな》な価値観、敬意や権威を求める傾向、笑うことが損であるかのような生活態度。良希の目には、それらは、団欒《だんらん》や和というものから意識的に距離を取ろうとする自己肥大的な偏向として映った。彼の心に残っていた父親像、理想としていた家庭の姿とはあまりにもかけはなれたものだけがそこにあった。

父と子のつながりをなごませようとした良希の努力のむなしさは、やがて義父への反発へとつながっていった。小説全般にさえ可能な限り背を向け、大学でもエセ左翼的な活動を試み、卒業してからは、平凡な洋食器会社に職を得た。

ただ、その良希にも、義父と重なり合う部分が生じないでもなかった。弓道、というのがそれだ。いつしか良希は、母の友人である勇崎の趣味に影響を受けて洋弓《アーチェリー》に興じ始めていた。

今は、所有地に設置してある、そのフィールド・アーチェリーのコースをたどっているのだった。体形が邪魔をするのか、鷲羽のほうは初心者にしても成績がのびず、早くも集中力と興味を失いかけていた。本来は、勇崎淳也も加わっているはずなのだが、準備中に矢の先端で右手の人差し指を負傷するという基本的な失策を犯し、山荘に残っているのだった。

豊かな腐葉土の起伏。樹木の狭間。そこから現れる的に弓を引き絞る。親密にもなれる野生の気が体に満ちてくるようだ……。

放たれて木漏れ日の舞台を疾走する矢。的に刺さる乾いた音が木々の間に響くが、小鳥を驚かせることもない。

「さあ、鷲羽さんの番ですよ」緩《ゆる》く呼吸を正すと、良希が言った。「いいんですから、最初のうちは。矢を離すタイミングのコツさえ覚えていけば」

しかし鷲羽は、時に顔を表わす小児的性格を発揮し、自分の不得手なものから目をそらして、新たな興を覚える対象を見つけ出していた。

「見たまえ、あれは白きくらげだよ」

腕に通した弓を片手で押さえ、樫の木の下へゆっくりと歩を運ぶ。

「採《と》ってもいいかね？」

「どうぞ。夕食は日本風ですか？」

「豚肉との味噌煮で中華風にもできるさ」鷲羽の目が職業的に輝いている。「いいタケノコも持ってきてあるし」

「臨機応変ですね」

「味覚に限らず、場の発する魅力を感じ取らなければだめなのさ。山場だから山菜、などという短絡ではなくね。これは明らかに食べられたがっているよ。見たまえ、あそこのたらの芽を。テンプラにしたら、いかにもホクホクとうまそうじゃないか」

花を摘《つ》むように鷲羽の指が動いている。

「こうした〝気〟が、食卓に載った時に人間の食欲をそそるのさ。素材がすでに場の雰囲気を作る。それは、うまく食える、という以前に大事なものだ。その食事の様子を見て、ちょうど……そう、食欲を満たしているだけではなく、本当に仲のいい家族なのだなということが伝わってくる食卓のようにね。

――矢筒に入れてもいいかい？」

良希は吐息まじりに苦笑した。

「どうぞ。勇崎さん辺《あた》りに訊かれた時に形ぐらいは整えておきたいので、僕は最後まで回ってきますよ。的のそばには行かないでください」

時を忘れて鷲羽が山菜類を採取していると、どれほど経ったのか、やがて良希の足音が戻ってきた。

「そろそろ、戻りますか……？」

「ああ、そうしよう」

二人が無言で歩きだすと、無数の葉のそよぎが耳についた。風だけでなく、駆ける小動物や夏の始まりを謳歌《おうか》する虫達が、草や葉を揺らしているのだろう。

「先程……素材という要素、場の雰囲気ということをおっしゃってましたが……」

心持ち沈んだ声で良希が言いだした。

「僕が、またこの場に戻られるようになったのは、ごく最近のことですよ」

「ああ……」

彼の母親のことだった。このアーチェリー・コースからさほど離れていない断崖から、坂出優希《ゆうき》は転落死したのだった。事故死、と判断されていた。

良希が義父を認めるとしたら、その最後の観点は母親を幸せにしていたのかどうかという一点につきた。

「母は幸せだったのでしょうか？」

優希の一周忌が済むか済まないかのうちに、厳は新しい女を家に入れた。以前から世話をしていた女だという噂が当然のように立った。病弱だったその三人めの妻は、半年と経たずに急性の白血病で他界した。

良希が、胸にわだかまるものをぽつりぽつりと漏らしながら屋敷に戻って来ると、あの異常なハンマーの音が聞こえてきたのだった。

3

一同は居間に戻り、また同じ席についていた。

「それで、なにも見聞きしなかったと？」小々峰が鷲羽に重ねて訊いた。「あなたがキノコ類を採っていた場所から渓谷のほうへ寄れば、この山荘の南――書斎の小窓も見えたところなのだが」

先程話したとおりだ、といなすように、鷲羽恭一は軽く手を振っただけで話題を変えた。

「それより……日戸さんが一番ショックを受けた様子だったが、事態への驚愕という意味以外では、誰もがあまり悲しみを表わしているとはいえないようですね」

日戸フサエは、ハンカチを握りしめて、そんなことはないというようにチラッと鷲羽に目をやり、勇崎淳也は少し横を向くように足を組みかえた。

小々峰は苦い笑いを浮かべたが、

「動機というわけですか？――」

と、言葉を途中で呑むようにして、それとなく勇崎に目を向けた。

その視線に気づき、勇崎はもったいをつけるように口をひらいた。

「私には動機があるとでも言いたそうな……」

「まあそれぞれ、いい歳をした大人同士です」小々峰は肩をすくめて見せる。「仮定としての話をしてみませんか」

「たとえば？」と勇崎。

「義兄《あに》の以前の妻――優希さんの大学時代の先輩であるということで勇崎さんはこの家とつながりが深かったわけですが、果たして二人の関係はそれだけのものだったのか」

勇崎は抗議の声をあげかけたようだったが、口をつぐんだ。

「無論私も、あからさまなことを言うつもりはありません」小々峰が続ける。「精神的な密度で、という意味です。その勇崎氏が、優希さんの結婚生活をどのように見ていたか。さらに、文学上の対立」

門外漢のために、とでもいうように、小々峰は鷲羽のほうへ体を向けた。

「勇崎さんは、坂出保の作家的姿勢、文章スタイル、評論の確度などに批判的な論陣を張ることが多かった。義兄のほうは、相手にしない、という態度でしたが、それでも、匿名にしたり一般的な若い文筆家へ向ける言葉として反論らしきものをしてはいた。日常生活では懇意にしている二人のこのにらみ合いは、一部文壇ではひそかな注目を集めているのです。それに、そろそろ坂出保が本格的に戦端をひらくのではないかという噂。その直前に、このようなセンセーショナルな死が坂出側に起これば……。まあ、勇崎淳也の、少なくとも一時の文名にとってはマイナスになるということはないでしょう」

「当人が容疑者などにならなければね」

果断な勇崎の反論にも、小々峰は平静を装っていた。

「公平に見て、どうです、勇崎さん。私には動機らしきものがありますか？」

「お言葉に甘えて想像させてもらえば……」

勇崎は膝の上で指を組み合わせた。

「坂出氏は税金対策上、あなた達妹夫妻と会社形態を取っていましたね。しかし、役員の名前はもらっていても小々峰さん達は冷やメシを食わされているのが実情だと聞いた覚えがあります。投資家としてのご自身の収益はおくにしても、小々峰さんの中にはなにか鬱積《うっせき》したものがあったのではないでしょうか。事実、株の穴埋めの大金を借りに来て断られたことも最近あったと聞きます。資産家の兄が亡くなった時のことは、経済畑を長く歩いて来た小々峰さんならお詳しいはずです」

カラーがきつくなったかのように首をのばした小々峰は、眉と目の辺りに感情の炎《ほむら》を見せ、不意にその矛先《ほこさき》を日戸フサエのほうへ向けた。

「こんな昔のことを持ち出してなんですが、日戸さんは若かりし頃、厳義兄《あに》の子供を中絶していますね」

一瞬にして使用人の容貌が消え、老境にさしかかりつつある女の素顔が閃《ひらめ》いた。

「本当に大昔のことを。……わたしは理解のある夫に恵まれ、有意義な結婚生活を送ることができました。あの時期がわたしの本当の人生です。今では、わたしも坂出の旦那さんも、雇い雇われている者同士以外の感情はありません」

とは言うものの、六年前に人材派遣会社を通して再会する縁があったからとはいえ、そうした過去を持つ男のもとでわざわざ働くからには、なにかしらの情が彼女の中にあったのではないだろうか。

「具体的な点はどうでしょう」

鷲羽恭一が言った。

「私と良希くんの行動は先程述べましたが、あなたがたお三方の、三時頃の動きは？」

「三時頃ね……」

落ち着かなげに、小々峰は腕時計を覗いたり、長椅子の肘掛けを指先で叩いたりしていたが、ふと口をひらいた。

「そういえば、客間で待つように言われていたのに、勇崎さんがふらりと居間へ入って行きましたな」

山荘の造りは、西から東へ、客間、居間、書斎となっている。

「居間を歩き回ったからどうだというのです？」

もの柔らかく、勇崎が反問する。

「窓から抜け出して隣へ行ったとでも？　土は硬くないし、植え込みや庭木の小枝もずいぶんある。痕跡を捜してみますか？」

「そんなことはかまわないが、あの部屋にあんたのアーチェリー用具一式があったということのほうが気にかかる。なんとはなしにだが」

「客間には弓矢の陳列ケースがありますね」勇崎が淡々と指摘した。「それに、私が居間にいたということは、小々峰さん、裏を返せばご自分だけが客間に残っていたということにもなりますよ。書斎に顔を出しに行くことも可能でしょう。そのうえ、日戸さんが鍵を取りに行っている間、あなたは書斎のドアの前で一人だったんだ」

小々峰は、疑われることよりも、言い返せないことに不快さを感じたかのように黙り込んだ。

日戸フサエはずっとキッチンにいたという。キッチンは、居間と客間の中間に突き当たる廊下の先にあった。

「居間にいる間、特に変わった物音とかは聞かなかったのかね？」

小々峰の問いに、勇崎は、

「これというものは、別に……」

と、さして気もなさそうに答え、今までも時々目をやっていた壁の油彩画に視線を向けていた。戸外に立つ、坂出優希の肖像画だった。

優美な絵画の色調に、追慕の表情を浮かべる勇崎は時に目を細めていた。

「旦那様がお描かせになったものです……」

勇崎の視線の先に気付いたフサエの声も柔らかい。

「そういえば」小々峰が勇崎に言った。「ちらっとのぞいた時、あなたはあの時もここでその絵の前に立っていた。右手で撫《な》でるようにしながら……」

勇崎はなにも応《こた》えようとしない。

「坂出厳氏の趣味にしてはいささかロマンチックなタッチですね」間《ま》を補うように鷲羽が評していた。

「周りの花も、もう一つのモチーフのような」

薄紫とも、碧青《へきせい》色とも言える可憐《かれん》な花が、背景の草原の中で幾種類か咲き揃っている。

「エゾアジサイというキキョウ科の花です」勇崎が小さく言う。「彼女の……優希さんの好きな花でした」

「このお屋敷に、木づくりの民芸品が多いのも、優希奥様のお好みにそって旦那様が買い揃えられたからです」日戸フサエがなつかしげに言い添える。「そうしてみると……」いくぶん考え込むようにして鷲羽が言った。「この世代のご夫婦にしては、今までの話から受ける印象よりはずっと、意志の疎通のはかられたむつまじさがあったようですね」

当然です、という気持ちを示して、日戸フサエは頷いたが、坂出良希は厳しい声を出していた。

「表面を取り繕うことなどいくらでもできます。あの男は冷淡だった。計算として物を贈ることもできた、というだけのことです」

「それは偏《かたよ》ったお考えです」日戸フサエがしっかりとした口調でたしなめた。「あのお方は不器用で、誤解されやすい面があるのです。お父様に対して、そんな恐ろしい見方をするのはおやめになってください」かすかに懇願の気配も加わっている。

「恐ろしい？」瞬間、良希の声音には残酷なまでの響きが反映した。そしてなにか意を決したように顔つきが変わったのを自覚した。「もっと恐ろしい考えに僕は取り憑《つ》かれているよ。誰も、母の死に疑問を懐《いだ》いたことはないんですか？」

部屋の空気が少し冷えたかのようだった。

「なぜ母は、あんな崖っぷちへ行ったのか。それに僕は見たんです。書斎から出てきた義父《ちち》が居間へ入り、電話に手をのばしながら、なにかを考え込んでから受話器をおろすのを」

一度噴き出した積年の思いは、淀《よど》むことなく勢いを増していった。

「書斎からは、母が落ちた断崖がよく見える。義父が母をあそこへ呼び寄せたのではないか。母が足を滑らせたのは事故だったのかもしれない。しかし義父は、助けるべき手立てを採ろうとしなかった。なんらかの邪悪に誘われ、目をつぶったんだ」

室内がわずかにざわめいた。

「電話……」小々峰が息を呑むように呟いた。「初耳だ……」

「私は……半年ほど後《のち》に良希くんから聞かされた」勇崎淳也が平易な口調で打ち明けた。「彼が懐いた疑惑は考えすぎだと応えておいた。坂出氏も、仕事の電話だったと答えているそうだし、それが現実だと思う。偶然の重なりが、ショッキングな想像となって、良希くんの中で結び合わされてしまったんだろう」

「そうですとも」一時《いっとき》の動揺から立ち直ったフサエがきっぱりと言った。「まったくありえないことです。あのお方は奥様を愛しておいででした」

「まったくありえない、ということでしたら、今回の事件もご同様ですね」まだ言い募《つの》ろうとする良希を抑えるように、鷲羽が論点の修正を行なっていた。

「まったくだ」どこか吐き捨てるように小々峰が断じる。「私なら――いや、ここにいる誰にしろ、あんなコケ脅し的な殺し方をする必要がどこにある？ ないだろうが」

応じるように、鷲羽がゆっくりと口を切った。

「必要から生じた状況ではないと考えたほうが自然なのかもしれません。なんらかの事情が、ああいう形を取らせてしまった……」

いくばくかの興味を示して、勇崎の目が細められた。

「なんらかの事情、とは？」

「この場合、室内に存在しえた唯一人の人物、坂出巌氏の行動でしょうね」

「彼の、被害者の行動？」

「弓についていた血。あれが取っかかりです。握りの部分だけに血がついていた。そして、坂出氏の左手にも血痕。氏は右利きですね？ 彼が弓を引こうとしていたかのようだ」

「それも、傷を受けた後で、ということになる」勇崎が冷静に言った。

鷲羽の太い首が、頷きらしきものを示した。

「先程からの皆さんの動きを見ていると、怪我をしている人はいないようだ」

鷲羽はすぐに、小々峰の視線の動きに気がついたようだ。

「勇崎さんの指の包帯は、事件前と同じままのようですし、その程度の止血でおさまるものを考慮の対象にする必要はないでしょう。したがって現場の血は、すべて被害者のものと考えてさしつかえないと思います。そして被害者には、あの矢傷以外の傷はない。あれほどの深手を負ってから、弓を構える理由はなんでしょう？　犯人に対抗するにしても、火急の接近戦でわざわざ矢を射とうとするのは常識外ではないですか。弓を梶棒がわりに使ったのだとしたら血の付着状態がまったく違う。そもそも、それほどの争いがあったのなら、同じ時間帯に隣室にいたと思われる勇崎さんが物音を耳にしていないはずがない。それに、犯人はかなり巧妙に返り血を防いだことになる……」

「争いごとなどなかったとでも言うつもりか？」

小々峰は、困惑の中に、わずかな疑念を揶揄《やゆ》として含ませた。「勇崎証言を信じればそういうことになるかもしれないが。それで鷲羽さん、あなたはあの書斎でなにが起こったと考えているんです？」

時間的猶予を求めるように、鷲羽は手を軽くあげて目を閉じただけだった。そして彼は、光明ある思考が生まれるのを促すかのように、妊婦然とした腹を撫で始めた。

様々な思いを潜ませた沈黙が落ちている。

小々峰がほのめかしたとおり、勇崎の証言が信じられるものならば、あの密室の現場では、音もなく静かに、いったい何事が進行していたのだろう？

重苦しい静寂の中に、窓から差し込む陽光にも似て、小鳥達のさえずりが清澄に届けられてくる。

「そうだ……妻にも知らせなければ」

小々峰が腰を浮かしかけた時だった。

「そうだったのか――」

鷲羽恭一の小声が聞こえた。

小々峰は動きを止め、誰もが鷲羽に視線を向けた。迷いを払うかのように、鷲羽はゆっくりと両目をあけた。その表情からは、むしろ以前より深まっている翳《かげ》りが見て取れる。

「坂出氏があの死の状況でなにをしたか……」

一言一言、鷲羽恭一が語りだした。

「やはり彼は、矢を放ったのです。しかしその矢とはどの矢か？　単純な加減計算です。室内に存在しない矢。つまり屋外へ射ち出された矢。プラスマイナス0《ゼロ》。したがって凶器の矢は、部屋の外から射ち込まれたのです」

今のうちだ、言ってしまえ、とでもいうようにしばらく黙り込んだ鷲羽だったが、結局、腕を組んだ彼が先を続けた。

「残念だよ……坂出氏の胸に矢を射ち込んだのは、君だね、良希くん」

4

「僕がやったと証拠づけられるんですか？」

半ばつかえながら良希は反問した。

「無論だ。あがくんじゃないぞ」

「そんなつもりはありません」良希は顔をまっすぐあげた。

「証拠とか理論だけじゃないぞ」鷲羽がわずかにまつげを伏せ、言った。「私には有利な点があった。アーチェリーからの帰り道、良希くんの様子はどこかおかしかった。それはそうだろう。屋敷へ帰れば、自分のジュラルミン製の矢を胸に受けた義父が大事件の中心になっているはずだったのだから」

誰もが口をつぐむ中、不意に坂出良希は立ちあがった。椅子の周りを二、三歩歩きかけたが立ち止まり、苦い吐息《といき》を吐くようにすると、一同のほうへ向き直った。握られた手が、かすかに震えている。

「僕は、コースを少しはずれて渓谷際まで行ってみたんです」

義父の胸を矢で貫いた時から、自分の中に告白願望が芽生えていたことを、良希はいま意識していた。

「書斎の小窓をあけて外を眺めている義父《ちち》の姿が見えました。その時、なぜか突然確信したんです。母が転落した時も、義父の姿がそこにあったのだ、と。頭の中はその考えだけに渦のように占領されていましたよ。母の事件は僕にとって、義父への反感を憎悪に変えるスイッチでした。

……スポーツとして弓を楽しむ者にとってはあるまじきことですが、僕は時に、義父への悪感情を的の背後に重ねていました。渓谷際に立って義父の姿を見た瞬間はそれが逆転していた。僕は生身の義父ではなく、憎悪の標的に向けて弓を絞っていたような、現実感を欠いた錯覚に陥っていた……。

義父には僕の姿が見えていたのか……。矢を受けた瞬間は驚愕を感じたようだった。そして、室内へよろめき込んで……」

「それから先も見ていたのかね？」

「え？……いえ」良希は夢を中断されたような怪訝《けげん》な面持ちになった。「その場を離れて、しばらくうずくまっていましたから……。あの後、いったいなにがあったのでしょう？」

「たぶん、こうだと思う」

鷲羽恭一が言った。

「坂出氏にも、良希くんの姿が見えていたのだろう。弓を構えているところも。ただ、その狙いが自分の身であることなど、最後まで信じられなかったに違いない。かわすことさえ思いもしないうちに矢が胸板に刺さっていた。致命的な傷だった。自分が死ぬかどうかまでは判《わか》らなかったが、坂出氏は、なんとしても息子を救おうとしたのだ」

良希は低く、呻《うめ》き声をあげた。

「とても、もみ消しにできるような事態ではないからな」鷲羽が続ける。「まず息子の矢を始末する必要がある。しかし窓から投げたとて、裏庭のどこかに落ちるだけだ。物は矢。射飛ばすことを考えるのはごく自然な成り行きだった。彼は自分の体から矢を引き抜いた」

今度は小々峰が、眉をひそめて呻き声を発した。

「強靱《きようじん》な意志力だ。息子を助けたいという一心だった。右手はハンカチで包んでいたのだろう。コレクションの中の弓を使い、矢を林へ射ち返し、窓を閉めて錠をかける。凶器に見せかけるために血に染めた矢が半分に折れていたのは、たまたまそうなったのかもしれないし、一本の完全な矢だと、〝飛来〟という現象を連想しやすいということも考慮した結果だったのかもしれない」

鷲羽は一つ息を吸った。

「坂出氏は最後の作業……ドアの錠をあけに向かうところで力尽きたに違いない」

勇崎が椅子に背を預け、情感に震えるかのような声で小さく言った。

「激痛……死の瀬戸際で——アーチェリーの矢は抜きやすいとはいえ——自らの手で矢を抜き、二人張りの弓を引いた……」

「重過失、殺人未遂、あるいは殺人、そうした罪から息子を守ろうとする、父親の一念だった……」

「嘘だ！」

良希は叫んだが、後の言葉は続かなかった。

「恐らく間違いはない。現場の現実的な状況、そして、坂出氏の最期の表情が表わしているもの……」

良希は椅子に深く体を沈め、髪の毛に指を突っ込んだ。だがやがて、血色の薄れた顔をあげる。

「贖罪《しよくざい》……そうだ、あの男は、母を見殺しにしたことのつぐないをしようとしただけなんだ」

鷲羽恭一はどっしりと座ったまま、ゆっくりとかぶりを振った。

「義理の息子のためにここまでできる男が、仮にも愛して妻にした女にそのような仕打ちをしたとは考えられない。ほんの四年前。五十六歳の坂出厳。分別、意志、意識のありようが、今とさほど違っていたとは思えない」

「…………」

良希は自分の顔が、哀しみとも悔いともつかない激情で歪《ゆが》みそうになっているのに気付いたが、どの感情も認めずに抑えつけようとした。

何気なく誘う口調で、鷲羽恭一が言った。

「どうしても信じられないのなら、林の中へ行ってみないか。もう一つの現場だ。場という感覚的な図像は、時に真実の香りを醸《かも》し出す。見るのではなく、それを感じ取れるかもしれない……」

迷うように、力なく良希は腰をあげた。

銀色の矢は、一本の真実のように、その矢羽根で書斎の小窓を指し示していた。

崖っぷちのその木に矢が刺さっていたのは偶然であったろう。裏側に突き立つ矢を見るために回り込むと、繁みの陰になっていて山荘のほうからも見えないが、その木の根元には一群《ひとむれ》のエゾアジサイが咲いていた。

2 逆密室の夕べ

た。

「よお、来たか」

従兄弟《いとこ》の鷲羽恭一がほとんど目も動かさずに言った。

ボッと勢いを増したオレンジ色の炎が、九十五キロほどの体重を持つ彼の貫禄ある肥満体を照らし、辺りすべてを調理器具のさまざまな音が満たしている。鷲羽恭一の存在感のためか、コックたちは皆、ピリピリしているほどに真剣な面持ちだった。

「メニューはまかせてくれるんだったな、的場《まとば》くん」

経営者兼コック長は、中華鍋を扱ったままだった。

「ええ、お願いしますよ。なにせ彼は四日間絶食した後の久しぶりのご馳走《ちそう》ですからね。腕によりをかけてください」

鷲羽は、言われるまでもないといった厳しい顔つきを保っている。

「今夜のメインゲストはその小口四郎《おぐちしろう》氏というわけだ」

そして彼は少し意味ありげに付け加えた。

「私も楽しみにしていたよ」

「じゃあよろしく、鷲羽さん。八番テーブルですから」

私は席へ戻りながら、静かな店内をもう一度あらためて見た。

郊外レストラン、〝蘭駄夢《ランダム》〟。

鷲羽恭一という一人の男の、夢と精進《しょうじん》の集大成。

抑えられた照明と太い柱。選び抜かれた調度が、重厚にして高級感あふれる空間を広く演出している。

お客達はみな、そうした雰囲気を壊さない落ち着きを持っているようだった。この店そのものがお客のほうを選んでいるという感じがしないでもない。

実際、入り口の三段の化粧タイルの階段をあがってきた人間は、〝しつけのできていないお子様お断り〟というはっきりとした表示——この店の姿勢を見ることができる。どきりとするほどのこの意思表明は、とりもなおさず、店長鷲羽恭一の肚《はら》の据えかたを物語っているともいえただろう。

しかし、客種《きやくだね》に俗臭がない分、この店はわいわいにぎわうということもないわけで、装飾や設備への投入費をはたしてこの客数で回収していけるのだろうか、という老婆心《ろうばしん》を私などは持ってしまう。私のようにこの店を好きになってくれる人間が増えるといいが。

「お待たせしました」私は微笑しつつ席の三人に声をかけた。「話を通してきましたよ。じき、料理にありつけます」

「とても楽しみ」

浜口沙貴《はまぐちさき》が愛嬌のある微笑を返してきた。肩先まで覗く襟元のカットに特徴のある、ブルーのワンピースでドレスアップしている。

「本当にご馳走になっていいんですか?」

遠慮がちに片山順《かたやまじゆん》が顔を向けた。

「いつもお世話になってますし、まあ、従兄弟のための営業活動の一環ですよ」

小口四郎も含めて、彼らは、私の通っているスイミング・スポーツクラブの管理職級のメンバーだった。このクラブは、唯一の妻帯者である代表取締役の室岡猛利《むろおかたけとし》以外は、すべて二十代、三十代という若者で構成されていた。室岡が親から受け継いだ三階建てビルに、小口四郎、京西《きようにし》兄弟らが、故郷《いなか》の土地などを担保にした資金で水泳プールを増築、そこからこのクラブは発足したのだった。非公開の株を、室岡が四十パーセント、京西一也《かずや》、京西光二《こうじ》、小口四郎がそれぞれ二十パーセントずつ所有している。

株の配当といってもそこそこしかなく、彼ら株主もほとんどが、スイミング教室やダイビングの講習などの現場に参加する若々しい組織だった。

そして彼らのうち、京西光二が、兄を殺した直後に事故死していた。京西光二が、兄を殺した直後に事故死したという、悲惨な二重の死だった。その事件の折、北海道警察本部詰めの社会部記者としての私の取材にずいぶん協力してもらったので、今回の夕食への招待はその礼も兼ねているのである。

しかし、こうした事件を思い返す時、やはり眉は曇らざるをえない。小口も同じようなことを考えているのか、あまり食事を楽しむような顔つきにはなっていなかった。タバコの先をじっと見つめている。

彼は、事件とかなり深くかかわった当事者である。

九月二十二日、木曜日、夜八時頃。クラブビルに残っていたのは三人だけだった。京西兄弟と小口四郎。ビルの出入り口の鍵もすべて閉めた後、それぞれの残業をしていたのである。水泳施設の保全点検を終えた小口が京西一也のオフィスの前まで来たところ、中から光二が異様な形相《ぎようそう》で出て来たという。鉢《はち》合わせの形であり、光二は明らかにぎょっとしたようだ。小口は「どうかしたのか?」と訊いたが、はっきりとした返事が返ってこないので光二の横をすり抜けて一也のオフィスに入ろうとした。その時、いきなり後頭部に衝撃を浴びたという。

意識を回復したのは中三階の、レンタル器材を収納してある用具室の中だった。隣の男性用シャワールームから人の気配がしたので「おーい!」と声をかけると、なにやら慌《あわ》てたような様子とゴツンという音が聞こえ、それっきり物音は聞こえなくなってしまったという。そして小口はそれから四日三晩《よっかみばん》、その部屋に閉じ込められることになってしまうのだ。折悪《おりあ》しく、連休の始まりだったからである。京西兄弟も小口もみな独り暮らしであり、他の人間と約束もしていなかったため、彼らの不在が騒ぎとならなかったのも不運だった。

その小さな部屋にはドアが二つあったが、シャワールームへの鋼鉄製のドアには郵便投入口のような蓋《ふた》付きの覗《のぞ》き穴があるだけであり、プールへ通じるドアにあるはめ殺しの窓は頭を入れるのがせいぜいの大きさしかなく、しかも金網入りという代物《しろもの》であった。用具室のドアの施錠や開錠には、内側からも外側からも、共に鍵が必要なのである。

　彼を救い出したのは片山順ということになるだろう。片山は、木曜の夕方から出発し、二十三日の秋分の日、土曜日、日曜日と続くスキューバダイビング・ツアーの責任者を務めあげて二十五日の午後二時半に帰社、メンバーを引き連れてシャワールームへ行ったところで、まず京西光二の死体を発見したのである。小口が助け出された後、到着した警察は、態で絶命していた。後頭部を脱衣棚に強打し、凭《もた》れかかる状あった。小口が助け出された後、到着した警察は、京西一也のオフィスで当人の撲殺《ぼくさつ》死体を発見する。京西兄弟の死亡時刻はほぼ同時とみられ、二十二日の午後七時から九時の間と推定された。

　また、京西光二の、耳に近い右頬にくっきりと血が滲んだ引っかき傷が二筋ほど残されており、一也の左手の指先に光二の血痕と皮膚の痕跡が検出された。さらに、一也のデスクの上には、マグネット式の光二のピアスが落ちていた。光二の右耳からはずれた物だった。

　以上のことから警察は事件の概要をこう組み立てた。

　午後八時ごろ、言い争いが高《こう》じて光二は兄を撲殺、ピアスのことには気付かぬままオフィスを出、そこを目撃した小口を切羽《せっぱ》詰まって殴り倒す。小口の処分をどうするか思案を巡らす間、小口の体をひとまず用具室に監禁。その直後、意識のないと思っていた小口からいきなり声をかけられ、驚いた光二は濡れているシャワールームの床で足を滑らせて転倒、頭部を打ちつけて息を引き取った。

　争いの動機は、クラブ経営上の問題と思われた。経理担当取締役の京西光二は最近、室岡猛利の経営方針に異《い》を唱《とな》えるようになり、自身の持ち株を社長と対等の四十パーセントとするためになにかと兄に持ちかけていたが、一也のほうはこれに反対していたという。兄弟間にかなり反目《はんもく》が生じていた様子だった。

ふと気付くと、私の向かいの席にいる浜口沙貴が、運がいいとか悪いとかいう話題を持ち出していた。ほどよく陽《ひ》に灼《や》けて、いつもスポーティーななりをしている彼女だが、女っぷりをあげている今夜はとても新鮮に見えた。ショップの運営や事務全般を預かる彼女にとって、京西光二は直上の上司であったことになる。

「もしもう少し早く意識を取り戻していたら、どんな目に合わされていたか判らないじゃありませんか、小口さん」

「でも、のびていたために四日も閉じ込められることになったんだよ」小口は、鋭いほどの鼻筋をゆっくりと撫でていた。

「光二さんがあんなことにならなければ、閉じ込められるどころじゃ終わらなかったんですから、やっぱり運がいいんですよ」

「そうかなぁ、本当に運がいいんなら、社長が見に来た時に発見されてもいいような気がするけどね」

室岡社長と小口は、事件の翌日、本来なら社長宅で話し合いをもっているはずだったのだ。内容はたぶん、小口の借金に関することだったろう。小口は、投機の失敗や、投資先の友人の持ち逃げなどの不運で二千数百万円の負債を抱え込んでしまっていたのだ。しかし事態は、思わぬ凶事によって好転する。これは、浜口沙貴言うところの運というよりは、株主の半数が死亡するという一大事に伴う当然の結果であったかもしれない。まず、京西一也と室岡、そして京西光二と小口という組み合わせで、それぞれを受取人とした、会社負担の八千万の生命保険がかけられていた。室岡、小口とも、保険金を受け取っている。

そして会社株のほうだが、これは持ち主の死亡を想定した場合、京西たちの持ち株はまず兄弟間でやり取りされることになり、その後は一也の分が室岡、光二の分が小口へと渡ることになっている。このため小口は、一也と光二の分を合わせて一時は六十パーセントの株を保有したのだが、自分は代表取締役なんかにはなりたくないということで十パーセントを手離し、現状では室岡とフィフティーフィフティーの株主ということになっている。

まあ、こんなことになるとも思わず、二十三日の日、室岡は小口と負債問題を論じようとしていたのだが、監禁状態の小口は当然その席に現われなかった。室岡は小口の自宅へも電話をしてみたが連絡はつかなかった。そのため室岡は、一度、クラブビルに足を運んだのだ。午後一時半頃のことである。彼は小口の姿を捜して無人のショップや事務室を鍵をあけながら見て回ったが、京西一也のオフィスや階上のシャワールームなどまでは覗かなかったため、事件の発生をまったくつかめなかったのだ。

室岡のこの時の動きは警備会社の記録にも残っている。クラブビルの警報システムはいつも午後十一時に自動的にセットされ、それ以降は朝の定時まで、鍵を使ってドアをあける場合にもそれが記録されることになっているのだ。連休中は例外的に、休みなくこのシステムが作動していた。京西一也のオフィスのドアと、用具室の二つのドアは、この四日間、一度もあけられることはなかったのである。

「社長も、小口さんの姿が見えないことをもっと真剣に心配すればよかったのよ」浜口沙貴がかすかな憤懣《ふんまん》を鼻先に載せた。

「夜逃げしたとでも思ったらしいね。でも、運がいいといえばこの人をはずすわけにはいかないだろう」

小口が口調を和《やわ》らげて言うと、沙貴も水の入ったサワーグラス越しに片山に笑顔を向けた。

「そうよねぇ、近ごろ最強の幸運の持ち主」

片山の陽に灼けた黒い顔に白い歯並びがこぼれる。

一億二千万円が天から降るようにして手に入ったら、だれでも、何度でも、こんな風にニヤけた顔つきになってしまうだろう。片山順は、今回のサマージャンボ宝くじの一等の当選者なのだった。今は、三人しか部員のいない営業部の部長にすぎない彼も、自社株を購入しようかと考えているところだった。

新世代の株主たちは、室岡四十パーセント、小口と片山がおのおの三十パーセントという配分が妥当ではないかと話し合っていた。

「運を使いきってなけりゃいいけどね」

食器が並べられ、ワインで乾杯してしばらくすると、シェフ帽を頭に載せた大きな体が配膳用のワゴンを押してやって来た。

「よくいらっしゃいました」

意外と優雅に、威儀を保ちつつ、鷲羽恭一が一礼した。

こもごもに挨拶の言葉が返される。

「まずは、ツバメの巣にタツノオトシゴのエキスなどを加えた薬膳スープです」

一同、決め事のようにスープ皿の中を覗き込んだ後、柔らかく立ちのぼる湯気に誘われるままにスプーンを手にした。

「お食事中に恐縮ですが」鷲羽恭一が持ち前の太い声で、わずかに身を寄せて話しかけた。「あの事件について少し詳しく聞かせていただけませんか」

片山が笑みを見せた。

「かまいませんよ。それが今回の無料ディナーの条件だということは伺ってますから」

「おいしい！」浜口沙貴が小さく歓声をあげている。

「なにからお話ししましょうか？」

「それでは、京西一也氏のほうの現場の状況などから」

片山は一口スープを飲み、そこでやめるつもりが思わず後を引いたかのようにもう一度スプーンを重ね、それから話しだした。

「一也さんは、椅子に座り、デスクに上体を投げ出すようにして亡くなっていました。凶器は、デスクの横の小さな台の上に飾られていた花瓶で、左の側頭部を殴打《おうだ》されたのです。デスクには百合《ゆり》や菖蒲《しょうぶ》の花が散っていました。殴り倒された時のはずみでなぎ払ったらしくて、電話や住所録や筆記用具などはみんな床にぶちまけられていましたね。デスクの上にあった物といえば、カッターとペーパーウェイト、それに一冊の本ぐらいのものでした」

「ああ、本があったのでしたね」

「そうです。仕事の合間に読んでいたようですよ」

「たしか、吉川英治《よしかわえいじ》さんの『三国志』の三巻めだったとか」

「むかし読んだことがあるけれど、また読み直してるとか言ってました」

「一也さんは読書家だったのですか？」

片山がちょうどスープを口に運ぶところだったので、小口四郎が代わって答えた。

「オフィスにも本棚がありましたよ。トラベルミステリーものも読んでいたようですが、宮部《みやべ》みゆきさんとか泡坂妻夫《あわさかつまお》さんとかが特に好きだったみたいです。翻訳物ならディック・フランシスとかジェフリー・アーチャーとかでしょうか。クロスワード・パズルなんかも趣味でしたね」

「そうですか。……しかし、特に注目すべきは、一也氏の首に残されたしるしでしょうな」

音を立てずにスープを飲むことに少し苦労をしていた小口が、ふとスプーンを止めた。

「そうだ……その謎があったな」

発見された時にはうつぶせ状態だったので見えなかったが、京西一也の首には、横一文字に、彼自身の血でもって線が引かれていたのだ。

「そうね」浜口沙貴もようやく美味の泉から顔をあげて不思議そうに言った。「あれはどういう意味があるのかしら」

「犯人が、なんらかのまじないの意図をもってやった行為だとは考えにくいでしょうね」

鷲羽がそう言うと、片山が軽く応じた。

「光二さんにはそんな趣味はありませんよ」

私も意見を出してみる。

「被害者の右手の人差し指に血の跡があるんですから、やはり一也さんが自分でやったと考えるのが自然じゃないですかね」

「偶然じゃあとてもあんな風にはならないでしょうしね……」

それだけ言うと、浜口沙貴は再びスープに取り組み始めた。

「するとあれは、ダイイング・メッセージと考えてさしつかえないのかもしれませんな」鷲羽が低く言った。「一也氏がなにかを言い残そうとした」

「言い残す……」そう小口が呟いた。

「犯人が凶器の指紋を拭き取ったりして立ち去った後でも、一也氏にはまだ幾らかの余力があったのでしょう。息を吹き返したのかもしれませんが。しかし、助けを呼ぼうにも電話は床に転がっているし、それよりなにより、自分にはあと一息の力しか残っていないことが彼には判っていた。血文字も書きあげられないだろうということがね。そこで、最も簡単な方法を採った」

「でも、血文字が書きあげられなくても、とにかく犯人の名前を記そうとするのが最も素直な方法なんじゃありませんか？」と片山。

「いえ、一也さんは、犯人が戻ってくるか第一発見者を装う可能性がかなり高いことも咄嗟《とっさ》に考慮していたのでしょう。そうなれば、はっきりと犯人を知らせる文字などは確実に消されてしまいます。だから、まずはあまり目立たないこと。そして犯人に見られたとしても具体的な危機感を懐かせないことが、ダイイング・メッセージには必要なんです。ミステリー小説好きの一也さんなら、このように頭も働かせたでしょう」

「なるほど……。でも、首に横に線を引いて、それで犯人の名前が示されているとでも言うんですか？」片山は不審げだった。「光二さんと結びつくとも思えないけど」

鷲羽はゆっくりと背を向けていた。

「いずれにしろ、予断なく読み取ってやるべきでしょうな」

鷲羽は他の席のお客にも声をかけながら厨房へと戻って行った。

我が従兄弟は、私にこの事件のことを聞いてからなにか気になることが生じたらしい。自分でも調べて歩いていたようだったし、今回のこの機会を利用するために、シェフとしてのプライドや職分に目をつぶり、給仕までしてもなにかをつかもうとしている。

まあ、ともあれこうして、適度にくつろげて典雅《てんが》でもある雰囲気の中での晩餐《ばんさん》が始まった。

スープ皿が下げられると、私はそれとなく店内を見回してみた。

隣の席では背広姿の男が二人、どこかひっそりとした様子で向かい合っている。ランプのような淡い明かりに照らされた、窓に近い奥の席では、小さな子供を連れた若い夫婦が、この一時《ひととき》を身に染《し》みて味わっていこうとしているようだった。いい笑顔をしている。

私は鷲羽恭一の言葉を思い出していた。このさして大きくもないレストランの中でも、席の一つ一つが、生活の一断面である二つとないドラマの舞台となっているのだ、という言葉だ。あるテーブルは深刻な別れの場となり、またある席は人の結びつきの始まりである記念の碑となったりするのだろう。

そして今、私達の席は、犯罪を論じる場になろうとしているのかもしれなかった。

鷲羽が次に持って来たオードブルは、カモの骨髄《こつずい》のソースとお粥《かゆ》という意外な組み合わせで小エビをからめたものだった。

「これは美味だ！」片山が目を瞠《みは》った。「こんな取り合わせがあるなんて」

他の二人も強く頷いている。

これは味覚のハーモニーだった。柔らかく、まろやかで、両頬の内側に洗練された味が染み入ってくる。鷲羽はこの表現を嫌ったが、これは食材のミスマッチをテーマにした料理の一つだろう。

数刻の法悦《ほうえつ》をお客に与えた後、鷲羽は口を切った。

「今度は、京西光二さんのほうの現場について伺わせてもらっていいですかね」

シャワールームでの死だ。

スイミング・スポーツクラブのビルは二階に通常の水泳プールがあり、三階に、最高水深十メートルのスキューバダイビング練習用のプールがあった。その二階と三階はスロープ状の廊下と階段で結ばれていて、スロープ側の中三階に、男性用のシャワールームがあった。

入り口のすぐ左手から奥へのびる壁には七つのシャワー・ブースが並び、入り口の右手に、幅二メートルほどの脱衣棚があった。スロープ状の廊下沿いの、壁の前である。そちら側の角《かど》に排水口があり、奥へ続く壁には五つのシャワー・ブースが作られている。京西光二は、脱衣棚の中段に頭の後ろをぶつけ、その場に尻をつく格好で死亡していた。右手のそばには大きな木の札《ふだ》をつけた用具室の鍵が落ちていた。京西一也のオフィスの鍵は、ズボンのポケットに入っていた。

シャワールームは、奥で右へと曲がっていて、その少し先が用具室だった。

京西光二の死体を発見した時の様子を語っていた片山は、

「脱衣用の棚に、光二さんの血痕と頭皮がはっきりと付着していたそうですから、死亡現場と死亡原因に間違いはないでしょう」

と話を結んだ。

「私もちょっと見学させてもらいに行きましたがね」と鷲羽が言った。「シャワールームの外の廊下といいますかあの傾斜は、いつも濡れているようですね」

シャワールーム見取図

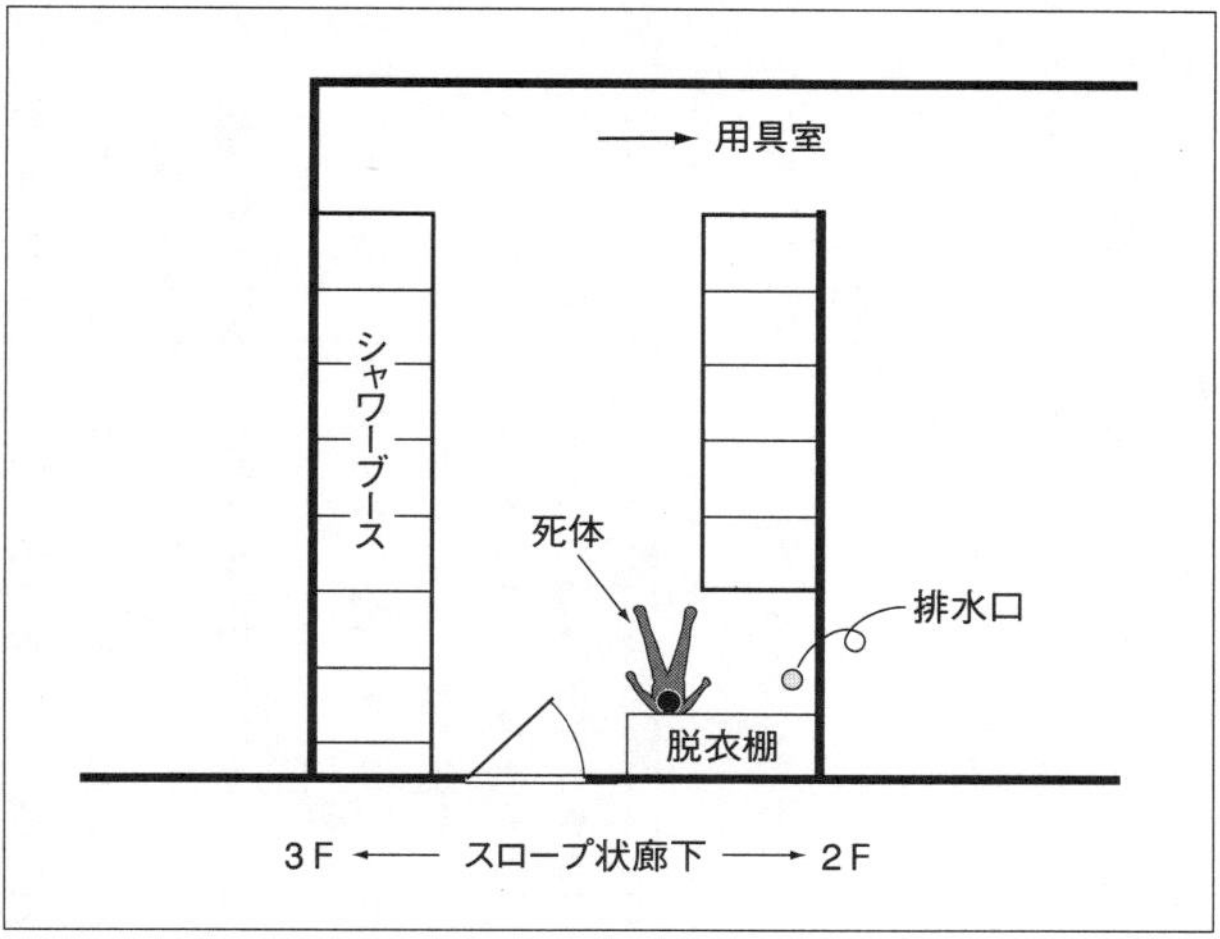

「あそこはたいてい裸足《はだし》で歩きますからね」オードブルをたいらげた片山は満足げにフォークを置いた。「スロープの上の三階には潜水器材の洗い場もありますから、まあ、いつもあんなようなもんですよ。もちろん、プール施設と一般との境には排水溝がありますがね」

シャワールームの床も、スロープ状の廊下より十センチほど低くなっている。

そこで鷲羽はかすかに眉をしかめた。

「しかし考えてみると疑問に思えませんか？」

「何がです」と片山。

「京西光二はどうしてそんな上の部屋まで小口さんの体を運んで監禁したんでしょうな。縛《しば》ってその辺に転がしておいてもいいでしょうに」

しばらくの沈黙の後、小口が口をひらいた。

「縛るとその痕跡が体に残るかもしれないからじゃないですか？　それにひょっとすると、僕をプールで溺《でき》死《し》させて、点検中の事故死に見せかけるつもりだったのかもしれない。そのために近くまで運んでおいた。エレベーターを使えば、人の体を運ぶのもさして重労働ではないでしょう」

鷲羽は緩慢《かんまん》に、肉のついた腹を小口のほうへ向けた。

「用具室の中にはどんな物があるのですか？」

「いえ、さしたるものはありません。貸し出し用のウェットスーツに、ウェイトやベルト、それらを入れておくケースぐらいですよ。普段はボンベもありますが、あのときはツアーのために全部持ち出していました」

話が用具室のことになってきたところで、浜口沙貴が同情的な声を出した。

「でも、あの部屋に四日間もね……」

小口は椅子に凭れかかって細く息を吐く。

「どうなるんだろうと、たまらなくなった時もあったよ。喉《のど》の渇きを意識するとますます水に飢《う》えるしね。でも、あんな環境におかれると、不思議なことに便意はもよおさなくなったな」小口は少しずつ苦笑を浮かべていった。「小用のほうは何回かあったけど、まあ、その処理方法はこんな席では触れないほうがいいだろう」

それから小口は、鷲羽のほうに満ち足りたような笑顔を向けた。

「あの時の空腹や渇きを思うと、今夜は夢のようですよ」

「ありがとうございます」

太りじしの料理長は鷹揚に一礼すると、

「では次に、メインの一皿を持ってまいりましょう」

と言って下がって行った。

現われたのは、美しい皿に盛られた、ポテトなどを添えた小鳩《こばと》のローストだった。

絶妙の焼き加減で肉は柔らかく、「いかがです？」と問われた一同は、もぐもぐとやりながら全員が熱中の面持ちだった。

片山がワイングラスを手にしたところで、鷲羽が話のきっかけをつかんだ。

「片山さん、事件を発見に至った時の状況を聞かせてもらえますか？」

「ええ、かまいませんとも」

片山はワインを一口飲み、

「僕達は予定どおり午後二時半にツアーから帰って来ました。そこの浜口くんもツアーコンダクターの一人でした。本来なら、小口さんがクラブビルで受け入れ準備をしてくれているはずだったんです。ところが正面ゲートの鍵さえあいていないじゃありませんか。僕は慌てて社長の自宅まで出向き、鍵を受け取って来たんです。そして、待たせてしまったみんなの中から希望者を引き連れてシャワールームまで行き……」

その先は言葉にせず、肩をすくめることで片山は話を締めくくった。

「いやあ、人の声が聞こえてきた時には本当にほっとしましたよ」

と、小口がしみじみと述懐していた。

私が、このワインと肉料理の味はぴたりと合うなと舌を鳴らしたところで、鷲羽が話の方向を変えた。少し、口ぶりも重みを加えている気配だ。

「こうして事件の様相を見てくると、奇妙に思えることが二、三出てきませんか？」

その口調のせいか、今までは話し手だった者も、急に、考察しなければならない立場になったかのように顔をあげた。

「奇妙なこととは？」片山が眉を寄せる。

「例えば……京西光二さんの頬の傷です」

「頬の傷が……なにか？」

「片山さん、あなたの見たその傷は、二本の筋だけの血の跡といった感じでしたね？」

片山は鷲羽の言葉の真意をつかむまでにちょっと手間取った。

「そうですよ、鮮やかな引っかき傷というやつで、他のなにものでもありません」

鷲羽は、私が手に入れることができた現場写真からもそのことを確認していた。

「しかしどうでしょう片山さん。ほっぺたを強く引っかかれたら、あなたならまずどうします？」

「どうするって……」これが求められている答えかどうか判らないがという様子で片山は薄笑いを浮かべている。「反射的に、あっと手をやるでしょうね」

「いやあ、まさにそのとおり！」鷲羽は満足げに顎の肉を震わせた。

「咄嗟に手をやり、傷の具合をみたりする。唾をつけてみたりね。ところで、光二さんの指には、そんな血の跡があったでしょうか？　血液反応が出たのでしょうかね。少なくとも頰の傷のほうにはそんな様子はまったくなさそうです。血の跡がこすれたりはしていない。よほど丁寧な治療を途中までしたということでしょうか？　いえ、そんなことはないでしょう。どうも私にはあの傷は、つけられたままの傷としか思えないのです」

わずかな沈黙に続き、小口が聞き返した。

「それは……具体的にはどういう意味なんですか？」

「もし、京西光二が兄を殺した後、小口さんを監禁したりしたとしたら、その間、彼が自分の頰の傷に一度も触れないというのは極めて不自然だということです」

ナイフとフォークで肉をほぐしている浜口沙貴が同意の呟きを漏らす。

「そう言われてみると確かに変ね」

「するとどういうことになるんです？」片山はポテトを半分に切っている。

「争いはむしろ、シャワールームであったのではないかという推定も成り立つということです。光二さんはあの場で引っかかれ、倒されたはずみに頭を打ちつけて死亡した」

沙貴はフォークを止め、考え込んだ様子だった。

「……じゃあ、一也さんが光二さんを殺して、それから自分のオフィスに戻ったというの？」

「ま、待ってください」片山が慌てて肉を飲み込んだ。「光二さんが先に死んでいたというなら、いったい誰が一也さんを殺したんですか」

　私も正直、少々混乱していた。あまりにも大きな事態の反転だった。本当にそんな、死亡順序の入れかえがあったのだろうか。事故だと思われていた死が殺人だったのだろうか？

　この席で、鷲羽恭一だけが落ち着き払っているように見えた。

「私は、一也さんが光二さんをシャワールームで殺してしまったとは思わない。それでは、一也さんのデスクに光二さんのピアスがあったことの説明がつかないでしょう。一也さんがそんな物をわざわざ持っていく必要がありますか？　偽装ですよ。一也さんのオフィスで二人が争ったかのように偽装した何者かがいたのです。第三者が一也さんと光二さんを殺した可能性もあると思いますよ」

「第三者が……」片山が考え深げに眉根を寄せた。

「いろいろなことを合理的に考え合わせて突きつめる必要があるでしょうね」

　そんな言葉だけを残して鷲羽の姿はキッチンへと消えていった。

　それから私たちは無言で皿を片付けた。

　それぞれがさまざまな思考を追っていたのに違いない。

「ねえ、本当に光二さんも被害者だったと思う？」

　沙貴がナプキンで口元を押さえながら言った。

「どうかなぁ」片山は小首をひねり、「頬の傷だけでそこまで断定するのは早計で大胆すぎるような気もするしな……。話が全然変わってくるもの」

　鷲羽が次に運んで来たのは、ライスとホタテなどをグラタン状に仕上げたものだったが、その器《うつわ》である外側が変わっていた。どうやらイカを半分に切ったものをオリーブオイルを主にして炒めたらしいのだ。香ばしくて熱いホワイトソースの陰から顔を覗かせるように、かすかにユズの香りもしてきて品がよかった。

しかし、この稀有《けう》な風味をほんの一口二口味わったところで、待ちきれない様子で小口が口を切っていた。

「鷲羽さんは先程、疑問が二、三あるとおっしゃってましたね」

「疑問といいますか、着目すべき点というところでしょうね」

「どんな点です?」

「最大のものはやはりあれでしょう。一也さんが自分の意志で残したと思われる首の血痕です」

「ああ……あの、横に一本の線ですか」

小口はそこで眉間をひらき、鷲羽に対して探《さぐ》りを入れた。

「あなたは、もう答えを持っているんじゃありませんか?」

「さて……」

と、珍しく曖昧《あいまい》に応えて席を離れていく彼の表情からは、その心意を読み取ることはできなかった。

それからは料理に舌鼓《したつづみ》を打つだけに専念できるはずもなく、私達は活発に推理を交わし合った。首に横に線を引くことでなにを表わすことができるのか? 諸説紛々《ふんぷん》として定まらないというよりは、ほとんど足踏み状態のところへ鷲羽がデザートを運んで来たものだから、彼はたちまちつかまってしまった。コースの最後は、コーヒーと、よく冷やしたリンゴのコンポートだった。

「あのメッセージについての鷲羽さんの意見をぜひ聞かせてくださいよ。僕達だけじゃ、解雇という意味を含めた首を切るということのしるしだろうという程度の意見しか出てこないんですから。あとは、スキューバの、エアー切れのサインぐらいのものですよ」

「まあ、そう慌てず、片山さん。デザートを召しあがってからでもいいでしょう」

「ここまできてもったいぶることもないじゃありませんか。今までどおり食べながらでも伺えますよ」

「しかしこれが――」

「かえって落ち着いて食べられませんから、ぜひ」

むずかしい顔をした鷲羽が、深く息を吐き出したことが、彼の腹と胸の肉の動きで判った。

「では言いましょう。あのメッセージは、やはり犯人の名前を示しているものだと私は考えます。ヒントは『三国志』の中にありますよ」

「『三国志』……？」

これも意外な言葉だった。

「『三国志』の第二巻に書かれていることです。かの暴君、董卓《とうたく》が滅ぶ前に街に流れていたという詩《うた》ですが、それは、

　青々《せいせい》、千里の草も

　　目に青けれど

　　運命の風ふかば

　　十日の先は

　　生き得まじ

というものでした」

と、鷲羽は、使われていないナプキンにペンでその詩を書きつけた。

　千里草

　何青々

　十日上

　猶不生

「これはすでに董卓の運命を暗示していたといいます。なぜなら、千里に草かんむりで〝董〟の字。十日上をつなげれば〝卓〟の字になります。つまり、董卓の先も長くはないということを、文字の上で伏せて読み込んであるわけです」

見事で粋《いき》な、漢字文明の暗号といえるだろう。そういえば、直木《なおき》賞の直木三十五《さんじゆうご》も、本名の植村《うえむら》の植という字を分解してペンネームにしたという話を

聞いた覚えがある。漢字を構造的にとらえる遊び心……。『三国志』などはそうした示唆《しさ》に富んでいるのだろうが、しかしそれがどうかかわってくるのか。いつの間にか、聞き手は息をひそめているようだった。

「京西一也さんはミステリーと同じように、こうした文字遊びも好きなようですね。その読書傾向や趣味からしても、言葉や文字をないがしろにしない人でしょう。その人が、改めて読んだ『三国志』のこうした部分に触発されて、なにか自分なりの面白い発見をしていたというのは充分考えられることです。そしてそれを利用した」

「発見？　どんな？」途切れ途切れに片山が問う。

「首に横に線を引いたのは、まさに、皆さんが想像したとおり、首を切るという意味でしょう。ただし、体ではなく、京西という名前の首だとしたらどうでしょうか」

「名前の首？」浜口沙貴の怪訝な表情はそのままだ。

「そうです。京西の京から、首の上の部分を取ったらこういう字になりませんか？」

〝⿱口小〟

「これは小さいの〝小〟と、〝口〟という字に分解することができます。そして、京西の西が首を切ると、数字の〝四〟という字になりそうです。つまり、京西さんは、首を切ることによって、小口四郎という名前を伝えようとしていたのではないでしょうか」

全員の表情が凍りついた。

あげかけていた小口のスプーンが止まり、デザートの器とぶつかって、チンとガラスの破片のような音を立てた。

自らの体と名前を道具に用いたダイイング・メッセージが伝えていたもの……。

「私は全体像をこう想像しています」

鷲羽恭一が言った。

「小口さんは二千数百万の借金のため、なにか経理的な不正を働いてしまったのではないですかね。会社の金の流用とか、秘密裏に自社株を担保にして金を借りていたとか。それに京西光二さんだけが気がついた。同志的な連帯感から他には黙っていたのかもしれませんが。しかしあの夜、そのことで暴力ざたが起こってしまった。その拍子《ひょうし》に、シャワールームの脱衣棚の前で光二さんは命を落とした。そこへたまたま来合わせたのか、一也さんがそのことを知ってしまう。席をオフィスに移して深刻な話し合いが行なわれたでしょう。一也さんはもちろん警察を呼ぼうとする。小口さんは殺す気はなかったと力説する。警察はもうちょっと待ってくれと惑乱気味にすがりつく。頭に血がのぼり、やっかいな目撃者に怒りがわく。その結果が第二の殺人です」

片山と浜口沙貴は、言葉もなくじっとしている。

「小口さんは事後処理に心血を注いだ。一也さんは明らかに他殺だが、光二さんのほうは事故にも見せかけられる。そこで、二つの死の入れかえ工作が行なわれたわけです。自分の爪《つめ》に残っていた光二さんの頰の皮膚や血を一也さんの指先に移しかえ、光二さんのピアスをオフィスの机に置いた。この入れかえ工作にはもう一つ利点がありました。まず先に光二さんが死亡した場合、その持ち株は一也さんに渡りますが、クラブの規約によると一也さんの持ち株は社長の室岡さんに譲渡されることになります。しかし兄弟の死の順序が逆になれば、両者の株は光二さんを通して小口さんの手に移るのです。

八千万の生命保険と四十パーセントの自社株。莫大な利益ともいえます。小口さんには翌日、社長との話し合いが予定されていました。光二さんが、知りえた小口さんの不正を社長に伝えていなかったにしても、かなり厳しい内容になることは明らかでした。室岡社長も、光二さんが持ち株数を増やして反体制的な発言権を強めようとしていることは重々承知していたでしょうから、金と引き換えに小口さんの株を要求することも充分考えられることでした。

小口さんにしても青春の力を注《つ》ぎ込んできた会社の株でしょう。まだまだはじき出されるわけにはいかなかった。しかしどうにもならない借財……。ところがこうした追いつめられた状況を、あの夜の京西兄弟の死が大きく好転させてしまったのです。といって、小口さんは、そのことをのこのこと言って出られるような立場にはいなかった」

「どうしてですか?」

ほとんどぼんやりとした口調で浜口沙貴が訊いた。

「あまりにも小口さんに都合がよすぎるからですよ。三人が残業していたことは誰もが知っている。そのうち二人が死んで、残った一人の発見者がうまくできすぎたような利益を得る。どう考えても疑惑の対象になり、厳しい追及を受け続けるでしょう。それに、黙っていたとしても、スケジュールの関係で、いずれにしろ四日後には小口さんが第一発見者になってしまうのです。そしてそれより以前に予定されている社長との対決に、すでに手にしている切り札を出すわけにもいかないという悔《くや》しいジレンマ、苦境……。しかし、これを回避する方法が一つだけあります」

天井のほうを見ていた片山が、頭を鋭く働かせたようだ。

「社長との話し合いをすっぽかさざるを得なかった納得のできる理由があればいい」

「そうです。それに、シナリオの上で、一也さんを殺した光二さんがシャワールームまで行ったことに理由を与えなければなりません。あれやこれやを考え合わせると、ある風変わりな発想が浮かんできました」

私の口から「監禁」という言葉が漏れると、片山は不意に身を乗り出して抑揚《よくよう》を強めた。

「そうだ、不可能じゃないですか。光二さんが小口さんを閉じ込めたはずなのに、その光二さんを小口さんが殺していたなんて。そのうえ一也さんまで。ありえないよ。じゃあいったい、誰が小口さんを閉じ込めたっていうんです？」

「そう、監禁されていた人間に外部の者を殺すなんてことは不可能。まさにこの物理的な壁こそが、この事件での明らかな受益者である小口さんを容疑者の範疇《はんちゅう》からはずさせていたのです。むしろ、四日間も飢餓の状態に置かれた被害者と受け取られます。うまい方法です。自分自身の手で用具室に鍵を掛けることが可能でさえあれば成立する逆転劇です」

片山はこぶしを顎に当てていたが、その目を鷲羽の顔へもっていった。

「用具室の合鍵は社長しか持っていない。そうした物も含めて、小口さんが余計な物を一切持っていなかったことは警察も確認しています……それでも、そういう方法があるというんですね」

「あります」

鷲羽の口ぶりは、あくまでも静かだった。

「用具室の鍵には、キーホルダー状に大きな木の札がついていますね」

「シャワールームとか、あのへんの鍵はみんなそうです」

「そこでまず、小口さんは、シャワールームの排水口に栓をします。スキューバ用のベルトを折りたたんでその上をウェイトで押さえるぐらいでもいいでしょう。それからシャワーをすべて全開にし、床に深さ十五センチほどの水を張るのです。スロープ状廊下側のドアの隙間から少し外へ漏れていくでしょうが、あそこはもともと濡れているのですから問題はありません。水が溜まったところで小口さんは栓をはずし、素早く用具室に入ります。この時当然、用具室にも水が流れ込みますが、四日もあれば充分乾いてしまい、これも問題とはなりません。水に浸《つ》かっていたであろう光二さんのズボンなども同じことです」

殺人者として糾弾されている顔見知りの人物をそばに置く複雑な感情とは裏腹に、私はこの謎解きにすっかり気を引かれていた。

「小口さんは用具室をロックしたあと、その鍵を郵便受けのような開口部から外へ投げ出せばいいだけだったのです。木札は水に浮きました……この場合、鍵をぶら下げたまま。そして浮いている木は、水の流れに従って動きます。シャワールームの排水が進むに従い、漂い、流れていきます。京西光二さんは入口右手の脱衣棚の所で、室内向きに倒れていました。シャワールームのことをよく知っている皆さんにはお判りでしょう。光二さんの右手の近くということは、とりもなおさず、排水口の近くでもあるということです。浮かんでいた用具室の鍵は、最終的には排水口のそばの床に残るのです。かくして、外部から鍵を掛けられたかのように内部の者が偽装する逆密室が完成したわけです」

　私は鷲羽の推論を検証するだけの余裕もなく、感嘆の言葉を思いつくこともできず、ただ口をつぐんで話の大詰めを待っていた。

　鷲羽が続ける。

「最有力容疑者になるところを見事に被害者となって救出された小口さんは、その時点で室岡社長より持ち株が多くなってさえいました。その不利のため、室岡さんは、本来は社のための生命保険を小口さんが個人的な借金の穴埋めに使うことにも目をつぶったりしたのでしょう。京西光二さん亡き今、小口さんは経理の裏操作で不正のつじつまを合わせておくことも可能でした。

　それに、四日も経過すれば、いかに法医学でも兄弟のどちらが先に死んだかを特定することはまず不可能になるでしょうし、意識を失うほど殴られたと自称する小口さんの頭の傷の具合も曖昧にできるでしょう」

　深い沈黙に気後《おく》れするかのように、浜口沙貴が小声で切り出した。

「確かに一転して自分を有利にできるでしょうけど……そのために本当に自分を四日間も飲まず食わずの状態に追いやることができるでしょうか……」

「そうだ」と片山も、反論の一端を見つけたように声を高めた。「警備会社の記録にも残ってるんですから、小口さんがずっとあの用具室に閉じ込められていたのは動かしようのない事実ですよ」

「人間、一日二日絶食したって死にはしない。二重殺人の罪をかぶることを思えばどんな覚悟だってつくでしょう。それに、小口さんはちゃんとそのへんの用意も怠《おこた》りなかったと思いますよ。飢える必要なんてなかったはずです」

それはどういう？　という疑問の視線を、私は鷲羽恭一に向けた。

「死体と現場の偽装工作を終えたのが九時頃だったろう。警備システムが自動的に働く十一時までに、小口さんは用具室に入って鍵を閉めればよかった。だから時間はたっぷりある。小口さんは近くのコンビニエンスストアーからパンや握りめしなどを買って来て、そのビニール袋などの包装を全部ゴミ箱に捨ててしまえばよかったのさ。食べ物を裸のまま持ち込めば、食べてしまえばなにも痕跡は残らない」

説明されてみると単純なことだった。

「飲み水に関しては、さっきのイカ包みのグラタンの要領だよ」

と、また少し意表を衝くことを鷲羽が言った。

「そうだなあ、例えばメロンなどでもいい。これを皮をむいて半分に割り、その中をくり抜いてそこに水を溜めておく。水を飲みきってしまえば器は食べてしまえる。食べられる容器というわけだ。こういった準備をしておけば、別に悲壮な断食の決意などいらないだろう。食べ物の保《も》ちから考えて、最後の一日二日ぐらいは本当に絶食だったかもしれないが、そのほうが憔悴《しょうすい》ぶりにも真実味が出て都合がよかったともいえるんじゃないかな」

鷲羽が最後に言った。

「まあ、木の札が鍵をつけたまま水の中で浮いているのをどこかで見ていて、その記憶から自分を閉じ込めるあのトリックを思いついたのだとは思うが

「……」

ぎこちない沈黙が落ちるのを避けるかのように、小口がぽつりと言っていた。

「追い込まれて必死になると、自分でも驚くようなことをいろいろと思いつくもんです」

「小口さん……」

半ば呆然と声に出して、片山はまつげを伏せた。

私が緊張を緩《ゆる》めようとしていると、隣の席の男たち二人が立ちあがるのを感じた。彼らは小口四郎の横に来て、内ポケットから警察手帳を取り出した。

「ご同行していただけますか？」

頷いたのか、小口はかすかに顔を下に向けた。

「ワインを一口、いいですか？」

「どうぞ」

実にさりげないやり取りだった。お客のほとんどがなにも気付いていないに違いない。

やがて小口四郎は、丁寧に椅子を引いて腰をあげた。

三人が立ち去った後、鷲羽は残されたデザートに目をやった。

「だから、食べ終わってから聞けと言ったんだ」

私は、彼が事件の真相を見破っていたこと、そして警察まで待機させていたことに少なからず驚き、それを表情として表わしてしまったのだろう、鷲羽は、ふんと鼻を鳴らした。

「警察に協力する義理はないが、目の前にぶら下がっている真相の向こうで犯罪の成功者にほくそえんでいられるのも肚に据えかねるからな」

私は一人分席のあいたテーブルで、また鷲羽のあの言葉を思い出していた。

どのテーブルにもそれぞれに人生の断面が映し出されている。

小口四郎にとってこれは、急転直下、しばらく味わえない最後の晩餐となった。

この席が、まさか別れの席であったとは思ってもみなかった私は、さまざまな人の姿を映すあちこちの穏《おだ》やかそうな食卓を、吐息まじりに見回していた。
　スクープの草案が頭に浮かんだりしたが、まずはコーヒーでも飲み干そうか……。

3
獅子の城

1

闇に沈んでいる駐車場に、的場俊夫《としお》は車を停《と》めた。郊外レストラン〝蘭駄夢《ランダム》〟は、ちょうど終業したところだろう。時刻は午後の十一時だ。

オーナーシェフである鷲羽恭一の知恵を借りなければならない。なんとしても……。

まさか、こんなことになるとは思わなかった……。

的場は駐車場の砂利《じゃり》の上に立った。

函館の観音山に近い〝蘭駄夢《ランダム》〟は、周囲に低木や茂みが多かった。少し涼しい夜風には、木々の葉のざわめきが溶け込んでいる。

駐車場はレストランの裏手に当たり、表通りからは見えなかった。今は、奥まった従業員用駐車場に、二台の車が見えるだけだ。

ガス灯を模した照明は、ムードは出しているがそれだけに明るさに乏しい。ここにはレストランの窓も面していない。犯罪が行なわれたとしても、確かに人目には触れにくい場所だろう。

この駐車場の、奥まった場所で血痕が発見されていた。砂利を掻き回してごまかそうとした形跡はあったが、完全に血痕を消滅させることは無理だったのだ。

しかし、警察は今では、その血痕さえも偽装だと考え始めている。

事件の概要はこのようなものだった。

殺人事件の被害者は、四十四歳のサラリーマン、犬伏盛也《いぬぶしもりや》。身長は百七十二センチ、体重は六十八キロ。髪をリキッドで後ろへまとめ、浅黒い顔に濃く口髭をたくわえている。今朝の五時半頃、彼の死体は発見された。場所は、〝蘭駄夢《ランダム》〟から車で十五分ほど北へ行った森林の中。めったに人はいかない場所だ。死体が浮かんでいたのは、半ば濁っている穏やかな川で、その川岸に引っかかっているのを釣り人によって発見されたのだ。

　運転免許証で身許は確認された。腕時計は壊れ、十一時五分で止まっていた。心臓部を二度刺されたことが致命傷だった。左目の近くとその下の頬に、殴られたと思われる傷があった。解剖によって導き出された死亡推定時刻は、発見時の前日――九月十八日月曜の午後十時から零時までの間であったが、これはさらに絞られることになる。十一時までは、犬伏は〝蘭駄夢《ランダム》〟で食事を摂《と》っているからだ。

　死体が川に投げ込まれた時刻も推定されていた。この川の水特有の有機物が、皮膚などへ侵染している様子、体内でのプランクトンの状態などから、発見時の少なくとも五時間半前には、この死体は川の中にあったはずだと鑑定されていた。つまり、零時までには、死体は川に入れられていたことになる。

　死体発見場所の上流八十メートルの所に、犬伏の車が乗り捨てられていた。深い茂みに隠れる格好だった。車の助手席と後部の床には被害者の血液が大量に残されていて、ステアリングなどからは指紋が拭き消されていた。死者のポケットにあった財布や、彼が常に持ち歩いていたブリーフケースの中身には、異状がなさそうだった。

　車の近くの川底には、一抱えある岩があり、それにはロープが結びつけられていた。死体の腰にロープで縛られた跡があることから、死体は重石《おもし》をつけて沈められたと見られている。それがほどけてしまい、割合に早い発見になったのだろう。

　そのせいか、容疑者もすぐに浮かんだが、それこそが的場俊夫にとっては問題だった。

とにかく、相談に乗ってくれそうな人間の顔を見るだけでもありがたい心境になるだろう。

　的場は、〝蘭駄夢《ランダム》〟の従業員用出入り口に向かった。

　顔見知りのコックに通してもらい、奥へ進んだ的場は休憩室のドアをあけた。

「よお。どうしたい、的場くん」よく響く、太い声。

「もうクローズしてるんだが」

従兄弟《いとこ》は、まだシェフ帽を頭に載せていた。福々しい丸い顔と長い帽子が、エクスクラメーション・マーク（！）のように目に映る。肥満体を、白いユニフォームが肉まんのように押し包んでいた。しかし、今日の彼の顔色は、あまり冴えたものではなかった。

「事件のお話ですよ、鷲羽さん」

「ああ……。こっちは聞き飽きてるよ」ぞんざいに、太い指が振られる。「今日は一日いっぱい、刑事達が出入りしてはその聴取だ。うんざりだ！　店がどれほどの迷惑をこうむったか」

「想像できます。大変だったでしょうね」機嫌をこれ以上そこねないように、的場は鷲羽の正面の席にそっと座った。

「店の雰囲気がだいなしだ！　時間も取られっぱなし。仕込みも満足にできなかったから、明日は臨時休業にしなければならないんだ。野次馬や報道陣がさらに押しかけて手に負えなくなるだろうしな」

従業員も動揺していたろうが、〝蘭駄夢《ランダム》〟の君主・鷲羽恭一が叱咤激励して、気持ちをグイグイ引き締めて一つにまとめあげていたのだろう。

「騒がしい連中など、取って食っちまいたいところだが、あの俗臭は私の腕をもってしてもいかんとも料理しがたいしな」

彼は経営者にして料理長でありながら、時にギャルソン用のエプロンを掛け、時に食肉解体用のエプロンまで身にまとい、まさに獅子奮迅の活躍をしてこの城を守っている。咆哮《ほうこう》する獣面の守り神、シーサーかもしれない。

疲労と苛立ちでくすんでいる顔色の中から、大きな目玉が的場をにらみつけた。

「この上、君も取材に押しかけて来たわけか？」

「いえいえ。社会部記者として来たわけじゃありませんよ」

「では、個人的な興味か？」

「……興味、ではありませんね。重要容疑者が逮捕されまして、奔走しなければならなくなったのです」

「そうか！　逮捕されたか！　これはめでたい。騒ぎも萎《しぼ》んでいくだろうさ」

「逮捕されたのが、私の弟でしてね」

鷲羽の口が、巨大な鯉の口さながらにひらいた。ポカリと。
一、二度予備動作があってから、それは動いた。
「雅人《まさと》くんが……？」

「なにがどうこんがらがったのか、あのアホウが見事に疑われまして」

「……そりゃあ、彼は、被害者と同じ会社に勤めているが……」

雅人は、兄の俊夫より二つ年下の三十四歳。彼も独身で、〝浜本《はまもと》ディーゼル・サービス〟という発動機販売会社の平社員だ。犬伏盛也は、雅人の上司の係長である。

「しかし、逮捕までされたというのは穏やかじゃないな」

「ええ。それで、雅人への疑いを晴らすために知恵を拝借しようかと……」

知恵の輪をペンチでこじあけるようなところもあるが、鷲羽恭一の知力が並々ならぬものであることは間違いがなかった。ミステリアスな問題に頭を使うことを意外と好むし、実際に、犯罪を解決に導いたこともある。

鷲羽の眉間が、厳しく引き締まった。

「無論、協力させてもらおう」

2

「雅人の奴、犬伏さんから金を借りていたらしいんです」

促されて、的場は話しだしていた。

「雅人が利用していた金融会社が倒産してしまって、

大きく預けておいたあいつの信託財産がパーになったでしょう。ちょうどその辺りで交通事故の損害賠償などが重なって、預金だけでは足りなくなったんですね。それで、犬伏さんに借金をしたらしいんです。こっちにはなにも言わず……」

「どれぐらいの額だい？」

「元本《がんぽん》は百二十万ほどだったそうです」

「元本？　利子でも取っていたのか？」

「実はそうなんですよ。犬伏さん、金貸しをやっていたんですね。かなり、利率が高いんですよ。それを承知で雅人も借りたわけですが、経済的なアクシデントが重なって、返済が長引いてしまっていた。今では二百万を超える借財になっていましたね」

「取り立ては厳しくなっていたのか？」

「険悪なムードになる時もあったそうです。犬伏さんは、お金には相当にこだわる人だったようですね。執拗だったり、陰険だったり、目の色が変わるそうです」

的場は身を乗り出し、少し声を潜めた。

「……それだけじゃなくて、これはまだ表には出ていない情報ですが、あの人、強請《ゆすり》もやっていた形跡があるんです」

「犬伏さんがか？」

「驚きましたけどね。強請のネタが数人分あったそうです。犬伏さんは、強請の相手に借用書を書かせ、それの返済という形で金を受け取っていたようです」

「では、雅人くんも強請られていたのか？」

「いえ。それはなかったと、あいつは否定しています。ただ金を借りていただけだ、と」

鷲羽は、たっぷりと肉のついた喉の奥で唸《うな》った。

「しかしそれは、雅人くんを疑う人間から見ると、一蹴《いっしゅう》したくなる言い分だろうな。雅人くんが強請られていたことを示すネタはなかったんだね？」

「ええ、それは」

「だが、その動機面だけで雅人くんが疑われたとは思えないな。本当に強請られていた他の人間にこそ殺害の動機は強くあったはずだ」

「物証が出てしまったんですよ、雅人にとって圧倒的に不利な」

「なんだ？　凶器か？」

そうなんですよ、と、的場は沈んだ思いでその点の説明を始めた。

「警察は、今日早くから〝浜本ディーゼル・サービス〟に聞き込みに行きました。そして、被害者犬伏と雅人との関係も耳にした。雅人から事情を聞きながら会社のガレージに行くと、そこに凶器のナイフがあったのですよ」

「ガレージに……」

そこで鷲羽の目が、ハッとした色を浮かべた。

「そうか、昨夜、閉店間際に雅人くんもここに来ていた。会社の車に乗って。犬伏さんとここで接触していた可能性はあるわけだ」

「そして殺した、というのが警察の見方です。雅人はそのまま会社へ帰り——帰社した時刻は十一時四十分だったと雅人は供述しています——凶器をガレージ内に落としてしまう」

「それほどドジな犯人がいるかね？」

「間抜けすぎるからといって、警察は無罪にはしてくれません。むしろ彼らは、お粗末な失態で尻尾《しっぽ》を出す犯罪者を飽きるほど見てきているんです」

「うむ……」鷲羽の太い眉が陰を作った。

「あの会社にはガレージが三つあって、雅人が使った車が入っているのは第一ガレージです。このガレージに到着した十一時四十分という時刻は、第三者も証言しています」

「会社の従業員か？」

「いえ。会社には誰も残っていませんし、明かりも消えていました。会社のすぐ向かいの住宅に、浪人生がいましてね。二階の自分の部屋で勉強中だった。問題のガレージは、開け閉めする時にかなり大きな音を立てるんですよ。浪人生はラジオを聞いていて、それを邪魔するような音を立てられたのです。深夜になってこの騒音を立てられることはあまりないんで、特に気になったんですね。その音は、五分後にもう一度聞こえました。二度騒音を立てられた浪人生は、眉をひそめながら外を見たわけです。ガレージのシャッターをおろした雅人が、なにかを手に立っていた。雅人は自分の車を停めてある駐車場へ向かいました」

「最初のシャッターの音は、帰り着いた雅人くんがガレージをあけた時の音。二度めは、ガレージから出て閉めた音だな」

「お気に入りの女性DJの話を、二度ともちょうど聞き取りにくくされたので、浪人生は両方の時刻を正確に覚えていました。最初が十一時四十分。二度めが四十五分です。これらの行動は、雅人も認めています」

「凶器のほうはどうなんだ。間違いなく本物なのか？」

「それは動かしようがないみたいです。果物ナイフに毛が生えた程度の刃物なんですが、血液反応があり、微量に残っていた血液は被害者のものと一致しました。それに、刃先が欠けていましてね。その部分は、被害者の胸の骨に刺さっていたんです。もちろん、傷の形にも矛盾はありません。本物に間違いないでしょう。そして、ナイフの握りの部分にはMと彫られていたんですよ。素人が自分で彫ったもののようです」

「M、ね……」

的場雅人……。警察が満足したのは言うまでもない。的場雅人は、そんなナイフは知らないと供述している。

「昨夜……」鷲羽が述懐する。「雅人くんは仕事帰りだったんだよ」

「そのようですね」

「故障した小型船舶のエンジンを受け取っての帰りだった。私はその前日、雅人くんから連絡を受けていた。ちょっとお話ししたい、ということだったな。何台かあるカメラのコレクションを高く買ってくれそうな人に心当たりはないか、という相談だった。ここで話したんだ」

「何時頃からでした？」

「あれは……、十時四十分ぐらいからだな。十五分か二十分ほどいて帰ったはずだ。カメラの話のほうではあまり役に立てなかったが、私は、ここで働かないか、と誘ってみたりはした。断られたがね」

　このレストランでは、従業員の入れ替わりが激しいことを、的場も承知していた。気分屋で、要求するレベルが高い鷲羽恭一についていける人間は多くないのだろう。

「そうだ。十一時頃、私は駐車場から走り去る雅人くんを見送ったが、犬伏さんの車はまだあったはずだぞ」

「警察なら、雅人は暗闇に自分の車を停めて引き返して来たのだろう、と言うでしょうね」

　鷲羽は苦い顔で腕組みをして、

「しかし、まずそのガレージ内の凶器だが、それにしたって、雅人くんに罪を着せるために誰かが投げ入れておいたと考えることもできるだろう」

「いえ……。それはできそうもないんですよ」その残念な事実を、的場は口に出した。「あの会社は、ガレージの戸締まりも厳重で、鍵が必要なんです」

「そういえば、そんな話だったな。泥棒に入られて以来のセキュリティー体制ってやつだろう」

「顧客にも保安システムをアピールする、ってわけです。第一ガレージの鍵は二つ。あの日は、一つの鍵は雅人が管理していました。十一時四十五分以降も、雅人は鍵を肌身離さず持っていたそうです。もう一つの鍵は、被害者の犬伏さんが持っていました。翌朝早くから、会社の車を使う仕事が入っていたからです。この鍵は、死体と一緒に川の中にありました。彼のポケットから発見されています。ちなみに、被害者は零時前には川に投げられていたと判断されています。例の浪人生は二時まで起きていましたが、雅人の時以降、ガレージが開け閉めされる音は聞いていません」

「雅人くん以外には、誰も凶器を持ち込めない、というわけか……」

「ええ。あそこの窓ははめ殺しですし……」

的場はタバコを喫《す》いたくなったが、この部屋は禁煙だった。

「もう一つ、あいつにとって不利なのは、ここから会社までの移動時間です。このレストランから車を出したのが十一時として、十一時半にはもう会社に着いているはずなんです。かなりの安全運転、低速で走ったとしてもね」

「まして、夜間の時間帯ではな。三十分あれば充分すぎる」

「しかし、雅人が帰社したのは四十分。あいつは、ちょっと道を逸れて、私のアパートに寄ったと言っています。その時刻、私はまだ帰宅していなかったんですよ」

「そうか……。警察はしかし、その余分な時間の間に犯行を行なったのだ、と主張するだろうな」

そう推察した上で鷲羽は、「だが」と、目を光らせた。

「その警察の推論には穴がある」

「どこにです？」

「雅人くんにはアリバイができることになるじゃないか。雅人くんはここの駐車場で犬伏さんを殺してしまったとする。遺体と犬伏さんの車は、ひとまず近くの闇の中に隠す。それから雅人くんは会社に向かった。十一時四十五分にはその姿が確認されている。いいか、この時刻の雅人くんの所在は明らかなわけだ。彼はそれからここへ戻って来るが、到着した時点で零時十五分になっている。遺体はもう、川に沈められている時刻じゃないか。遺体が沈められていた川へ雅人くんがたどり着くには、さらに十五分は車を走らせなければならないんだぞ。この程度の鑑定とのずれは許容範囲だと、捜査陣は無視したのか？」

「いえ」的場は吐息をついた。「無視しなくても成立する仮説を警察は作ったんですよ」

「なんだと？」自分が侮辱されたかのように、鷲羽は眉目《びもく》を険しくさせた。「共犯がいる、ということか？」

「いいえ。単独犯でも可能ですね」

「そんなはずがあるか。雅人くんが車を二台同時に運転できない限り、彼には犯行は無理だ」

「それを覆すのが、殺害現場はここではない、という仮説です」

「なに？」

「レストランから出て来た犬伏さんに、雅人は声をかけたわけです。そして、なんらかの理由を設け、車でついて来るようにと犬伏さんを誘った。自分の車の後ろからね」

鷲羽はじっと聞き入っている。

「死体の発見場所である森の奥まで入ったところで車を停め、雅人は犬伏さんの車に移った。そこで犬伏さんを刺殺。死体を助手席に倒すようにして、その場に血を流す。後部の床にも血を流し、一部は採取しておく。ハンドルなどを拭き、犯人が運転して来たかのように偽装する。死体には錘《おもり》をつけて川の中に投げ入れた。それから雅人は、会社へ全速力で帰った、となります」

「その時刻が、十一時四十分」

「会社から今度は、ここ〝蘭駄夢《ランダム》〟へと、雅人は取って返した。人けのない駐車場に、血液を振りまくわけです。犬伏さんの腕時計は、故意に壊された。十一時五分にしておけば、その時刻には雅人は〝蘭《ラン》駄夢《ダム》〟を離れていることになっているし、今しがた鷲羽さんが言ったとおりに、もう一つのアリバイもできる。ガレージのシャッターはことさら大きな音を立てるように動かし、浪人生か近所の人間に自分の姿を確認させる計画だった……、これが警察の見方ですね」

苦渋のダルマそのものといった顔つきになった鷲羽が、

「その説にしても、細部には矛盾があるが……」

と呟いたところで、ノックの音がした。

従業員が顔を覗かせ、オーナーシェフの指示を仰いで行った。

それを潮に、的場は腰をあげた。

「昨夜の犬伏さんの様子、詳しく教えてもらえますか。あの人の座っていた席も見せてもらいたいし」

3

〝蘭駄夢《ランダム》〟の店内は、けして広くはないのだが、贅沢で瀟洒《しようしや》な造りになっている。

後片付けが済んで明かりが落とされていたフロアに、鷲羽が照明を入れた。

それでも、店内は皓々《こうこう》と明るくなるわけではない。料理を映《は》えさせるテーブルの上はもちろん例外だが、それ以外の照明は仄明《ほのあか》るく灯るだけだった。木調とオフホワイトの壁、それ以外の色彩は、緑系統が多い。落ち着いた、深い緑の配色だ。

淡く浮かびあがる太い柱や重厚な椅子は、物静かな高級感で客達に特別な時間を与える。

これだけの店を造りあげた従兄弟《いとこ》を、的場俊夫は素直に尊敬していた。

鷲羽の現在を知る者は信じられないかもしれないが、少年時代、青年時代と、彼はどちらかというと線の細い男だったのだ。今の体形の予兆はあったがそれはまた別の話であり、性格的には引っ込み思案な面さえ見受けられたものだ。長ずるにつれて負けず嫌いなところが前面に出るようになり、料理の道で彼は成功をおさめていった。三十五歳の若さで店を持てるようになったことに的場は喜んだが、同時に若干、プレッシャーに押しつぶされなければいいが、という不安も懐いたのだ。しかしそれは、杞憂《きゆう》にすぎなかった。一国一城を得ることによって、鷲羽は、自ら王となっていった観がある。今では押しも押されもしない、堂々たるオーナーシェフだった。いささかワンマンすぎるほどの。

「あの十二番テーブルが、犬伏さんの指定席だ」

フランクフルトソーセージほどの指が指し示したのは、束ねられた緑色のカーテンの装飾もある奥まった一角だった。丸テーブルもエメラルドを思わせる色で、中央には控えめに花が飾られている。二人はその席まで近付いた。

犬伏盛也がこの店に通うようになったのは二年ほど前。従兄弟《いとこ》がやっている店だ、と的場雅人が連れて来たのが最初だった。週に二度通う常連になったのは、十ヶ月ほど前からだった。

「昨夜はもちろん、いつもどおりのボルシチだったのですね？」

「そうだ。月曜の定番だな。ボルシチとサラダとライス。まあ、一品メニューだ。それとグラスワイン。木曜は、その都度、お薦めのメニューを摂る。うちのボルシチの煮込み具合とスパイスを愛してくれたのだから、大した味覚の持ち主だったな」

〝浜本ディーゼル・サービス〟を退《ひ》けた後、独り者の犬伏は、パチンコをしたり映画を見たり、少し早めの夜の遊びなどをした後、十時半頃に〝蘭駄夢《ランダム》〟へ現われるのが常だった。

「昨夜も、十時半にやって来たのですね」

「そう。予約どおりだ。……ただ、思い返してみれば、様子が少し変ではあったな」

的場は鷲羽に向き直った。

「変、って、どのように？」

「いや、大きなサングラスをしていてね、それをずっとはずさなかった」

的場は、前夜に犬伏が座っていた座席に目を移した。

「照明が抑えられているこんな場所でサングラス？」

「料理の色彩も味わえなくなるのだから、普通ならとんでもない話だが、理由があるようだったからな」

「理由？」

鷲羽は、順序立てて話すことにしたらしい。

「犬伏さんが席に着かれた時、私も久しぶりに挨拶に出たんだ。ウェイターチーフと一緒にね。奇妙に思われることは承知とばかりに、向こうから説明してくれた。夜になって街を歩いている時に、暴漢に襲われて顔を殴られたんだそうだ」

「ああ！　頬の傷か」

「若者の二人連れだったそうだ。金目当てだったようだが、幸い金品は奪われず、人が駆けつけてくれたのでそれ以上の暴行もなかったらしい。だが、目の横のアザが目立つので、サングラスを買ったということだった。頬のアザはほとんど目立たなかったが、やはり痛いだろうさ、モソモソとしゃべっていたよ。せめて食事で気持ちを引き立ててください、と、悔やみを述べておいた」

「食べ物を嚙むために顎を動かすのも嫌だったでしょうね」

「そうかもしれない。黙々と食べていたよ。日頃から寡黙《かもく》なお客だったがね」

犬伏は十一時少し前に〝蘭駄夢《ランダム》〟を出た。

「警察の見方だと、ここの駐車場から殺害現場まで、雅人くんが犬伏さんを連れ出したわけだな。しかし、犯人はどうして、凶器などもその時に川へ投げ捨てなかったのだろうな？」

「死体がいずれ発見されるのは仕方がないにしても、M、とイニシャルの刻まれた凶器が見つかっては自分が疑われる、と的場雅人は考えた。これが当局の推測ですよ。返り血を防ぐために使ったジャンパーや手袋で、雅人はその凶器をくるんでおいた。それを、ガレージで床に置いたわけです。そうして雅人は、運んで来たエンジンを車からおろす仕事を済ませ、ガレージを出た。この時、凶器のナイフが滑り落ちたのに、彼は気付かなかった、というストーリーですね」

「ナイフもジャンパー類の中にあると思い込んだまま、それらは処分された、となるわけか」

　そこで鷲羽の目は、ふと力のある光を持った。

「待てよ。私が刑事から聞いた話のニュアンスだと、食べた直後であるかのように、ボルシチがほとんど未消化だったようだが、違うか？」

「そうでした。確かに」

「だが、今の警察側の推測だと、犬伏さんは現場の川に到着するまで十五分は生きていたことになる。これは、実証主義的推理の不備ではないか？」

「うーん」

　警察側の推測を擁護するつもりはなかったが、的場は一つの意見としてそれを口にするしかなかった。

「でも、消化状態は個人差が大きいでしょうからね。食べた直後なのか、十五分後なのか、確実にどのケースでも特定できるわけではないでしょう。濡れ衣を晴らす証拠とまではいかないと思いますよ」

「うーむ」

　今度は鷲羽が不興げに唸ったところで、厨房《ちゅうぼう》へのドアがあいた。

　顔を出した従業員に締めの業務の終了を伝えられたオーナーシェフは、顎の肉を膨らませて鷹揚に頷いた。

「後は私がやっておく。ご苦労」

　十一時二十分だった。

　事件と捜査における基本的なデータを提出し終わったこの時点で、機は熟していた。的場俊夫は、次の話をいよいよ切りだそうとする。鷲羽の時間を邪魔してしまって申し訳なくは思ったが、鷲羽恭一の知的能力を発揮してほしいのは、特にこれから先だった。

「それで、鷲羽さん」

　的場は言った。

「私、個人的にも調べ回りましてね。一人、くさい人物を見つけ出したんですが、彼が真犯人ではないか、検討してくれませんか」

鷲羽恭一はニヤリと笑った。

「なるほどね。面白そうじゃないか、聞かせてもらおう」

4

場所は、オーナーの個室に移されていた。鷲羽恭一は葡萄茶《えびちゃ》色の革張り椅子に大きな体を預け、的場俊夫はデスクを挟んで正面に置かれたゲスト用椅子に腰掛けていた。

取って置きとシェフが称するコーヒーが淹れられている。

「犬伏さんの部屋には、この男の借用書があったのですが、そんなものを交わした覚えはない、と彼は否定しているんです。その点が怪しいのですが、彼にはアリバイがありまして……」

鷲羽はシェフ帽を脱いで傍らに置き、さらに不敵に笑った。

「ますます面白くなってきた」

従兄弟《いとこ》の頼もしさに、的場は肩の力を抜く。

「名前は、月下二郎《げっかじろう》。年齢は三十一歳で独身」

「げっか？」

「月の下、と書きます」

的場は、その男について書かれたメモ書きを差し出した。

「ペンネームか？　芸名か？」

「当人も、よく訊かれるでしょうね。本名です」

鷲羽はメモの表記に目を落とす。

「捨て子か……」

「生後一ヶ月で、児童養護院の門前に……。その施設の院長と、市長が名付け親ですね」

的場はすでに、月下二郎本人と面談をしていた。その時に、命名時のエピソードも当人が語った。

とにかく、月の光の印象的な夜だったそうです、と、的場に話す月下二郎は微笑んでいた。そんな秋の夜に、彼は院長によって発見されたのだ。月光がスポットライトのような光の柱になって、籠の中の幼児を照らしていたという。その次の晩、その幼児は、授乳さえ途中で拒んで、窓の外の満月にじっと見入っていたらしい。院長からは、どうしても月のイメージが抜けなかったようでしてね、と月下二郎は面白がった。そして彼は、こうも言った。月の光を浴びすぎると、狂気に取り憑かれるそうですけど。

月下のような境遇の場合、名前は、その時の季節を感じさせる言葉と、幸せになってほしいという願いの言葉を組み合わせて作るのが普通だろう、と的場は思う。院長は変わり者だったらしい。そして、信念に基づく強引さも持っていた。ちょうど、鷲羽恭一のように。月の刻印をこの子に与えるべきなのかもしれない、と、その院長は主張し、月という文字のつく名前を市長に強く勧めたという。

「コーヒーは、今が適温だ、飲みたまえ」

自分でもカップを傾けている鷲羽が太く言う。

「あ、はい」

的場はカップに口をつけた。確かに、「ハアッ」と声が出るほど、その味と香りは格別だった。

「それで、この男は犬伏さんと面識があるのかい？」

「ないと言っていますね。今の段階では、両者の結びつきは確認できません」

「借用書というのは？」

「取り交わされた日付はおよそ四ヶ月前で、額面が五百万です。利子は年に十五パーセント。貸し主の意向に添って随時返済する契約です。本文はワープロで打たれていて、両者の署名は自筆。貸し主の署名は当人のものにしても、借り主のほうは、まともに見れば月下の筆跡ではありませんね。ただ、どうもぎこちなくて、意図的に字体を崩している様子が見受けられます。印も、月下二郎が日頃使用している印鑑のものではありませんが、これもねぇ……」

鷲羽は苦笑した。

「その時だけの印鑑を買うってのは、簡単な手口だよな」

「なにより決定的なのは、その借用書に彼の指紋が複数付着していたことです。月下二郎の」

「指紋が」

「指紋の採取には、月下は協力的だったようです。借用書にはもちろん、犬伏さんの指紋も付着しています」

「指紋というほどの証拠があってもなお、その男は借用書など知らないと言い張っているのか?」

「そうなんですよ。犬伏さんの部屋に借用書があったのは五人。警察はこの五人にも聴取をかけました。うち二人は、当初、犬伏さんに強請られていたことを認めませんでした。その中の一人が月下二郎です。残る一人は、何度めかの取り調べを受けて、結局頷いたそうです」

的場は鷲羽の助けを借りて犯罪捜査に寄与したこともあるので、刑事の中にはそれとなく情報のヒントを流してくれたりする者がいたし、的場自身も、取材テクニックとしての裏技を駆使して必要な材料はかなり集めているつもりだった。

「すると、月下二郎一人だけが、未だに強請の被害を認めていないわけなんだな」

「それと、強請のネタが犬伏さんの部屋になかったのも、彼だけなんです。雅人もそうですけど」

「なかったか……」

唇をこすりながら、鷲羽はメモに視線を向けている。

「アメリカの医大を優秀な成績で卒業し、研修期間まで終えながら、医療関係の仕事には就いていない。現在は無職……?」

「定職はないみたいですね。挫折したのかなんなのか、医者にはならなかった」

「収入はどうしてるんだ?」

「パチンコや外国のカジノで稼いでいるようですよ。

転身の仕方が極端ですよね。統計的に有利な宝くじの買い方、なども話してくれました」

「どうも、カタギの感覚の持ち主とは思えないな。……車は所有していないが、免許は持っている。住所はこの近くだな」

「ここから南へ十分ほど行った所に、〝エディトリアル〟という喫茶店があります。カフェ・スナックといった店ですね。事件直後の十一時十五分から、月下はその店にいました。それが、彼のアリバイです」

「終夜営業の店なのか?」

「いえ。十一時半で閉店になります。月下は、そこのマスターと、他に三人の知人と一緒に、ポーカーに興じていたんですよ」

「ポーカー……」

的場は不意に、その形容を思いついた。

「無農薬野菜好きのギャンブラー、そんな感じかもしれません、月下二郎というのは。ポーカーで金は賭けていないそうです。勝者には仲間内での特典が与えられるそうですがね。明け方の六時まで、月下は彼らと一緒でした」

「犬伏さんの遺体が発見されたのが五時半だったな……」

「十一時十五分から他人と同席し続けていたのなら、犯行後、月下にはなにもする時間がありませんよ。鉄壁なアリバイでしょう」

ここより北に位置する死体発見現場や〝浜本ディーゼル・サービス〟は、〝蘭駄夢《ランダム》〟を挟んで〝エディトリアル〟とは反対方向になる。

「どこか引っかかるんですが、月下二郎は無関係ですかね……」

そんな的場の弱気を吹き飛ばすかのように、太鼓腹を叩きながら鷲羽は声を張りあげた。

「そう簡単に決めつけるな!　あきらめることはない。自分の頭脳に自惚《うぬぼ》れてアリバイ工作などをする人間がいるとしたら、そのアリバイは鉄壁にも見えるはずだ。だが、作ったものなら壊してみせるさ」

「鷲羽さんも、月下という男がくさいと思いますか？」

「それはまだ微妙だが、突っついてみる価値はあるだろう。雅人くん以外に真犯人はいるはずなんだからな」

コーヒーをたっぷりと飲んでから、鷲羽は続けた。

「月下二郎は、ボーカー仲間に借金はないのかい？」

「そこまではまだ、手が回っていなくて……」

「他に情報はないかい？　どんなことでもかまわないが」

コーヒーカップに口をつけながら、的場は記憶を整理した。

「……そうだ、喉の傷がありました」

「喉の傷？」

「犬伏さんの口の奥に、ちょっとした外傷があったそうです。死後についたものですね。なぜできたのかは不明です。川を流れている時に、異物が侵入したとも思えません。胃や肺には、川の水はほとんど入っていませんから。凶器の出所《でどころ》をたどるのは無理なようですね、量産された――」

「その喉の傷」鷲羽の声が的場の話を遮った。「それはもしかすると、思いもかけない手掛かりなのかもしれない」

「そうですか？」

「顔見知りの刑事を突っついてみるのも面白いかもしれないぞ、俊夫くん。傷に関連ありそうなことを調べてもらうんだ」

頷く的場には目もくれず、思考を追うことに集中するかのように、鷲羽は天井をにらみつけていた。

「ほう……、なるほど、そうか。これはますます興味深い」

鷲羽の大きな目が、的場に戻された。

「明日辺り、その月下という男に会いたいものだな」

5

グレードの高いアパートの二階が、月下二郎の部屋だった。

「さあ、どうぞどうぞ。狭いですが、遠慮なくお座りください」

部屋の主《あるじ》は愛想よく二人を迎えた。巨漢・鷲羽恭一にとっては、どんな席でも狭いだろう。

鷲羽が沈ませたソファーの端に、的場俊夫は体を乗っけた。この部屋に入るのは二度めだったが、的場は改めて室内を見回した。なんとも奇妙な部屋に思える。

背の高いサボテンのようなデザインをしたハンガースタンドには、いろいろな帽子が掛かっている。砂の代わりに粘度の高い液体が落下している〝砂時計〟や、厚紙でできた首長竜の模型などがゴチャゴチャと重なり、その奥から、南方の島国の民族色が濃い仮面が覗いている。書棚には、医学の専門書があるかと思えば、ミステリーの本が溢れそうになっているし、確率論やパラドックス研究の本などもおさまっていた。机の上でひらかれている雑誌のページを押さえているペーパーウェイトは、外国のコインのようだ。

「お飲物はなにを？」

「いや、コーヒーも紅茶もけっこうです」深く沈みすぎる体の姿勢を整えようと、鷲羽はもがいていた。

「おかまいなく」

月下は、冷えたプーアール茶を三つのグラスに注ぎ、客と自分の前に置いた。ガラステーブルの向こうに、彼は腰を落ち着けた。

カッターシャツは、艶のいいシガー・ブラウン。髪は長めで、秀でた額にフワリとかかっている。左手の窓から射してくる午前十時の陽光が、その面差しの凹凸《おうとつ》を際立たせていた。

改めて鷲羽恭一を紹介されると、月下は、

「お名前は存じてますよ」

と、手を差し出した。

握手か？　と、戸惑いがちに手を出す鷲羽。

「短波ラジオの火曜の深夜、料理コーナーを担当なさっているでしょう」言いながら月下は、鷲羽の手に触ったり爪を見たりしている。「〝男の食卓の魔術師〟。お酒のおつまみ作りに鮮やかな逸品が多いですね」

零時すぎに鷲羽は局に入り、簡単な打ち合わせも含めて一時間ほど仕事をこなすスケジュールだった。

「〝蘭駄夢《ランダム》〟も存じてますが、まだ利用させてもらったことはありませんで……」

「そのうちに、ぜひどうぞ。回数券がほしくなると思いますよ」

鷲羽の目も覗き込んでいた月下が、そこでスラスラと言った。

「肝機能のＧＯＴは三十前後、総蛋白値が八前後ですね。血中総コレステロール値は三百」

「そんなものは調べたことがないですな」

「無呼吸症候群も気をつけたほうがいいですよ」

飄々《ひょうひょう》として椅子の背に寄りかかった月下に、的場が声をかけた。

「刑事さんに聞きましたが、月下さんは間もなく海外旅行に出かける予定だとか」

「旅行というより、アメリカに戻るんです。私は永住ビザ《グリーンカード》を持っていましてね。日本とアメリカとの生活が半々ほどなのですよ。明後日、出発します」

海外に長時間いられると、なにかと面倒だ、と的場は焦る。時間がない。

雅人は、警察署に泊められてしまっていた。一分一秒が、愉快とはほど遠い経験のはずである。少しでも早く、解放の杯を酌み交わしたいものだ……。

的場の焦慮を重々承知しているとばかりに、月下二郎はすぐに本題を切りだした。

「例の借用書の件は、やはり心当たりがありませんね。どうして私の指紋があったのか、理解できません」

　鼻から太く息を出し、鷲羽が可能な限り身を乗り出した。

「的場雅人くんからあなたへ、警察が容疑を振り替えれば、彼らはこう考えるのではないですかね。借用書の筆跡はうまくごまかせたと、あなたは判断していた。印鑑も問題がない。だから、白《しら》を切り通していれば物証にもならないと踏んでいた。ところが、あなたは借用書にうっかり触ってしまっていた、というわけだ」

「私を対象とした強請用の物品はなにもなかったと聞いていますが」

「犬伏さんの部屋にはそれはないという状況だったから、あなたはこういう手段に打って出た、とも推測できるでしょう。そうなるようにあなたがコントロールしたのかもしれないですしね。もう一つ考えれば、あなたは強請られていたのではなく、雅人くんと同じように、金を借りていただけだったのかもしれない」

「五百万が惜しくなったわけですね。五百万は、確かに大金ではありますが……」

　別の考えに気を奪われたかのように月下は言葉を途切らせ、それから言った。

「それにしても、犬伏という人は、どうやってそんなに強請のネタを見つけたのですかね」

　その疑問には的場が応えた。あくまでも現時点での推測であり、犬伏の恐喝者としての始まりがどこにあるのかは定かでないのだが。

〝浜本ディーゼル・サービス〟に犬伏が就職したのは十四年前で、それ以前、彼は私立探偵社に勤めていた。彼はずば抜けて嗅覚の利く調査員だった。人が隠している後ろ暗さを敏感に察知してしまうのだ。調査員にとっては恵まれた資質かもしれないが、犬伏はその力の用い方が不器用だった。依頼者が望んだこと以外の決定的な秘密を暴き立てて知らせてしまうし、時には依頼人の裏側さえ嗅ぎつけて皮肉を言ってしまったりしていた。業界での肩身が狭くなってきて、彼は転職をしたのだ。

その後《ご》、あまりにも強く嗅覚を刺激されて簡単に調べがついた場合など、そのネタを副収入に結びつけるという悪しき欲望が芽生えたものらしい。強請られていた五人の中には、六年にもわたって少額とはいえ口止め料を払い続けていた者もいる。

「会社が終わった後、犬伏さんがブラブラしていた場所も、ラブホテル街などが多かったようですね。強請のネタのほとんどが、不倫関係ですよ」

「事件の夜も、犬伏さんは殴られたと言っていたが……」鷲羽の声は、考え込むかのように少し低かった。「もしかすると、自業自得だったのかもしれないな」

「その後の調べで、強請のターゲット全員にアリバイが成立したもようですよ」

「私と同様に、ですね」

柔らかく微苦笑する月下に、的場が訊いた。

「〝エディトリアル〟でのポーカーは、以前からの約束なんですね？」

「定期的なもので、都合がつく限り毎週です。前の週の月曜も、〝エディトリアル〟で次の約束をしていました」

月下はプーアール茶を口へ運びつつ、

「私が承知しているところでは、被害者は十一時頃に〝蘭駄夢《ランダム》〟を出て程なく殺害されたのですよね。殺害行為自体は私にも時間的には可能かもしれませんが、十一時十五分以降に長時間のアリバイがありますから、死体の移動など、犯行全体の流れを実行することは不可能になります。違いますか？」

「確かに」唸るように鷲羽は応じた。「一見するとね」

「証言してくれているのが親しい友人とはいえ、全員が偽証しているとまでは疑わないでしょうね？　トイレに一、二度立ったぐらいで、私はあの場所を離れなかった」

鷲羽が言いかけるのを指を立てて制し、月下は言葉を継いだ。

「それに、私が犯人なら、どうして、被害者の部屋の鍵を持って夜のうちに出かけ、借用書を始末してしまわなかったのでしょうか？　免許証を見れば、住所も判るでしょう」

「夜の間は、隙のないアリバイを構築することを優先したのでしょうな」鷲羽は即座に反論していた。「いつもどおり明け方に解散してからでも、借用書の回収には間に合うと、あなたは計算していた。犬伏さんの車は茂みの奥だし、遺体は川の底のはずだった。あなたの計算よりいささか早く、事件が発覚してしまいましたね」

「しかしそれは、計画としてもどうでしょうか」興味深そうに目を光らせて、月下が応酬する。「太陽がのぼってから、被害者の部屋を訪ねるのですか？　朝の出勤時間帯でしょう、目撃される危険は高そうですね」

「私もその点は気にかかっていましたが、あなたにお会いして疑問は氷解しました」

「ほう。なぜです？」

「あなたは、被害者・犬伏盛也に実にうまく化けられそうですよ」

「なんですって⁉」

それこそ涼しげなポーカーフェイスを続けてきていた月下二郎の顔に、初めて強く感情が表われた。驚愕と不可解さが眉を跳ねあげている。

「あなたの身長はどれほどですか、月下さん？」

「百七十三センチです」

「犬伏さんとほぼ同じですよ。体形もそうですが、頭部の輪郭がそっくりなことに、私は驚いています。髪の生え際の形もね。その髪をバックに撫でつけ、口髭をつける。万札《まんさつ》一枚あれば、人毛の素晴らしい付け髭が手に入るそうですね。肌の色は、もう少し黒くする。大きなサングラスで目元を隠す。骨格の形が近いせいか、あなたは声さえ似ている」

的場は、犬伏盛也とは二、三度の面識しかなかったので、月下とそこまで似ているのか判断はつきかねた。雰囲気はかなり違うとは思う。犬伏盛也にはやはり、世の中の裏表に通じている、なにかくさみがあったような気がする。しかし、目の前にいる男は、中立に見ればむしろさわやかな印象の持ち主である。だがそれも、演技しだいということかもしれない。

「歩き方などを観察してある程度真似できれば、犬伏さん本人を装って部屋に出入りすることもできるでしょうな」

月下はゆっくりとグラスの中身を飲み、思考を立て直す時間を稼いだらしい。

「……そのようなことが可能であったとしても、もしかすると警察がすでに張り込んでいるかもしれない被害者の部屋へは行かないでしょうね」

「入れないことも考慮に入れて、あなたはああした借用書を作ったのですよ。警察の手に入っても、指紋さえなければ、第三者の悪意の偽造だ、で押し通せる」

なるほど、という感じで、月下は感心したように頷いた。

「部分的には面白いですが、根本的なアリバイ問題の解決には程遠いですね。協力者でもいない限り、私には死体を運べない」

「この的場くんにも言いましたが、人が作った計画であるなら百パーセント解いてみせますよ」

「百パーセントという言葉は、安易には使わないほうがいいですよ……人の営為の中では」

「自信の発露ですか?」

「いえいえ」微笑したまま、月下は軽やかに、手をフラフラと振った。「物理や数学ではないのですから、人の行ないに百パーセントはない、という一般論ですよ。それがあるとすれば、死ぬ確率だけでしょうね」

鷲羽は、実にゆっくりと立ちあがった。そうした間合いを演出したのではなく、柔らかすぎるソファーからは、そのようにしか立てなかったのだろう。

「月下さん、あなたの頭の切れは大変に興味深い。私はなおさら、乗りかかった船からおりる気はなくなりましたよ」

「私も、そちらの弟さんが無実であるなら、その立証に協力したいですね」

月下の顔写真を一枚借りて、鷲羽と的場俊夫はその部屋を辞した。


月下二郎のアパートから離れる的場俊夫は、複雑な感慨を懐いていた。

月下という、あのとぼけた男に対して、敵愾心《てきがいしん》めいた感情がわいてこないのだ。あまり認めたくはなかったが、むしろ好感さえ感じる相手だった。ああした人間に、本当に人殺しなどできるのか……。

もし彼が人を殺すとしたら、あのポーカーフェイスに微笑みを張りつけたままで実行するのかもしれない。そうしたクールさを保てる余程の冷酷さを、彼はその内側深くに秘めているのだろうか。

「共犯者を作るタイプではないな」

と、ズシズシ歩きながら鷲羽恭一が言った。

「あ、ああ。彼ですね。今のところ、そうした相手は洗い出されていませんし……」

「月下二郎は、犬伏さんの周辺を探って雅人くんに目をつけ、日常行動やその予定をマークしながら計画を練りあげていったんだろう」

気温は二十度そこそこだったが、アパートの階段をおりたばかりの鷲羽は、首筋から顎の脇にかけての汗を拭っていた。

「申し訳ありませんね、こんなことに巻き込んでしまって……」

「おい」

「雅人の人生を左右することで、またお世話になるとは……」

「また？」

「あいつが十九の時、ニセコの冬山で……」

「ああ。あんなこと、まだ覚えていたのか。普通のことだろうが」

スキー場から離れた山で、鷲羽恭一と的場雅人がワイルドな自然派スキーを楽しんでいた時だった。小規模の雪崩《なだれ》が雅人を呑み込んだのだ。雪からかろうじて顔は出ていたが、彼の体は急斜面の下まで落とされていた。素人が一人では簡単に手出しできない事態だったが、鷲羽が二十分後に連れて来たのは、たまたまではあったがレスキューの資格を持つ者で、二人は必死になって雅人を救い出したのだ。地元では話題になった出来事だった。

救われたほうは、やはり恩義に感じてしまう。相手が多少の年長者とはいえ、いつまでも的場達兄弟が鷲羽を〝さんづけ〟するのは、若い頃に生じたそうした心理も影響しているのかもしれなかった。

「それに、雅人くんをまだ救えたわけじゃないんだ。助力になっているのかどうかは、判らんさ」

「いえ……、信じて一緒に動いてくれる人がいるだけでありがたいです」

「……それにしても、あの晩、君はどこにいたんだ？」

「え？」

「雅人くんが訪ねた時さ。二人が顔を合わせていれば、雅人くんには犯行を行なえる余計な時間などなかったことの傍証になったかもしれないのにな」

「いま世間を騒がせている、不正入札事件に関する情報を持っている人の取材をしていたんですよ。タクシーで帰宅したのが、零時の十分前ぐらいでしたね。おっしゃるとおり、もう少し早く帰っていればな……」

「例の喉の傷に、警察は着目してくれそうかい？」

「傷より、胃の内容物に注意を払い始めたという感じになってますね。まだ具体的な進展は聞こえてきませんけど」

鷲羽は月下二郎の顔写真を取り出し、挑むように凝視していた。

6

翌日、胃の内容物に関する新情報が伝えられた午前十一時四十二分、鷲羽は厨房で和風ハンバーグの生地《きじ》をこねていた。ただでさえ、戦場さながらの熱気に包まれる忙しい時間帯だった。そんな中で、店を一日臨時休業にさせられた騒動への鬱憤《うっぷん》を晴らすかのように、シェフは相当に気合いが入っていた。

だから、電話を取り次ぎに来たレジ係は恐る恐る声をかけた。

「警察からお電話です」

「警察！」

恫喝《どうかつ》するかのような声音だった。誰であろうと邪魔者だ、と言わんばかりの。

「どうしても、緊急に尋ねたいことがあるから、と……」

リズムよく動いていた肩や背中の筋肉が、少しずつ力を弱め、柔らかくなっていった。

鼻息が長く漏れる。

「では、こっちへ回してくれ」

ハンバーグのこねあげは若手にまかせ、鷲羽は携帯電話の電源を入れた。厨房の中央に両足を広げて立ったままだった。相手とつながると、鷲羽は顎を上向きにして大声で応じる。

「本当に緊急の用件なんでしょうな、刑事さん」

『もちろんです。そして、あなたにしか答えられないことなのですよ、鷲羽さん』

鷲羽の聴取を担当していた中堅刑事の声には、やや興奮が感じられるようだった。

『実は、被害者の胃の内容物から、ニンジンが発見されたのですよ』

「――え？　犬伏盛也さんの胃の中から？」

『そうなんですよ』

「そんなはずはないでしょう」煩《わずら》わしげだった態

度もどこへやら、刑事の話に料理長はすっかり関心を向けていた。「あの人は、ニンジンは絶対に食べませんよ」

『そのようですね。遺族の方と話をしていてその情報と出合えましてね。犬伏さんはアレルギーだと言っていいほどニンジンが嫌いなんだそうですね』

「そう！　子供の頃に食中毒を起こして、それを嫌いだったニンジンのせいにしたのが始まりだと聞いています。高校時代に、クラスメートに無理やり呑み込まされて、蕁麻疹《じんましん》が出たとか」

『そのニンジンが、被害者の胃の中から検出された。あのボルシチ料理を作ったのは鷲羽さんですね？』

「無論だ。常連客には、可能な限り私が作った料理をお出ししている」

『では、あの夜の被害者の食事には、ニンジンは使っていないわけですね？　間違いありませんね？』

「使うはずがない。間違ってニンジンが出されても、彼は食べられない」

『しかし、被害者の胃からニンジンが検出されたのも事実なのです。これは、どういうことでしょうね』

ちょうどその時、厨房のドアがあいて、的場俊夫の顔が覗いた。ドアのあき方は遠慮がちだったが、彼の目には積極的な熱意がはっきりと見えた。

まだ困惑の言葉を続けようとしている刑事の電話を切り、鷲羽は従兄弟《いとこ》のほうに向かった。

詫びを述べようとする的場を遮り、押し戻すようにして鷲羽も通路に出た。

「なにか進展でもあったのかい？」

「つい先ほど仕入れた情報ですけどね」的場は意気込んだ。「あの夜、犬伏さんのテーブルに出された勘定書《ビル》ですけど、押収して警察が調べていたでしょう」

日付がスタンプされ、テーブルナンバーと共にボルシチセット1、と書かれた勘定書だった。

「あれには、犬伏盛也の指紋がなかったそうなんですよ。これって変でしょう?」

「指紋が……」

「あれを書いた女性従業員の指紋は、もちろんありました。他に不明瞭な指の跡はあったそうで、警察は、たまたま明瞭な指紋がつく触り方をしなかったのだろうと考えていたようです。でも、なにかおかしいでしょう、やっぱり。犬伏さんは殴られたと言ってサングラスをしていたそうですけど、指に包帯を巻いていたわけではありませんよね?」

それだけ聞くと鷲羽は、太鼓腹をボン! と叩いた。

「そういうことか!」

「な、なんです?」

「今まさに警察から電話があって、もう一つの重要なデータを教えてもらったところさ」

鷲羽は、すべての手掛かりをまとめる新たな思案を生み出そうとするかのように、妊婦然とした腹を撫でさすりながら、ニンジンの件を的場に伝えた。

「彼は、鷲羽さんの作った料理を食べたのではないのですか……?」

戸惑う的場にかまわず、鷲羽は、犬伏の顔を見知っている従業員を集めた。

月下二郎の顔写真を見せられた彼らは、犬伏盛也に似ているとは思えない、と、最初は否定的だったが、写真のコピーにサングラスと口髭を書き加えると、意外とそっくりだ、というざわめきが起きた。

店を従業員にまかせ、背広に着替えると、鷲羽は的場を伴って車に乗り込んだ。

7

車は、犬伏盛也と的場雅人の職場、〝浜本ディーゼル・サービス〟に向かっているらしい。

運転席では先ほどからずっと、鷲羽が、「よく練ったものだ」とか、「これだけのことをやり通したのだとしたら大したものだ」などと、盛んに感嘆を繰り返している。

たまらずに、的場は改めてはっきりと訊いた。

「なにか判ったのですか、鷲羽さん？」

「ああ」的場の顔をくすぐるように、鷲羽の横目は自慢げだった。「事件の全貌が見えてきたということろさ」

「か、解決が近いんですか？」的場のシートベルトが引っ張られて軋《きし》んだ。「犯人もトリックも判ったのですか？」

「ニンジンの矛盾が教えてくれたよ」

「確かにあれは、矛盾も甚《はなは》だしいですよね。犬伏さんがそれを食べたはずがないでしょう」

「そうだ」

「しかし事実として、ニンジンは彼の胃の中にあった……」

「奇抜だが、一つの方法がその矛盾を解決する。まず見直すべきは、犬伏盛也の死亡推定時刻が、法医学的には午後十時から零時までの間と鑑定されていた、という点だな」

「……それって、つまり？」

「事件の夜、〝蘭駄夢《ランダム》〟のあの席に座ったのは、犬伏盛也ではなかったということさ」

その言葉はしばらくかかって、的場の思考回路に染みわたっていった。

「あ……。では……」的場の声の調子は、段階的にしっかりとしたものになっていった。「月下二郎なら犬伏さんに成り代われたかもしれないというのが、ここで生かされているわけなんですね」

「あの男なら、犬伏さんのダミーを演じられる。月下は、死体が発見された森の中で、十時すぎには犬伏さんを刺し殺していたのさ」

「あそこで……」

「車内が血にまみれた車は、深い藪《やぶ》に隠され、死体は川底に沈められた。夜、人が通りかかる場所じゃない。近くに停めておいた車に乗り、月下は〝蘭駄夢《ランダム》〟に向かった。この車は、犬伏さんの車と同型同色のものだ」

「同じ車種の……」単純だが大胆な妙手に、的場は啞然とさえなった。

「レンタカーではないだろう。あからさまな盗難車とも思えないが、素性の正しくない、裏ルートで手に入るような車のはずだ。この車は、〝エディトリアル〟を明け方に出てから、返しに行けばいい。〝蘭駄夢《ランダム》〟に現われた月下は、もちろん、犬伏さんに成りきる扮装を済ませていた」

「じゃあ、あのサングラスは……」

「殴られたアザを隠したいから、というのは巧妙な口実だった。遺体の顔の、アザのある場所は、殴った本人が一番よく知っているだろう」

「通りすがりの暴漢じゃなかったのか……」的場にとっては、目が洗われるような驚きの連打だった。

「〝蘭駄夢《ランダム》〟の十二番テーブルで、月下は深く腰掛け、なるべく照明が弱くなる薄暗さの中に顔を――」

「的場くん。薄暗いんじゃない。照明の演出にめりはりがあるんだ」

「あ、ええ。そこにいるのは犬伏さんだという先入観を利用し、月下は犬伏盛也のふりをこなした。傷が痛いので、という理由を使い、モソモソとしゃべることで声や語り口をごまかした。多少様子が変なのも、犯罪の被害に遭ったショックのせいにできる」

「食事を終えた後は、ハンカチでも使って、指紋を残さないように勘定書を持った。レジ係の前では、不自然にならない程度に素手でそっと扱ったのだろうな。そう、それと、肝心のニンジンの問題だ」

「ええ」的場の気持ちは高ぶった。「あれはどういうことなんです？」

「遺体を川に沈める前に、その工作は済ませてあったんだ。言うまでもなく、〝蘭駄夢《ランダム》〟で食事をした後まで犬伏盛也が生きていたと偽装するための工作だ。月下二郎は、ボルシチやサラダを咀嚼《そしやく》状態にして、死体の胃の中に流し込んだのだな」

「死体の胃に……流し込む！」

「医療技術としては珍しいことではないだろう、栄養分を胃に送ることは。そして、月下二郎は、優秀な医師の卵だったんだぜ」

うう っ、と、的場は深く呻いた。「確かに……！」

「関係者の中で、あの男だけができる離れ業だ。犬伏盛也が、月曜には定番のメニューを食べることを、もちろん事前に月下はつかんでいた。客となって〝蘭駄夢《ランダム》〟を訪れ、レシピを仕入れることもしたのではないかな。給仕係から、素材やスパイス、調理法をそれとなく聞き出したのかもしれない。もっとも、うちのブイヨンは、容易なことでは真似できないがな。こっそりと、実物のサンプルを持ち帰った可能性もあるな。まあ、うちのボルシチとそっくりな品を、月下は作ったわけだ」

「そうか！　そのレシピには、当然、ニンジンが入っていたんだ。犬伏さんが食べているのはニンジン抜きの特別メニューであることを、月下は知らなかった」

頷く鷲羽。

「できあがったボルシチやライスなどを、月下はじっくりと嚙みつぶしたのではないかな。消化剤に含まれるジアスターゼなどを利用して、科学的に消化状態にする手もあると思うがね。ワインや水も加え、それは粥状になった。胃チューブとか胃ゾンデとかいう管を通る柔らかさだ」

「喉の傷！　そうか！　あ、あれは、そんな器具を挿入する時につけられたものだったんだ！」

「やはり、平常心ではいられなかったろうからな。死体だからとぞんざいに扱ったのかもしれないし、元々腕が鈍かったのかもしれないが。器具は、手製か、中古品か……」

つるべ打ちの謎解きにめくるめく思いを味わい、的場は自分の胸に手を置いた。そしてもう一度最初から、頭の中の整理をしていった。

「あっ。凶器はどうなりますか、鷲羽さん？　知略に長《た》けた月下にも、ガレージにナイフを運ぶことは無理なのでは？」

「その方法を確認するために、ここまで車を走らせて来ているんじゃないか。……〝浜本ディーゼル・サービス〟は、次の道を右か？」

「そうです」

田舎の光景が、後ろへと流れる。

年月に耐えている住宅街、そこだけ木々が残る社《やしろ》、溜め池……。再び住宅街が広がり始めると、そこに〝浜本ディーゼル・サービス〟が見えてくる。〝蘭駄夢《ランダム》〟を出て二十三分後、鷲羽の車は停まった。

8

無理にあげようとしてもシャッターに隙間もできないことを鷲羽が確認した後、メガネを掛けた四十年輩の職員が鍵を差し込み、ロックを解除した。

シャッターの左サイドにある錠前の装置は四角く大きな物で、胸の高さにあった。シャッターにある覗き窓から、円柱形の金属バーが横に引っ込んでいったのが見えた。

職員が緑色のボタンを押すと、シャッターがあがり始める。シャッターというより、装甲板の無骨さを思わせる造りだった。それは確かに、かなり耳障りで大きな音を立て、的場達の眉をひそめさせた。

「これが、あの晩的場くんが乗っていた車です」

シャッターがあがり切ると、職員が言った。

二台分の広さのある黒々としたアスファルトの上に、ワンボックスカーが一台停まっていた。こちらに前面を向けている。

「第一ガレージの車二台には、小型エンジンぐらいなら一人であげおろしできるジャッキが装備されているんです」

広いガレージの奥には、丈夫そうな作業台があり、簡単な整備ぐらいならできそうな設備があった。

「ナイフが落ちていた正確な場所は判りますか？」

と、鷲羽が職員に尋ねる。

「運転席側のタイヤの下辺り、と聞いていますが……」

鷲羽はそこへ移動して身をかがめていったが、床に膝を突いたところで、限界まで折り曲げた水枕のように動かなくなった。どうやら車の下を覗き込もうとしているらしいが、脂肪の厚みが邪魔なのだ。

血豆のように、顔が紅潮してくる。

腕まくりをして、的場が進み出た。

「車の下ですか？　なにを探すんです？」

膝に手を突いて鷲羽は体をのばし、立ちあがった。

息を整えてから、彼は一言言った。

「普通ではない物だ」

的場は、車体の底を観察していく。目を凝らして注意を傾けるが、これといった異変は見当たらなかった。もっと車体の前のほうに視線を向けていくと――

「これ！」

的場は、発見した物のほうへにじり寄る。

「なにかあったか？」

「ええ、これは……。バンパーの下、車体の側ですよ。バラ線がからまっている」

バンパーを固定する支持具を利用し、レンガほどの大きさの範囲に有刺鉄線が三巻きほどされているのだ。

「これは、あって当たり前の物なんですか？」

上体を起こし、的場は職員に訊いた。

反対に、職員のほうは体をかがめ、メガネを押さえて車体の下を覗き込む。

「ホントだ……。いえ、こんな物がどうしてここにあるのか、判りません。弾みでからんだという感じではなくて、しっかりと巻きつけてありますね」

「有刺鉄線ね……」

満足さを交え、面白がるように鷲羽が呟いていた。

他の二人は立ちあがり、鷲羽に顔を向けた。

「これが、凶器がガレージ内まで運ばれたトリックなんですね？」的場が訊いた。

「そうでないはずがないだろう」

「的場くんの無実が明かされる、ということですか？」

雅人の同僚が気にかけ、

「どういうことなのか教えてください」

と、的場俊夫が促す。

「〝蘭駄夢《ランダム》〟で雅人くんが駐車場へ出た時、犯人のほうが若干早くそこに来ていたわけだ」

鷲羽は二人に向かってそう言いつつ、的場には、

「犬伏盛也に化けていた月下のほうが、雅人くんより先に店を出ていたということだぞ」と、目顔で念を押した。

鷲羽は職員に言う。

「私達は、十時すぎには別の場所で犯行は済んでいたのだ、と考えているのです」

「ほう。早くに、別の場所で」

「つまり、当然、凶器も何十分も前に存在しているんです。犯人はこれに、簡単な工作を加えておいた。そうですねぇ、例えば、ミステリー小説の永遠の小道具、氷を使ってもいいでしょう。薄い氷の板二枚で、凶器のナイフを挟んでしまう。ナイフを固定しやすいように、氷には窪みを彫っていたかもしれない。それを、車体の下に隠して取りつければいい。有刺鉄線で巻きつけて」

的場はバンパーに目をやった。「鉄線のトゲが、氷をグリップするわけだ」

「グリップさせると言っても、しっかりやってしまうわけではない。あえて、ある程度は不安定な状態にしておくのさ。車が走り出せば、当然様々な震動が起こるし、時間と共に氷は溶けて小さくなっていく。やがてはどこかで、氷と共にナイフが落下する。氷は砕けて程なく消滅し、道端に凶器が残る。犯人は主張する。私には、そんな場所まで凶器を捨てに行く時間はありませんでした、と」

二人の聞き手が重々しい顔で納得すると、鷲羽は続けた。

「ところが結果は、犯人が最も望む形になった。車がガレージに入るまで、凶器は落ちなかったんだな。雅人くんがエンジンをおろす作業をしている間か、ガレージを出てから、凶器はこの床に落下した。朝までに、砕けた氷は溶けていく」

鷲羽は爪先で床をつついた。

「この黒っぽい床では、多少の水の跡など目立たないだろう。元々、ガレージの床は、油や水の染みがあるものだ」

的場は、感嘆を味わうように呟いた。

「そうやって、密室のガレージに凶器が現われたのか……」

その直後には興奮の色が彼の目に浮かび、それは真っ直ぐ鷲羽に向けられた。

「すごい証拠じゃないですか！　警察に知らせましょう！」

「それはいいが、そう焦るな」

肉の多い巨軀が、メガネの職員に向き直る。

「警察を呼んで伝えてもらえますね？」

「え、ええ」歯切れが少し悪い応答だった。「上司にはかってからになりますが……」

「そうでしょうな。その有刺鉄線に触れたりせず、できるだけ早く警察に通報してくださいね」

「はい、承知しました」

「私が通報して――」

言いかける的場を、鷲羽は外に押し出し、一般駐車場へと引っ張って行く。

「我々で通報してもいいでしょう、鷲羽さん」

「捜査に協力させるべきところに、しこりを作ることもない。ここは、弟さんの職場でもあるんだぞ」

的場は口をつぐむ。

「それに、あれだけではまだ、決定的な証拠にはならない。私が描いたような推理の根拠になるだけで、雅人くんの無実を立証するわけではないし、他の人間を犯人だと断定できるわけでもない」

「それはそうですが……」うつむきかけた的場だが、その顔はすぐにあがった。「そうだ、これだけネタの揃った謎解きを、月下二郎にぶつけてみればいいじゃありませんか」

「なに？」

「ここまで手の込んだ妙手を見破られたら、彼も観念するでしょう」

「やめるんだ。あの仮面ギャンブラーは、それが通じるタマだとは思えない。しくじれば、こっちの手の内を明かすだけに終わる」

「しかし――」

「警察がもし、月下犯人説を真剣に取りあげ始めたとしても、メンツがからんでいるからどこまで冷静に追い詰めていけるか心もとない。我々まで輪をかけて浮き足立ったら、すべてが台無しになるぞ」

「………」

「なにかしなければ気が済まないのなら、刑事達全員が真剣に足並みを揃えそうか、それを近くで見定めるといい。警察の動きを見ながら次の手を読もう」

「……判りました」

その時はそう答えたが、〝蘭駄夢《ランダム》〟の駐車場で鷲羽と別れた的場俊夫は、その足で月下のアパートへ乗り込むことをやめられなかった。

9

ただ時間がすぎていくのを見ている気にはなれないのだ。月下二郎は明日、アメリカに飛び立つ。そして雅人は、今も警察署で取り調べられている……。

この完璧な推理があれば大丈夫だ、と的場俊夫は確信していた。ニンジンの矛盾を解き明かして見えてくる真犯人は月下二郎だけだ。勘定書や有刺鉄線の傍証も充分に揃っている。そのすべてで論証されれば、月下二郎も恐れ入るだろう。

的場が部屋に通されてから、先に口を切ったのは月下のほうだった。借用書の指紋の謎が解けたかもしれない、と言うのだ。

先週の月曜、〝エディトリアル〟にいた時のことだ。トイレを出てカウンターへ戻る時、足元に一枚の用紙が落ちてきたという。なにかが印字されている用紙だった。それを拾ってテーブルへ戻してやった。取り立てて注意して見なかったのだが、あの席にいたのが犬伏さんだったのかもしれない。

それが月下二郎の話だった。拾った用紙が、白紙借用書というわけだ。自分が知らない書類に指紋があった理由……。うまく切り抜けようとしているつもりかもしれないが、今となっては無駄な詭弁だった。

軽くいなして、的場は鷲羽直伝の推理を展開していった。感情を抑えながらも、自信を持って。しかし、時間と共に声が細くなっていったのは的場のほうだった。恐れ入るどころか、月下は動揺さえしなかった。

表情にまったく出していないだけなのか？　的場は当惑した。

一部始終を聞き終わった月下は、しばらく考え込んだ後、冷静に反論さえし始めた。急所を衝く反論だった。その意外性。構築の見事さ。

的場は打ちのめされた。マキャベリの反撃にまったく太刀打ちできなくなってしまった。自信と攻撃性は、恥辱と混迷に変貌しきっている。

だから鷲羽は止めたのか……。

もう遅かった。

単独で先走った自分は、なにを得て、なにを失ったのか。

相手に手札《てふだ》をすべて晒《さら》してしまっただけなのかもしれない……。この部屋での出来事を知らなかった時へ、時間を戻したいほどの後悔……。しかしもはや、なにも消せない。

しばらく経験したことのない重い足取りで、的場はアパートの部屋を後にしていた。

夜になるまで、的場はショックを引きずっていた。

夜になっても、表情は切なく沈んでいた。

虫の音《ね》の聞こえる道端で、車を停めている。シートを幾らかリクライニングしている。

身内がかかわっている事件の取材をまだ続けているのか、戒告処分になるぞ、とデスクに叱責され、他の仕事が多めに回ってきたが、どれもまともに手がつかなかった。

的場の体は、シートに沈み込みそうだ。

目に入る夜空には満月。

中秋の名月か。

几帳面な人間が、コンパスで正確に切り抜いたような月だった。

的場は、一つ決めたことがあった。人の推論に頼りすぎた、と反省したからだ。自分の手で、解決の核心となる情報をつかむのだ。取材活動の基本だ。

的場は体を起こし、外へ出た。

事件の拠点の一つとなってしまった店へ向かう。

客として座り、ウェートレスに訊く。顔写真のコピーを見せて。この店に来たことがあるなどと、あの男は言っていなかった。もし、彼を見かけ、記憶している人間がいるとしたら……。

二人めのウェートレスが頷いた。ちょっと服装などの様子が違うが、この人だと思う、と言う。もう一人、男性従業員もよく覚えていた。

礼を述べ、コーヒーを飲み終えて、的場は店を出た。

満月は、まだ動かずにあった。

月の光は浴びすぎると、狂気に陥る……、か。

自分のしたこと、しようとしていることを知ったら、鷲羽恭一はどう思うだろう……。

的場は携帯電話を取り出し、鷲羽と連絡を取ろうとする。

裏切り？　互いの人生の決裂？

的場はボタンをプッシュする。

鷲羽恭一を探偵役からおろし、死を与えることになるのか……。

10

十時間後、満月は、白昼の銀の火球・太陽に代わり、飛行機雲の上のピリオドになっていた。

秋の風が、心地よく温められている。

犬伏盛也殺害犯として鷲羽恭一が逮捕された翌日、的場俊夫は弟を伴って月下二郎宅を訪ねていた。月下は午後には新千歳空港に向かうので、時間は今しかなかった。

「最初からあなたを犯人のように思ってしまって、申し訳ありませんでした」

俊夫は改めて頭を下げた。

「いえいえ、無理もありませんし、弟さんのことを思って必死だったわけですから」

元医学生のギャンブラー月下二郎は、相変わらず涼しげに微笑みを浮かべている。

俊夫の隣に雅人が座っていた。やや垂れている眉と大きな目は、愛嬌を感じさせる印象だが、今はさすがに、その顔からやつれが抜けきっていない。

雅人も取り調べから解放された礼をしたが、困惑の言葉もそれに続く。

「でも信じられません、あの鷲羽さんが犯人だなんて……」

「そりゃあ、オレもさ」俊夫は呟く。「でも、事実なんだ……」

プーアール茶の入ったグラスを手にし、月下はさらりとした口調で語りだした。

「事件の真相は最も単純なものだったのですね。犬伏さんは、食事を終えて〝蘭駄夢《ランダム》〟を出た直後――時計の壊れていた十一時五分に、あの駐車場で殺害されたのです。そうした実態がそのまま捜査陣につかまれれば、容疑者は極めて限られてしまいます。

だから、犯人――鷲羽さんは、時間も場所も離れた地点に、殺人の虚像を移し替えようと画策したのですね」

「では……」まだ真相の詳細を聞いていない雅人が問い返した。「〝蘭駄夢《ランダム》〟で食事をしたのは、犬伏さん本人なんですね」

「もちろんです」月下は微笑む。「鷲羽さんのシナリオにあったような大胆な替え玉を演じるほど、私には度胸がありませんよ。あんなブラフは勝ちめがない。あの晩、〝蘭駄夢《ランダム》〟の十二番テーブルに座っていたのは、紛れもなく犬伏盛也さんです」

「……でも、あのニンジンは？　消化状態のニンジンが、犬伏さんの胃にあったと聞きましたけど。それが重要な着眼点になった、と……。ニンジンがどうやって、あの人の胃に入ったのです？」

「食べたのですよ、犬伏さんは」

「えっ？」疑問に目を見開く雅人の顔は、兄と月下の間を細かく行き来した。「犬伏さん用の特製ボルシチやサラダには、ニンジンは入っていないのでしょう？　拒絶反応を示してしまうニンジンを、犬伏さんが平気で食べられるはずがないのですし」

「それですがね……」

月下は考え深げに目を窄《すぼ》めた。

「アレルギー反応のように、という点をはっきりさせる必要がないだろうか、と私は考えたのですよ。それで、ニンジンに関する話を聞いた後、俊夫さんに確認してもらったのです」

鷲羽の推理をぶつけて見事に反論された後、俊夫は、月下サイドの推理にも従って再調査してみる気になったのだ。

「すると、医者がニンジンアレルギーだと診断したわけではないことが判明したのです。遺族の方々の記憶を総合的に表現すると、子供だった犬伏さんは、食中毒の原因を、嫌いだったニンジンのせいにした、ということです。それを口実に、犬伏少年はそれ以来ニンジンを口にしなくなったのです」

雅人は指をこめかみに当てつつ、

「それって、つまり……、ニンジンは、犬伏さんの体に悪影響を与えるものではなかった、という意味ですか？」

「悪影響を与えない可能性がある、ということです」

「でも、高校時代には蕁麻疹が出たとか」

「それも、正確な状況はこうです。クラスメートに無理やり呑み込まされて蕁麻疹が出たのです。こんな風にして大嫌いなものを押し込まれたら、体に変調が現われても不思議ではありませんね」

雅人は、「うーん！」と、天を仰いだ。「つまり、犬伏さんのニンジン嫌いは、多分に心理的なものにすぎなかった、ということですね」

「鷲羽さんは、それを確かめていたんだ」俊夫は鷲羽の自供を伝えた。「もしかするとそうなのではないか、と彼は思ったのでね。ひょっとすると犬伏さんの体調が実際に悪くなる危険性もあったけど、恐喝者に食事を饗する立場を強要され続けていた彼は、その程度のしっぺ返しを行なってもいいだろうと、ひらき直ったんだな」

「そうなのか……」

「友達の調理人が勤めているレストランに犬伏さんを誘って実験したらしい。彼のニンジン嫌いを治してやりたいから、ニンジンだと判らない状態にしたニンジンを料理に入れてみてほしい、と鷲羽さんは店側に頼んだのさ。食べた犬伏さんは平気だった」

「好き嫌いのある子供に、うまく調理して食べさせる工夫と同じだな」

「当人が気付かなければ、犬伏さんはニンジンを食べられた、ということですよ」

と言った月下は、二人にプーアール茶を勧めた。

「ダイエット効果はともかく、各種ビタミンが豊富で、胃にもいいのですよ」

一口飲んだ後、雅人は月下を真っ直ぐに見やった。

「でも……、当人さえ信じ込んでいたはずのニンジン嫌いという既成事実に、月下さんはよく疑問の目を向けましたね」

　月下の怜悧な瞳には、悪戯っぽい光が浮かんだ。

「私は、どんなことでも疑いますし、なんでも信じちゃうんです。まだこの目で直接確認したことがないので、私はピラミッドが実在しているのか疑っています。そんな反面、見えない宇宙の果てを語る各種の研究論文はけっこう信じたりする」月下は笑った。「一番、詐欺師に引っかかりやすいタイプなんですよ」

「今回は詐欺師どころか、殺人の罪を着せられかけたわけで……」

　従兄弟《いとこ》の罪を詫びるように、的場俊夫はうつむいた。

　その横で、雅人が小声で訊く。

「どういうつながりで、月下さんは生贄《いけにえ》に選ばれたのですか？」

「犬伏盛也さんに似せることができる外見だったから、らしいですよ。ねえ、俊夫さん？」

「そう」と、俊夫は弟に頷いて見せる。「鷲羽さんと犬伏さんは、時々〝エディトリアル〟も利用していたんだ。鷲羽さんはそこで、月下さんに気がついた。鷲羽さんの目には月下さんは、犬伏さんにかなり似せることのできる男、として映ったんだな」

「私はあそこではカウンターに座るのが常なのですよ。テーブル席や出入り口には背を向ける格好なので、鷲羽さんのほうからはよく見えたのでしょうね」

「恐喝者の呪縛からそろそろ逃れたいと思い始めていた鷲羽さんは、犬伏さんによく似ている男はなにかに利用できるかもしれないと考え、月下さんのことを調べ始めたわけだ。独り暮らしであることや、医学部に通っていたことなどをつぶさに。そして、先週の月曜日だ。あれが起こった」

「なにが？」

「借用書さ。鷲羽さんと犬伏さんの席から、白紙の借用書が一枚滑り落ちたんだ。それを、通りかかった月下さんが拾った。この時、月下さんは鷲羽さんをほとんど視野に入れていなかった。借用書は犬伏さんに差し出したんだ。だから、鷲羽さんのことは視覚的な記憶には残らなかった。でも一方、鷲羽さんの頭の中では、大きなベルが鳴っていた。あの男の指紋が付着している白紙の借用書。なにかに利用できるかもしれない」

「そういえば……」

思い出した様子で雅人が言う。

「犬伏さんは、自分の署名部分はあらかじめ記入してある借用書を、二、三枚持っていた」

「そうなんだ。この時の借用書も、その一枚さ。鷲羽さんは、ちょうど手にしていたお札で白紙借用書を挟むようにして引き寄せた。汚れてしまっているから捨ててやろう、という口実で、鷲羽さんはその書類を手に入れたのさ。月下と彫られた印鑑も作らせたけど、あの殺人事件の時までは、偽造借用書は作られていなかったらしい」

「……犬伏さん殺害事件の進行は、どんな具合だったのかな？」

そう問う弟に、俊夫が説明していく。

「まずは、鷲羽さんが犬伏さんを殴ったところからだろうな。あの夜早く、従業員に店をまかせて、鷲羽さんは街で犬伏さんと会っていた。呼び出されてね。そこで遂に、恐喝者の態度に鷲羽さんの堪忍袋の緒が切れ、拳《こぶし》を繰り出してしまった」

「若い二人連れじゃなかったのね」

「その二人は、犬伏さんの言葉が作り出した偽の犯人だ。まあ、鷲羽さんと犬伏さんは、ひとまずその場は別れた。そして十時半。予約どおりに、犬伏さんは〝蘭駄夢《ランダム》〟の十二番テーブルに現われた。お前が殴ったんだぞ、と、その結果を鷲羽さんに見せつける意味もあったんだろう。なにか極端なことをするつもりがないか様子を探りたい鷲羽さんは、挨拶と称して犬伏さんの前に立った」

「犬伏さんは一応おとなしく、食事をしただけだったんだろ？」

「そうだ。そしてその食事には、ニンジンが隠されていた。柔らかくて大きな、ボルシチの肉に仕込まれてね」

「鷲羽さんはずっと、ニンジンを犬伏さんに食べさせていたのかな？」

「そうらしい。それは鷲羽さんにとって、かろうじて優越感を味わえるからかいでもあったんだろう」

「そして、いよいよ事件……」

「精算を済ませて外へ出た犬伏さんは、携帯電話で鷲羽さんを呼び出したんだ。駐車場の暗がりで、犬伏さんはすごんで見せた。ナイフを取り出してね。今度へたな真似をしたらこっちも容赦しないぞ、とかなんとか。凶器に刻まれていたMの字は、盛也のMだったんだな。我慢の限界を越えてしまった鷲羽さんは、ナイフを奪って相手を刺した……」

「……それって、正当防衛なんじゃないの？」

「人殺しなんて容疑での取り調べに自分の生活が巻き込まれること自体、鷲羽さんの自尊心は我慢できなかったんだな。恐喝されていた事実にも触れられたくなかったようだし……」

「うん……」

「鷲羽さんは多少返り血を浴びたけれど、この時彼は、食肉解体用のゴム引きのエプロンをしていたんだ」

「ああっ！」

「犬伏さんの遺体を助手席に押し込め、鷲羽さんは車を近くの闇に隠した。〝蘭駄夢《ランダム》〟に戻り、クローズ後の仕事をしながら、鷲羽さんは保身工作に頭をフル回転させていた。さっき月下さんが言った、殺人の場所と時間を〝蘭駄夢《ランダム》〟からできる限り離す計画だ。ニンジンに関する知識は鷲羽さんだけのものので、これは利用できそうだった。しかもそれは、月下二郎のプロフィールにぴったりとはまる。ここから、月下二郎偽装犯人説は具体的に動きだしたわけだな」

「医療のテクニックね……」

「それに、〝エディトリアル〟へ出かける前には、独り者の月下二郎にはアリバイが成立しないことが、ある程度期待できる」

「私が月曜に〝エディトリアル〟へ出向くことも習慣ですからね」月下が言った。「それに、あの店で白紙借用書を手に入れた時、翌週の約束を私がしていたのも、鷲羽さんは聞いていたのでしょう。それと、俊夫さん、閉店後の〝蘭駄夢《ランダム》〟で鷲羽さんがしたことといえば、勘定書の工作《ビル》もありますよ」

「ああ、そうでした」

月下に軽く頷く仕草をしてから、俊夫は弟に向き直った。

「席に座っていたのが本人だという証拠をなくすために、閉店後、鷲羽さんは頭と体を働かせたんだ。客席の肘掛けの木の部分などは丁寧に拭き取った。そして、勘定書は偽物を作った」

「どうやって？」

「あの晩の犬伏さんの勘定書を書いた女性従業員に、もう一枚書かせたんだ。でも、露骨にそんな指示をしたら、警察が聞き込みを始めた時に、彼女はそれを話してしまうかもしれない。だから、ちょっとしたカムフラージュを施した。あの晩、一番テーブルでもボルシチのセットを頼んだお客がいてね。その勘定書が汚れてしまったから、もう一度書いてくれと、鷲羽さんは女性従業員に言った」

「一番テーブル？」

「テーブルナンバーは算用数字で書かれているから、鷲羽さんは2を書き加えて十二番テーブルの勘定書にしたんだ。日付をスタンプし、通しナンバーも、本物のほうと同じ数字を押しておく。それだけだよ」

「犬伏さんの指紋がない十二番テーブルの勘定書が、一丁あがりか……」

「さて、十一時半近くに完全に店仕舞《じま》いが終わり、鷲羽さんが一番最後に〝蘭駄夢〟を出る。彼は、隠してあった犬伏さんの車へ向かう。後部座席に死体を置き、車をあの森へと走らせた。あの方向を選んだのは、〝浜本ディーゼル・サービス〟に少しでも近付くためでもあった」

「いかにも意味がありそうだけど、はっきりとは意図が判らないな」雅人が首をひねっている。「会社に近付くことに、どんな意味があるの？」

「お前に罪を着せやすくするためさ」

「……」

「月下さんを犯人に仕立てあげるための推理とトリックの筋道は、現実的にはちょっと複雑すぎる。鷲羽さんは、もっとオーソドックスな犯人像も必要だと考えた。その役に選ばれたのがお前だよ。お前は〝蘭駄夢《ランダム》〟で、犬伏さんと空間的に接近している。借金のことも鷲羽さんは知っていた。もし凶器が、お前しか立ち入れない場所で発見されたりしたら、容疑は相当に濃くなってしまうだろう」

「……実際、そのとおりになった」

「偽装の殺人現場は、〝蘭駄夢《ランダム》〟からはできるだけ遠く、そして、〝浜本ディーゼル・サービス〟にはできるだけ近いほうがいい。もう一つ、制限的な条件もあるな。鷲羽さんには、あれ以上遠い場所に死体を隠しに行く時間がなかったのさ。零時すぎにはラジオ局に入らなければならない」

「そうだった……」雅人は顎をつまみながら頷いている。

「鷲羽さんは死体を川に沈め、車を隠した。少し離れた場所まで移動してタクシーを拾い、ラジオ局へ向かった。生放送が終わってからは、タクシーで〝蘭駄夢《ランダム》〟へ行き、自分の車で帰宅する。そこで、偽の借用書作りだ。できあがった偽造証拠を手に、彼は犬伏さんの部屋へ向かった。鍵はもちろん手に入れておいた。偽の借用書を置き、強請に関する自分の記録はすべて廃棄した。まだ何枚かあった、犬伏さんの署名だけはあらかじめ書かれている白紙借用書も消してしまう。そして次には、肝心の〝浜本ディーゼル・サービス〟に駆けつける」

「……じゃあ、その時まで、凶器はあのガレージにはなかったのかい？」

「そうなるな。ガレージの密室状態がお前を追い詰めていたが、真相は、どうということはなかった。犯人は、鍵を使ってシャッターをあけたのさ」

「誰の？　……犬伏さんの？」

「そうだ。鷲羽さんは、犬伏さんが会社のガレージの鍵を持っていることを知っていた。明朝早くからの仕事の愚痴を言いながら、犬伏さんはガレージの鍵をブラブラさせていたそうだから。その鍵を使って開錠したら、潜り込めるだけの広さにシャッターをあけて、ガレージ内に入る。中には、間違いなく、お前が乗っていたワンボックスカーがあった。鷲羽さんがしたことは、ナイフを置くことと、車の底に有刺鉄線をからませること」

「で、でも、その鍵は死体と一緒に沈められていたんじゃ？」

「判ってしまえば、これも単純なことだ。死体を隠した森に戻った鷲羽さんは、川から死体を引っ張りあげたのさ」

「引っ張り――、そうか、ロープの跡！」

「死体は重石に縛りつけられてもいたが、引きあげられるようにもなっていた。拝借していた幾つかの鍵を、ポケットに返せばいい。それと、胃ゾンデ推理のきっかけになるように死体の喉を傷付けたのも、この時だそうだ。その後、死体は川に浮かべておいた。ある程度早く死体が発見されなければ、アリバイがらみの偽装工作が機能しないからな」

そこまで流暢《りゆうちよう》に語って、俊夫は苦笑した。

「――って、オレは月下さんの推理を聞かせてもらっただけだし、後は鷲羽さんの自供による裏付けだけどな」

「すごいなぁ……」

的場雅人が感嘆すると、

「驚嘆すべきは」と、月下二郎が言った。「これらの二重の偽装工作を、鷲羽さんはすべて、殺害してしまった後に思考し、構築したということです。事前にあった材料は、白紙の借用書ぐらいでしょう。驚異的なパワーを持つ頭脳です」

兄弟は揃って頷き、俊夫が言った。

「まさに〝魔術師〟ですね。……雅人、鷲羽さんの目論見《もくろみ》では、単純に、お前が殺人の罪を引き受けてくれればよかったんだ。ところが、オレが嗅ぎ回って月下さんを容疑者リストに載せた。死体の喉の傷もデータとしてあがっていた。それで鷲羽さんは、偽装工作の第二段階の幕をあげたんだ。鷲羽さんにしてみれば、お前と月下さんのどちらかが有罪になるのが最も安心できたんだろうが、二人の容疑者の間で捜査が堂々巡りをしてくれるだけでも充分だったわけさ」

言葉が途切れると、雅人はグラスの中身を飲み干した。

少し、眉間を曇らせている。

言い出す言葉を探っているかのような迷いが、雅人にはあった。

「でも、そもそも……」

ようやくそれを切りだした、といった様子だった。

「どうしてオレに罪を着せようなんてしたんだろう、鷲羽さんは。適当な人間が他にいなかったからって、普通、そんなことできるかな？　長い付き合いなのに。鷲羽さんはクセのある人だけど、オレは好きだったし……」

「その点はオレもなかなか納得できなかったよ」俊夫は、心が重く迷走していた昨日の長い時間を思い返していた。「……すべての始まりは、あの冬山の事故にあったらしい。恐喝の始まりも」

「冬山って……」驚愕の目を、雅人は兄に向ける。

「スキーの……、雪崩の？」

「あれだよ」

「なぜ！」

「鷲羽さんがお前を助けたことになっているけど、あれには裏の真相があったらしい……」

幾分顔を背け、俊夫は言いにくそうに身じろいだ。兄弟に二人だけの時間を与えるかのように、月下はゆったりと姿勢を変え、窓の外に目を向けていた。

「裏の真相って、なに？」

「……二人であの斜面へスキーで出かける前、鷲羽さんは一人であそこへ行っていたらしいんだ。そして、雪庇《せっぴ》の上を横切ったんだな。あの雪崩が起こったのは、まさにその場所だった」

「……………」

「あの日の雪は、雪崩を起こしやすい条件だったんだろう？」

「多少はそうだった。それで、ずいぶんと怒られたよ」

「そんな条件の時に、さらに、してはならないことを鷲羽さんはやった。雪の重みがある場所に、スキーで切れめを入れたんだ。雪庇が崩れて雪崩が発生し、お前が巻き込まれた。崖下へと体が運ばれ、雪の下敷きになる」

「頭は出ていたからな、それを動かしてオレは合図を送った。それを見てから、鷲羽さんは姿を消した」

「そのあと鷲羽さんは、必死で助けを呼びに行ったとされている。でも、レスキュー技術のある人と鷲羽さんが出会ったのは、現場から二百メートルしか離れていない地点だったんだ」

「二百メートル？」

「スキーが壊れていたわけじゃない。怪我をしていたわけじゃない。それなのに、二十分間で二百メートルしか進んでいない。いったい、彼はなにをやっていたのか……」

「なにをしていたんだ？」

「動けずにいたのさ。腰が抜けたような状態になってね。雪崩を起こした罪、自然の猛威のショック。

体が怖じ気づいてしまって、動けなくなっていたんだな。……あの当時の鷲羽さんは、今の彼とは全然違う。精神や神経の太さが、一人前分もなかったかもしれない。ようやく動けるようになって移動を始めたところで、彼は救助の人に出会えたわけだ」

「あの場で、動けずに……」

「もしかすると、お前を見殺しにすることになっていたかもしれないんだ。このことに気付いたのは、お前を助けたもう一人の彼だ。レスキュー技術の持ち主だな。巷《ちまた》に流れている話と自分の体験の食い違いから、彼は徐々に真相を察していった。物理的には動けない理由のない男が、二十分間も時間を無駄にしていたのはなぜなのか……。彼はその推測を数人だけに話した。その中の一人が、犬伏盛也だったのさ」

　雅人が目を丸くする。

「あんな昔に、もう？　犬伏さんは、鷲羽さんに接触していたの？」

「そうなんだ。オレとお前が犬伏さんを知るずっと以前から、あの二人は知り合いだったのさ。表には出せない知り合いだな……」

「さっき、恐喝の始まりも、って言ったよね。……いつから？」

「犬伏盛也はまず、本当はこうだったんだろう、と鷲羽さんに囁きかけ、救出劇の裏にある図星を突いた。相手の動揺ぶりから態度を決めていった、というところかな。鷲羽さんは、雪崩の原因が自分にあるらしいこと、情けない醜態を晒して従兄弟《いとこ》を見殺しにしたかもしれないことは、絶対に誰にも知られたくはなかった。鷲羽さんが自分の口をなにより恐れていることを、犬伏さんは知った。それで最初は、そのへんの物品をせびるぐらいのところから要求が始まっていったらしい。それが、鷲羽さんの収入などに従って徐々にエスカレートしていった」

「そんなに長く……」驚きを含みつつも、雅人の声は沈んだ。

「鷲羽さんにとって犬伏盛也は、まさに、獅子の昔の急所に食いつき続けているダニだったんだろうな」

そこで俊夫は、ふと思いつきを得て口調を変えた。

「もしかすると、ダニの存在を自ら打ち消したいために、鷲羽さんは表向きは剛胆な人間になっていったのかもしれないな……」

「犬伏さんもとんでもないよ。呆れるぐらいに鉄面皮だ」

「そうだな。彼は、あの冬山事故のもう一人の当事者であるお前のことも追跡していて、〝浜本ディーゼル・サービス〟が求人広告を出していることも知った。それで転職したわけだ」

「うわっ！　なにそれ！」嫌悪感が雅人の顔を走る。「陰湿なまとわりつきだよな。それどころか、〝蘭《ラン》駄夢《ダム》〟の常連客にさえなるんだから」

「犬伏さんが、そんな人だったなんて……」

沈痛に翳った表情だったが、その顔が不意に上向いた。

「あれ？　でも、今の話が、オレが濡れ衣を着せられる理由になってるの？　オレは鷲羽さんに対して、悪いことはなにもしていないじゃない」

「まあ……、屈折した心理の所産、といったところかもしれないな。お前が事故に遭ったことが、すべての元凶なんだ」

「そんな……」

「お前と顔を合わせる度に、その向こうにあの事故の真相が透けて見える。自分のあの時の姿がな……」

「恐らく」

と、そこで月下二郎が口をひらいた。

「殺人の罪を雅人さんに着せることが鷲羽さんの本意ではなかったのでしょう。最終的には、やはり私が犯人にされるのですよ。雅人さんは、鷲羽さんによって救われるのです」

「ああ……」納得の呻き声を、兄弟は漏らした。

「彼は探偵役を全《まっと》うし、あなた達の救世主になる。彼は再び、あなた達兄弟の偶像となり、精神的に優位な場所に立てる。しかしそれも、もちろん、冬山の時の救出劇と同じく、表面だけの幻なわけですけどね」

「そうでもして、自尊心を再生させなければならなかったのかな……」

俊夫が呟くと、雅人も、

「オレ達にこそ、鷲羽さんに対する劣等感があったようなものなのに……」

同感の俊夫は、判らないものだな、と嘆息した。重くなりそうな空気を復調させるかのように、月下が軽い口調で問いかけた。

「しかし、俊夫さん。私の推理を語った時、鷲羽さんの説ではなく、よく私のほうの説を信じてくれましたね」

「え、ええ。そういうことになりましたね」

単独でこの部屋に乗り込んで、鷲羽の推理を月下にぶつけた時、月下は、鷲羽恭一にも犯行は可能だ、と反論を始めたのだ。俊夫は愕然となったが、驚いただけではなく、月下の推理に説得力を覚えたのだ。心では否定しつつも、すでにあの時、奇妙な真実味を感じ取っていたのだろう。

友人とも思っていた従兄弟《いとこ》が、自分達をだましていた殺人者……。俊夫は落ち込んだ。

犯人は、月下なのか、鷲羽なのか。

決着をつけるためには、自分で真実だと感じられる手掛かりを得なければならない。

それで俊夫は、夜になって〝エディトリアル〟を訪ねたのだ。そこで、店の者に、鷲羽恭一の写真を見せた。鷲羽はちょっとした変装をしていたらしいが、目撃者を完全にはごまかせなかった。鷲羽は髪の毛の長いかつらをかぶり、派手めの服装をして、芸能業界の人間かミュージシャンのように装っていたのだ。同席の者が犬伏であることを覚えている従業員もいた。恐喝者と会っている時に少しでも変装しておくことが、鷲羽の精一杯の安全策だったのだろう。

　俊夫は、死刑制度の残るこの国で、従兄弟《いとこ》を殺人者として告発しなければならなくなった。〝蘭駄《ランダ》夢《ム》〟から引き離されただけで、鷲羽は死んだようなものなのかもしれない。

「事実が、あなたの説を選ばせたということですよね」俊夫は言う。「……ただ、鷲羽さんを絶対に信じ抜く、というほどの心情も保てなかった。それも事実です。……少しずつ、私の中でも変化しているものがあったのかもしれない。鷲羽恭一という男の見方がね」

　俊夫は長い記憶を振り返り、自分でもあやふやなままに分析する。

「子供時分からの、お互いが勝手に受け取っていた思い出の認識……。そんなものがかけていた魔法が消えてしまう時季だったのかもしれませんね」

　自分の計略の底が割れてからの鷲羽恭一は、潔かった。

　それは救いだった。

「鷲羽さんの胸の内も判りますよ……」

　俊夫は言う。

「〝蘭駄夢《ランダム》〟は本当に、鷲羽さんの夢と努力の結晶だったんです。経営がかなり苦しくなっていたらしい。そんな状況で、恐喝者が金を搾り取っていくのですからね……。その金を、経営に注げれば、と……」

　弱く瞬きしつつ、雅人が言った。

「冬山のことだって、どうってことないのに……。本当のことを知ったからって、鷲羽さんのことを軽蔑したりはしないよ……」

「強請り屋に屈し続けてきたからなぁ。もう、後戻りできない道になってしまっていたんだろう」

　そこで俊夫は、あっ、と顔をあげた。

「どうもしんみりとしてしまって、申し訳ない。月下さんにはお礼の言葉もありません」

「本当に」と、雅人もガバッと頭を下げる。

「いやいや、そんなことは」

月下二郎はそこでまた、軽い調子の声を出した。

「雅人さん、今日はたっぷりと陽に当たったほうがいいですよ」作られた生真面目さが、可笑《おか》しみを醸し出す顔だった。「太陽プラス、いわし、にしん、まぐろ。一日に五百ＩＵ以上のビタミンＤを摂取してください」

的場兄弟は笑った。

俊夫には、一つの目標があった。

今、〝蘭駄夢《ランダム》〟は休業になっている。

その〝蘭駄夢《ランダム》〟のネオンを、もう一度灯すのだ。

4 絵の中で溺れた男

人は二度と同じ川へ入ることはできない、
次から次へと違った水が流れてくるから。
ヘラクレイトス『宇宙について』

1

油絵の中の川で溺れ死んだとされる男が発見されたのは、ヴァージニア州西部が大雨に襲われた翌々日だった。

その日、邸宅の屋上バルコニーから、二人の男は起伏のある放牧地を眺めていた。

雨雲などすっかり蒸発してしまっている夏空の裾は、緑の丘に切り取られている。所々に固まって繁る木々は、それぞれに優美なフォルムを見せ、絵葉書にしたくなるほどだった。

「ああ、あの事件か」

非番の保安官《タウン・シエリフ》、ダン・クリントンは、横に立つ青年、月下二郎に顔を振り向けた。

「動機が不明ですよね。それが不気味で、やっかいな気がします」

と、日本人の青年は、さほど拙《つたな》くはない英語で応じる。

スラリとした体形に、涼しげな風貌。ウェスタン風ベストの模様が描かれたTシャツを着ていて、かぶっているのは、自然派のカジュアルな中折れ帽ともいえるブリムダウンだ。つばの下からは、黒髪が覗いている。それに半ば隠れる瞳に穏やかに滲むのは、物好きそうな理知の光なのかもしれない。

「最初は、シンプソンさんの所の馬だったな」痛ましそうに、ダンは唇を尖らせる。「長い付き合いの愛馬でね、気の毒さ」

サングラスに隠れていて彼の目の表情は見えなかったが、濃い眉毛の間に皺が寄っていた。保安官として勤務している時も、彼はサングラスを掛けている。今は帽子はかぶっていない。身長は一メートル八十で、そのまま制服にもなりそうな、アースカラーの半袖のサファリ・シャツを着ていた。四十半ばすぎの年齢相応に腹が幾分出ていたが、保安官としての貫禄を見せるためには、もっと肉がついてもいいのかもしれなかった。

彼が口にしている事件というのは、半月前から発生している家畜の毒殺事件だった。

まずはシンプソン家の愛馬が殺され、一週間後、数キロ離れたまた違う農家で数頭の羊がバタバタと死んだ。犬の死体も見つかっている。昨日は、増水した川にロビンソン家の牛が三頭流されているところが発見されたが、死因は溺死ではなく、毒による中毒死だと判明した。ロビンソン家は、この辺り一帯を牛耳《ぎゆうじ》る顔役で、事件はかなり深刻な一悶着《もんちやく》に発展しそうな雲行きだった。

「毒の分析は、激怒したロビンソンの旦那が指示したわけじゃないよな、アンダームーン」

名字の意味を教えてもらってから、ダンは面白がり、月下をアンダームーンと呼んでいた。

「牛の死体が発見される前から、郡保安官は真剣になり始めていましたよ。だから、州警察の出動を依頼した。そうでしょう、シェリフ?」

「まあな」と、町の保安官は深く頷く。「全部がまとまった事件なのだと見始めていた。軽犯罪で済ませられるものではない、と……」

「それで、毒の成分も精密に分析してみようということになったんです」

「その毒のサンプルが回されたのが……」

「州立病院の研究所ですが、そこに、ヴァージニア医科大学時代の私の友人がいるんです。リチャード・オコーナーって奴ですけどね」

「分析の手伝いに来い、と呼ばれたわけか」

「手伝いができるとは思えません。私にはブランクがありますが、向こうはずっとスペシャリストとしてキャリアを積んでいるんですからね。ただ……」

月下はなつかしそうに微笑む。

「私は大学時代、一つ二つ、奇妙な事件の真相を見破ったことがあるんですよ。そっちの方面の閃きを、リチャードは護符みたいに望んでいる様子でしたね」

「誰がなんのためにこんな殺生を繰り返すのか、突き止めることができれば、ということか」

「事件そのものが終わってくれればなによりですからね」

月下の細面《ほそおもて》は、ダンに向けられた。

「現場で活躍する保安官の足手まといにならない程度に、裏方として協力できれば、といったところですよ」

「よせよ」

ダンは苦笑しつつ、手すり越しに視線を下に落とした。

「俺が無能な保安官であることはみんなが知っている。事件らしい事件などない土地だったたから、俺でも務まっていたのさ。だから、ロビンソンの旦那も、昨日の今日なのに非番を取っている俺に、それほど文句を言わない。州警察にまかせようとしている」

ダン・クリントンは、喉の奥で笑った。

「俺は、休みや一杯引っかけたりする権利を確保することに関しては有能なんだ」

かなり大きく張り出しているバルコニーの下には、濁流が流れていた。先ほどから、ドードーというその響きが、彼らの鼓膜を打ち続けていたのだ。

荒々しかった豪雨の名残。

粘りつくような太陽光線に炙《あぶ》られて、それは下水道めいたにおいを発しそうだった。

「家まで、もう少しでしたね……」

本来の川幅は十メートルほどだという。今の水量はその倍にはなっているだろう。

建物から通常の川岸までは下り傾斜になっているが、そこが広く水流に浸食され、低木の植え込みが水面から半分だけ姿を覗かせたりしている。まるでマングローブだ。

泥色の流れを見つめ続けていると、体が横に倒れそうになる。引き込まれて流されそうな眩暈《めまい》に襲われる。

「うちのような安普請《やすぶしん》の小さな家なら、土台から流されないかとハラハラするところだが、さすがにこのマクレーン邸は心配無用だな」

テッド・マクレーンの屋敷は、白壁も鮮やかなジョージア王朝風の大邸宅だった。近隣の他の農家とは一線を画する広壮な造りだが、二、三人の家族のためにはいかにも大きすぎる。

「ここに招待されたのも、リチャードの招聘《しょうへい》のおかげですよ」

「リサとも学友だそうだが、招待は初めてなわけか」

テッド・マクレーンの一人娘だ。

「お父上が人嫌いということで……」

ダンは短く笑う。

「〝マッド〟・マクレーンだからな」

リサの父親テッドは、油絵を中心に作品を作りあげる芸術家で、その挑発的な作風と奇矯《ききょう》な性格で〝マッド〟の異名を持っている。本名はエドワードだが、彼は誰にでもテッドの略称で呼ばせていた。

この屋上バルコニーにも、絵の具が入っていた空き缶やアスピリンの空き瓶などを樹木のようにつなぎ合わせたオブジェが野ざらしにされていて、それは、ただのガラクタとも見えたし、モダンも素朴も同時に冷淡視している男が立てた墓標のようにも思えた。

リッチモンドの郊外、ベルエアの自宅を月下二郎が出たのが一昨日。八月十八日の金曜日だった。独身で自由業の身、ドライブの足をのばし、小旅行としゃれたのだ。その目的地として選んだのが、記録的な大雨が通りすぎた直後のピードモント高原の草原地帯だった。近くまで来たのでリチャード・オコーナーに声をかけると、手伝いに顔を出せ、と気の置けない誘いを受けた。横の連絡で、月下の来訪はリサ・マクレーンにも伝えられた。リサの強い要望で、月下はマクレーン家に一泊することになっている。

「アンダームーン、あんた、ウィリアムさんが一緒じゃなかったら、とても泊まれなかったと思うよ」

と笑うダンは体を反転させ、屋内への階段に足を向けていた。

ウィリアムは、テッドの弟で、四十九歳。二年前に離婚して独り身の今、週末をここで過ごしにやって来ているのだ。

彼がいなければ、家には、テッドの他には月下とリサだけになる。ダンは、テッドの友人としてちょっと遊びに来ているだけだ。適当なところで帰宅する。テッドは自分の就寝後、広い屋敷で、リサと男を二人だけにしたりはしないだろう。

「今でもまだ、隙さえあれば追っ払われそうですけどね」

苦笑しながら、月下は狭い階段をおりた。

ドアを引きあけると、廊下を挟んだ正面に〝マッド〟・マクレーンの私室のドアが見える。彼のアトリエは、廊下の右側、十メートルほどの所にあった。一点何十万、何百万円もする絵画やオブジェが、そこで生み出されるのだ。建物の、東端の一角だ。

リサの学生時代のことを話しながら、二人は廊下を左に向かった。

少し先で廊下は、大きな吹き抜けスペースを左右に回り込む形の回廊になる。月下とダンは左側を回り、階段をおりた。一階には、ビリヤード台が置かれたり、ティーサロンのセットが設《しつら》えられたりしている。

廊下への出口で、二人は男と行き会った。

大柄なその男は、むっつりと鼻の穴をほじっていたが、二人に気付くと、表情はカラッとした愛想笑いに埋まった。

「どうも、お二人さん！」

　ロバート・ベックは隣人の農夫で、嵐で壊れた柵の修理をテッドに依頼されていた。樽のような上半身はチェック柄のコットンシャツに包まれ、丸太のような足はジーンズに覆われている。髪の毛が半分だけ生え残っている頭部も赤銅《しゃくどう》色で、髭が荒々しく豊かだった。

「これから始めますわ」

「大変ですね」月下が帽子を脱ぎながら言う。「ご自分の所に被害はないんですか？」

「急ぐようなのは、全然。いいんだ」ベックは、白い歯を豪快にこぼす。「マクレーンさんは、いい金を払ってくれる」

　律儀な働きぶりから、彼は、搾乳《さくにゅう》マシーンとか干し草製造マシーンなどと悪友達に呼ばれている。

「せいぜい稼いでくれ」

　と、ダンとベックは笑い合った。

　ベックは裏口に向かい、月下と保安官は廊下に出た。建物はここから右手に折れる。ゲストルームなどをすぎて食堂に向かっていると、今度はスポットが舌なめずりをしながら早足でやって来た。スポットというのは、雄の黒猫だ。

　彼は人間の姿を見るとむしろ落ち着いた態度になり、見せつけるように毛繕いをしてから脇の廊下に曲がって行った。

　食堂に近付くと、中からリサの声が聞こえてきた。

「怪我をしてないかぐらい、気にしてやったらどうなの」

　お小言《こごと》の最中のようだ。

　中に入ると、その相手が父親であることが判った。リサはガラスの破片のある床にクリーナーを掛け、テッドは食器棚に凭れかかっている。

〝マッド〟・マクレーンが、入って来た二人――特に月下二郎にギョロリと目を向けた。

　六十すぎの、やせた男だった。茶色のTシャツの上に、薄手の白い室内ジャケットを着ているが、その袖口からのぞく腕や首筋は、干からびているかのように細かった。赤茶色の髪は疎《まば》らで、薄い皮膚の下で頬骨が張り出している。熱に浮かされているような黄色い目玉が、やけに大きく目立つ。

「川のエネルギーはどうだった、青年？」

壁に取りつけられているフックに、月下は脱いでいたブリムダウンを掛けた。

「陽射しの下の草原との対比で、さらに強烈に感じられましたけど。テッドさんは、そうしたエネルギーも参考にするんですか？」

「参考……。私の内側の様々なポテンシャルに奉仕はさせるがね。それを、参考にしていると呼びたいのなら、そうしたまえ」

自分の創作活動がアメリカ芸術史の流れの中に刷り込まれてしまうことにも、〝マッド〟・マクレーンは窮屈な反撥を感じるのだろう、と分析した評論家がいた。そんな風に喝破《かっぱ》する高名な評論家そのものさえ、テッドは歯牙にもかけなかった。バイヤーとのやり取りもただ煩わしそうだし、もしかすると彼は、高額で自分の作品を購入する買い手にも冷淡な感情を向けている人間かもしれなかった。

「自然の参考書を見るだけ見たら、さっさとリッチモンドに帰るようにな、青年」

「やめてよ、パパ」

たしなめる口調のリサが、父親をにらむ。手には、吸水性能の高いモップとクリーナー。

空気をほぐすように、彼女は、

「パパったら、グラスを落としちゃって」

と、月下達に肩をすくめて見せた。

彼女のストレートのブロンドは、形のいい頭部を落ち着いた感じで取り巻いている。年齢は、三十をすぎたばかり。身長は百七十センチほどで、フリークライミングなども好む、しなやかでタフな体を持っている。四年間同棲していた男とは結局別れ、まだシングルだった。

十数キロ離れた町にあるクリニックに勤めている

彼女は、およそ二週間に一度の割合で、週末はこの生家に帰って来ている。男やもめで、生活にだらしのない父の様子を見るためだ。

「やっぱり呑むの？」

娘が口調を曇らせても、テッドは無表情に言い返す。

「カーデュを一口も呑まないで、俺の昼は始まらない」

「朝だって始まってないじゃないの」

リサはうまいことを言った。テッドは遅く起きてきて、朝食も摂っていないのだ。珍しいことではないらしい。不健康な顔色が、板についている。

テッドが日々の節目に愛飲するモルトウィスキーの一つがカーデュだった。ゲール語で〝黒い岩〟を意味するというから、ゴツゴツとした強い自我を持つ男には似合っているのかもしれない。

「身繕《みづくろ》いだって、寝起きとそう変わらないし」

もう、と不満の声を発するリサは、掃除道具を置き、父親にグッと接近した。

テッドのジャケットの大きなポケットから、灰色の木綿のスカーフを取り出し、リサはそれを父親の首に巻いて結ぶ。テッドの気管支は冷えに極端に弱く、クーラーが必要な夏場も、首を保温するものが手放せなかった。そして、首に巻かれているスカーフが、〝マッド〟・マクレーンのトレード・マークになっている。黒や白、赤い色のスカーフもあるらしい。

リサは、母親か女房のようにかいがいしいが、テッドはうるさそうに顔をしかめているだけだった。

それからさらに髭剃り具合をリサが点検していると、キッチンとの仕切りであるスイングドアがあき、エプロンをしたウィリアム・マクレーンが、汗を浮かべた顔を覗かせた。

いい香りも漂ってくる。

「もうそろそろキツネ色になってきてるけど、バターを入れる頃合いかい、リサ？」

「そう！　溶かして溶かして」

急いで掃除道具を片付けに走りながら、リサは応じる。

にんまりと笑うテッドの弟は、月下とダンにウィンクを送った。

「うまいクラブケーキをごちそうできると思いますよ」

家系としての特徴なのか、ウィリアムも中年体型には程遠かったが、兄に比べてこちらは健康的で、引き締まった体という印象だった。水色の瞳が持つ表情は、五十前とは思えないほど若々しかった。

彼は気づかわしげに、兄のほうに首をのばした。

「本当に昼食《ひる》も食べないのかい？」

新しいグラスを取り出しているテッドは返事をしないが、そんなことには慣れている様子で、ウィリアムは月下達に朗《ほが》らかに言う。

「さあさあ、座っていてくださいよ。間もなくシェフが給仕役になりますから」

揉み手をする彼は、リサと一緒にキッチンに引っ込んだ。

大きな食卓に着いたダン・クリントンは、幾分心配そうに、

「栄養になるもの、少しは食べたらどうだ？」

と、友人に声をかけた。

「俺には、これが創作の栄養源さ」

ショットグラスより少し大きめのグラスには、琥珀色の液体が中程まで入っていた。

それを呷《あお》ると、渋面のテッド・マクレーンは、おぼつかない足取りで廊下へと出て行った。

「ああした酒も、芸術家の儀式ではあるけど……」

ダンはサングラスをはずし、つるを軽く嚙んだ。

「もう少し健康にも気をつかわなくちゃな。元々むずかしい奴だが、最近は心身症気味じゃないかと思えるほどだし……。同情するよ、アンダームーン、あんたも最悪の時期に来訪したもんだ」

この程度は思い出のスパイスでしょう、と月下は

微笑んだ。

「リサの求婚者なら、そうも言っていられなかったでしょうけどね」

2

正午ちょうどに始まった昼食は、くつろいだ雰囲気の中で順調に進んだ。都合よく手に入った上等の蟹《かに》を使った特製のクラブケーキと、月下の好みに合わせてくれたニョッキ料理がメインで、その美味は一同の健啖《けんたん》を誘って食事は二十分ほどで済んでしまった。

食後のコーヒーに移ったところで、話題は、この席には不在の主《あるじ》のことになった。

リサとウィリアム、ダンは、テッドに〝管理者〟をつけたいんだ、と月下に話した。

「〝管理者〟と言いますと……?」

「マネージャー兼健康アドバイザーみたいなものよ」

「買い手など幾らでもつく作品がほっぽり出してあったりするし……」ウィリアムは、アトリエのある方向を振り返るようにして言う。「それに、もう歳も歳なんだから、健康管理をきちんとしないと作家寿命が縮む」

「たまに来るだけのわたしでは、お父さんの日常を見守れないし……。わたしにはわたしの生活があって、ここに住んで目を光らせるってわけにはいかない……」

「すると……」月下はコーヒーカップを置いた。「その〝管理者〟は、頻繁にここを訪れることができる人でないとだめなわけですね」

「そういう意味では、私が第一候補なんですけどね」テッドの弟は、むずかしげに眉を寄せる。「お恥ずかしい話ですが、事業の失敗で、私は今の家を手放さなければならなくなるかもしれないんです。つまり、ここにテッドと同居もできる」

「父の健康スケジュールは、わたしとこまめに連絡を取ってくれればいいわけよ」

「だからさ」と、ダン・クリントンはサングラスを掛けた顔を突き出した。「それはここで話し合っていないで、テッドにもう話す段階だろう。今日こそ話す段取りだったじゃないか」

「でも」と、月下は案ずるように言った。「あの方は今まで、マネージャーを受け入れていなかったんでしょう？　今さら納得するでしょうか。それに、毎日の生活スタイルを監視するようなアドバイザーなどは、なおさら……」

リサが吐息をつく。

「だから、慎重にならざるを得ないのよ。猛獣に首輪をはめるようなもの」

「大勢で押しかけても意固地にさせるだけだ」ダンは椅子の背に寄りかかる。「ウィリアムさん、話し合ってきなさいよ」

「なんで私が」

「〝管理者〟の第一候補でしょう？　当事者としての最初の役割を果たすということで」

「当事者だからだめな部分もある。私が彼の作品のマネージメントをするなんて言ったら、金目当てにこうしたことはさせない、と嚙みついてきますよ。好き勝手なことはさせない、と嚙みついてきますよ。こうしたことは、第三者的な意見として、最初は伝えるべきじゃありませんか」

リサも同調する。

「ダン、友人の意見としてこうしたアイデアを聞かせて、まずは少しずつその気にさせるというのもいいと思わない？」

保安官は、うーん、と腕を組む。「リサ、彼は君の意見なら一番聞くんじゃないのか」

「だめよ。子供扱いで」

「クリントンさん、兄の長年の友人として、第一陣を切ってくれませんかね」

「いや。やはり身内の熱意でぶつかるべきでしょう」

困ったように頭を掻いていたウィリアムは、ふと思いついた様子で微笑んだ。

「では、こういうのはどうです、クリントンさん？　ビリヤードとかダーツなどで勝負をして、負けたほうがテッドに伝えに行く、というのは？」

少し考えてから、ダンは椅子から体を起こした。

「いいでしょう。それで決めますか」

〝取り扱い注意〟の人物に苦慮する一同は、軽く食器を片付けて廊下に出た。


トイレへ立ち寄ることにしたダン・クリントンを除く三名が、先に吹き抜けホールに入った。先ほど月下も通った場所だ。

壁には年代物のダーツの的《ボード》がさがり、近くにはドッシリと、ビリヤード台が置かれている。一隅には、チェスやバックギャモンなどのゲームが用意されたテーブルもあった。

ウィリアムはハンカチを取り出すと、クルクルと丸め、

「汗っかきなものですからね」と、はちまきのように額に巻きつけた。「緊張するとなおさら……」
二、三分してダンが現われると、リサが言った。
「こういう方法に誘ったのはビリー叔父さんだから、どのゲームにするかはダンに決めてもらいましょう」

「じゃあ、ビリヤードだ。悪いがね、俺の得意ジャンルだ」

「ふふ。負けるかい」

と、ウィリアムは腕まくりをして見せる。

ナインボール用の玉がセットされ、それぞれがキューを手にした。ダンは、チョークをこすりつける仕草も様になっている。

「叔父さん、危うしね」

リサは月下に囁いた。

先攻後攻は手っ取り早くコイントスで決めて、ゲームが始まった。ダンが第一打で玉を散らせる。

待ち受ける結果はともかく、二人の男はゲームを楽しもうとする無邪気な様子だった。

観戦しつつ、月下は小声でリサに話しかけた。

「お父さんは、ほとんどの物事にクールな反応をするようだけど、娘に対してもそうだというわけじゃないんだね」

「そうなのよ」

「とっとと結婚でもなんでもしてくれ、と距離を取る感じではない」

「そのへんはまるで、ジロウが教えてくれた日本人の父親と同じね。いい歳になっている娘が付き合う相手も、吟味しなければ気が済まない」

リサの声は、少し低くなった。

「父の大きな影が破綻させてしまったわたしの人間関係は、一つや二つではないわね。わたしだって、縛られている感じから逃げ出したくて、この大きな家を出たのかもしれない……」

ダンが自分のナイスショットに歓声をあげると、リサは表情を柔らかく戻した。

「冷たいものでも飲みながら観戦しましょうか」

「いや。いいよ、べつに」

遠慮しないで、という身振りを残し、リサは廊下に出て行った。

楽しみながらも、ウィリアムは真剣な面持ちだった。額のハンカチに汗が滲んでいた。手玉《てだま》に届かせようと上体を可能な限りのばし、姿勢を低くしてはコースを読む。

しかし、四、五回の攻防の後《のち》、ウィリアムはおあつらえ向きのポジションに玉を残してしまった。ミスショットをしなければ、ダンの勝ちだ。保安官はミスをしなかった。ナインボールをポケットに落とし、勝負をつけた。

「やられたかぁ〜」

ウィリアムは胸に手を当て、ヨロヨロとよろめくふりをする。

「あのわからず屋への突撃、お願いしますよ」とダンは、キューを台に戻した。「援護射撃はしますから」

「その前に、シャワーを浴びて来ますよ」

ウィリアムははずしたハンカチで首筋を拭う。

「どうせこの時間、兄は創作活動に没頭していますからね。邪魔したら、どんな話も始まらない」

ホールを出るところで、ウィリアムはリサとすれ違った。「女神は我に微笑まず」と姪に笑いかけ、彼は立ち去った。

リサはトレーに、レモネード入りのピッチャーと四つのグラスを載せていた。三人は、テーブルのある場所にホールを移動した。

よく冷えたレモネードに、「うまいぜ」と喉を鳴らしたダンは、しかしすぐに、気にかかる素振りで言った。

「テッドは水分補給ぐらいしてるのかな。今日からまた暑くなりそうなのに」

「お酒だけよね……」

不躾《ぶしつけ》にならない物腰で、月下が訊く。

「そのぅ、今の彼は精神的にも不安定だというのは本当ですか?」

「まあ、そうだろうな。この間なんか、ちょっと彼の意に添わないところがあった画商に、新作デッサンなどのファックスを五十枚以上も送り続けたなんてこともやったそうだ。訴えられてもおかしくないケースだろう」

「ちょっとしたノイローゼ状態でのことだから、と、先方をなだめたんだけど……」

「心身ともに不調って感じだ。今朝の顔色の悪さも、かなりのものだよな」

「うん……」

「昨夜はちゃんと食べたんだろうな?」

「それが、夜遅くまで仕事をしていたんだけど、夕方に軽く食べただけで……。わたし、ちょっと様子を見てくるね」

階段に向かいかけたリサは、すぐに引き返して来て、空いていたグラスにレモネードを注いだ。

「これぐらいは飲ませましょうか」

階段をのぼって行く彼女の姿が二階に達すると、ダンは反省するように呟いた。

「心配させすぎたか」

二人は、この辺りにダンが所有しているけっこうな広さの土地のことを話題にし始めたが、ほどなく、二階からリサの声が降ってきた。回廊の手すり越しだ。アトリエなどにつながる廊下のすぐ近くだった。

「ちょ、ちょっと、あれ、なんだと思う?」

「あれ、って?」月下が聞き返す。

グラスを持っていない左手で、リサは、来て来て、と手招きをする。不安と戸惑いが、その顔に滲んでいる。

小走りに階段をあがるダンに、月下も続いた。

3

二階に達し、奥へ真っ直ぐ続く廊下に足を進める。少し先の両側にドアがあり、左手のそれは、テッド・マクレーンの私室のドアだった。

その前に、困惑げにリサが立ち尽くしていた。彼女が目にしている物はすぐに判った。

「なんだ、この棒?」

ダンが少し甲高い声を出す。

太さ一握《ひと》りほどの角材が一本、行く手をさえぎっている。人の腹ほどの高さで廊下を横切っているのだ。廊下の幅とほぼ同じ長さの角材。つまり、三メートル半ほどか。

その角材が、両端をドアの取っ手に引っかけている。両端は、輪になっている金具だ。ドアの取っ手は下向きに曲がっている。そして、凹凸のある彫刻が施されている。その出っ張った部分に、角材の輪になっている金具は下から強引に食い込んでいた。

「ドアをあかなくしてるってこと？」リサの声が震える。

テッドの私室のドアは室内側にひらく。反対側のバルコニーのドアも同じ造りだ。角材が、引っ張る形の心張り棒になっていては、ドアはひらかない。

「これって、父がしたこと？　なにかのパフォーマンスだと思う？」

リサ自身、それは信じられないという口ぶりだった。なんでもないことだ、と信じさせてもらいたがっている反応だった。

「テッドは中にいるのか？」

「さ、さっき呼びかけた時は、返事はなかったけど」

リサは私室のドアを強く叩き、声を高めた。

「お父さん、いるの⁉」

応答はなく、月下が訊いた。

「お父さんは、この部屋にいるはずなの？」

「ここか、アトリエ。それが普通ね。日課よ」

「よし」

と、掛け声風に言ったダンが、角材を上から叩いた。ガリッと音を立ててはずれた角材は、廊下に転がった。

すぐにリサが取っ手を回し、ドアを押しあける。

殺風景ともいえる、モダンでシンプルな家具だけが置かれた部屋だった。

「お父さん……？」

グラスを近くのサイドボードに置き、リサは室内を見回したが、誰もいないことは一目で明らかだった。

月下とダンも室内を見回す。床はフローリングで、左隅にベッドがあった。素っ気ないデザインの、薄いベッドなので、月下は少し身をかがめただけでベッドの下に誰もいないことが確認できた。サイドボードの横とクロゼットの中を覗けば、室内にはもはや死角は残っていなかった。

「アトリエね……」

リサが廊下へ出て、男達も後に続く。

廊下の突き当たりのドア。これは、他のドアよりも丈夫そうだった。そして、取っ手の近くには、四角い装置――施錠用パネルが取りつけられている。

「お父さん、お邪魔してごめんなさい。いる？」

室内から反応はなく、再度呼びかけても返事が返ってくることはなかった。

月下はドアの施錠用パネルに目をやった。

「これが、個人識別式の錠ですね」

「指紋を読み取るやつだ」いささか硬い声でダンが説明した。「テッド以外の指紋には反応しない。このドアは、閉めれば自動的に鍵が掛かる」

この部屋のセキュリティーだけでも厳重にしましょうという画商達の意見には、〝マッド〟・マクレーンも異を唱えなかったらしい。

父は、この空間からは身内さえ排除したがっている感じなんだけど、とリサは皮肉に打ち明けたものだ。

月下は取っ手を動かそうとしたが、鍵は完璧に掛かっていた。

「熟睡しているとか……」

リサは日常的な解釈にすがろうとするが、サングラスをはずしたダンは、厳しい視線をテッドの私室のほうへ向けた。

「しかし、あの心張り棒には尋常でないものを感じるが……。テッドの、突拍子もない芸術的衝動とは思えない」

月下も同意して頷いた。彼とダンがバルコニーからおりて来たのが四十分ほど前だ。その後であのような工作をした者がいる。仄暗《ほのぐら》く怪しい意図が見え隠れしていないか……。

「アトリエ以外の他の場所にいる可能性もないわけではないが……」

言いつつ、ダンは廊下に身を這わせてドアの下の隙間を覗き込んだ。

「だめだ。さっぱり見えん」

リサは青ざめ始めていた。

「お父さん、具合が悪くなって倒れているんじゃ……」

テッド・マクレーンは携帯電話とは無縁であり、アトリエに電話はない。

「こうなったら、窓から覗いて見るしかないのでは」月下が提案した。

「そんなに長い梯子なんて……」

すでに立ちあがって思案顔だったダンが、何事か閃いた顔になった。

彼が廊下を引き返し始めたので、月下とリサも後を追った。回廊を左へ曲がり、保安官は手近な窓から外を見やった。

「いたぞ」

ダンは錠をはずして窓をあけ、顔を突き出した。なだらかに盛りあがる斜面の上に、オンボロの軽トラックが停まっていた。柵の近くだ。隣家の農夫の姿が小さく見える。

ダンは口元に両手でメガホンを作り、大声で呼びかけた。

「ボブ！」

声の主を探して、ロバート・ベックはキョロキョロと辺りを見回した。もう一度愛称を呼ばれ、ベックは手を大きく振るダンに気がついた。声が通りやすい近くに、ベックは呼ばれた。

ベックの軽トラックは、目の前にある橋を渡って裏道を通り、アトリエ近くに停められた。ベックは梯子を持っていたが、屋敷の二階に届くほどの長さはなかった。

トラックが壁際に横付けされ、その荷台に、肥料袋などの重石で安定させて木箱が積み重ねられていった。その土台の上に梯子が立つ。作業の中心になっていたベックは、汚れた作業ズボン姿で、上半身は裸だった。たくましい筋肉と肌に、汗が光っていた。

　そんな作業が進む間も、周辺ではテッドの姿が探されたが、やはり彼はどこにも見当たらなかった。

「ここだったのか、探したよ」

　建物の陰からウィリアム・マクレーンが姿を見せた。濡れた髪の毛をタオルで拭き、ボタンをはめずに白いシャツを着ていた。

「なんの騒ぎだい？　スポットでも探しているのかい？」

　周りの人間の深刻な表情を見て取り、ウィリアムは真剣な声になった。

「どうしたんだい、リサ？」

「……お父さん、アトリエにいるとしか思えないのに、応答が全然ないの」

「なんだって……」

　タオルから手を離し、ウィリアムは呆然と二階の窓を見あげた。

　用意の整った梯子をベックがのぼり、首をのばして窓の中に視線を凝らした。その体に、ハッとした緊張が走った。

「人が……、男の人が倒れている……」

　リサは息を呑む。「お父さんなのっ？」

「全部は見えないけど、白っぽい上着、灰色のスカーフ……」

「テッド以外に考えられんだろうが」ほとんどの人間が重苦しい表情で凍りつく中、保安官の反応は早かった。「これ、借りるぞ」

　梯子をおりて来るベックに言うと、重量級の木槌《きづち》を手にして、彼は屋敷に駆け出して行く。呪縛を解かれたかのように、他の人間も次々に走り出す。

　小さな裏口から階段を真っ直ぐあがると、アトリエのドアに到達する。

「ぶち壊すぞ」

　いち早くドアの前に立ったダンが、木槌を施錠用パネルに叩きつけた。壁までが震えるようだった。

　金属の軋む音と、木が割れる音が響き合い、施錠用パネルが室内側にめり込んでいた。

三度めに木槌が振るわれた時、錠前部分が吹っ飛んだ。

ウィリアムが、あいた穴の縁に手をかけ、ドアを引っ張った。

フローリングのアトリエ。横に長いとはいえ、それほどの広さではない。

壁際には、オブジェや画布がゴチャゴチャと押しやられているが、中央部分はすっきりとしていた。そこには、油絵を載せたイーゼルとパレットを載せた小卓があり、その前に男がうつぶせで倒れていた。

「お父さん!!」

絶叫とも思える声をほとばしらせて、リサが駆け込んで行く。

ダンや月下も室内に踏み込むが、すぐに奇妙なことに気がついた。倒れているテッドの体が濡れているのだ。爪先から頭まで、ぐっしょりだ。その周りの床にも、大小様々な水滴が散っている。

「お父さん!!」

リサの、非常事態ならではのパワーが、倒れている男をひっくり返らせた。間違いなくテッド・マクレーンだった。そして、体の前面も水に濡れている。

月下はリサと同じく、テッドの脇に膝を突いた。

意識を確かめようと、声をかけながらリサがテッドの顔に触れると、彼の鼻孔から水が一筋流れ出した。さらに、唇の内側から覗いているもの……。やや濁った白色泡沫。

医学の心得のある月下とリサは、目を疑う思いで顔を見合わせた。

テッド・マクレーンは、溺れた者の兆候を示している。

リサは手首で、月下は首筋でテッドの脈を調べた。どちらも、無反応だ。

リサが父親に馬乗りになり、胸部に手を当てて心肺蘇生措置を開始した。

横向きにされたテッドの口から、水がこぼれ出した。

――溺死⁉

その奇態な事実を前に、月下二郎の意識の針はようやく働きだした。バスルームも洗面台もない部屋で溺死しようとしている男……。自殺とも思えない。異常だ……。

「体内の水を採取しておきましょう」

月下の口から出た言葉に、保安官が応じる。

「そ、そうだな」

彼は辺りを探し回り、筆洗いに使っていたのか、きれいな小型のガラス瓶を見つけた。

口から溢れ出した水がそれに受け止められたが、さほどの量ではなかった。もうそれ以上、水はこぼれ出してこなかった。

月下はそれを、誰からも見える小卓の上に置き、携帯電話を取り出した。救急の911を呼び出す。場所と状況を伝えながら、月下は室内を無意識に歩いていた。

北向きの窓が視界に入ってくる。梯子が掛けられた窓だった。開閉することができる、このアトリエのただ一つの窓だ。はめ殺しの窓は、南東の角にある。どちらの窓も、レースカーテンさえ引かれてはいない。

北向きのこの窓は二重になっていて、どちらもこれ以上ないほどしっかり錠がおりていた。

月下が電話を終えると、室内には、蘇生措置に取り組むリサの息づかいだけが切なげに響くだけになった。

五分が経ってもテッドの息は戻らず、ダンがなだめすかすようにしながら、リサを父親から引き剝がした。恐れとためらいをこもらせた声で、ダンは月下に尋ねた。

「……死因は？」

薄々察している死因が信じられないという顔色だった。

「現時点で判断する限り、テッド氏は溺れたのです」

　うー、と、ウィリアムやベックが呻いた。愕然とし、揃って目を剝いている。ウィリアムはひどく汗をかいていた。彼が汗かきであることを知らない人間が見れば、怪しく思うほどだった。

　その冷や汗をタオルで拭ったウィリアムは、声を震わせる。

「お、溺れたって言っても、こんな場所で……」

「事故のはずがない」ダンが言い切る。「殺しってことか」

「それにしても、水槽や洗面器の代わりになりそうなものさえないじゃないですか」

　と室内を見回したウィリアムが、不意に、イーゼルに載っているキャンバスを指差した。

「なんだ、それは……？」

　新聞一面ほどの大きさで、ほぼ完成している油彩画がそこにある。風景画と言えば風景画なのだろうが、抽象と具象の中間にある描かれ方をしている。

　画面の右下を占める草原は、左上の奥に向かうに従って都会の風景になる。そびえる摩天楼《まてんろう》群は蜃気楼のように波打ち、熱で溶かされた鉄骨さながらだった。右下にはテッドのサインが記されている。

　その画面の左上から右下に、蛇行しつつ水色の川が流れていた。

〝マッド〟・マクレーンの腕は確かだった。その画面を見つめていると、川の上流である画面の左上に、気持ちが引き込まれていきそうになる。月下二郎は、バルコニーから見おろした、轟々とした川の流れを思い出していた。体が横倒しになるようなあの錯覚……。

　そんな効果が、このキャンバスの上にあった。素材の描かれ方は大胆だが、その筆致は驚くほど細やかで、偏執的なほどだった。だが、ただ一ヶ所、ぞんざいに色が載っているところがある。ウィリアムが指差したのもそこだった。

　川の中だ。最も目立つ中央部に、茶色の染みがあった。茶色の油絵の具で汚されているのだ。明らかに、画家のタッチではない。荒々しくこすりつけられたような、タッチと色彩の乱れだった。

「なにかを描きそこなっただけなのかな……」

そうウィリアムが言えば、ダンは、

「溺れている自分の姿を描いたわけじゃないだろうな」

と、半分ぼんやりとした様子で呟いていた。

月下は、パレットの横にある筆の先を見た。そこには確かに、川を汚しているのと同じ色の絵の具が残っていた。

発見者の中の誰かが、キャンバスに近付いたということは絶対になかった。

するとキャンバスを流れる川に浮かんでいるあの異形は、被害者が遺《のこ》したダイイング・メッセージなのだろうか？

それとも、〝マッド〟・マクレーンがその川に飛び込んだ跡なのか……。

4

テッド・マクレーンが溺死した翌日、月曜。重ねての事情聴取から解放された後、月下二郎は、学友リチャード・オコーナーが勤める病院の研究室を訪ねていた。

家畜を毒殺していた毒物の分析はすでに終了していた。

アトロピン系の神経毒で、無味無臭の白色粉末。中型の動物なら、四、五分で痺《しび》れが生じて、さらに同程度の時間経過で死に至ったろうと推定されている。二ヶ月近く前、州内の農薬工場でこの毒物が大量に盗まれており、それが用いられている可能性もあるという判断だった。

月下は毒殺魔の犯人像を問われたりしたが、プロファイラーであるわけもない彼が快刀乱麻を断てるはずもなかった。それに、話題はむしろ、リサの父親の変死に集中した。

　突然のその悲劇にはリチャードも驚愕し、うろたえながら悔やみを述べていた。

　偉大な名声を持つアーチストの、不可解すぎる死。謎の死だ。犯罪が行なわれたとも思える状況での急死……。

　しかも、謎はさらなる深まりを見せることになる。テッド・マクレーンの死亡推定時刻は、正午からの三十分間。死因は、やはり溺死——正確には水浴死だった。液体に肺胞が閉塞される窒息死が溺死だが、溺れたことによる激甚な神経刺激で心拍停止に陥るのが水浴死だ。肺に大量の液体が満たなくても溺れ死ぬことになる。

　奇妙な謎というのは、あの時に採取した水を分析した結果現われてきたものだ。室内での溺死という、あまりにも常識離れした事件であったため、テッドが溺れた場所を特定することは急務だった。そのため、彼の体内にあった液体の分析は重要事項だった。

　アトリエで溺死したというのは常識外であるから、他の場所で溺死させられて、その死体がアトリエに運び込まれたことになる。もっとも、無理に溺れさせようとして首筋を押さえた時に生じるような内出血の痕跡などはなかったらしい。スカーフは薄手のものであり、暴力から皮膚を守ったとはとうてい思えない。頸部《けいぶ》の前にも後ろにも、暴力をにおわせる形跡はなかったのだ。ただ、抵抗した跡なのか、全身に数ヶ所、死の直前につけられた擦《す》り傷や打撲の跡は確認されている。

　テッドが溺れた場所としてまず頭に浮かぶのは、やはり、増水していた川だろう。

　確かに、マクレーン家のすぐそばを流れる川の水と同じ成分が、テッドを溺れさせた液体にも認められたが、濃度がまったく違うことが判明した。体内にあった液体は、川の水の倍近い薄さだった。透明な水が薄めていたのだ。そしてその水は、発見された蚊の卵や検出された微量の水苔の成分から、野外の溜まり水であると推定された。流水である川の水からは検出されないものばかりなのだ。ところが、増水する前も後も、川の周辺にはそのような水質を示すであろう場所はないのだ。少なくとも、マクレーン家の数キロ四方には。

湖とも違う。むしろ、きれいな池を想像させる水質成分であったが、それと川の水が混じっていなければおかしいことになる。

どこにそのような場所がある？　有り得ない水質ではないのか？

まるで架空の水質、液体だ。

架空の世界の……。

もしかすると、テッド・マクレーンを溺死させた水は、彼が最後に描いていたあの絵の中の川にしか流れていないのかもしれない。

午後四時に、月下二郎の車はマクレーン家に戻った。

門前には、マスコミ人種を中心に、大勢の人間がひしめいていた。彼らは、『流れゆく遠景』が、〝マッド〟・マクレーンの異様な死を飾っていることに興奮していた。

イーゼルに載っていたあの油彩画が、『流れゆく遠景』だ。

事件前にテッドのあの作品を見たのは、判明している限りでは娘のリサが最後だった。三日前の金曜日に見ている。

素人《しろうと》劇を演じる友人に付き合うために近くまで来たので、夜、彼女は家に顔を出してみたのだ。アトリエで、父はあの絵を描いていた。あと一週間ほどで完成だと言っていたらしい。キャンバスの上の川には、おかしな染みなど描かれてはいなかった。

孤高のはみ出しアーチスト、〝マッド〟・マクレーンが、アトリエで溺れ死んだ。しかもその死の状況は、あろうことか、自らの絶筆『流れゆく遠景』の中にある川と関係しているかのようだ。騒げるネタがあればいい一部マスコミや、テッドの〝マッド〟ぶりに心酔していたファン達が、カリスマにふさわしい死に様に顔を紅潮させ始めている。

テッドの死体の状態や、体内から溢れ出した液体の分析結果などは、遺族への知らせを通して月下の耳に入っていた。

マスコミ達外部の人間が、『流れゆく遠景』にまつわる不可解なテッドの死を知ったのは、現場に立ち会った人間の口から漏れた結果なのだろう。保安官ダン・クリントンが他の捜査官に報告した内容が外に流れていったのかもしれないし、ロバート・ベックが村人相手に、驚きのままにしゃべったのかもしれない。ウィリアム・マクレーンがちょっと調子に乗って口を滑らせた可能性もある。

水の成分分析結果までは、外には伝わっていないようだが。

暑く蒸す車の外へ、月下は出た。

風が多少強く、彼は帽子を押さえた。少し目深にかぶる形になる。その前方へ、マイクが差し出されてきた。

「マクレーンさんとはどのようなお知り合いですか？」

顎髭《あごひげ》を生やした長身の男性リポーターは、まるで覆いかぶさるようだった。

「アイ・キャント・スピーク・イングリッシュ」

それでもリポーターは、食いつくような質問をやめない。他にも、テレコを手にした男達が集まっている。

「あなたも、『流れゆく遠景』を見ましたか？　テッド氏の姿が、その一部に溶け込んだりはしていませんか？」

「………」

「その絵は、見る者や描く者の精神を、普通ではないところへ誘い込むような出来と考えていいのでしょうかね？」

一般的な範囲で言えば、それこそが、テッド・マクレーンの創作が目差したものだろう。

「テッド氏は自殺だと思いますか？　感触はどうです？　自らの生を、ミステリアスな夢幻で締めくくったのではないですかね？」

自殺……。どうやれば、そのようなことが可能か？　氷の器に溜めた水？　しかし、アトリエには冷蔵庫もないし、クーラーボックスもなかった。近くの部屋も同様だ。それに、テッドの周りを濡らしていた水は、そこまで大量のものではなかった。

「最期の最期まで、〝マッド〟らしい演出を考えたのでは？　自分の死さえ、芸術の女神に捧げたと言えるのではないですかね？」

最近のテッド・マクレーンは、幾分神経症的ではあったようだが、自殺をするほどだとはとても思えない。それに、いくらアーチストの〝マッド〟とはいえ、このような自殺方法は突飛すぎる。体にあった複数の傷跡も説明不能になってしまう。

警官があけてくれた門の隙間から、月下は敷地内に入った。

「絵の中の川に沈んでいたのは、テッド氏だと判別できたのではないですか？」

大声で質問が追いかけてきたが、月下は背を向けたままで庭の道を歩いた。

自信ありげな、他の声も聞こえてくる。

「遺族が計画した演出さ。間違いない。こんな話題を振りまいて、今『流れゆく遠景』を売り出してみろ。それだけで一財産になる」

「死後の市場価値だな」

「それ以外になにがある？　〝マッド〟・マクレーンは、絵と共に死んだ、とさ。おとぎ話じゃないっての」

「でも、謎めいているだけで永遠の話題性になるかもしれないわけだ」

「マリリン・モンローは永遠だし、エルビスは生きている」

「神秘で飾れば、遺族は長らく潤う……」

マクレーン家のそばを流れる川は、その水量を通常のものに戻しつつあった。

5

食堂の窓際にあるティー・コーナーに、リサ・マクレーンはいた。ひっそりとした気配で椅子に座っている。少しだけあけられている窓からの風が、長い髪を揺らしていた。

慰めや励ましの言葉は無力に思えたので、月下は頭に浮かんだ話題を口にした。

「スポットは見つかったの？」

うつむきがちだったリサの青白い顔があがった。

「それが、まだなの。家の中や外をいろいろと調べた刑事さんにも訊いたんだけど、誰も見かけてないって……」

黒猫スポットが、行方不明なのだ。大勢のよそ者が溢れている今の環境に警戒して姿を隠していると も考えられるが、昨日の事件の前後からすでに、その姿が見えなくなっていた。家を離れてフラフラすることのない猫だという。

主の死を察知して、猫も姿を消した、などということがあるだろうか。スポットは、リサにもよくなついていたという。

月下はリサの向かいに座った。

「リチャードが、心からの哀悼を、って」

「うん……」

彼女の揺れる眼差しが、月下の瞳を捉えて止まった。

「外の人達は、身内を疑う噂で盛りあがっているでしょうね」

「まあ……、どうしてもね。テッド氏の絶筆の価値でも盛りあがっている」

「あの絵……。どこまで父が描いたのかしら。川の中の、あの変な点、あれは父が描いたの？　それとも父にあんなことをした人が……？　それは、わたしも知りたいわ。判れば、犯人に迫る手掛かりになるかな、ジロウ?」

「ちゃんと理解できれば、すごい手掛かりになるかもしれないよ」

「どうして茶色い絵の具を塗りつけたのか……」

「茶色で描かれていたなにかが、消されたのかもしれない」

「そうなの? ……犯人が消したがったものが判れば……。でも、消されてしまったら、おしまいね。なにも見えない、判らない……。下書きなら赤外線で見ることもできるでしょうけど、表面の絵の具だけじゃあ、全然だめね」

「そうとも限らないさ、リサ」

「なにが……?」

「塗り消されたものの正体。……消されたもの、あるいは五感で伝えきれないもの――そうした、形には残っていないものを、かなり的確に再生する力を、人は与えられている」

そうなのかな、という目のリサ。

「洞察力と、想像力。それも、詩的な想像力だ」

リサは淡く表情をほぐし、「そう言うなら信じましょう」と、頷いた。「真実の姿はいつか再生される、ということを……」

なにか飲むわね、と立とうとするリサを、月下は身振りで止めた。そして、口の前に人差し指を立てる。静かにしていると、外から人声が聞こえてきた。

「……吹き抜けのホールの手前には、庭に出られる出入り口がありますよ」

捜査担当官、女刑事アン・アルフォードの声だった。

「シャワーを浴びると言ったあなたが、そこから裏へ向かうことは可能かもしれませんね、ウィリアムさん」

溺死者の弟と女刑事は、庭を歩きながら話をしているのだ。

「他の三人より先に、私がアトリエに向かったと言うのですか。いやいや、それはとても無理ですよ、刑事さん。そんな時間はなかった」

　ウィリアムと刑事の声が、一ヶ所で止まった。ガーデン・テーブルに座ったのだ。

　その声は比較的はっきりと、月下達の耳にも届いた。

「時間がねぇ」

「そうですよ、刑事さん。あのあと聞いた話では、私がホールを出てからさほど時間も経たないうちに、リサが二階に行っている」

「その時に、ドアをあかなくしていた心張り棒を見つけたのよね」

「庭を突っ切って裏口から階段をのぼり、あそこまでたどり着くことだって、ぎりぎりできるかどうかでしょう。心張り棒を施して姿を消す時間なんて、まったくありませんよ。まして、兄を殺す時間なんて……」

「テッド氏が食堂を出てからは、あなたは他の人達と常に一緒だったのですしね」

「そうですとも」

　それでも彼には犯行は可能だ、と月下は推論を立てている。ウィリアムに、心張り棒をするだけの時間があったという条件が成立した上での話であるが。

　月下達三人が心配してアトリエの中に呼びかけていた時には、テッド・マクレーンはまだそこにいなかったと仮定するのだ。彼は、屋敷の他の場所で殺された。

　そして、ベックの助けを借りて梯子が整えられている間に、死体がアトリエに運び込まれたのだ。こんな方法を採れる人物は、ウィリアム・マクレーンしかいない。

　アトリエの錠前装置は、死体の指であっても指紋を認識して開錠してしまうそうだ。ウィリアムはアトリエに入れることになる。

　また、逆のパターンも想定できるだろう。

　心張り棒に驚いたリサが男達を呼びにホールに戻

ったわずかな隙に、ウィリアムは、アトリエにいたテッドに中に入れてもらう。そして、そこで殺害。月下達三人が廊下やアトリエの前にいる間は殺人現場から逃げ出せないが、ベックを探しに行く時か、「窓から見よう」と、三人が外へ回った後でアトリエを抜け出せばいいのだ。計画犯罪にしては危険な要素が多すぎるが、そうせざるを得ない追い詰められた状況だったのかもしれない。

「ウィリアムさん、あなたはバイオ関連科学事業に失敗して、家も手放さなければならない経済状況のようですね。かなり深刻です」

「ご同情、どうも。痛み入ります」

しかし――、と、月下の思考は進む。

ウィリアム犯人説には、月下自身、説得力を感じていないのだ。先ほどは、心張り棒をする時間がウィリアムにあったならば、と仮定をしたが、そもそも、彼が真犯人である場合、心張り棒をする動機が不明である。リサがやって来るのに気付き、テッドの私室に入られないようにするために、あんなことをしたというのか？　しかし、あれは、咄嗟にできることではない。あの心張り棒は、たまたまそのへんに転がっている物ではないのだ。このために作られた道具に他ならない。

また、心張り棒をしたからといって、リサが部屋に入るのを防げるわけではない。あの時のリサは、他の人間の意見を求める選択肢を選んだが、すぐに部屋に入ることも可能だったのだ。あの心張り棒は、子供にもはずせる。

では、こう考えるか。リサとウィリアムは共謀する関係にある、と。リサが、あの心張り棒を見たと証言する時刻で、今は一応、ウィリアムのアリバイが成立しているからだ。

心張り棒をしたのはリサ自身なのだ。あの時刻に心張り棒をすることはウィリアムには無理だという事実を作り、彼にアリバイを与えておく。その後は、団体行動を取ってリサがアリバイを作り、ウィリアムが殺人を実行する。

……しかし、これにしても、どうして心張り棒なのだ？　アリバイの演出に使える手頃な物なら、他に幾らでもあるだろう。得体の知れない文字で書かれた、入るな、の貼り紙。ドアの縁に貼られた粘着テープ……。

演出から選ばれたにしては、心張り棒は不自然すぎる。逆なのだ。詭計《きけい》より先に物質がある。心張り棒が選ばれたことに、まず必然性があるに違いない。その必然性こそが推理の核心であり、それを見誤ると、網の目のような仮説の迷宮に迷い込む。

リサとウィリアムが共犯ならば、もっと強固なアリバイを自在に作れたろう。

必然性を考えるならば、テッドを溺死させた水もそうだ。

あの不可解な水は、なぜ、ああしたものでなければならないのか？　それとも、そうなってしまったものなのか？

神秘的な死を作りあげる必要性が犯人にあったとしても、あのような水まで用意するのは度を越えているように思える。奇妙に矛盾する成分で構成されている水。それを用意する労力に見合う必然性とは……。

そもそもあれは、どこにならも存在する水なのだ。

増水する前の川の水ですらない……。

月下は内心、苛立っていた。

謎の山を前にして、推論がうまく回転しない。なにかが見えそうで見えない……。

絵の中にあった、茶色い絵の具の跡は、なにを意味するのか？

溺死させるにしても、頸部に傷跡を残さない方法は？

なぜ、溺死体がアトリエにあるのか？

リサという友人を容疑者のリストから早く解放したいのだが、それがうまくいかない……。

もどかしさを振り払うように、月下は立ちあがっ

「そっちが本筋だったのか……！」

「え？　なんですって？」

まさに、加速度的に絵解きを体感した思いだった。

倒立する、その絵柄。

姿を消した猫！

猫の振る舞いこそが、事件の真相を告げていたのだ。

いや、それこそが、事件をこのようにシュールなものに変容させたとも言える……。

6

舌なめずりしていた、あの時のスポット――。

砕けていたグラス――。

「君はあの時、『怪我をしていないかぐらい、気にしてやったらどうなの』と言っていた」

「え……？」

「お父さんが落としてしまったカーデュ。あれをスていた。

どこに行くの？　と、見あげるリサの目が問いかける。

「お父さんの部屋、もう一度見せてもらおうかな」

月下とリサは、屋敷の東端である二階に来ていた。アトリエのドアは、立入禁止のテープで囲まれていたが、テッドの私室には見張りの警官もいなかった。

二人のすぐそばには、私室のドアとバルコニーへのドア。

そうした廊下の構造を目にした時だった。

まさに、その時だ――。

月下二郎には閃きが訪れていた。

すべての情報の断片が、電撃的に結びついていく。

あの言葉――。

必然と修正――。

そして、スポットの失踪までが――。

ポットが舐めたんだね？」

「そうよ。あの猫、飲んべえなの」

ドアをあけ、月下はテッド・マクレーンの私室に入って周囲を見回した。

スポットがどうかしたの、とリサは聞き返したい様子だったが、今は月下の観察の邪魔をするべきではないと察したのか、口は閉ざしていた。

月下は窓へ行き、左手に見える、直角に曲がっている棟に目をやった。

「ここから顔を出して叫んだら、食堂まで聞こえるかな？」

「うーん。ちょっと無理なんじゃないかな。サイレンでも鳴らさないと。そんな物はないけどね」

月下は室内に振り向く。

「そしてここには、電話もない。……ああ、カーデュのボトルはある」

「ええ。『俺にとっては液体でできたタバコだ』って言ってたくらいだもの……」


「お父さんは、泳げなかったんだっけ？」

「そうよ。……ねえ、事件のこと、なにか見えてきたの？」

「消え去っていたものが、見えてきそうだ。その前に、もう一つ訊かせてくれないか」

「どうぞ」

「昨日のあの昼食前、ウィリアムさんは君とキッチンにいたわけかい？」

「料理作りが佳境に入ってきてからはね。叔父さん、特製のクラブケーキにこだわって、付きっきりだったもの」

「そうか……」

少し沈んだ口調で月下が言った時、戸口から女の声がした。

「なにをやってるの、お二人さん？」

アン・アルフォードの顔には責める調子はなく、むしろ興味深そうな色が見えている。グレーのパンツスーツ姿。砂色の髪はショートで、大きな目は、女性としての容姿の魅力にもなっている。四十前後の年格好だ。

女刑事に応じたのはリサだった。

「彼、なにかつかめているみたいなの。そうでしょう、ジロウ？」

奥さんに頭のあがらない亭主のように、月下は肩をすくめた。

「あの心張り棒は、テッド氏の私室だけではなく、もちろん、バルコニーへのドアもあかなくしていました」

そう言って、月下二郎は廊下で説明を始めていた。その場には、男の刑事と、ウィリアム・マクレーンも加わっていた。

アン・アルフォードは、精神的な門戸の広い人物のようだった。捜査官でもない他者の推論を、悠々とした物腰で聞いている。もっとも、リサが、かつて月下が活躍した現実の推理劇を熱烈にアピールした結果であったかもしれないが。

「廊下にいる人間が、あの心張り棒をはずしてドアをあけることは簡単ですが、ドアの向こうにいる人間には、為す術《すべ》がありません」

「それはそうさ」大柄な、若い男性刑事が突っかかるように言う。「それで？」

「あの時、テッド氏は日課どおり、アトリエか私室にこもるはずだった。ただもう一ヶ所、屋上バルコニーに行く可能性もないわけではなかったのです。『流れゆく遠景』の重要なモチーフの一つが川ですし、増水していたここの川からイメージを得られるという意味のことを、テッド氏は言っていました」

「筆を持つ前に……」ウィリアムはバルコニーのドアに目をやっていた。「川を眺めに行くことも有り得るってわけか」

「もう一つ、テッド氏にはバルコニーに行く理由があったようですけどね——」

「その理由ってのは？」鼻から息を吐きながら、男性刑事は質問を叩きつけた。

「それは、周辺の説明が出揃ってから話しますが、犯人はそうしたことを頭に入れていて、準備をしておいたと考えられるんです。彼は、廊下の陰に身を潜めて、テッド氏の様子を窺います。テッド氏はバルコニーへ向かいました。犯人が用意していた心張り棒は、まさにこのために最適でした。テッド氏が私室に入ろうとバルコニーに向かおうと、そのどちらにでも手際よく閉じ込めてしまうことができる、ということです。アトリエに入った場合用の道具も用意してあったはずですね。あのドアは室内から押しあける造りですから、ストッパーとしての楔《くさび》があれば充分ですけど」

「閉じ込めた……」女刑事アルフォードは、考えながら口をひらいた。「どうして閉じ込めたのかしら、月下さん？　なんのために、そうまでして閉じ込めたの？」

「テッド氏が確実に毒死してしまうようにですね」

「毒死!?」

四人は異口同音に、驚きの声を発した。

唖然と固まる空気の中、月下は先を続けた。

「計画としては、こうでしょう。知らずに服毒してしまっていたテッド氏が、私室に入る。その後で、体の不調が生じます。毒だ、と気付いたとする。しかし、ドアはあかない。助けを呼ぼうとしても、あの部屋には電話はない。これは、アトリエもバルコニーも同様です。テッド氏は携帯電話を持っていない。窓から顔を出して叫んでも、食堂で食事中の家族達には届かない。……やがて体の自由は利かなくなり、テッド・マクレーンは絶命してしまう」

「ちょっと」女刑事はクールに笑いかけた。「テッド・マクレーンの体からは、毒物など検出されていないのよ」

「被害者は毒死したわけじゃないってこと、知らないのか」男の刑事は尊大にせせら笑う。

「そうよ」大丈夫なの？　と心配顔のリサ。「溺死事件なのに、どうして毒なんて話が出てきたの？」

「話を進める前に、刑事さん」

月下は、アン・アルフォードに呼びかけた。

「『流れゆく遠景』をじっくり見せてもらってもいいですか？　確認できれば、犯人の特定に役立つと思いますけど」

そこまで言われては、捜査官としても黙って聞き流すことはできないだろう。アルフォードは、ちょっともったいぶりながらも頷いた。

アトリエのドアは、正規の錠前部分は壊れて穴があいている。警察は、予備の錠を取りつけていた。その鍵穴にアルフォードはキーを差し込み、ロックを解いた。

中央にあるイーゼル。その手前の床には、人形《ひとがた》にチョークが引かれている。顔を背けるようにしたリサは、それが視野に入らない角度で手近な椅子に座った。

絵に近付く月下に、アルフォードは忠告した。

「触る気なら、手袋をしてよ」

月下は両手を後ろで組み、キャンバスに顔を近付ける。

「三日前、テッド氏はリサに、あと一週間ほどで完成だと言っていたそうです。それに実際、この草原の辺りは、描き込みが薄いようです」

「それで？」と、ウィリアム。

「右下にサインがありますが、サインというのは、絵が完成してから書くものではありませんか？」

咄嗟に言葉を返せる者はいなかった。しごく当然のことであるはずなのに、それは、指摘されてみるまでは改めて意識することもなかった点だった。

「つまり、この絵には、川の中にある異質な絵の具の点と、このサインという、二つの疑問点があるわけです――」

「お前にはそれらが説明できると言うのか？」

「彼は話そうとしているじゃないの、マック、少し耳を傾けなさい」

「そうよ！」リサも目を光らせる。「邪魔しないで聞きましょうよ」

男の刑事がムスッと唇を歪めたところで、廊下から足音が聞こえてきた。

ドアがあいたままなので、やって来た男達の姿が見える。制服警官に連れられて来たのは、ダン・クリントンとロバート・ベックだった。

ダンは保安官の制服を着ていて、やはりサングラスをしている。

「アルフォード刑事。今日は、捜査陣営の助力として呼ばれたのかな、それとも事情聴取の続き？」

「どちらでも同じことでしょう、保安官。でも、正直なところ、目新しい質問事項が増えているわけではなかったんだけど、彼からは、なにか訊きたいことがあるかもしれないわね」

「彼？　日本人、アンダームーンが？」

「私が質問したいのは、ベックさんのほうなんですけどね」と、月下二郎は言った。

「どうぞ」と、女刑事が身振りも加える。

「ベックさんは、梯子にのぼってアトリエの中を見た後、倒れているテッド氏の服装に関してこう言いましたね。『白っぽい上着、灰色のスカーフ……』と」

「はあ？　そうだったかな」

髭面《ひげづら》のベックは、もじもじとした様子で答える。

よく肥えた肉体は、ジーンズ地のオーバーオールに包まれている。

月下の記憶を認めたのは、ダン保安官だった。

「そうだ。確かにそう言っていた」

「これは、事実を伝えているようではありますが、微妙に違和感を含んでいます」と、月下が指摘する。

「どこがだ？　間違いはない。おかしな点などないぞ」

「テッド氏の全身は水浸《みずびた》しでした。私の記憶にあるあの時の灰色のスカーフは、水に濡れて、すっかり黒くなっていましたけどね」

「――――」

ベックのみならず、他の聞き手も虚を衝かれたように表情を戸惑わせる。

「昨日、テッド氏が初めてスカーフをしたのは、ベックさんが食堂を出た後でした。そうでしょう？」と、月下は情報の細部を確認する。「ポケットからスカーフが覗いていたわけでもない。テッド氏がどんなスカーフをするか、しているか、ベックさんには知りようがなかったはずです。テッド氏は、黒いスカーフも持っていますよ」

沈黙が、月下の指摘を受け入れていく。

「そして、梯子の上にいたベックさんと、アトリエに横たわっていたテッド氏の距離。窓越しの、不鮮明な視野。ベックさんは、倒れていた男がしていたのは黒いスカーフだ、としか思えないはずだという気がするのですが、どうでしょう？」

月下は、大柄な農夫に視線を据える。

「あなたは、裏口から外へ向かったはずですが、もう一度どこかで生きているテッド氏を見たのですか？」

ベックが口ごもった一瞬を見逃さず、女刑事アルフォードが声をかけた。

「バルコニーに出たテッド氏を見たんじゃないの、ベックさん？」彼女の瞳の底には、鋭利な光が潜められていた。「柵の修理をしていた場所から」

「そ、そうなんだ。そうなんですよ。ちょうど見えましたけど、それがどうかしたですか？」

空気が微妙に張り詰める中、響く月下の声は落ち着いていた。

「テッド氏がバルコニーに出ていたことの傍証が得られましたね。それで、この絵なのですけれど……」

見る者の視線を上流へと引きつけてしまうような川が描かれた絵画に、月下は目を向けていた。

「テッド氏は、家畜の連続毒殺犯の正体を知ってしまったのだと思いますよ」

「――なにっ？」保安官は目を剝く。「あ、あの事件の⁉」

　リサも愕然としている。

「お父さんが⁉　ど、どうして？」

「どういう経緯でだったのかはまったく不明だけどね、知っていたと思えるんだ」

「どうしてそんな推論ができる？」男刑事が強い口調で聞き返した。

「この川の中に描かれていたもの」月下は、穏やかに、しかしピシリと言った。「それは、牛の死体だったのではないかと思いますよ」

「牛の死体⁉」

　また、異口同音の声が重なる。

「テッド氏はこの絵に、川を流れていく牛を描き加えた。毒殺されたロビンソン家の牛の死体は、川を流れていたのでしょう？」

　保安官は、「うっ」と声を詰まらせ、啞然としたリサは口を閉じる力を失った。

「テッド氏はこの絵を、毒殺魔へのメッセージボードにしたのではないですかね。『あんたの陰の姿にも、モチーフとして協力してもらおうかな』とでも言ったのでしょうか……。自分の芸術的創意の結晶に、そのような筆を加えてしまう無神経なことも、ちょっと〝マッド〟ぶりが際立っていた近頃のテッド氏なら、やったのではないでしょうか」

　リサは否定できなかった。ウィリアムは、「そうかもな」と、顎をさする。

「そして、このサインです」

　月下はその一点に、全員の注意を集める。

「テッド氏のサインは、一文字めが大文字で〝Ｔｅｄ〟です。ところが、このサインをよく見てください。これは、小文字の〝ｔｅｄ〟になってますよ」

　目を凝らした何人もの表情が揺らめき、動揺や驚きの声が広まった。

「ほ、本当だ……」「これは……？」「なんだって……」

「テッド氏は、こんなことも言ったのかもしれません、毒殺魔に向かって。君のサインを入れておいたよ、と」

「〝ted〟がサイン？」女刑事が呟く。

「tedは、tedderの略じゃないですか」

保安官ダンは、今までで最大級の息を呑んだ。リサは顔色を失った。

tedder——、それは、干し草乾燥拡散機（人）のことだ。

7

搾乳マシーン、干し草製造マシーン……ロバート・ベックは、肉の塑像《そぞう》と化して直立していた。他人の家畜を何頭も毒殺した男……。

その体が大きなだけに、凍りついた室内の空気には、警戒と恐怖の気配も冷たく混じっていた。ベックの髭面は、いつものように、ただ寡黙なだけだったが。

ベックさん、と、アン・アルフォード刑事が声をかけた。テッドの身内がいるにもかかわらず、ストレートに彼女は言った。

「テッド・マクレーンは、あなたを恐喝したのかしら？」

ベックの太い首は、縦にも横にも動かない。

「どうなのかしら？」と、アルフォードの目は月下に向けられた。

「あの人が、恐喝や脅迫をしたとは思えません。真意はとうてい計り知れませんが、いささか大げさに表現すれば、サバト的な悪ふざけ、とでも言いましょうか、互いの毒を笑い合うようなことを、テッド氏はやっているつもりだったのかもしれません。しかし、告発の絵画を見せつけられたほうにすれば、それは脅迫行為以外のなにものでもなかったのでしょう」

「そうね……」

「牛を毒殺されたロビンソンというのは、ちょっとおっかない顔役なのでしょう？　毒殺の犯人として知られてしまうことなど、ベックさんは避けたかったでしょうね」

「それにもしかすると」男刑事はベックをにらみつけている。「家畜殺しは、もっと重大な犯行の下準備にすぎなかったのかもしれない」

「ともかくベックさんは、テッド氏には口をつぐんでほしかったわけです。脱線がちにハイになっている最近のテッド氏は、いつ暴露を始めてしまうか判ったものではありません。ベックさんは、できるだけ早急に手を打ちたかった。そして、テッド氏と接近できる機会はそう多くありませんから、それを確実に利用したかった」

「その機会というのが……」と、アルフォード刑事。

「昨日の昼食前です。食堂で、ベックさんは柵の修理の話を聞かされていた。リサとウィリアムさんはキッチンで奮闘していましたから、食堂には、ベックさんとテッド氏の二人きりだったのです。願ってもない好機の到来です。ベックさんは隙を見つけ、カーデュのグラスに毒を入れました」

驚きを押し殺すように、ウィリアムは首を左右に揺すった。リサは、自分の体に腕を回す。

「話が終わり、ベックさんは食堂を離れた。テッド氏がまだグラスに口をつけないうちに、ベックさんは食堂を離れた」

「なるほどねぇ」保安官ダンが、記憶の意味合いの変化に驚くように言う。「その直後に、テッドはグラスを落としてしまったわけか」

「床にこぼれたウィスキーを、猫のスポットが舐めました。ベックさんの持っている毒は、無味無臭です。そして、即効性ではない。体に変調が現われるのは、数分後です。その数分間に、テッド氏はアトリエのほうへと向かう。そうしたスケジュールは、厳密なまでの習慣でした」

「ボブも充分に承知していた」ダンが言う。「……

ボブはその後、どうしたんだ？」

「ここの廊下の物陰で、テッド氏の行動を見張っていたはずです。テッド氏は、今日はバルコニーに向かいました。柵の修理をしに行くベックさんの姿が見えるはずですから。自分が死命を握った相手に及ぼしている影響を観察する、おふざけがすぎる魔性の画家、でしょうか……」

「でも、裏をかいたボブは、テッドの背後にいたわけだな」

「裏口近くに隠しておいた心張り棒を手にしていたので、それを素早くはめたのですね。それからベックさんは裏口から外を回り、橋を渡った。バルコニーのテッド氏とベックさんは、ここで、お互いが視野に入ることになる。ただ、観察される立場は逆転していました。ベックさんは、苦しみ始めるテッド氏の様子を見つめることになるはずだった。助けを呼ぼうとテッド氏が大声をあげても、増水している川の音もありますし、やはり誰にも聞こえません」

「苦しみだすはずだったが、そうはならなかった……」

「……バルコニーにテッド氏の姿を見た時、ベックさんは彼に、お返しのアクションをしたのではないかと思います。絵画を告発状として見せつけられたことへの勝利の反撃として、毒を飲ませたぞ、ということを見せつけたのです。毒の瓶を見せ、グラスを呷るポーズをして見せる、とかですね」

ダンは低く唸った。「テッドは……、ああ、テッドは、その意味を察した時には、愕然となって青ざめたろうな……」

「ベックさんは〝マッド〟・マクレーンを〝檻〟に閉じ込めたまま、安全な外部にいて結果を待てばいいだけでした。後は、他の人間が昼食を終えて屋敷をうろつき出すかもしれない時間よりは早く、現場の〝檻〟を見に行けばいいのです。どこにあるにしろ、遺体は最終的にはテッド氏の私室に置き、その部屋のカーデュをグラスに注いで毒を混ぜ込む。こうした偽装をしておけば、この部屋に来てから呑んだもう一杯でテッド氏は毒死してしまったと判断され、それより早く屋敷を出ていた自分が特に疑われることはないだろう……、まあ、こうした計画だったのではないかと思いますよ」

　ところで、リサ、と、月下は学友に問いかけた。

「君は、もし自分が毒を飲んでしまったと知ったら、どうする？」

　リサ・マクレーンは顔をあげた。

「どうするって……、胃洗浄のこと？　それを言ってるの？　毒を吐き出そうとするでしょうね」

「テッド氏も、それをしようとしたんだ。彼は、食堂でのカーデュの一杯めは呑んでいないけど、毒はボトルに入っていたのかもしれない。自分は毒を飲まされた、と、テッド氏は信じ込んでしまっていた。そのことを疑うよりも、とにかく対処しようとしたんだ」

「でも、ドアはあかない」アルフォード女刑事は、腕を組んだ。「助けも呼べそうにない。だから、胃洗浄、ってこと？」

「大量の水を飲んで毒を薄め、できれば胃の中のものを吐き出す。それが、応急処置としての胃洗浄です」

「でも、バルコニーには、水もない」

「いいえ、ありますよ」

「なんですって⁉」アルフォードは腕を解いた。

　リサやウィリアムも、どこに？　と鋭く問い返す顔だった。

「昨日は、大雨の痕跡がまだ生々しい日でした。そして、あのバルコニーには、テッド・マクレーン製作のオブジェが雨ざらしになっている」

　わっ！　と聞こえるほどの驚愕の声があがっていた。リサ、ウィリアム、ダンの声が重なったものだった。

　ダンが叫ぶように言う。

「あのオブジェは、缶や瓶の集まりだ！」

「水が溜まる角度で取りつけられている容器は、幾つもあるはずです。以前までの雨水が蒸発せずに残っていて、そこに、直前までの大雨の水が加わっている。死にものぐるいになったテッド氏の目が、それを捉える。衛生的とはいえないでしょうが、命がかかっている時に、そんなことは些末事《さまつじ》です。追い詰められていたテッド氏は、動かせる容器にあった水を胃に流しこんだ」

「胃に流し込む……」アルフォード刑事は、なにかをつかみかけている目の色だった。

「しかし、吐き出すこともうまくできない時はあります。吐くのも、体力がいります。あの時のテッド氏は、どう見ても、常日頃よりも遥かに体調は悪かったようです。胃には、固形物もまったく入っていない。彼は、うまく吐き出すことができなかった。少しは吐けたのかもしれませんが、もっと吐こう、もっと薄めようとした。胃の中には、溜まり水が充満した」

ネクタイの辺りに手を置いた男性刑事は、半分呆然とし、半分感嘆していた。「もしかするとそれが……、あのとんでもなく奇妙な……」

「吐けない苦しみ、死へのパニック。意識が不安定になったテッド氏は、バルコニーから川へ転落してしまったのです。あの時はバルコニーの真下も、増水した川の一部でしたから」

ダンが無言で頷く。

「斜面に生える低い木が、水面下に半分ほど隠れていました。テッド氏はそこに落ちた。彼は泳げません。さらに、枝がからまってきて自由も利かない。テッド氏の体に残っていた外傷は、もがいていたこの時のものなのでしょう。彼は溺れた」

そこで月下は、テッド・マクレーンの正確な死因が水浴死であることをアン・アルフォードに確認した。

「そうね。完全な窒息死というより、ショックによる心停止だった」

「溺れた場合、肺や胃に液体が入り込むわけですが、このケースでは、それほど大量には、川の水は体内に入っていないということです。もう、言うまでもありませんが、心肺蘇生措置の最中には、胃に入っていた溜まり水と川の水が、混ざり合い、口腔から溢れ出してきたのですね」

「頭のおかしな人間がやった戯《ざ》れ事ではなかったのか……！」男刑事の声は、どこか悔しげだ。

アン・アルフォードは、細い眉を額のほうにあげて、見ようによっては爽快そうな面持ちになっていた。

「すると……」度重なる衝撃から徐々に立ち直って職務を思い出したかのように、ダンはベックに顔を向けていた。「テッドがバルコニーから転落するところも、ボブは見ていたのか」

ベックの髭は歪み、それは、物憂げな笑みに見えた。質問への肯定であったのかもしれない。

「見ていたはずです」

月下が言う。

「ベックさんは橋を回り、バルコニーの下に駆けつけます。テッド氏の体は、木に引っかかってその場にあった。その体を、ベックさんは引きあげた」

「どうしてそんなことをする？」男刑事は、眉間に深く皺を刻んでいる。

「アトリエに入るためです」

「アトリエに入るため？」

「テッド氏の指紋がないと、ロックが解除されない」

「どうして、そうまでしてアトリエに入る必要がある？」

これよ、とばかりに、アルフォードが親指で『流れゆく遠景』を指した。そちらに体を回した男刑事は、一拍の後《のち》にハッとする。

「証拠の――、〝告発状〟の隠滅か！」

アルフォードは月下を見やり、

「ロバート・ベックには、テッド氏が溺れたのか毒死したのか判断はつかなかった。毒で死んだ可能性はあった。そうならば、テッド氏の死んだ場所が川やバルコニーだと、捜査側に知らせないほうがいい。野外にいた自分と結びついてしまうかもしれないから。だから、ベックは、防水シートかなにかでテッド氏の体を包み、水の痕跡を移動ルートに残さないようにしてここまで運んで来た。そうでしょう、月下さん?」

日本人の青年は頷きを返し、

「川から引きあげる作業をしたため、ベックさんの服も濡れました。ですから、食堂を出た時の彼はジーンズを穿いていたのに、梯子の作業をしに来てくれた時には作業ズボン姿でしたし、上半身は裸だったのです。替えのズボンは、トラックに積んであったものでしょう」

声もなく、一同は聞き入っていた。

「このアトリエに入ったベックさんは、テッド氏の遺体も室内に引き込んでおく。それから、絵の中の牛を消した。まだ、絵の具は完全には乾いていなかったのですね。油絵の具が乾くのには、四、五日はかかります。サインのほうは、いじらないほうが目立たないと判断したのではないでしょうか。この〝t〟は、横棒の上に出ている縦棒部分が長いですからね、簡単には大文字に直せない。塗りつぶせば人目を引く。むしろそっとしておいて、ほとぼりが冷めてから完全に処分しようとした、とも考えられます。少なくともこの絵は、ここまでの注目を浴びる対象ではなかったはずなのですから」

「注目を浴びない……?」怪訝そうに、リサが問い返す。

「作品として注目されない、という意味ではないよ。ここまで中心的な捜査対象にはならなかったはずだ、ということさ。なぜなら、テッド氏の遺体は、この部屋にはないはずなのだからね」

「えーと、それは……?」

「予定外に遺体が濡れたりしてしまったが、ベックさんは最初の計画どおりに、遺体を私室に置こうとした可能性がある。少なくとも、〝告発状〟のあるアトリエではなく、その外に遺体は置かれるはずだったんだ。絵の中の牛を消したベックさんは、廊下の様子を窺った。この時、かすかに、玉を衝く音と人声が聞こえてきた」

　ああっ！　と叫んだダンは両手を打ちつけた。

「俺達がビリヤードを始めていたんだ！」

「なんてことだ……」ウィリアムは喉を震わせる。

「あの時に……！」

　月下はゆっくりと言葉をつなぐ。

「アトリエのドアが閉まらないようにしておき、ベックさんは、吹き抜けホールのほうへそっと様子を探りに行った。間違いなくビリヤードが始まっている。簡単には終わらないだろうし、いつ誰かがこちらまで足を運んで来るか判らない。ベックさんは、心張り棒もそのままにしておくことにした。音を立てて、人を引き寄せたりしてしまったら元も子もない。指紋も残っていないはずだし、放置しておくことにする。アトリエの遺体も、その場に放置するのが最適だった……やむなくそうなった、ともいえますが。自分の持ち物である防水シートは回収する。ドアを閉め、ベックさんは裏口から立ち去った」

　保安官ダンは、うーん、と感に堪えないように深く唸る。

「ドミノ倒しだな。事態の必然的な要請の積み重ねが、ああいう超現実的な印象を持つ結果を作っていたのか……」

「もう一つ」

　と、月下は付け加えた。

「立ち去ろうとした段階のどこかで、ベックさんは猫のスポットを見かけたのでしょうね。死にかけていたか、死んでいた。その様子から、スポットが毒を飲んだことをベックさんは知った。それで、その死体を隠したわけです」

　月下はいたわりの視線をリサに注いでいたが、うなだれがちの彼女は、気付いてはいなかったろう。

ダン・クリントンが、ロバート・ベックの前に立った。体を接するほどにして、ダンはベックを見あげる。

しかしその様子は、威圧する捜査官のものではなく、痛ましげに嘆く友人のものだった。

「なんだって、動物達の毒殺なんてやり始めたんだ……。そんなことをしなければ……」

首の横を掻いただけで、ロバート・ベックは答えなかった。自分でも、答えがよく判らないのかもしれない。

手錠を掛けろ、という仕草をしばらく見せてから、ベックは戸口に体を回した。その両側に、保安官と男の刑事がついた。

『流れゆく遠景』に目をやりながら、アン・アルフォードはパイプ椅子を引き寄せた。

足を組んで座り、彼女はタバコに火を点ける。

「……川を流れていた牛は、溺死じゃなくて毒殺だったそうだけど、テッド氏は溺死でありながら、その真実に隠されていたのは毒殺だったわけね」

一筋煙を吐いてから、アルフォードは月下に視線を送った。

「どうやら、まぐれ《フラック》ではないようね。あなたには本当に、謎めいた問題から正解を導く才能があるのかもしれない。……お嬢さんには申し訳ないけど、わたしは、テッド氏はやはり、自分の絵に溺れてなにかを見失っていたのではないかと思うわ。だから月下さん、あなたは、勘違いして溺れてしまわないように気をつけてよね」

「いえ」

月下は、穏やかながらもしっかりと、女刑事を見返した。

「私は、悲劇とかかわらざるを得なくなった場合、溺れても仕方がないという覚悟で取り組むつもりですよ」

リサ・マクレーンが、ぼんやりとした様子で顔をあげた。

「そうだ……、スポットの死体がある場所、訊いてなかった……」

月下はリサの肩に触れた。

「付き合えると思うよ、お墓を作ってあげるまで……」

5 わらの密室

濡れたわら………不自由な密度。牢獄などのこと
わら束………札束・経済・財力を意味する
燃えるわら………消える財産
わらを折る………交渉の決裂。契約の破棄
折れたわら………砕けた日常。争い

名探偵と真犯人と、そのほかのものに

シャガール

1

その予備実験は、無論、殺人を前提としていた。罪を逃れる方法として、こんな手段を弄するのも一興だった。それに、考えれば考えるほど、これが思いのほか有効であるようにも思えてきた。

男はその発想と、それを実地に活用できる己の才覚に、自ら冷静に酔っていた。

冷めた意識のもと、殺人さえ能率的に決行できる能力。

彼がもう少し若かった頃に読む機会のあった、名探偵が登場するミステリー小説には、すべての施錠が内側からされている部屋という舞台設定が時々登場した。その部屋からは、何者も脱出できないという状況だ。その部屋の中に、自殺したらしいとしか思えない死体があれば、それは自殺として決定するだろう。そうした偽装に向くトリックである。部屋の中にあるのが、明らかな他殺死体となれば、そこに格別の謎が生まれることになる。

しかしこうしたミステリー小説は、殺伐としたリアリズム主義の台頭《たいとう》の結果なのか、ほとんど見られることがなくなっていた。殺人に当たってこのようなトリックを弄するなど、現実的ではない、という

感覚が、アメリカのミステリー読者の間では根強いのだろうか。

　しかし、実際に殺人を犯そうとしているこの男にとっては、簡単に頭に浮かんだトリックは、その平易さ故に現実的なものだった。大仕掛けなものや複雑なものには、難儀と危険が付きまとうかもしれないが、シンプルな手段ならば、そこから生じる効果のほうが遥かに大きくなる。なにしろ、捜査する側は、スーパー現実主義者達なのだ。彼らのイマジネーションの多感性など、皆無に等しい。大きな矛盾や疑問がありさえしなければ、密室が示唆する見方をそのまま支持することは間違いなかった。それが彼らの現実だからだ。

　一方自分は、現実に即した、実現可能な密室創造トリックなどは幾らでも考えつく、と男は自負していた。トリックを思いつくことへの自負ではなく、平俗な知能レベルなどは悠々と、そして多彩に超越できる自身の創造力そのものに対する自負だった。


密かに仕掛けられた罠が、最大限の効果を発揮する。彼は、そこから発する甘美な満足度が持つ暗黒面に感染してしまったマジシャンなのかもしれない。愚かな関係者や刑事どもという観客を、背後から観賞する舞台演出家だ。

　幾らでも創造できる錠前トリックの中から、男は現状で最も手頃な手段を選択していた。ダーガー邸の内装工事で用いる建材、薄い樹脂製の板を使うものだ。壁面の少し前にその板を設置し、その背後で間接照明を灯すプランになっている。幅が約六十センチ、長さが四メートルほどで、乳白色をしている。薄くて、そして丈夫なので、しなりを与えることができ、それが肝心な点だった。直径一メートルほどに丸めて持ち運ぶこともできた。

　密室を構成する手段に利用できる道具など、どこにでもごろごろしているが、その中から今回はそれを選んでみた、ということだ。他の建材や建築道具類と一緒に置かれている樹脂製の板。これが犯罪工作に利用されたなどと、誰が想像できるだろうか。謎解き小説のように、刑事や探偵役にとって都合のいい痕跡などまったく残らないのだから、この小道具に目がいくことなど完璧に有り得ない。そもそも、その手のトリックが使われた犯罪であると疑われる心配も、まずないのだが……。

男は、室内の絨毯をめくっていた。出入り口の前の場所だ。絨毯の角の部分から、細長い三角形の形に折り曲げたのだ。

ドアのある壁は、二メートルほど左手で奥へと直角に曲がる。そのコーナー部分から絨毯をめくり、折り紙のように、一度パタリと二つにしたわけだ。その絨毯の三角形のまくれは、ドアの前まで続いている。

高級な厚い絨毯には、織物としての繊維の強靱さがあり、当然ながら平らに二つにはならない。縁の反対側——折れ線側は盛りあがっている。一番高いところで、二十センチほどのものだった。

ドアはあいている。これは、ドアが部屋の外に向かってひらくタイプだから可能な方法だった。廊下へ出た男は、床の上に置いてある樹脂製の板を室内側に差し入れていく。

手を動かしながら、男は脅迫状の件を頭に浮かべていた。誰とも知れない者から、ダーガー地方検事宛に送られてきた脅迫状だ。それを利用しようとして、今回の計画が練られていったともいえるだろう。

それにまた、男自身の強固な自意識の問題でもあった。彼は、路地裏のチンピラにはなりたくなかった。そんな薄汚れた場所で相手を待ち受けるようなスタイルは、すでに敗残者のにおいを立ちのぼらせているではないか。自分は勝者として究極の行為を行なわなければならない、と男は信じていた。

真に敗北させるべき——殺すべき相手はただ一人……。

かつては同性の恋人であり、今では長い間の圧制者だった。あの男は、精神的な虐待をしかけ続けてきていた。わずかな罪をネタにして支配しようとする。未来に対する重要な脅威ともいえるだろう。その彼が、ここ何ヶ月か、とても殺しやすい状況に置かれている。殺しなさい、と誘うかのように……。殺す側にとっては、絵に描いたような好条件が揃っているのだ。殺すためのテキストどおり、とさえ言えるほどに……。

　殺人計画を練っている男は、そのテキストに従うことに抵抗感を覚えたのだ。あまりにもおあつらえ向きの趣向……。それに乗るだけでは、勝者ではない。安易に受け入れた運命に笑われ、そして責め続けられる人生になるのではないか。

　あいつには勝利するけれど、あつらえられたような状況とは手を結ばない。だから、テキストにテキストをぶつける気になったのか、と、殺人を決意している男は自己分析をした。偽装トリックなどは、男にとっては何ページにもなるテキストにすぎない。その一つを現実に変えてぶつけてやるのだ。そうして、上流のエグゼクティブな人生にふさわしい未来をつかみ取る。自分の人生は常に、陽の光かシャンデリアに照らされた暖かな場所であるべきだ。怯えて身をすくめる記憶など、必要とはしない。

　そこまでの思考を取りあえず頭の隅に押しやり、男はプランの実習を続けた。

　膨らんだ状態で折り返されている絨毯の上に、樹脂製の板の先端を載せる。そしてそのまま、室内側へと押し進めていく。乳白色の板は、多少の重さで絨毯を沈ませながら、上向きの発射台さながらに空中へのびていく。今までの実習で知ることができた最適の距離まで、男は板を進めた。一メートルほど、板は絨毯の先まで空中に突き出ている。それ以上長くすると、自分の重さで垂れ下がってしまうのだ。

　男はそのジャンプ台を、満足げに眺めた。わずかに右側が低く傾いでいる、樹脂製のスロープだ。

　絨毯と板の間のちょっとした細工を済ませると、男は部屋の外へ出てドアを閉じた。ドアの下や廊下側の樹脂製板は、床の上にピッタリと載っている。だから問題なくドアは閉まる。そして、ドアの下と樹脂製板の間には、一センチ少々の隙間があった。通常二センチ近くあるその隙間は、いつもは室内の絨毯に塞がれているわけだ。障害物が取り除かれ、今はそこに、鍵が通り抜けられるだけの隙間が存在している。

男は姿勢を低くし、実験用の鍵を手にした。小さな鈴がつけられている。その鍵を男は、室内に向けて、樹脂製板の上を滑らせるように投げ入れた。鍵はドアの隙間に消える。室内側の板の上を滑る小気味よい音。その音が掻き消え、わずかな時間の後、ガチャッという響きと鈴の音が聞こえる。

男は立ちあがってドアをあけた。スロープから飛び出した鍵は、目標の地点にピタリと止まっていた。コースや力加減は、もう完全に体が覚えているということだ。

男はもう一度ドアを閉め、最後の仕上げに取りかかった。といっても簡単なことだ。樹脂製板を静かに引き戻していけばいい。板はほどなく、絨毯から滑り落ちるが、その板と絨毯は紐でつながれている。ドアの下に室内側の板が滑り込んでくるのに従い、紐はピンと張った。絨毯が引っ張られる。折り返されていた縁が上に戻っていく……。

男は樹脂製板をいったん止めた。板はすべて、廊下側に出ていた。ドアに近い板の縁にクリップが取りつけてあり、それに紐が結びつけられているのだ。クリップの挟む部分はゴムで保護されている品なので、樹脂製板に傷などは残らない。

クリップをはずし、男は自分の手で紐を廊下側に引っ張った。室内で絨毯はクルリと動き、めくれていた状態が解消されたはずだった。絨毯が床を打つ、ハタッという音が聞こえる。さらに紐をたぐり、最後に少し強く、急速に紐を引っ張ると、プツッという手応えと共に紐は外に出てきた。先端に、釣り針状の小さなフックがついているのだ。それをあらか

参照図版

じめ、絨毯のループ状の繊維に軽く引っかけておいた。ちょっと力を加えればすぐにはずれてしまう。肉眼で見て怪しまれるような傷は、絨毯の繊維には残らない。
ドアをあけた男は、やがて殺人現場となる室内を見回した。
絨毯はなんの異変も感じさせず、いつもどおり床に敷かれている。
そして目標の場所に、鍵が一つ……。

2

血のにおいのする凄惨な現場を、月下二郎はまともに目にすることができなかった。見なければならない役目でもないことがありがたかった。その役は、専門家ともいえるマンフレッド・ダーガー地方検事にまかせよう。自宅で起こった血なまぐさい事件に彼も凍りついていたが、慎重な足取りで倒れている男に近寄り始めていた。

ドアから見て室内の右側、旧式の大きな机の前に倒れているのは、マイケル・ギルバートだ。彼の体はもちろん、絨毯までが鮮血に染まっている。血の跡は、ドアまで一メートルあまりの所にもあった。ドアから見て右側に当たる場所だ。そこでも争いがあったのかもしれない。すごい血の量だ。ギルバートの体は、今ある場所まで引きずられたのだろうか。それらしい血の痕跡も見えた。移動した距離は五メートルほどになる。移された場所——倒れている場所でも流血の凶行が行なわれたわけだろう。

逸らすようにした視線を、月下は、室内にいたもう一人に移した。そうしても、視野の端には、ギルバートに歩み寄るダーガーの姿が映ってはいた。ダーガーは、ゆっくりと足を運んでいた。心を落ち着けようとするように……。

室内にいたもう一人の男は、ベンジャミン・リッグス。見たところ、彼は流血していない。部屋の左手の隅、なにも置かれていないスチール棚の前に、リッグスは座り込んでいる。片手で膝を抱え、もう一方の手をうなだれた頭部に置いて……。

「大丈夫ですか?」

月下の問いに、リッグスは青ざめた顔をのろのろとあげた。

「あ、頭を殴られただけだ……」

いつもはダンディーなブロンドの青年の目は、今は血走り、その顔付きは恐怖や焦燥といった感情によって極限まで歪んでいた。

月下はふと、床の上に奇妙な物を見つけた。スチール棚の脚の陰だ。見やすい角度に移動し、目を凝らした。

鍵ではないか? 鍵がないためにこの部屋へ入るのに大変な苦労をしたので、そんな風に見えてしまうのだろうか……。

「本当だ……死んでいる」ダーガーの声が決定的な事実を伝えた。「ナイフで……、ひどい有様だ……」

戸口に立ち尽くしていた二人、黒人青年ジェンナ・ダナムと、若き外科医ダニー・ランバーグの表情も動揺に波打った。

ドア越しにベンジャミン・リッグスは、ギルバートは殺されていると言っていたが、それが動かしがたい事実となってしまったということだ。

室内に二、三歩足を進めたランバーグは、殺人の被害者のほうへ向かうべきか、負傷しているらしいリッグスのほうを優先すべきか、迷っている様子だった。

「私じゃないぞ！」

リッグスの声が、割れるように響いた。

「私が殺したんじゃない！　し、知らないんだ、本当に！」

今ではリッグスは、両手で髪の毛を掻きむしっていた。大きな肩が、厚い背中が震える。

月下が、そっと声をかけた。

「傷、みてみましょうか」

その言葉に誘われたかのように、医師ランバーグも近付いて来た。

月下とランバーグが、床に座り込んでいる男の後頭部を覗き込んだ。薄茶色のスーツの襟元から背中にかけて、血の染みが散っていた。ランバーグが軽く触診を始めると、リッグスは苦痛の声を漏らして顔をしかめた。

そこは専門職にまかせ、月下はスチール棚の脇へ回り込んだ。明るい茶色をした絨毯の上に落ちている物。体をかがめてみると、それはやはり鍵だった。鈍い光沢の鍵……。

ハンカチを取り出し、丁寧にそれをつまみあげた。ごくわずか、血が付着しているようだ。ハンカチに包まれた鍵を、月下は手の中におさめた。

顔をあげると、ギルバートの死体に近付いていたダナムと目が合った。黒人青年はなにも言わない。ダーガーの心中を察するような素振りで、検事のすぐ横にしゃがみ込んだだけだ。

見るつもりはなくても、ギルバートの死体の無惨な様子は視野に侵入してきてしまう。胸を刺され、腹部もグチャグチャに切り裂かれたようだ。背中も、何度も刺されているらしい。血のにおいも強いので、月下は気分が悪くなり、早々に廊下に避難することにした。

ドアはあいたままだった。その錠前の受け金部分は、バールで打ち壊されている。入るためには、そうしなければならなかった。この現場は、密室だったのだ。

外へ出ようとした月下は、戸口の床に落ちている異物に気がついた。廊下側は石材仕上げだが、室内は絨毯敷きだ。その絨毯の上にそれはあった。太い紐のような物……。

月下は、身を低くして見つめた。――わらだ。一本のわらだった。

――どうしてこんな物が？

ドアの框《かまち》と直角を成す位置で、一本のわらが落ちている。

ヴァージニア州の地方検事マンフレッド・ダーガーの邸宅は、リッチモンドの郊外、ジェームズ川を望む高級住宅街にあった。

九月二日、土曜の夜。州内の警官や刑事達が消えている夜だった。

被害者のマイケル・ギルバートは、三十九歳。ダーガー検事の、名目としては秘書の一人である付き人だった。ダーガーの個人の雑事を引き受ける男でもあり、ダーガー邸に部屋を与えられていた。かつては、自動車窃盗や詐欺などを犯していたが、ダーガー検事の尽力で更生を果たしたのだ。渋い面差しの中に機知を閃かせる男で、月下は好印象を持っていた。

検事とランバーグの見立てでは、ギルバートの死因は失血によるもの。背中の刺し傷は七ヶ所に及び、腹部の傷は内臓に達するものも多かった。凶器のナイフはダーガー邸のキッチンにあったもので、現場の床に残されていた。水仕事用のゴム手袋も見つかっている。これも血まみれだった。指紋を残さないため、そして返り血を防止するために用いたのだろう。被害者は、歯が欠けるほどの損傷を顔にも受けている。

収納ルームと呼ばれる現場の部屋は、ダーガー邸の西翼の奥にあり、処分できない思い出の品や、パーティーなどの催しの時に使用する家具類がおさめられていた。普段は明かりも消されている部屋である。畳数にすると、二十何畳かになる広さだろう。窓もドアも一ヶ所。窓は二重にロックが掛かり、防犯用の丈夫な化粧格子がはまっている。

月下達四人が駆けつけた時、ドアの錠は間違いなく掛かっていた。

四人の顔ぶれは以下のとおり。

地方検事マンフレッド・ダーガー。五十一歳。身長百八十センチで頑健な体つきをしている。縦長の長方形といった顔の輪郭で、ブルーの瞳。白い頭髪はクセ毛で、イギリスの判事達が法廷でかぶるかつらを思わせた。社会活動にも熱心な検事だった。

ジェンナ・ダナムは、ようやく検事として活躍を始めたばかりの、遅咲きの若手である。二十九歳。カメルーン共和国の寒村に大家族がいて、彼はまだまだ経済的に楽にはならない。苦学生だった頃からダーガー検事が目をかけ、今も屋敷の一角に彼の居住スペースがあった。アメフトやボクシング界からスカウトがきそうな、筋肉質の大きな体をしている。

ダニー・ランバーグは、隣人の息子だった。彼の父ポールと、マンフレッド・ダーガーは長年の付き合いだった。隣人同士というより旧友と呼ぶほうがふさわしい仲だ。家族ぐるみはもちろん、ダニー一人でもダーガー邸に顔を出すことがしょっちゅうだった。気安い関係が続いている。ダニーは趣味で大工仕事をやるので、現在ダーガー邸で進行中の改装工事には興味を持ち、ちょくちょく覗きにやって来ていた。

彼の父親も外科医で、総合病院を経営しているが、ダニーは今のところ他の病院で勤務を続けている。ダニーもダナムと同じ二十九歳。いかにも外科医といった外見の持ち主だ。引き締まった中背で、艶のいい栗毛の髪。二枚目の顔はしっかりと顎が張り、将来は口髭が似合いそうだった。

月下はポーカークラブの賞金未払い問題で世話になった弁護士を通じてダーガーと知り合い、一年少々前からチェス仲間となっていた。今日は、ダニー・ランバーグも含めた三人で、泊まりがけの勝負をする約束だった。

以上四人が駆けつけ、ドアを破って入るしかなかった現場……西翼収納ルーム。

その中からベンジャミン・リッグスを救い出して一段落した時、月下は皆の前で鍵を取り出した。現場の床で拾った鍵である。それが現場のドアの錠を開閉できることは、全員の前で立証された。

3

西翼に近い歓談ルームの大きな中央テーブルの上に、その一個の鍵はポツリと置かれていた。小さな物体だったが、すべての悲劇的な問題を凝縮したような存在感で、それは五人の男の意識を引き寄せていた。

「話してくれないか」

まず、マンフレッド・ダーガーの声が場を動かした。歴戦の地方検事にしても、つらそうな抑揚は隠しようもなかった。殺されたマイケル・ギルバートは、彼にとって、被雇用者というより長年の友人に等しかった。ダーガーはぐったりと肘掛け椅子に座り込み、視線も伏せられがちだった。

誰もが、気付け薬が必要だと言わんばかりに、酒の入ったグラスを手にしたり前に置いたりしている。

「なにがあったのか、一部始終を……」

そのダーガーの要請から数秒後、気力を振り絞るようにリッグスは顔を起こし、椅子の背に体を預けた。筋肉の厚い大きな体から空気が抜けているかのようで、ダーガーと同じほど、彼の顔色は灰色めいて悪かった。

「一部始終といっても、私が知っていることはごくわずかですよ」

三十三歳のベンジャミン・リッグスは、新進気鋭の弁護士で、ロースクールでのダナムの先輩に当たる。それだけではなく、リッグスの妹アビーとダナムが、将来も誓い合っている恋人同士だった。有力者ダーガーとのつながりを強めておくことは有利との考えもあるのか、ベンジャミン・リッグスは、ダナムを訪ねると称してよくこの屋敷にも出入りをしていた。

今夜も彼は、いつもの勉強会なる名目でジェンナ・ダナムを訪ねていたのだ。

「九時半頃だったでしょう、私は、ジェンナのところのコーヒーが切れたので、部屋を出てダイニングに行ったのですよ。コーヒーを淹れて少し飲んだところで尿意を催し、西翼のトイレに向かいました。そして、出てきたところを、後ろから殴られたようなのです」

「殴った者の手掛かりとなりそうなものは？」ダーガーがすかさず訊いている。

「……なにも思い出せません。正体はまったく不明です」

「収納ルームで目が覚めたのかね？」

「そうです。床の上に転がっていました。真っ暗でした……窓の外には月明かりがありましたけどね。手探りでスイッチを見つけ、明かりを点けました。……室内を見回して、床にある大きなものが目に入りましたが、なんなのか、最初は判りませんでした。血まみれで倒れている、ギルバートさんでしたよ」

「息絶えていたのだね？」

「どう見たって間違いありませんでした」

「つまり、我々が見た時と同じ状態だった、と？」

「手を触れてはいません」

荒々しくグラスを持ったリッグスは、ストレートのブランデーを喉を鳴らして呑み込んだ。

「部屋を飛び出そうとしましたが、ドアがあきませんでした。やはり……多少はパニックでもあったのでしょうし、脳しんとうの後遺症でもあったのでしょうか、しばらく、ボーッとしてしまいましたよ。腕時計を見た時は、九時五十分でした。頭が働くようになり、窓の鉄格子を壊す方法を考えようか、と か、庭にまだいるかもしれないダーガーさん達に知らせることが可能か、などとあれこれ思いましたが、その時、ドアの外から物音が聞こえたような気がしたのです。それで、ドアを叩いて助けを呼びました」

重い沈黙が数秒続いた。

「君は……」ダーガーが、指を握り合わせながら訊いた。「トイレから出て、収納ルームのほうへ行こうとしていたわけではないのだね？」

「トイレからこちらに戻ろうとしていたのですから、逆方向ですよ」

ダーガーは、自分の中で思考をまとめるように、

「トイレは廊下の角の位置にあるから、人が潜む死角がある……。立ち去ろうとするベンを背後から襲うことも可能……。意識を失ったベンを、犯人は運んで行く……」

距離にすると、十メートルといったところだ。

「ベン。トイレに入る前、収納ルームのほうになにか異変を感じなかったかな？」

「……これといってなにも思い出せません。実際のところ、すでに少々酔っていましたし……」

そこで口をひらいたのは、ジェンナ・ダナムだ。

「もしや、ダーガーさん。あの脅迫状の送り主が関係しているということは？」

「脅迫状ですって？」

月下が体を向けて問い返した。

彼はホームバーのカウンターの脇に立っていた。惨劇の現場を目の前にして乱れる気持ちを整えるために、気を紛らせたかったのだが、まさか料理に腕を振るうわけにもいかず、彼はカクテル作りに時間を使った。ドライ・ジンがベースのブルームーン・カクテル。カクテルグラスではなく、手近にあったシェリーグラスを使っていた。わずかに真珠色の光沢を溶かしたようなスカイブルーの液体を、月下は手の中で揺らした。

「ギルバートさんに脅迫状が届いていたのですか?」

「ダーガーさんにですよ」

しかし当のダーガーは、「だがね、ジェンナ。あれは……」と、あまり深刻な反応をしなかった。

「ダーガーさん。確かにここへ送られてくる脅迫状の類は珍しくないようですね」ダナムは腕を組んだ。白い半袖から溢れ出している、艶やかな真っ黒な腕だった。「しかし、実際こうした犯罪がここで起こった以上、無視もできないのではないですか?」

「ダーガーさんの命を狙うという脅迫状なのですね?」確認するように、月下が訊いた。

「誰を狙うかは明記されていませんでした。要塞のように守られた贅沢な邸宅に住んでいるからといって安心するな、その中にも世の中の凄惨な現実をもたらしてやるぞ、といった内容でした。身近な人間も同罪だ、命で償え。裁きを続けた後にダーガー検事も相手をしてやるから、首を洗って待っていろ、という文面です。周囲の人間も標的になっているからということで、ダーガーさんは私にも脅迫状を見せてくれたのです」

「贅沢な邸宅に住んでいるからといって安心するな、ですか……」

「数日前に届いたそうです。印字されたものです。消印はアトランタ」

ダニー・ランバーグが眉をひそめた。

「つまり、その送り手が本当にここへ密かに乗り込んで来て、マイケルさんを殺して行った、と?」

「しかしね」ダナムの説に疑問を呈するのはダーガーだ。「この家のセキュリティーにはなんの異変も生じなかった。一応、万全を期す意味で妻と娘は両親の家に行かせているが、私はここのセキュリティーには自信を持っている。まさか、侵入者によって本当にこのようなことが……」

「もう一つ考慮すべき問題は、収納ルームの施錠状況でしょう」月下は言った。「あの部屋の錠の開閉をできる鍵は、それ一つしかないことは間違いないのですよね?」

そうだ、とダーガーが答える。

日頃よく使う部屋は、錠前のないものもあるし、あったとしても室内側のつまみをひねってロックをするタイプだった。しかし、美術品や宝飾品が多い部屋、頻繁には目が届かない部屋などは、鍵を用いる錠前タイプになっている。

「滅多に鍵を使うことはないけどね。錠の開け閉めには、外からも内からも、鍵が必要になる。マスターキーの類はない」

「鍵自体、複製はむずかしいものですよね」

「非常にむずかしいという話だ。メーカーが情報を漏らし、それを生かせる高度に専門的な職人がいない限り……」

「では、あのドアの錠を開け閉めできる唯一の鍵がそこにある物だと認めても無理はないことになる。それが、室内にあった。通常であれば、錠を掛けた人間は室内側にいるはずです」

「誰も出られるはずがない」ランバーグは思案顔だ。

「マイケルを殺害した人間は、つまり外には……」

「私はやっていないぞ!」ベンジャミン・リッグスは叫ぶ。拳で自分の頭を打つ仕草だ。「あんな風になっていたんだ! 私は放り込まれただけだ! 閉じ込められたんだ! いったい——くそっ!」

カクテル一口分の間をあけた月下の声は、冷静なものだった。

「私達が駆けつけて来て、錠が掛かっていることを確認した時、鍵が中にないのですか、と尋ねましたよね、リッグスさん？」

「あ、ああ……」

「言わずもがなの確認ですが、棚の陰に落ちていた鍵には気付かなかったのですね？」

「気付かなかった。マイケルの体の周辺と、近くにあった大きな机の上を探した程度だ……。あ、あんな状態のマイケルの服のポケットを探る気にはなれなかった。だから、鍵などない、と早々にあきらめていた。犯人が錠を掛けて出ていったのだと、ごく自然に思っていたからね」

「これは皆さんにお訊きしますが」と、月下はゆっくり首を巡らせた。「ドアを破ってから、外の人間が鍵を室内に投げ入れるということは、誰にでも無理だったでしょうね？　違いますか？」

「……確かに、そうだな」苦い推断を呑み込む顔で、ダーガーが認めた。

「衆人環視だった」ダナムも言う。「そんな動きをすれば、そもそもベンの目にも入ったはずだ」

リッグスが声を張りあげた。

「なにを言おうと、犯人は外にいる！　だいたい、マイケルをあんなめに遭わせる理由など、私にあるわけがない！」

「それは、無論そうだよ」

ダーガーは平静に同意を示したが、それでもリッグスは全員をにらみ返した。

「あなた達はどこにいたのですか？　犯行のあった頃の、それぞれの所在は？」

ランバーグは感情を害したように額に皺を寄せたが、法曹界の二人は表情を変えなかった。月下二郎も落ち着いている。

マイケル・ギルバートを加えた全員が行動を共にしていたのは、夕食後、この歓談ルームで酒を酌み交わしたところまでだった。時刻は、九時を十五分回っていた。

「私の所在は、ベンも承知のとおりですよ」まずはダナムが口を切った。ロースクールの先輩であっても、ベンと呼べる仲だった。「一緒に私の部屋へ行きましたからね。互いの仕事の苦労話や、うまい法廷戦術などの話をしていました。そう……、確かに九時半頃でした、ベンは、コーヒーを飲んでくる、と言って部屋を出ました。騒ぎを知るまで、私はそのまま部屋にいましたよ」

首をちょっと回し、ダーガーはダナムに顔を向けた。

「ベンはなかなか戻って来なかったわけだが、不審は感じなかったのだね?」

「それはまったく……」黒人青年は、短くカットされている黒髪を撫であげた。「次の公判の資料を読みだしたものですから、集中し、時間も忘れていました。怪しい気配など、まったく感じませんでしたし」

間借り人ダナムの部屋は、東翼にある。

「私もご存じのとおりですよ」ランバーグが申し立てた。「あの電話が入ったので家に戻った」

それが歓談ルームからそれぞれが立ち去るきっかけになったのだ。ダニー・ランバーグの携帯電話を鳴らしたのは、彼の父親だった。ダニーの大事な元患者の一人から、どうしても相談したいことがある、という連絡が入っていると知らせてきたのだ。

「ずっと自宅に?」リッグスが訊く。

「もちろんそうですよ」

「反対尋問があった時、提示できるような裏付けは?」

「裏付け? 客観的な証拠、というやつですか? ないでしょう、それは。父に声をかけた後は、自室でずっと対応をしていましたからね。資料を見ながら電話をしていたのです。電話の相手も、私がどこで電話をしていたのかは、明言できないでしょう。通話記録を調べれば、まあ、傍証にはなるかな……」

「私と月下くんは、庭を見て回っていた」ダーガーが告げた。「一人きりになったことはまったくない」

ダーガー邸の庭は、内装工事に合わせて模様替えが行なわれ、それはほぼ終了していた。夜間照明などの見所も増えている。月下はそれを見学させてもらうことにしたのだ。

九時十五分時点での動きを整理するとこうなる。

ちょっと家へ戻らなければなりません、とダニー・ランバーグが席を立った。このタイミングで娯楽ルームに行き、ダーガーと二人だけでチェスをスタートしていてもよかったが、月下は、庭を見せてほしいと頼んだのだ。これを潮に、ダナムは部屋へ引きあげます、と言い、ベンジャミン・リッグスは彼について行った。マイケル・ギルバートは、もう今日の仕事は終わりでいいよ、とダーガーに言われ、部屋へ引き取った。最後に歓談ルームを出たのは、月下とダーガーだ。

月下は、庭を見学して歓談ルームに戻って来た時のことを思い出していた。

歓談ルームから先、西翼の奥へ続く廊下は、抑えた照明で雰囲気を出している。歓談ルームの奥がトイレであり、その先が娯楽ルーム。さらにその奥にある収納ルームのドアは、廊下の突き当たりに見えるはずだった。しかしその時は、廊下に向かってあいている娯楽ルームのドアによって、収納ルームのドア周辺は二人の目には見えなかった。

娯楽ルームから廊下に、明かりが差していた。

「ダニーを待たせたかな」ダーガーが申し訳なさそうに微笑んだ。

娯楽ルームに近付いた二人は、収納ルームのほうから駆けて来る男に気がついた。ダニー・ランバーグだ。

「ダーガーさん！」血相が変わっている。「リッグスさんが変なことに……。あの部屋から出られないんですけど、マイケルさんが死んでいるかもしれないって！」

「死んでいる!?」いつにない、動揺剝き出しのダーガーの声が廊下に響いた。「マイケルが!?」

「え、その……、血まみれで倒れていることは間違いないみたいで……」

　収納ルームに駆け寄るダーガーに、月下とランバーグは続いた。時刻は、九時五十三分だ。

　ずっしりと重々しい、重厚なドア。ダーガーはノブをつかんで回そうとするが、それは一向に動かない。

「ベン！」ドアを叩く。「マイケルもそこにいるのか？」

「ああ……、ダーガーさん」ドアの内側からの声。

「……ええ、いますよ。床の上に」

　それ以上細かな情報を耳に入れるのを恐れたかのように、ダーガーは尋ねることをやめた。その隙間を埋めるように、この事態を知った経緯をランバーグが話していた。彼はダーガー邸に戻って来たが、誰とも顔を合わさないので、そのまま娯楽ルームに向かった。部屋に入って明かりを点け、主《あるじ》らはまだかと廊下に顔を出したところで、収納ルームから助けを呼ぶ声が聞こえてきたのだ。

　理解したという頷きをせわしなく見せたダーガーは、

「鍵か……。鍵が掛かっているんだな……」と、ランバーグに振り向いた。「すまないが、ここの鍵を持って来てもらいたい」

　ダーガーから鍵の保管されている場所の詳細を聞くと、ランバーグは駆けて行った。

「ベン。どういうことなんだ？　マイケルが血まみれだとか。事故でも起きたのかね？」

「そ、それが、私にもさっぱりなんですよ」

　二人のやり取りが続く間、月下もノブを手にしたが、それはしっかりと鍵が掛かっていてやはり動かなかった。

中と話すうちに、マイケル・ギルバートの身に起こったことが事故ではないらしいと判ってきた。深刻で、目を背けたくなるほど無惨なことが起こっている。

何分かしてランバーグが戻って来た。

「ダーガーさん。ここの鍵はありませんよ。ポッカリと抜けています」

「ない？」戸惑ったのは一瞬で、すぐにダーガーは瞳に鋭い光を浮かべ、収納ルームの中に言った。

「マイケルが鍵を持っていないかね、ベン？　探すんだ」

しばらくして返事があった。

「ありませんよ……」心なしか震える声だ。「見える限りでは、鍵なんてありません」

数秒考え込んだ後、ダーガーは強張った顔で低く言った。

「ダニー、またまたすまないが、ジェンナの様子を見てきてくれないか。彼は無事なのだろうな？　それと、この収納ルームの鍵を彼が持っていないかを訊くんだ」

「判りました」

数分後、ランバーグに同行する形でジェンナ・ダナムもやって来たが、彼も混乱の極みにあり、知っていることはなにもなかった。

バールが持ってこられ、ドアはこじあけられることになった。

ひらいたドアの前に虚脱したように男達が立ったのは、十時十三分のことだった。

4

密室の外にいた者達のそれぞれの所在や行動が語られた後、歓談ルームには束の間の沈黙が訪れた。

その部屋に、インターホンの呼び出し音が軽やかに響いた。

マンフレッド・ダーガーが重い腰をあげ、壁の前に立つ。カメラの映像を覗き、

「お父上の到着だよ」ダニーに言った。

死亡事件発生を伝えて、ダーガーが助力を願ったのだ。

「歓談ルームまで来てくれないか」

マイクを通して外来者に伝えたダーガーは、正門のロックを解こうとした瞬間、

「あっ」と声を漏らした。「そうか。しくじったな……」

「なんのことです?」ダニーが聞き返した。

「いや、ここはセキュリティーが万全だ、という先ほどの見解さ」ダーガーはインターホンから向き直った。「正門の警報装置もロックも、今まで解除したままだったよ。うっかりしていた。大人数が集まっていたから、脅迫者への警戒など頭から消えていたし……」

「今まで、って、いつからです?」

「君が家に帰った時からさ、ダニー。すぐにこちらに戻って来るのだから、いちいちロックする必要もないし、そうするわけにもいかないだろうと思ったのでね。いつでも入って来られるように、正門のセキュリティーは解除しておいた」

「そういえばそうか……」思い出す表情で、ダニーは下唇に指を当てた。「私の到着をカメラで見ていてあけてくれたにしては、誰もいませんでしたものね」

「それに、庭の赤外線センサーも解除した。なにしろ、月下くんと散策することになったからね」

ベンジャミン・リッグスが勢いよく、

「ではやはり、外部からの侵入者のセンも強まりますね!」と皆の顔を見回した。「脅迫状の主かどうかは別にしても、凶漢の侵入は有り得ることになる」

「確かに……」ジェンナ・ダナムの黒く太い指は、ウィスキー入りのグラスを握っていた。「あの凶悪

な犯行ぶりからしても、外から訪れた異常な人物を想像することはむずかしくない」

帰宅する必要のある電話をダニー・ランバーグが受けたのが九時十五分。その直後に正門の警報とロックが解かれた。リッグスがダナムの部屋を出たのが、およそ九時半。コーヒーを何口か飲み、それからトイレへ行き、出て来たところを襲われた。これは九時三十五分にはなっていただろう。リッグスが意識を取り戻したのが、九時五十分少し前。隣家のダニー・ランバーグは、そのまた少し前にダーガー邸に戻って来ていたことになる。

この後もずっと、正門は誰でも出入りできたのだ。マイケル・ギルバートが殺害されたのが、リッグスが襲われる前なのか後なのかは判然としないが、外部犯にも犯行時間は充分にあったことになるだろう。

「しかし、防犯カメラはどうなりますか？」と質問口調で言ったのは月下二郎だ。「塀の上のセキュリティーは作動したままだったのでしょう、ダーガーさん？」

「そうだ。それはいつもどおりに作動していた」

「外部犯は正門を通り抜けるしかないわけで、出入りした者の姿はカメラに映されるのでは？」

「そうなんだが、うちのカメラは録画はしない。モニターを誰かが肉眼で見ていない限り……」

「しかし、そのことを外部犯は知らないでしょうね。知っていたとしても、カメラを通して家の者に目撃されていることは覚悟しなければならなかったはずです。あるいは、セキュリティーシステムなどまったく眼中にないまま、邸内に突き進んで行ったのでしょうか。いずれにしろ犯人は、自分の素性などが探知されることには一切かまわず邸内に入り、狂気の殺戮を行なっていったことになります。ここから浮かぶ犯人像は、妄信に取り憑かれて理性が欠如している、直情型の粗暴犯でしょう」

「そうだね。まさにそうだ」単なる相づち以上にしっかりと、ダーガーは同意していた。

「ところがそうなると、現場内部に残されていた鍵の印象が完全に浮いてしまうのではないでしょうか。犯人は、なにか策を弄したように思えます。もしかすると、密室トリックなのかも知れません。いま申し述べた犯人像に合致する人物が、鍵一個を細かく操作するような細工に神経をつかうでしょうか」

四人の男達が考え込むように黙り込むと、月下は続けた。

「リッグスさんが犯人でないならば、鍵が内部にあったことは謎になり、恐らくそこにはこちらの盲点を突くようなトリックが介在しているはずです。妄執に興奮している外部の人間に、このような犯行が可能でしょうか？　収納ルームの鍵を持って来たのはギルバートさんかもしれません。しかし、合鍵の有無や部屋の構造など、内部事情に詳しい者でなければ、これは行なえない工作だと思います」

「……確かにそうかもしれない」


ダニー・ランバーグが呟いたところで、彼の父親が姿を現わした。ポール・ランバーグとは、月下も何回か顔を合わせている。スーツも決まっている恰幅のいい五十代で、息子の未来像のように口髭を蓄えているナイスミドルだ。

息子よりはさすがに脂肪がついている顔に、深い憂色と驚きが刻まれている。

「マイケルが、殺されたって？」

「刺されてね……。信じられんことだよ……」

押し寄せてきた悲憤の感情をこらえるように、ダーガーは拳を握り締めていたが、ややあって腰をあげた。

「検分して、判ることがあったら教えてほしい」

「検死官もストなのかい？」

「いや。彼らは動ける。警視《インスペクター》も一人、正式に捜査してくれる者が見つかったよ」

ヴァージニア州の警官や刑事達は、今夕から、待遇改善を求めるストに突入していたのだった。マンフレッド・ダーガーは、脅迫状などは重大に受け止めていなかったが、ストを回避できないようだという情報を得ていたので、両方のタイミングが重なってしまうこの夜は、念を入れて、妻と娘を他州に送り出していたのだ。

「ラジオなどで伝えているがね……」ポール・ランバーグは、軽く頷いている。「やはり目の前で犯罪が発生したりしていると、取り押さえに動いてしまう警官達がちらほらいるらしい。スト破りであっても……」

ポールは、旧友ダーガーに目を合わせた。

「現場に連れて行ってくれ。医者の私にふさわしいやり方でマイケルに別れを告げよう」

二人に続いて、ダニー・ランバーグも歩き始めた。

部屋のコーナーの電話が鳴り、少し引き返してダーガーがそれに出た。

「……ああ、これは」

代わります、と相手に伝え、ダーガーは送受器を月下に差し出した。

「お友達からだよ」

送受器を受け取った月下が相手と言葉を交わしている間に、三人は収納ルームに向かって立ち去っていた。月下が送受器を戻すと、ダナムが日常的な口調で問いかけた。

「今夜来る予定だったお友達ですか？」

「ええ。でも、来られなくなったようです。ちょっと距離がある上に、治安のよくない地区を横切ることになる。タクシー運転手が拒否をするんだそうですよ。警官達が動かないのをいいことに、故意に物損事故を仕掛けてきたりする恐喝者や当たり屋が横行しているなんて噂も広まっているようでしてね。無理はしなくていいと伝えました」

「賢明な判断です。その上ここでの惨事を伝えれば、恐れてしまって完全に来る気をなくすでしょうけど」

「いえ」月下はわずかに苦笑した。「それを伝えると、万難を排してでも飛んで来そうな奴なんですよ」

ところで、と、月下は真顔に戻ってダナムに尋ねた。

「ダーガーさんに届けられた今回の脅迫状の件は、誰と誰が知っているのでしょうか？」

「今回は、ご両親の所へ帰らせる理由を説明するために、奥さんにも打ち明けたはずです。マイケルさんも当然承知していました。私はベンにも話しました。ちょっと心配だ、といった話題で」

ベンジャミン・リッグスが頷き、ダナムは先を続けた。

「ダーガーさんがポールさんに話しているのも耳に挟みました。ポールさんからダニーさんに、伝わっているかもしれません」

ブルーのカクテルの入ったシェリーグラスを片手に、月下は大きな窓に歩み寄っていた。

「現場の窓に取りつけられている鉄格子は、これと同じタイプですよね。頑丈そうだ。とても、簡単に壊せそうにない」

「壊そうとすれば、警報システムが作動しますしね」探るような、冷ややかにからかうような口調で、ダナムは付け加えた。「これも、この屋敷に今いる誰もが知っていることですよ」

窓からは、皓々とした月明かりが差し込んできていた。その窓辺は照明が弱くしか届いていないので、差し込む白銀の光が効果的だ。

ダーガー邸の庭の先には、丘へと続く地形が黒々とあり、丘の上には、光のモザイク細工のように無数の窓明かりがあった。大きな建物が、光のデコレーションとなっている。

「きれいでしょう、あの光景……」

ダナムが寄って来ていた。頭一つ、月下より高い位置で彼は言う。

「あれは病院なんですよ。州でも一、二を争う大きな規模です。むずかしい患者も集まって来る。……

それだけに、亡くなる人も多い。今、こうしている間にも、息を引き取っている人がいるかもしれませんね」

星と丸い月の下に、ちりばめられた窓明かり。蛍の光のように、熱を発せずに燃え立っている……。

大きな屋敷の中は静かで、外の闇も無言だった。

「警官達のいない夜……」

独り言のように、ダナムは口をひらいた。

「消防士がストをした例もあった……。医者達も、ごっそりとやったりしてね。世も末かな」

二人の後ろから、ベンジャミン・リッグスが声をかけた。

「さっきから聞いていると……」彼は、グラスの中の最後のブランデーを呷った。「月下さん、あんたは、警察の代役を務めようとしているかのようだね。私立探偵業も兼業なさっているわけではないのでしょう?」

応じたのはダナムだった。

「仕事にしているわけではないけど、その手の成果はずいぶんあげているそうですよ。ほら、最近では、アーチストの〝マッド〟・マクレーンが奇妙な死に方をした事件——」

「他殺だったやつだろう」

「ええ。あれを実質的に解決したのが月下さんだとか。ダーガーさんに聞きました」

「ほう!」

「ダーガーさんの話では、謎めいた多くの事件を解決しているみたいで」

「実績があるわけですか」リッグスは、真面目な興味も覚えた目つきになった。

「ひねくれた頭の使い方が必要な事件に出合ってしまう巡り合わせのようでして」

「巡り合わせ……」

「人それぞれ、奇妙な巡り合わせを持っていたりするではないですか。日本では、雨男、などという感覚と言葉がありますよ。屋外のイベントに出かける度に雨に降られる、という男性のことです。雨女、晴れ男とか……。巡り合わせです。その人がたまに地元球団を応援に行くと、必ず逆転勝ちをする、とかね。私はさしずめ、謎男でしょうか」

「謎男、ね」鼻に皺を寄せる小さな笑いの後、リッグスは眼差しを曇らせた。「事件男、とも言えるか。……しかしそれも、危険といえば危険でしょうね。犯罪現場とかかわることが多いのでしょうから」

「それを承知していても、離れがたいことが常でして」

「……それだけではなく、いろいろな反応に巻き込まれるでしょう」リッグスは、容疑者的な立場になった自分の感慨を、実感として口にのぼらせたようだ。「常に、めでたしめでたしってわけではないでしょうからね。すっきり事件の真相を暴いたって、それで全員が喜ぶわけでもない。当然、犯人の恨みを買うケースも多い。その身内もあなたに悪感情を、あるいは不快感を懐く。すでに犯された犯罪の被害は消えない……。無力感を味わい、罵倒や、脅迫的な言葉を浴びる……。違いますか？　謎に苦しんでいる人間を救おうとしたって、そうした感情の嵐にぶつかることがあるでしょう？」

まずはそこで、ダナムが、

「例としてはちょっと違うかもしれないけど……」と、口を入れた。「こんな話も実際にありますよ。私の叔母が、青少年育成のボランティアをやっているんです。本当にいい人で、無償の善意を体現しているような人なんです。でも、とんでもない悪意とぶつかったりします。有意義なボランティア活動をしているだけでもね。誤解されたり、嫌がらせをされたりする。迷いや嘆きが生じるようですよ。でも、やらないことのほうが後悔するから、叔母は続けているようです」

「続けてもらいたいですよね」

と、月下は話を引き取った。

「リッグスさんは、先ほど、警官の代行をしているつもりか、とおっしゃいましたが、こうも言えるでしょう。一般市民にも緊急の場合逮捕権が与えられるように、本来、誰もが警察官なのではないか、と」

「誰もが警察官……？」

「お巡りさんであり、教師だ、と言い換えてもいいです。それが、社会のあり方として真っ当なことだったのではないでしょうか？　近所に、口うるさい、でも言っていることは筋の通っているおじさんがいる。未熟なまま迷惑をかけている若者に、気のきいた注意をできる大人達がいる……。しかし、そうしたシーンは明らかに減ってきましたね」

　若手弁護士リッグスが、重い自嘲を見せる。

「私だって、間違いなくヤクの取引をしているな、と判っても、夜の路地裏でその若者達に近寄ろうとは思わないな」

「ええ。最初から身の危険を感じてしまうシチュエーションではなく、そうですねぇ……、喫煙すべきではない年齢の子供達がタバコを喫っているところに遭遇した場合などはどうです？　もしくは、燃えやすい物がたくさんある場所での火遊び、とかね。よくないのではないかな、と注意する人もいるでしょう。見なかったことにして通りすぎる人もいるでしょう。こうした時、声をかけてしまう性分の人間……。性分だ、というだけのことです。でもこんなケースでも、とんでもなく不快な反応が返ってくることが、ままありますよね。ダナムさんの叔母さんにしてもそうです。自分の信じることをしていても、理不尽とも思える嫌な思いをする、という循環に耐えられなくなってきたら……どうしても耐えられなくなったら、やめればいいだけです」

「果たして、やめられるかな？」リッグスは透かし見るように目を細めて、月下に視線を送っている。

「自分で選択したボランティア活動なら、それもまず自由だろう。でも、謎男の場合はどうだろうな？　自雨男をやめたい、と言ってもやめられるかい？　自分が選んだのではなく、なにかに選ばれているような人間が、果たして……？」

「なかなか形而上学的な表現ですね。……その場合は、こう言えるかもしれません。音楽という宿命に導かれた人は、死ぬまで音楽と共に生きるのだろうな、と。絵画に魅入られた人は、筆が握れなくなるまで……。迷いは時にあるかもしれませんが、悔いることなく、やり続けるのでしょう。たぶん」

ダナムは先ほどから黙って、日本の青年を見つめていた。

青年は、月明かりの形作る矩形《くけい》のぎりぎり外側にいて、淡い照明も背にしていた。グラスの中の液体に、月の明かりが浮かんでいる。

「月の光を浴びないようにしているんですか？」

「え？」

「ダーガーさんから聞きましたよ。月の光には魔性がある。自分は月の光を浴びすぎて生まれてきた……そうあなたは言ったそうですね。だから、これ以上あまり浴び続けると、狂ってしまうかもしれないんだ、と」

「いやぁ！」月下はおでこに手を置き、恥じ入るように盛大に苦笑した。「そんな戯言《たわごと》まで伝わっていましたか。お恥ずかしい」

苦笑を残しつつも、月下の目は静かな光を浮かべた。

「……でも、月明かりの下で私の生命はスタートしたので、死ぬ時も月光の下だろうと、これはけっこう真面目に信じているのですよ」

「そうならないうちにお願いしたいな」リッグスは軽い口調だった。「謎解き探偵としての役どころを全うしてくださいよ。力を発揮して助けてくださいよ。部屋の鍵が室内にあったってことは、そこへ外から送り込むトリックみたいなものがあったってことでしょう？」

「そうですねぇ、あの謎が……」

「まず最も単純な見方を示せば……」ダナムが言っ

た。「あの現場で鍵を拾いあげた月下さんが、今までそこに落としておいた偽物の鍵と本物をすり替えた、というセンが思い浮かびますね」

「妥当な推理です」月下は真面目に頷く。

「しかし月下さんには、ずっとダーガーさんと一緒にいたというアリバイが成立している」

「それは事実です」と、月下。

「殺人実行者と、トリックの仕上げ部分を担当する月下さんとの共犯関係という見方は、現実性を甚だしく欠いていると思います」

謎の鍵は、テーブルの上に広げられた月下のハンカチの上で沈黙している。

「わらはどうです?」ダナムが次の説を持ち出す。「入り口の所に落ちていたわらです。あれは、そのトリックに使われたものではないですかね?」

鍵と錠との合致を皆に示した時、月下は、あの一本のわらにも全員の注意を喚起しておいたのだ。

「あれはもちろん、注目しなければならないものですね。飾り棚から落ちていた、船の模型のわらであるのは間違いないでしょう」

マイケル・ギルバートが倒れていた場所の壁際には、争いの跡が顕著だった。飾り棚が壊れ、使い道に困っているような品々が辺りに落ちていた。その中の一つが、葦《あし》で作られたボートを模しているらしい、わら製の置物だったのだ。そこには、短いわらが二本ほど散っていた。

「模型が落ちていた場所以外には、他にわらはありませんでしたね」ダナムが確認する。

「床に落ちて壊れた時に、一本だけ数メートルも飛んだとは考えにくい。あの一本だけ、意図的に模型から引き抜かれたのだろうと思いますが……。長さは、約四十センチ。折ったような痕跡はなく、先端は廊下側まで出てはいなかった」

そんなことを話しているところへ、ランバーグ親子とダーガーが戻って来た。

ダナムが歩み寄り、ポール医師に訊いた。

「なにか、新しいことが判りましたか？」

「いや……。死んだ後も刺されたり切られたりしたことは判ったがね」

「ひどいことを……」

次に月下が質問した。

「歯が砕けるほどの傷を受けているということでしたが、倒れた時に、なにかにぶつかったのでしょうか？」

「いや、まったく違うな。そうした傷ではない。死後、故意に歯を折ろうとした傷なんだよ。何度も硬質の物を叩きつけて、歯を折っている。歯を抜き去るように」

「歯を折るために……」月下も意外な面持ちになっている。「一ヶ所だけがそうした損傷を受けているという印象を持っていたのですが」

「一ヶ所といえば一ヶ所なのさ。真ん中から左側……」と、中年の医師は自分の口を指差した。「この、主に門歯《もんし》が、上が四本、下が三本叩き折られている」

「一ヶ所に集中して……」

呆然と絶句した月下に代わり、ダナムがポール・ランバーグに意見を求めた。

「医師《せんせい》は、犯人がそんなことをした理由に心当たりは？」

「困惑の極みだね。検死官だって、あんなのは見たことがないのではないかな」

閃きを得た口調で、月下が鋭く尋ねた。

「歯が紛失してはいないですか？」

「全部揃っていたよ。一つは口の中に転がり込んでいたけどね」

落胆した素振りの月下は、思考を言葉にしてたどるように呟き始めた。

「特徴的な治療痕が……、いや、身元はどうとでも調べがつく……」

ポールのほうは、リッグスの座る椅子に近付いていた。

「君もひどく殴られたそうじゃないか。どれ……」

「痛みはありますけど、大したことは……」

「ベン。軽い傷ではないよ。うちに来なさい。ちゃんと検査をしよう。それに、そのままでは寝ることもできないよ」

ダーガーも勧めた。「手当してもらいなさい」

判りました、とベンジャミン・リッグスは腰をあげた。

彼がそばを通りすぎる時、ダナムが、おや？　という顔になった。リッグスがポールと立ち去った後も戸惑い顔で瞬きをしていたダナムは、なにかの答えを探すかのように、室内を見回し始めた。緩慢に動く、灯台のようだ。「あっ」と小さく声をあげると、ダナムは部屋の薄暗い隅に足を運んだ。曲げ木細工の小振りの椅子があり、その背には薄茶色のジャケットが掛かっていた。彼はそれをつまみあげた。

「彼……、ベンは、間違って私のジャケットを着ていますよ」

「えっ⁉」月下は勢いよく顔を振り向けていた。

襟首を持っていたジャケットのポケットから、ダナムの大きな手が紙幣クリップや携帯電話をつかみ出していた。

「ほら、これはベンのです。確かに、私のジャケットとよく似ている」

「またどうして、間違いなんて……」ダーガーが不思議がった。

ダナムは少しの間、思案を巡らし、

「そうか。お隣から電話がくる前、ここで呑んでいる時、ベンは上着を――このジャケットを脱ぎましたよ。酒で体が温まった、という様子で」

「そうだった」ダーガーも思い出した顔になる。

「脱いでいたな」

「この椅子にジャケットを掛け、そのままベンは、私の部屋に来たのですよ。部屋ではしばらくして、私もジャケットを脱ぎました」

「うむ」

「コーヒーを飲みに行く、と部屋を出る時、彼は私のジャケットを何気なしに手にしたんですね。私も、気付かずに見過ごしていましたよ」

ダーガーは、酔うとその程度のうっかりミスはあるな、といった受け止め方をし、ダナムは、私のジャケットが血で汚れてしまったんだな、と悪いジョークに虚を突かれたような色を顔に浮かべていたが、月下二郎はいたって真剣に考え込んでいた。

5

どちらも初老の男である検死官と警視がやって来て、職務をこなしていった。

警視自ら、何枚もの現場写真を撮り、必要と思われる証拠品や微量物質の採取を行なった。警視は、

「こんな例外的な捜査状況下の事件ですから、公判になってでも特例的に、初動捜査の妥当性や違法性が問題にされることはないでしょう」と、マンフレッド・ダーガー地方検事と話し合っていた。明日の午前中には、ストは終わると思いますよ、ということだった。現場のドアの鍵と凶器のナイフは、警視が持ち帰って保管することになった。

マイケル・ギルバートの遺体は、検死局へ運ばれていった。死亡推定時刻は九時二十分から五十分の間ぐらいだろうということで、さして役に立つ鑑定ではなかった。死因が失血死という点は裏付けられた。

ポール・ランバーグも含めた全員がまた集まっている歓談ルームで、

「どうやら私は、逮捕を免《まぬが》れましたが……」と、ベンジャミン・リッグスは言った。頭には包帯が巻かれ、ネットをかぶっている。「警察の正式な捜査が始まるまで、ここで拘束されているほうがいいようですね」

「かまわないのかね?」ダーガーは本音を窺うように問いかけた。

「こちらにとっても、そのほうが少しでも有利だと思えます。父には、泊まらせてもらうことになった、とだけ伝えるつもりですが、よろしいでしょうね。政治力を駆使して騒ぎ出したらやっかいです」

リッグスはダナムにも向き直り、

「アビーにも、まだなにも言わないでくれよ」と、妹の名前を出した。

ダナムは神妙に頷く。

「拘束というのは大げさですけど、リッグスさんには、娯楽ルームの向かいの部屋に寝てもらってはどうでしょうか」提案したのは医者の息子、ダニー・ランバーグだ。「娯楽ルームのドアをあけておけば、向かいの部屋の出入りは見えます。娯楽ルームで、夜通しチェスでもしていればいい。その程度の拘束で問題ないのでは?」

いい案だ、と衆議は一決した。

「月下さんのご友人をチェスにお誘いできなくなったのは残念ですが」

「彼はどうせ、挟み将棋しかできませんよ」

「じゃあ、容疑者はさっそく、部屋で拘束されることにしましょう」

と、廊下へ出るリッグスは、すでに自分のジャケットを着ていた。服の取り違えには、彼も驚いていた。背中側の襟元が血で汚れたダナムのジャケットは、彼の部屋に戻っている。

廊下へ出ながら月下は、屋敷の主にして地方検事であるダーガーに小声で伺いを立てた。

「現場の部屋には入れますよね。もう一度見てみたいのですが、かまわないでしょうか?　ドアとその周辺の絨毯などを調べてみるだけですから」

「新たな傷でも作らない限り、いいだろう。私も立ち会うよ」

ダナムも加えた三人が、西翼奥の収納ルームに向かうことになった。

リッグスは所定の部屋に入り、ランバーグ親子は、ドアをあけ放った娯楽ルームでチェスの用意を始めた。

今でも収納ルームのドアの錠は鍵さえあれば機能するが、受け金側が壊されているので、ドアはロックされていなかった。中に入ったダーガーは、明かりを点けた。マイケル・ギルバートが倒れていた場所には、この部屋にあった予備のビニール製テーブルクロスが掛けられていた。あの一本のわらも、その下にあるという。

三人の中でも、やはり特にダーガーが沈痛な面持ちにならざるを得ない場所だったたが、

「そうそう」と、努めて平静な声を出すと、彼はまず、ドアの右手に進んだ。「ベンを殴ったと思われる凶器が判明したんだよ。この民芸品の杖だ」

固そうな艶を持つ、その太い杖は、傘立てのような木枠の中に立てかけられていた。他に、マイクスタンドなども立っている。ドアから少し死体のほうに寄った場所だ。血が染み込んでいる絨毯の面積が広い場所なので、ダーガーはそれを踏まないようにし、少し離れて指差していた。

「杖の特徴的な凹凸が、ベンの傷に残っていた内出血の痕跡と一致した。杖の表面から、血も見つかっている」

「すると……」月下が推定する。「犯人はまずこの部屋にいて、それから、リッグスさんを襲いに廊下へ出て行ったわけですね」

次に月下は、半開きにしてあるドアに歩み寄った。錠やその回りを観察し、それから鍵穴を覗き込む。

「内と外の鍵穴はつながっていますが、ただ真っ直ぐに貫通しているという単純なものではないようですね。小さく、向こう側の明かりは見えますけど……」

ダナムも交代して覗き込んだ。

「わらさえ通らないでしょうね。糸だったら通るかもしれないが……」

室内側にいてドアを閉め、月下はドアの上や横の隙間を見ていった。

「一、二ミリですね。鍵さえ通らない。下は……」

自分の鍵を取り出し、月下はそれを絨毯との隙間に押し入れてみる。

「ぎりぎり通りますね。わらも通るでしょうけど……」月下は、目のしっかりとした絨毯を爪先で軽く打った。「この絨毯をめくれば、当然隙間はかなり広くなりますよね」

「いや、月下くん。この絨毯はめくれないよ」ダーガーが教えた。「床に固定されている」

月下は自分で探ってみてそれを確認した。接着剤でつけられているという簡易なものでもなかった。縁の部分で細い棒状の固定金具が使われていることは、靴の下に伝わる感触でも判った。絨毯の縁と壁の隙間には、全体にわたって微細な埃《ほこり》がそこはかとなく溜まっており、絨毯がめくられるようなことが起こらなかったことは明らかだった。


鍵が発見されたスチール棚の陰とドアの間には、障害物はなく、明るい茶色の絨毯が続いているだけだった。距離は五メートルほどだろう。

それからもうしばらく、彼ら三人は鍵の移動の謎を解き明かそうと知恵を絞ったが、目覚ましい発見や閃きは得られなかった。

外へ出ると、ポール・ランバーグがやって来るところだった。

「こっちが気になったのかい？」ダーガーは、ちょっと驚いた顔になっている。「息子さんとの勝負はどうした？」

「まあ、それは、もう……」歯切れの悪い口髭の医師は、こそばゆそうに視線を泳がせる。

ダナムが、ハッと気がついた口調になった。

「まさか、もう勝負がついたのですか？　負けたのですか？」

「うっかりしたんだよ。大きなポカをしてしまっただけさ。実力じゃない。うん、こっちが気になって集中できていなかったんだな」

呆れられないようにと防戦するポール医師であるが、ちょうど救いの手を差しのべるかのように月下がすぐに言っていた。

「いいタイミングでしたよ、医師《せんせい》。お伺いしたいことがあったのです」

「ほうほう。なんです？　もちろん、マイケルの死に関することだね？」

「そうです。もしかするとあの人は、口をしっかりと閉じて亡くなっていたのではないですか？　歯を食いしばるように」

「そのとおりだよ。まさに食いしばったのだね。顎にはかなり強く死後硬直が現われていた」

「もうはや……」

「有り得ることだよ。強硬性死後硬直と言って、死の直前や瞬間、異常に緊張したとか、極限近くまで使われた筋肉なら、直ちに硬化が始まってしまうこともある。自殺に使った拳銃から指が抜けない、とかね。この辺りの見解は検死官とも一致している。苦痛と、恐怖の中で戦おうとしたためか、マイケルは歯を食いしばっていたのだな。当然のことだ。それが、迅速な顎の硬化をもたらした」

数秒の間、集中して黙考した月下は、また尋ねた。

「医師《せんせい》、マイケルさんが死後に負わされた傷で、なにか特徴的なことというのはありませんか？」

「死後な……」ポケットに両手を入れたポールは、軽く天井を仰いだ。「死後に刺したり切ったりした傷は、腹部のみに集中していて――」

「えっ？」と驚きの声を発したのはダナムだった。

「腹部だけに？　……そうだったのですか」

「伝わっていなかったかな。切り裂きジャックの所行《しよぎよう》の如き傷は、死んだ後につけられたものだ。胸や背中の傷にも死後のものが紛れ込んでいるかどうかは、専門家の解剖を待つ必要があるだろう」

そうでしたか、と言ったきり、月下二郎は黙り込んだ。

月下は当主と対局していたが、集中力を今一歩欠いていた。それでもぎりぎりの熱戦を演じて敗れた後、彼は席を立った。次のプレイヤー、ダナムがちょうどトイレから戻って来たところだったので、月下は近付いて行って囁いた。

「一局終わったら、歓談ルームへ来てくれませんか。お話ししたいことがあります」

ダナムの顔の筋肉には、一瞬、驚きと不審と興味が一体になった細波《さざなみ》が走ったが、彼は黙ったまま席に向かった。


二十数分……、月下二郎は一人で広い歓談ルームにいた。

戸口に、大きな人影が現われる。

「なかなかお強いですよ、ダーガーさんは」ジェンナ・ダナムは感情を見せない声で言った。「連勝です」

ダナムは足を進める。

「話というのは、事件のことなのでしょうね、月下さん？」

月下は、肘掛け椅子の中で威儀を正し、真っ直ぐに相手の目を見た。

「私の推理が正しいとすると、あなたの身が危ないかもしれないのです、ダナムさん」

「私の身が……」

「それをお伝えする意味でも、私の推理を吟味していただく役になってもらおうか、と思いまして」

「それは光栄です。……もしかすると、私の身が危ないという推理は」ダナムは月下の正面にある椅子の横で立ち止まり、幾分表情を和らげた。「ジャケットの取り違えを根拠にして展開されたのではないですか？」

「察しておられましたか」

「ベンが襲われた西翼の奥の廊下は、照明がずいぶんと抑えられています。彼は、トイレを出てすぐ、後ろから殴られた。彼は私のジャケットを着ていたのです。ズボンも似たような色だ。つまり、ベンは私に間違われて襲われたのではないのか……」

「それはないでしょう、ダナムさん」月下は言う。「リッグスさんの頭髪はブロンドで長めです。あなたはそのとおり、黒くて短い。かなり薄暗くても、間違う人はいませんよ」

「……そうか。そういうことではないか」立ったままのダナムは、指の先でコツコツと椅子の背を叩き始めていた。「しかし月下さん。ジャケットの取り違えから推理して、私の身が危ないという結論に至ったのでしょう?」

「結論というより、並行した論拠の一つですね」

「いずれにしろ、私の身に危険が迫っているかもしれないという仮説が生じるわけですね。どうしてそういう推理が成り立つのか、知りたいものです。教えてくれるわけですよね」

「はい。教えるのではなく、検討したいのですが」

「事件のすべてを論じよう、という感じですね」

「大筋は見えていると思いますよ。あの密室で惨殺を行なった犯人は、次にあなたを襲うかもしれません」

「襲う、か……」

ダナムは家具の多い部屋の中を見回し、椅子の背に乗せていない右腕の肩をすくめた。

「ここは少し落ち着かないな。私の部屋へ行きませんか」

6

東翼に進んですぐ左手には、庭園見学にはもってこいの小ホールがあり、そこに内装工事用の道具類が置かれている。

ムードとしては高級感があるが明るくはない照明の廊下を進み、右手に見えてきたドアがダナムに与えられている個室のものだった。部屋は二間続きで、出入り口側の部屋では、仕事用らしい大きなデスクやパソコン、書籍や書類がびっしりと詰まっている書棚などが目立った。デスクの上には、遠い故郷の大人数の家族の写真が、隙間を見つけるようにして並んでいた。それらを照らすのは、窓からの冴えた月光だ。

部屋の中央には、メタルやガラスでデザインされたテーブルセットもある。

「本来は、ゲスト用の部屋の一つだそうです。もう独立しますよ、と言ってあるんですけどね。どうぞ、お掛けください」ダナムは隣室に歩いていた。「ポットの中のコーヒーは空のままですが、冷たい飲み物ならありますから。レモネード、アイスティー、ジンジャエール――」

「アイスティーを」

隣の部屋から、グラスの音、小さな冷蔵庫をあける音などが聞こえてくる。

「話を始めてください、月下さん。謎を解く手掛かりは、どこにあったのです？」

「手掛かり……。それはやはり、まとめて折られていた被害者の歯、でしょうかね。これが、死後に加えられたという幾つもの腹部の傷と結びつきました」

「そう……。疑問です。不思議ですよね。なぜ、死んだ後にそれほどの傷を負わせなければならなかったのか。内臓にまで達する深手だそうです。怨恨か、と思っていたのですが、死後の傷は腹部だけに集中しているという。なぜでしょう？　意味があるはずだ」

相手の姿が見えないと話しにくいので、月下は立ちあがって隣室に向かっていた。

「その意味に、月下さんは気がついたのですね」

ダナムがグラスを二つ持って現われた。

「ちょっとなみなみと入れすぎてしまいました」

「いえ、どうも」

景気よくアイスティーが入っているグラスを、月下は受け取った。ダナムはレモネードを手にしている。

「もう一つの思考の出発点は、先ほど言いました、ジャケットの取り違えです」

月下は立ったまま話し、ダナムも座らずにデスクに腰を寄りかからせた。

「その間違いに、いつ気がつくべきか、という問題なのですけどね」月下はグラスの中身を一口飲んだ。

「ああ、おいしい。……それで、ベンジャミン・リッグスさんが、あなたに言われるまで、ジャケットの違いに気付かないということがあるでしょうか？ と私は問いたいわけです」

「彼が……？　いや、しかし月下さん、気付かなかったというのだから、仕方ないでしょう。あの人は確かに酒に弱いし、こんな事件の容疑者めいた立場になってしまった。死体を目にした後は気が動転していたとしても不思議はない」

「そうですが、しかし、ある時だけはどうしても解せないのです。なぜその時に気付かなかったのか、と」

「その時？」ダナムはデスクから体を離した。「どの時です？」

「彼は殴られて意識を失い、収納ルームの中で気がついたと証言しています。死体と出合ってショックを受けた。ドアがあかない。しばらくして冷静になり、脱出手段を考え始めたといいます」

「当然でしょう」

「ええ。窓の鉄格子ははずれない。もしかすると、庭を歩いているはずの私とダーガーさんに声が届かないかとまで思ったそうですね」

「言っていたね」

「そこまで頭を働かせているのに、携帯電話に気が回らないなどということがあるでしょうか？」

「携帯――電話」ダナムの目に、動揺の色が走る。

「リッグスさんは、それをポケットに入れて持ち歩いていますね」

「ああ……。ええ、そうですね」

「彼は、死体と共に閉じ込められている部屋から抜け出したかった。なんとしても外部の助けを呼びたかった。連絡を取りたかった。そうであるなら、常時携帯電話を身につけている人間は真っ先に、その電話を思い浮かべなければなりません。あえてそう断じさせてもらいます。その人物は、自分の服を探ります。ポケットを叩きます。――この時点で、自分が他人のジャケットを着ていると気付かなければならないのです」

ダナムの沈黙は、月下の論拠を突き崩せないことを明かしていた。それでも、学生時代の先輩にして友人、そして恋人の兄のために、

「いや……」と、彼は仮説を強引にひねり出して反論を試みようとする。「その時は気付いたけれど、後のゴタゴタのために、言い出すきっかけもなかったというか、また忘れてしまったというか……」

「それも違うことはお判りのはずです、ダナムさん。あなたがジャケットの取り違えを彼に知らせた時、あの人は初めて知ったという様子で驚いたのです。驚いて見せたのです」

「な、なぜ……？」

ダナムの視線からはずれようとするかのように、月下は部屋の隅に体を向けた。

「彼は、ジャケットの間違いを自分から言いだしてもよかったのですが、それも抵抗があったのでしょうね。自分はあくまでも、なにも気付いていなかったことにしたかった。それは、取りも直さず、疚《やま》しいことをしていたからです」

「月下さん、あ、あなたは――」ダナムは大股で近付いていた。

「ダナムさん。彼はあなたのジャケットを疚しいことに――」

「彼が、ベンが殺人者だと告発するつもりですか」

月下の肩にかけたダナムの腕に力が入りすぎていた。乱暴に振り向かされるように体が動くと、グラスからアイスティーがこぼれ出した。それが、月下

のスラックスにかかる。

「あっ。——申し訳ない」

筋肉の緊張を解いたダナムは、日頃の彼に戻って恐縮する。レモネードのグラスをテーブルに置き、近くに拭く物を探す。

「洗面台があります。隣へ」

「別に、大したことは……」月下はグラスを置き、ハンカチで手を拭いた。

「とにかく拭かなくちゃ。水でしっかりと」

ダナムに連れられる格好で、月下は隣室に入った。寝台の足元のほうに洗面台があり、ダナムは水を出してタオルを濡らした。それを丁寧に使い、膝を折ってかがんだ彼は月下のスラックスの染みに水を含ませていく。

「冷たいですよね。すみません」

茶色い染みをタオルで叩き、こすり、拭っていく。黙々と。二人は黙っていた。

濡れタオルで充分のことをすると、ダナムは次に乾いた布で拭き始める。まだ続く沈黙が、そこで途切れた。

「月下さん。あなたの推理では、ベンジャミン・リッグスが犯人になるのですね？」

「その仮説に立てば、事件は最もシンプルな形に落ち着くでしょう？」

「シンプルな……」ダナムは、スラックスの染みを力なく見ている。「死体と一緒に部屋にいた人物……」

「それにこの推理では、過剰とも思える謎のすべてに説明がつきます」

ダナムはゆっくりと体をのばし、立ちあがった。

「すみません。染みが完全には取れないようで……」

「いえ、丁寧にありがとうございます。後はクリーニングにまかせますよ。それより、絨毯も汚してしまったようですけど」

「それはかまいません。汚れの目立たない柄ですし、もうとっくに、かなりいろいろな染みが味を出しているんですよ」

濡れた布が、少し乱暴に洗面台に置かれた。

「……ベンが、マイケルさんを殺した、と?」

「正門のセキュリティーが長時間解除されていれば脅迫状の送り主が侵入して来たと思わせやすいでしょうし、他にもいろいろと好条件が重なり、リッグスさんは今夜こそ決行日と決意したのではないでしょうか。歓談ルームでの散会の時、彼はギルバートさんに、収納ルームで会おう、と囁いたのかもしれません。収納ルームは空き部屋同然ですからね。あの部屋の鍵は、当然、二人のどちらかが持って来ました。そして、どちらかが錠を掛けた。リッグスさんにすれば、殺人の現場に邪魔者など来てほしくはなかったでしょうからね。ギルバートさんには、密談の内容を他の人から遮断しようという意識が働いたのかもしれません。それで、鍵を掛けることは両者が納得できた」

「密談……」

「その内容までは推測不能です。しかし、言うまでもなく、密談しなければならないその内容――出来事が、殺人の動機になっているのでしょう。……リッグスさんのしようとしていることは、単純でした。ギルバートさんに気付かれないように、体の陰でゴム手袋をし、キッチンから持って来ていたナイフを握ります。そして相手の背中から、不意を突いて襲いかかる。背中を刺し、ひるんだ相手の胸も刺した」

想像したくないといった様子で、ダナムは大きな手で目を覆った。そして、靴の裏が粘《ねば》つくかのような足取りで歩きだした。

月下もその後に従う。

「凶行の場所は、もう一つの凶器であった杖が置かれていたケースの近くだと思いますよ」

二人は元の部屋に入った。

「倒れて動かないギルバートさんを見て、リッグスさんは死んだものと思ったのでしょう。ギルバートさんを殺害し、それであの事件はすべてが完了のはずだったのです」

　ダナムはドサリと椅子に沈み込んだ。月下も席につき、アイスティーで喉を湿らせた。

　指を広げた手を振り、ダナムは続けてくださいという身振りを見せた。

「リッグスさんは鍵を手にし、ドアをあけようとします。しかしここで、杖を握ったギルバートさんが立ちあがったのでしょう。背を向けているリッグスさんの頭に、杖を振りおろします」

「あそこで……！」

「鍵を取り落とし、リッグスさんはふらつきますが、体力的にはギルバートさんのほうが圧倒的に不利だった。床に放り出しておいたナイフを手にしたリッグスさんの再反撃に、ギルバートさんは為す術がなかった。床に倒れて蹲《うずくま》るその背中に、ナイフが何度も刺さりました。今度こそ、ギルバートさんの息は絶えてしまいます」

　レモネードを何度も飲んでから、ダナムは言った。

「しかしその場合も、後は、ドアをあけて立ち去ればいいだけではないですか？」

「通常であればそうですね。しかしギルバートさんは、もう一つの反撃もしていたのでしょう。頭を殴られた時にリッグスさんが落とした鍵を、ギルバートさんはつかんでいたのです」

「鍵を……」

「無論、ドアの鍵ですよ。その鍵を、凶刃を受けながらギルバートさんは離さなかった。リッグスさんも、ギルバートさんが鍵を握ったことは承知していたかもしれません。完全に絶命したことを確認してから、リッグスさんは鍵を取り返そうとします。しかし、見つからなかったのです」

「見つからない？」

「ギルバートさんの体の下まで探したでしょうが、鍵はありませんでした。ギルバートさんがどこかへ投げたのかと、室内にも目を配ったでしょう。しかし、やはりどこにもないのです。それにそもそも、ギルバートさんがなにかを遠くへ投げたような素振りはまったくありませんでした。呆然となるほど苦慮し始めたリッグスさんですが、思い出しました。ギルバートさんの奇妙な行動を。刺されながら、彼は変わった身動きをしていました。手を口に持っていき、喉をのばすような素振り……。マイケル・ギルバートさんは、鍵を呑み込んだのですね」

目が丸くなったダナムは、徐々に顔を引きつらせ、最後にはテーブルを激しく叩いた。

「だから、胃袋を裂いたのか！」ううっ、と漏れる呻き声。「なんてことだ……！　死んだ後、腹部に集中して加えられていた刺し傷、切り傷……。内臓まで達していた……内臓の中身を探すために！」

月下とダナムは、それぞれのグラスに同時に手をのばした。

先に一口飲み終えた月下が、言葉を続ける。

「窓の格子に乱暴な手を出せば警報が鳴りますし、ドアは丈夫です。それを破壊しようとしたら大変な音を屋敷に響かせることになるでしょう。ドアの鍵を手に入れるしかありません。とんでもない作業の物音が外へ漏れないように、死体は部屋の奥へと移動させられます。それから、想像したくもない、目を覆いたくなる作業が始まりました。リッグスさんも悪鬼の覚悟で作業を続けたのでしょうが、鍵はどうしても見つかりませんでした」

「腹からも見つからなかった……？　しかし……」

「そこからは見つからなかったはずです。ですから、ギルバートさんの歯は砕かれたのですよ」

「ああっ!!」ダナムは、ぶつける勢いで椅子の背に頭を乗せた。まさに驚倒といえる反応だった。「口の中を探るためか！　マイケルさんは、鍵を呑み込めなかった。その代わり、歯を食いしばって鍵を渡すまいとした。ベンが口の中の可能性に気がついた時には、マイケルさんの顎には迅速な硬化が起こっていた！」

「なんとしても口をひらくことができなかったのですね」月下は言う。「リッグスさんは、ナイフの柄でも使ってギルバートさんの歯を叩き、抜いていった。指を入れられるようになり、遂に鍵を発見した」

「……何万年にも思える時間だったろうな」自分自身が熱い汗を迸《ほとばし》らせる苦行を行なったかのように、ダナムはグラスの中身を飲み干した。「……思いがけない、拷問のような時間を過ごしたわけですが、ベンは、後は部屋を出るだけですよね」

「その前に、廊下などの外を窺ったのだと思いますよ。予想外に時間を取られてしまいましたからね。物音も立てました。誰かがやって来ていないか、鉢合わせしないか、知らなければなりません。ドアの外に聞き耳を立て、ちょうど娯楽ルームに入ったダニー・ランバーグさんの物音を耳にした可能性もありますね。窓から外を見て、娯楽ルームに明かりが点いているのも目にしたのでしょう。私達が、チェスをするために集まっていると考えなければなりません」

「なるほど……」

「廊下は一本で、娯楽ルームの前を通り抜けなければ、屋敷の中央部には戻れません。窓はどれも格子がはまっていて、外にも抜け出せない。収納ルームを出てからの逃走ルートを確保しづらくなりましたが、リッグスさんは、それ以前の問題にも気がついたのでしょう。薄暗い廊下に、収納ルームのドアの隙間から、明かりが漏れているはずです。それがもう、見られているかもしれない。不審に感じた誰かが、今にもやって来ないだろうか。ベンはいつまで時間がかかっているのだろうと、ダナムさんが探し始めているかもしれません。それで彼は、被害者となって自ら助けを呼ぶ賭に出たのですね」

ダナムはぐったりと椅子に凭れた。

「そういうことですか……」

　この頃から、ジェンナ・ダナムの様子が少しずつおかしくなっていった。体がだるそうな感じというより、眠たいかのように、目蓋や指先が弛緩している。それを振り払うかのように、彼は、

「ですが、あのわらはいったい……？」と、残されている疑問を持ち出した。「ドアの下まで偶然飛んでいたとは思えませんが……」

「ええ。あれこそが、賭を少しでも有利にするための布石ですよ。目くらまし。囮《おとり》です」

「囮……」

「欺瞞工作への憶測を誘導するための囮ですね。ありもしない密室トリックを、あれで意味ありげに演出したのです」

「ああ、そういう狙いか」感銘混じりに驚きながらも、ダナムの声は気怠げだった。「もしあれがなかったら……」

「死者と一緒に部屋にいたリッグスさんへの容疑は動きにくかったでしょうね。しかし、あの一本のわらが印象を変えました。思わせぶりだったのです。全体があまりにも異様な現場で、その仕上げをするかのように鍵の謎が加わっていた。本来なら一笑に付されかねないリッグスさんの証言のほうが、なにやら現実的に思えたほどです。大きな謎と罠が感じられた。だからこそ、あのわらは生きていた。謎めいて閉ざされていたドアの下のわらですからね」

「してやられた……」ダナムは心底悔しがったのだろうが、それは表情に出ず、ただ目蓋が重たそうに動いただけだった。「パズルめいた密室トリックが施されたのではないかとこちらが推測する余地を広げるために、彼自身があれを意図的に置いたのか……」

「杖も、所定の場所に立てかけました」

「その場でペンの頭が殴られる争いがあった、という印象を少しでも消すためですね……」

　ダナムの言葉は口の中でくぐもり、彼は、自分の意識を明瞭にしようとするかのように頬をパシパシ

と叩いた。

「どうしました、ダナムさん？　大丈夫ですか？」

「ええ、だ、大丈夫です。ショックで血がのぼって、酔いが回ってきたかな……。ベンがマイケルさんを殺したなんて……」

彼は結論が出たように言ったが、月下は慎重だった。

「ここで、ベンジャミン・リッグスさん以外の第三の人物が真犯人だと仮定して再検討してみましょうか。殴って気絶させたリッグスさんを収納ルームに運び込んだ後、その人物はギルバートさんを殺害しようとし、いま話したとおりの、鍵を巡る事態が発生してしまったとします。血なまぐさい作業の末、鍵を手に入れた犯人は部屋を出て行きます。ドアをロックし、鍵をなんらかの手段で室内に戻す……。しかしこの場合、問題になるのは鍵に付着していた血液ではないかと思いますね。あの鍵には、わずかとはいえ、血液がついていました」

「そうでしたね。すると……？」

「鍵をあれこれと使わざるを得ない密室トリックが行なわれた、とは思えなくなります。犯人は当然、血を拭ってから鍵を扱ったでしょう。そうでなかったとしても、細かなトリックが使われたのは間違いないという状況でしたが、そんなトリックが準備され、進行している間に、血が落ちてしまわないなんて有り得ませんよね。ドアと絨毯の隙間を無理に通り抜けたかもしれないのに。それに、ドアと鍵が落ちていた場所の線上には、血で汚れている箇所などありませんでした」

ダナムは黙ったまま、うつむいていた。

「こうした見方に、さらに、ジャケットに関する偽証が加わります。あなたのジャケットを着ていたことを、リッグスさんは言い出せなかった。犯人は、やはり、ベンジャミン・リッグスさん以外には有り得ないようです」

少しだけ顔をあげ、ダナムはのろのろと言った。

「ジャケット……。なんのために、私のジャケットを？」

「返り血を考慮したためだと思いますよ。長いゴム手袋で手をガードしていても、衣服に血がつく危険は大きいでしょう」

言葉の途中で、月下は不審をこめた目で自分の体を見回した。表情を曇らせながらも、彼は取りあえず先を続けはした。

「いずれにしろ、血痕をあなたのジャケットにつけるつもりだったのではないかと、私は思うのです。つまりそれは、あなたに罪をかぶせる計画だからだ、と推測したのですが……」

ダナムの様子は明らかにおかしかった。こうした真剣な話の場だというのに、寝入ってしまっているようだ。

「ダナムさん、どうし――」

月下はギョッとして自分の右腕を見据えた。ダナムのほうに腕をのばすつもりだったのに、それがほとんどできなかった……。

そんな時、月下の背後から第三の人物の声が聞こえた。

「お見事です、月下二郎さん」その人影は、奥まった壁の角にあるクローゼットの陰から現われていた。「やはりすでに、そこまでたどり着いていましたか」

ベンジャミン・リッグス、その人だった。

7

ダナムがかろうじて目蓋をあげた。

「ベン……、風呂では……？」

「風呂？」月下が質問を重ねる形になる。

「風呂を使わせてほしい、と申し出たのですよ。まだジェンナも娯楽ルームにいましたね。甘い拘束です。風呂場までは誰もついて来ようとはしなかった。月下さん、私は今、シャワーを浴びているはずなのです」

リッグスは、月下の後ろから彼の両肩に、ドスンと手を乗せた。体重をかける。

大きな体とはアンバランスなほどの、端正に引き締まっているリッグスの顔……。それは今、酷薄なほどに無表情だった。

「私はね、月下さん。あなたの侮れない推理の進行具合が、それは気になっていましたよ。先ほど収納ルームを見に行く時、絨毯もよく調べたいなどと言っていましたしね。シャワーの話をつけた時、ジェンナが一局終えてちょうど部屋を出るところだったので、身を潜めて後を追ったのです。するとやはり、あなたと興味深い話を始めてしまった」

「この部屋まで……」月下の声も出にくくなっているようだった。

「そうです。あなた達二人がここへ入ってから、そっと接近し、ドアの外で聞き耳を立てていましたよ。あなた達が隣の部屋に行っている間に入り込んだのです」

リッグスは、嘆くように息を吐いた。

「月下さんのおっしゃったとおり、マイケル・ギルバート殺しは単純な形で済んでいる計画だったのです。まいりましたよ。それがあれほどのことになったのですからね。鍵を呑み込もうとするとは、まったく……」

リッグスは、声のトーンを少しだけあげた。

「計画の全体像はこうでした。マイケル・ギルバートは侵入者に殺されたのではないかと当初思われていたが、実はジェンナ・ダナムによって殺害されたのだ、と判明する、というものです。ジェンナ・ダナムは、自殺することによって、罪の償いと自白をするのです。これこそ完璧な密室の中の死ですから、自殺は決定的であり、彼のジャケットからマイケルの血液も検出されます。無論、彼が怪しいこと、そして、観念し始めていたことなどを、私がそれとなく示唆する計画だったのです」

こうした非道の告白をされても、ダナムは身動きもしなくなっていた。椅子に深く沈んで、呼吸音を立てるだけだ。

「その計画をマイケルの執念がぶち壊しにした。一本のわらにすがりつかなければならなかったとは、痛恨の極みでした。情けなかった。最悪でしたよ。本来なら捜査陣の頭に、密室トリックなんて概念は微塵も浮かんでほしくなかったのですからね。密室の中のジェンナの死が、自殺として疑われないために。ところが、第一の事件で自分が助かるためには、密室トリックの概念こそが必要になってしまった。それを皆の頭に植えつけなければならなくなった……。ああ、重ね重ね、痛恨事です。皮肉なことです」

「それでも、まだ、あなたはダナムさんを……？」

「第二の被害者にするつもりなのか、ですか？　やりますよ。そのためにこうして、苦労をして薬を手に入れたのですからね」

彼はわざとらしく大きな仕草で月下の肩を揉んでいた。

「もう感じないでしょう、月下さん？」

月下の肩から離した片手で、リッグスはベルトに挟んでおいた包丁を取り出した。それを月下の目に近付けていく。

「動きたくても動けないでしょう。意識ははっきりしているし、呼吸もしゃべることもできるけれど、運動機能が麻痺しているのです。あなたのグラスに入れたのは、そういう薬です。しゃべるのもむずかしくなってきたようですけどね。ジェンナのほうは、強力な入眠剤です。もちろん、どちらも無味無臭ですよ。状況に応じて使い分けるつもりが、両方とも使うことになってしまいましたね」

そして、と、リッグスは月下の後ろを離れた。ダナムの机に近付くと、指にハンカチを巻き、鍵をつまみあげた。

「これがこの部屋の鍵です。密室のできは完璧なものになりますよ。遺書がないのが残念ですが、鍵はきちんと、このテーブルの上に置かれていることになるのです。そのコントロールを得るために、私は何度も予行演習をしていますから」

部屋の鍵を、リッグスはテーブルに置く。

「この部屋でジェンナ・ダナムは、月下さんの推理に追い詰められたのです。真犯人としての正体を暴かれてしまう。自棄的になったジェンナはあなたを道連れに命を絶った。これが、捜査陣が手にするストーリーです。死の恐怖を紛らせるために、ジェンナは自分で睡眠薬を呑んだのですね」

リッグスは包丁の柄を拭いている。

「急がなければなりません。真相に迫っていた月下さんを殺し、ジェンナ・ダナムが自殺したという事実を、とにかく関係者や捜査官達の前に差し出すのです。マイケル殺しの犯人はやはりベンジャミン・リッグスしかいないのではないか、という発想が、彼らの頭の中に強く広がってしまう前に。ジェンナ・ダナムが犯人だったのか、という事実さえ受け入れれば、マイケル殺しの現場に見える矛盾や謎がうやむやでも、捜査陣は幕が引けるというものです」

首も動かない月下は、その眼差しだけでベンジャミン・リッグスの目を捉えた。リッグスはそこから、問いを酌《く》み取る。

「なぜこのような殺人を犯した、ですか？ ……あなた達には理解できないでしょう……、理解できないでしょうが、お話ししましょうか」

リッグスは、前方の壁をじっと見つめた。

「あなた達と面識はありませんが、ニック・チョッパーと呼ばれる男がいるのです。恐らく、私が本当に殺すべき相手は、この男なのでしょう。なにしろ、もう数年間、この男は私を精神的にいたぶってきていたのですから。俗に言えば脅しのネタも握っていました。そしてそのネタにかかわる私の過去の悪事を証言できる立場にいるのが、マイケル・ギルバートだったのです。マイケルは、過去に罪を犯した経験のある者として理解者面をしていましたし、ニック・チョッパーが私を追い詰めていることなど、まったく知りませんでした。おめでたいことにね。マイケルの口が永遠に閉じてしまえば、ニックの脅すようなやり口の一つは、現実的な効果を失います。物証などもうないからです。証言できるマイケルがいるだけだったのです。マイケルがいなくなれば、私は、ニックの横暴に私なりに対抗できるようになると思いますよ。無論、過去のネタを公にされるとやっかいですが、あの男との精神的な主従関係、優劣という意味においてです」

　リッグスは月下に視線を落とし、それからまた正面の壁に目を戻した。

「あなたはこう言いたいでしょうね、月下さん。人を殺す決意をしたなら、なぜニック・チョッパー本人を殺さないのだ、と……。マイケルは今のところ、私になんの害も及ぼしていないのですから、それも当然の疑問です。でもねえ、殺しにくくなったのですよ、ニック・チョッパーのことを。あまりにも殺しやすくなったためにね。数ヶ月前から、あいつは身動きがままならない健康状態になっているんです。家からもほとんど出られず、私が日常の世話をする時もあるぐらいです。そんな人間の首をひねるなど、簡単すぎるでしょう？　もともと人付き合いもないほうですから、あいつが死んでいても、誰もしばらく気がつかない。願ってもない状況ではないですか。でも、おあつらえ向きすぎるともいえるでしょう。そう思いませんか？　私は、何度も強い誘惑を感じましたよ。なにものかに、人殺しになるようにと誘われているのです。それはもしかすると、ニック・チョッパー本人なのかもしれませんがね……。私は、そのようなレールには乗りたくなかったのです。理解できませんか？」

　とリッグスは、月下にというより、誰とも知れない聴衆に向かって問いかけていた。

「ニックを殺さず、私は彼から力を奪っていくことにしました。今度は私が優位者になるべきです。その時期を、できるだけ長くあの男に味わわせなければなりません」

リッグスは月下の背後に回り込んだ。

「そして、そこでいぎたなく鼾《いびき》をあげそうなジェンナ・ダナム。鈍感なその黒人青年には、私との実力の違いを見せつけようとしてきたことがなかなか伝わらなかったようですね。ニック・チョッパーは、私の妹とは接触できる人間なのです。妹はなにも知らず、そのダナムをニックに引き合わせるでしょう。いや、ニックの方から巧妙に働きかけるのは目に見えています。私が内心でダナムを蔑視していることをニックは知っています。その相手に、私の目の前で私の弱みを知らせることができる何度もの機会――それをニックは舌なめずりをして楽しみ始めるでしょう。それどころか、余命がそれほどには長くないことを覚っているニックが、これを機会にアビーをも巻き込むかもしれません。私は、ニックに喜びの力を与えるわけにはいかないのです。……もっとも、そのダナムは、マイケル殺しに利用できるという背景がなければ、殺そうとまではしなかったかもしれませんけどね。……いやあ、それにしても、あなた達には理解できないでしょうね。一人の元凶を殺せばいいのに、それを生かしたまま脇にいる二人を殺すという行為は」

リッグスは包丁の刃を、少し高い位置で構えた。

「いや、二人ではなく、三人になってしまいましたね、月下さん。すみません、あなたまで巻き込んでしまって。まあ、ここで何人かの命が消えても、私は弁護士としてこれから犯罪と闘い、何十人という命を救いますから、それで勘弁してください。……それでは月下さん、苦痛はそれほど感じないはずですから」

包丁の刃は、月下二郎の首筋に――延髄に突き立てられた。マイケル殺しの時のしくじりを繰り返すまいとするかのように、彼は包丁をもう一押しした。

「あなたは、自分の選んだ生き方をしっかりと見つめて認めているようでしたから、後悔はないでしょう?」

薄い金属の刃は、死に敬意を表するかのように静かに抜かれた。

月下二郎の表情には、思いのほか乱れはなかった。むしろ、問いに対して「YES」と答えるかのように、口元には淡い穏やかさがあった。……いや、眉間に刻まれた翳りには、やはり、なにものかに対する強い苦渋が込められているのかもしれない……。死よりも受け入れがたいほどの苦渋だ。

ベンジャミン・リッグスは、ジェンナ・ダナムに近付いた。包丁の柄に何度か触れさせた後、それを両手で握らせる。大きく振りかぶったリッグスは、すでに血で濡れている刃の先端を心臓部に打ち下ろした。ダナムの巨体が痙攣《けいれん》する。呻き声は、のびった糸が切れたかのように、すぐに止んだ。

リッグスは体重をかけて包丁を押し込んでいた。体を離すと数秒息を整え、ダナムの様子を窺った後、彼は仕上げの細工に取りかかった。指紋にも気をつけ、薬包紙などをそれらしく配置する。

彼の動きを見守るのは、死の静寂ばかりだった。

小さな窓を埋めるほどに、月が満ちている……。

青白く溺れる夜。銀色のまばゆさ……。

犯人の影が、床に落ちる。

彼は、細長い三角形になるように、戸口の前まで絨毯をまくり返していった。

6 イエローロード

——承前

私は眠るために目を覚ます、ゆっくりと時間をかけて。
運命を感じるが、怖くはない。
行くべきところに行くことによってだけ、学ぶことができる。
セオドア・レトキ『目覚め』

1

木の葉の混じる砂利の上、殺人者は死体を引きずっていた。殺してしまった男を……。死んでしまった男を……。

死体の腋に下から手を回し、殺人者は顔を背《そむ》けている。

腰に、足に力を入れ、重い体を引きずる……。

殺人者の指は震え、息は乱れ、顔には脂っぽい汗が滲んだ。

頭上にある三日月の光も、折り重なるように茂っている木々が闇に変える。

すだく虫の音《ね》。なにかに狂っているのかと思うほどにやかましい音の競演だった。それでも、殺人者にとっては小さすぎる音だった。彼の耳に響くのは、自分の息と足音、そして死体を引きずる音だけだった。その音の大きさが恐怖を誘う。

なんて大きな音だろう。靴の踵《かかと》が砂利とこすれる音……。ふいごのような自分の息づかい……。

息を止めろ。呼吸の音を抑えろ。

しかし、音はなくならない。ズル、ズル、ハァ、ハァ……。それは辺り中の闇に響き渡っているように思われた。

汗が滴《したた》る。

こんな闇の中に、他に誰もいるはずがない。誰も見ていないし、聞いてもいない。……それでも、殺人者の心臓は縮みあがりそうだった。

虫の音と入れ替わるように、流れる水の音が聞こえてきた。

川だ。

名もないような、細い川。そこが、殺人者の目的地だった。

小さなコンクリート製の橋にたどり着くと、彼は死体から腕を離し、腰をのばした。

汗を拭う。

素っ気ない造りの欄干《らんかん》から下を覗くと、川は黒くうねっていた。水面《みなも》には、幾つかの縦割れの破片になった三日月が、流されまいとしてとどまっていた。

あえぎのような息を整える余裕も、殺人者にはなかった。なにかに追われるように、彼はまた死体に腕をのばした。早く別れたいからこそ、熱烈なラブコールを送るかのように接近してゆくのは皮肉な話だった。まだ体温さえ残っている死体だ……。

殺人者は、死体を抱え込んだ。欄干の上に押しあげるのだ。死んでいる男は小柄なほうだが、感じられる重さは尋常なものではなかった。死体の鳩尾《みぞおち》を肩に載せ、押しあげる。

ふらつきながら、どうにか、殺人者は死体を太い欄干の上に載せた。バランスを取り、息をつく。

それからすぐに、死体を欄干の向こうに押しやった。

わずかな時間、虫の音のシャワーだけが辺りを満たした。

漆黒の闇に響きわたる水音。砕け散る水の叫び。今までの作業の中で、最もやかましい音だった。大音響だった。

殺人者は逃げ出した。後先《あとさき》も顧みず、彼は駆けた。躓《つまず》くこともなかったのは、幸いだったかもしれない。細い車道に近付いてきたところで、殺人者は足を緩めた。間隔の遠い電信柱の明かりが、かえって侘《わび》しさを強めている、忘れ去られているような道だった。

ポケットの中には、死んだ男のサイフがあった。見つかりにくい所に、うまく捨てなければ、と殺人者は思う。

彼は後ろを振り返った。

不健康な汗にベッタリと覆われた不健康な色の顔が、淡い月光に照らされ、その左の頰にある薄いアザが浮かんだ。暗闇に浮かぶ月の光が焼きついたかのように、そのアザは三日月の形をしていた。

2

真綿のような朝日は、美貴子《みきこ》の頰や髪に触れ、白いブラウスの袖《そで》を半ば通りすぎていった。彼女の微笑みは、胸の中の鼻歌を感じさせるものだった。

湯気の立つ半熟目玉焼きの皿をそっとテーブルに置くと、美貴子はダイニングを滑り出た。

木目調の鏡のようなフローリングと、真っ白な壁。ゆとりのある間取り。クレバーな雰囲気を感じさせる空間だ。

美貴子は、ドアがひらいたままの寝室に顔を突っ込んだ。カーテンをあけた時も起きなかったが、美《み》希風《きかぜ》はまだ眠っていた。

抜き足、差し足で、猫のように近付いた彼女は、南《みなみ》美希風の寝顔に目をやった。静かに見入った。

まだまだ色は白かったが、若く健康な血潮が内側から照らしている肌だった。それがなによりだった。その滑らかな肌にある、未来の色が……。布団の縁《へり》から覗く肩先にも、乳白色の光があった。

流れるような鼻筋と、一本一本に輝く生気のある黒髪。まつげなど、男には必要もないほど長いのではないだろうか。

美貴子の唇に、いたずら心を垣間《かいま》見せるような苦笑が浮かぶ。こんな風に間近で覗き込んでいる時に目覚めたら、彼はどんな顔をするだろう……。

何秒かじっとしていたが、眠りの中の青年は起きなかった。美貴子はベッドを離れた。寝息より静かに、戸口へとスリッパを進めた。

そこで振り返り、声をあげる。

「いつまで寝とるか。起きろ、起きろ」

迷惑そうな唸り。

「朝食が出揃ってるよぉ」

ベッドの中の男がもそもそと動き始めたので、美貴子はダイニングに向かった。寝起きはいい男なのだ。

美貴子が自分の分のコーヒーを淹れ終わったところで、男が廊下に出て来た。ミッドナイトブルーの、薄手のパジャマを、ゆらりと着ている。

食卓の上に、男の目は留まった。

「よかったのに」

「今さら遠慮するなって。どうでもいいけど、もう十時近いぞ」

「いつ侵入したの？」

「三十分ぐらい前かな」

「僕を起こさずに侵入できるのは、あんたぐらいだな」

「へえ。他にも、侵入して来る女がいるの？」

苦笑を浮かべた横顔が、ユーティリティー・スペースに消える。

美希風は、大きな鏡の前で髪を撫で、パジャマの上を脱いだ。白く薄い体。華奢なライン。……だからこそ、胸の大きな傷が目立った。十字架の形になってしまった傷だ。古い傷と交錯する、真新しい傷……。ルージュの濃い唇が這ったような……。

「夢にしては生々しい傷だよね」

と、戸口から声がした。

鏡には、戸枠に凭れている美貴子の姿が映っていた。跳ね返るかのように元気よく波打っている髪は長く、腕を組んでいるために、胸の豊かさがひとしお強調されていた。ファッションやメイクに躍動感があり、都会で生きている女の勢いが軽快なオーラとなっているかのようだ。

美貴子が今しがた口にしたのは、二人の間だけで通じる言葉だった。

幼い頃から死を身近に意識せざるを得なかった美希風は、死や夢に対して、日本人にしては一風変わった感覚を身につけていった。夢の中でこそ、生命全体やこの宇宙の本質、本然の理《ことわり》と接触できているのだ、といった感覚だ。眠りは、主観的には短い死だ。そして、死は、本然なるものの影の終焉であり、一つの頸木《くびき》からの解放であるのかもしれない。人や生物は、それぞれに役割が与えられ、人は人として、美希風は美希風としての、与えられた夢を生きているのかもしれないよ、と彼は言うのだ。

これは、アメリカなどの先住民の死生観や、チベット仏教などから吸収した意識なのではないかというのが、美貴子達の受け止め方だった。

「姉さん。僕は、これから次の夢を生きていくみたいなものかな」

死の床からUターンすることができた男が、小声でそう言う。

「まあ、悪夢にはしないでよね」

そう言って、美貴子は回れ右をした。

傷にも問題はないようだ、と安心しつつ、美貴子は廊下を引き返した。ダイニングに入ると、ちょうどトーストが焼きあがった。

席に着き、美貴子はトーストにバターを塗り始める。

機械的に動作を進める彼女の意識が向かうのは、やはり、洗面台で水音を立てている男のことだ。

ずっと心臓に疾患を抱えていた弟……。

美貴子の記憶にある弟の肌の色は、白か灰色、時には土の色だったこともある……。病院に運ばれる時の、あの肌の色……。土気色とは、まさにあのこと。何度、肌の色がこのまま戻らないのではないかと怯えたことか。いったい何度……。

夢を愛し、眠りの世界に対して敬意を払っていた弟だが、彼はその寝顔さえが苦しげだった。ふと、居眠りをするような時もそうなのだ。美貴子はよく覚えている。眉間に寄せられる皺、むずかしげにしかめられている表情……。寝ている時まで苦しんでいるのか、と、美貴子の胸は押しつぶされた。代わってあげたいと、時に切望し、自分の無力さに呻吟《しんぎん》する……。

長い長い年月……。何百回と繰り返される思い、体験……。

しかし、今はどうだろう。

南美希風の、あの寝顔。安らかさそのものだ、と美貴子は実感する。穏やかな表情と寝息に安堵し、その感触を何度でも味わいたくなってしまう。

弟の言葉を借りれば、彼の眠りは今、幸福感に満ちた良質なあちらの世界とつながっているのかもしれなかった。

「今朝も徹夜明け、ってこと？」

パジャマ姿で美希風が入って来た。

「そ。乙女のフライデーナイトを、なんてことに使わせるのよね」

「朝食代が浮いていいね」美希風は椅子を引き、腰をおろした。

「掃除代や洗濯代と相殺よ」

「やってくれって、頼んだかい？」

「人間として放っておける限界を越えているからよ」

軽口を交わしながらも、二人とも相手の気持ちは充分に判っていた。病弱な弟が一人暮らしをしているのだ。生きているのか死んでいるのかさえ不安に思ってしまうこともしょっちゅうだった。様子を見に来るのは当然であり、そんな時に、溜まっている洗濯物や散らかっている部屋を目にしてしまう。体調が長期にわたって優《すぐ》れない時に、基本的な家事が滞《とどこお》ってしまうのは仕方がない。そうなれば、美貴子が食事の心配をして家事の代行をするのはこれまた自然であり、それが習慣にもなっていったのだ。

小学生の頃から美貴子の中で育ってきた保護者的な性質は、生涯消えることはないのかもしれなかった。

「わたしがちょくちょくここへ顔を出すのはね、あなたのことをお母さん達に報告するためでもあるのよ」

「はいはい。今は亡き両親にね。僕よりも、あんたのほうがおかしな交信チャンネルを持ってるんじゃないの」

「大事なつながりよ」

美希風は、トーストを柔らかく噛んだ。

「……僕自身で報告できるさ」

二人は、時事ネタや芸能界の噂話なども話題にしながら食事を進めた。

簡単な朝食が終わる頃、美貴子は、先ほどの思いつきを口にしてみた。寝顔も穏やかに変わったから、夢の世界のグレードも、きっとよくなっているのでしょうね、と。

美希風は軽い口調で、

「それは違うよ」と応じた。「こうなる前はダークな性質の睡眠とつながっていた、なんてことはないんだ。ずっと同じさ。たまたま、肉体での表現が以前はそうなっていただけのことだ。もっと意味深いものと接触できたり吸収できたりするように、この肉体という媒体の次元は上昇させたいけどね」

「傍《はた》で見ているこっちは、今のほうが安心できるから、それでいいんだけど」

美貴子と食器を片付け、免疫抑制剤を服《の》んだ美希風は、個室に入った。

鏡を覗いて口元や服装の点検をした後、美貴子はバッグを手にして声をかけた。

「じゃあ、行くからね」

「僕も出るよ。ちょっと待ってて」
二、三分すると、美希風は生成《きなり》の麻のスーツを着て出て来た。
「外に誘う天気だよね」

「そうそう。あなたに命をくれた人のためにも、それを美しく満喫しなくちゃね」

美希風は、キャンバス地の中折れ帽を頭に載せた。

3

かなり遠出をした南美希風の肌に、夏の始まりを予感させる風が心地よかった。かなり郊外まで、ずっと徒歩でやって来たのだ。札幌市の、小樽《おたる》市に近い、田舎《いなか》を感じさせる地所だった。この先にもまだまだ、回転寿司屋や温泉センターを抱えた住宅地はあるが、ここは両側に低い山が迫っていて、民家もごく疎らにしか見えなかった。

美希風が歩いているのは遊歩道だ。左手では深い木立が影を作り、右手二十メートルほどの所には、細い川が流れている。しばらく前、自転車に乗って犬を散歩させている初老の男とすれ違ったが、あれ以来人影は見えなかった。

美希風にとっては、歩き続けられる時間そのものが感謝の対象だった。産まれてからの二十数年間、欠陥を抱えた心臓だった頃は、望みのままに歩き回ることも思うようにならないことが多かった。出歩いても、帰りの余力を常に意識していなければならない。疲労感、心臓への負担……。これ以上進むと折り返せないかもしれないぞ……。決まった量のガソリンしか入っていない車を操っているようなものだ。時にはいきなりエンストをしてしまうのだから、始末が悪い。

今こうして歩いている時の、少し汗ばむような疲労感は、むしろ清々《すがすが》しい種類のものだった。肌に感じるもの、目に見えるもの、すべてを愛《め》でたくなる時間の積み重ねといっていい。

死の淵を日常的に経験していた日々の中では、再び目にすることができるようになった些細な品々や風景が、それは貴重に見えたものだ。サンドイッチや納豆のパックに記された賞味期限が、また書き足せるメモ帳が。まだ枯れていない花瓶の花や、陽の光で温かくなっている窓ガラスの感触、そして、風に舞う埃さえ……。

　健康になった今では、もう会えないかもしれないと思うことは少ないが、また別の意味で、感覚に映るすべてのものが新鮮だった。

　でも、長い人生を得られたような気になっているけど、避けようのない事故で急死してしまう危険はあるよな、と、美希風は内心、クールに苦笑した。

　しかし心のもっと奥を探れば、そこにあるのは、失うことへの怯えではなく、やはり始まりの予感だった。大きな始まりの予感だ。まったく新しいなにかが始まろうとしている……。こうした感覚に理屈はない。全身に血潮を巡らせる要《かなめ》の臓器が、精神にもなにかを注入して訴えかけてきているかのようだ。

　雲間が広がったのか、道の前方がまばゆいほどに照らされていた。黄色いレンガが敷き詰められた道が、輝いていた。不思議なほどに鮮やかな色……、目の奥にまで染みてくる輝き……。まるで、温かな光を持つ宝石だった。きっと、足の裏が温《ぬく》くなるだろう。

　美希風は帽子の庇《ひさし》を下げ、両目を日差しから遮ったが、道のまばゆさは変わらなかった。

　歩くべき道であることは判っていた。

　運命のゴングが、黄色く輝く道の先で鳴るという予感……。

　無数の木の葉のざわめきが、なにかを言いたがっている。空が招き、風が焦《じ》れている。武者震いする鼓動は外界につながり、同じリズムで道が脈打ち始める……。

　五感が待ち受ける。

　世界が息を吸って身構える。

　覚醒の音を放とうと……。

　そして、それは鳴った。

　それは――悲鳴。

　女の悲鳴だった。

　広大な空が、それを吸収する……。

運命の鐘が響いたその方向に、南美希風は駆け出していた。

イエローロード

——承運

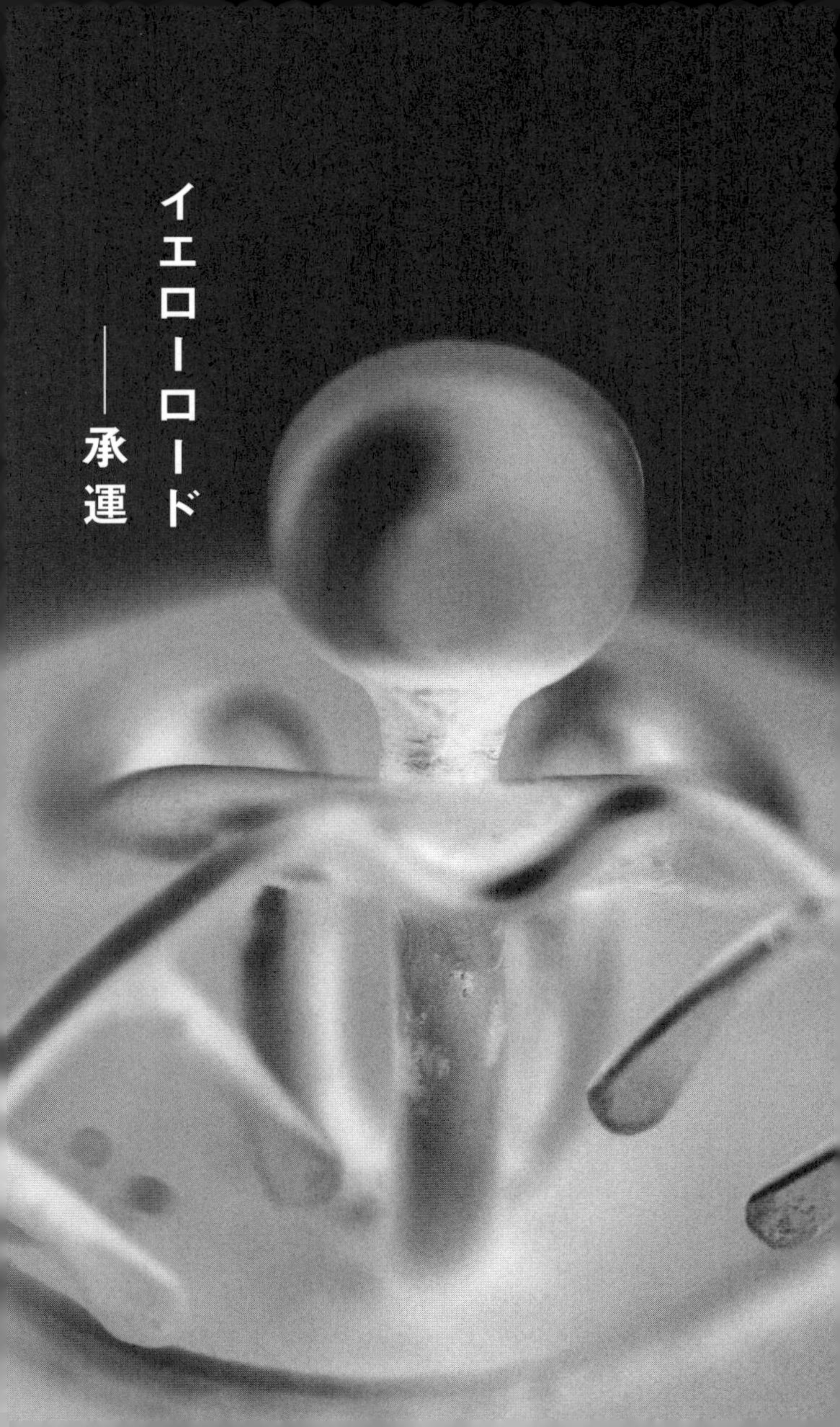

1

日曜の遅い朝、ＪＲ星置《ほしおき》駅に近い待ち合わせ場所に、美希風は来ていた。どうやら一番早かったようだ、と思いつつ、彼が木製のベンチに腰掛けると、ちょうど彼女の姿が見えた。

彼女のほうでも美希風に気付き、あまり気が進まないという歩調でやって来た。赤いロングのポロシャツに、柔らかな素材のダーツパンツ姿だった。二十四歳のＯＬ、君原香奈《きみはらかな》。昨日、悲鳴をあげた女性である。

立ちあがって帽子を押さえながら会釈をした美希風に、香奈はいきなり言った。

「わたし達、疑われているのかな？」

「大丈夫ですよ。現場検証への再協力というのは、信じていいと思います」

細身の体がベンチに座り込んだ。いかにも、気が重いという風情……。

美希風も横に座り、刑事達の姿を探した。

駅前には人通りもあるが、そこを少しはずれると、もうのんびりとしたものだった。近くを走る車の数もたかがしれているし、人の姿はもっと少ない。今日も、いい陽気ではあった。

「今、何時ですか？」

香奈が体を曲げて、遠慮なく美希風の腕時計を覗く。とたんにその顔が、あれ？　という不審を浮かべた。どう考えても違う時刻を指していたからだ。

「壊れているんですよ」文字盤がもっとよく見える位置にしてから、美希風は微笑む。「止まったり、進んだり。面白い動き方をするので、つけているんです」

美希風は、一応そう説明することにしている。一般的な社会人であろう香奈は、変なの、という顔色をかろうじてごまかしていた。

「まあ、九時五十分ぐらいでしょう」

昨日、君原香奈が男性の死体を発見したのは、まさにあの瞬間、午前十一時五分頃のことだった。現場の近くに住んでいる彼女は、散歩をしていて、小さな橋を渡ったのだ。行政番号以外に名前などない、小さなコンクリート製の橋だった。

彼女は、なにげなく川の下流に目をやった。水の透明度は、かなりあるほうだろう。チョロチョロと流れる水の動きを眺めているうちに、それが目に入ってきたのだ。数メートル先の、左手の岸にある大きな岩の陰。それは一見、水から半分頭を出している岩だった。しかし、よく見ると違う……。水中に、手足が見えるようだった。

水から上に見えていたのは、茶色い背広を着た男の背中だったのだ。

それを認識した刹那《せつな》、彼女は盛大な悲鳴を放っていた。

駆けつけた美希風は川岸におり、男を引っ張りあげたが、すべてが手遅れであることはすぐに判った。男の肉体は冷えきり、固さの感触まであった……。

美希風は過去に何度か、他殺体も目にした経験があるが、無論、だからといって慣れるものではなかった。ちらりと視野に入ってしまった、水でふやけた死体の横顔は、しばらく忘れられないだろう。

頰に生える髭か、と思えるほどに長いもみあげが、男の風貌では特徴といえば特徴だった。男の指の様子も、美希風の視覚は覚えていた。力仕事で節くれ立ったとも思える、気楽さや贅沢さとは無縁で生きてきたような指だった。首の後ろの日焼けの濃さも目立った。質素に感じられた服装と併《あわ》せた印象では、地道な生活ぶりを想像してしまう男性である。履き物が長靴という点も変わっていた。ずいぶん古びた、黒いゴム長だった。

男を岸に寝かせ、美希風は携帯電話で警察に一報を入れた。

さほど苦労はせず、警察は殺人事件だと判断を下していた。被害者の推定年齢は六十前後で、死亡推定時刻は、発見日の前日の、午後十一時前後。頭部への打撲が死因らしい。凶器は鉄パイプ状の物だろうと、美希風は耳に挟んでいた。

警察の調べでは、あの川は本来なら、もっと水量があったのだ。それが、ここ連日の好天で水嵩を相当に減らしていた。犯人としては、川の流れが死体を下流へ運んでくれると期待していたと思われる。しかし水の量が少なく、死体はすぐそばで引っかかってしまったのだ。

「今朝、新聞見たんですけど……」うつむきがちの香奈が、ポソリポソリと言う。「あの男の人の身元は判っていないみたいですね」

「テレビでもそう言っていました」

「……なんで、わたしが見つけちゃったかな」

あの現場は、昼間でも人通りなど滅多にない場所だった。死体は、前夜の暗いうちからあそこに投げ捨てられていたはずである。それから陽がのぼり、何人かは、あの橋の上を通ったかもしれないが、岩の陰に浮かんでいた死体には気付かなかったのだろう。

「あの人の死体、もっと上流から流れてきた可能性もあるのよね？」

「いえ、それはないでしょう。橋まで続く砂利道に、死体を引きずって運んだ跡がありましたよ。それに、鑑識と刑事さんが、欄干にも形跡が、とかなんとか話していました。あの橋から投げ捨てられたのは確かでしょう」

死体が引きずられたと思われる砂利道は、美希風がいた遊歩道とは反対側の車道へとつながるものだ。

「もう一つ、あの遺体が十二時間近く水の中にあったのもまず間違いないのではないかと思いますね。私、海辺で水死体に出くわしたこともありましてね、その時に、検死役の変わり者の医師からレクチャーを受けてしまったんですよ。それで、ある程度判断はできるつもりなんです」

香奈は、不思議そうに美希風を見やり、口をつぐんでいた。

「恐らくあの遺体は、殺害されてから程なく、あの川に投げ入れられたのでしょうね。……おっ、ご到着のようですよ」

強い靴音が近付いて来ていた。

「やっ、お待たせしたようで」

ダークスーツの男はそう挨拶をした。丸く頬骨が目立つほどほっぺたがへこんでいるが、不健康にやせているという印象はなかった。肌には長年陽に焼けた証拠のように褐色の色があり、のびのびとした表情の動きなどは、もっと落ち着きがあってもいいのではないかと思えるほどだった。年齢は、五十代の後半だろう。

初動捜査の時に、美希風達の事情聴取を担当した鴻池《こうのいけ》刑事である。

「相方《あいかた》が、車を回して来ますから。いやいや、座ったままでけっこう」

バッグを握り締める香奈は間髪を入れず、泣きそうな目つきで刑事を見上げた。

「わたし達、なにをさせられるんですか？　あれ以上、なにを訊かれるんです？」

「いやいや、再確認といった程度ですから、お気持ちを楽にしてください」

「で、でも……」

「岸に引きあげる前の、被害者の体勢などの再現をちょっと、と思っておりまして」

美希風がそこで尋ねた。

「あの人の身元は、まだ確認できていないのでしょうか？」

ふむ、と、若干ためらうような間があき、

「まだですね。これからですよ。どこから運ばれて来たのやら」

香奈がまた、すかさず言葉をかぶせる。

「わたしは、あの人が誰かなんて、判りませんよ」

「ええ、ええ」初老の刑事は苦笑する。「そこまでのことは期待しておりません」

「報道によりますと、物取りのセンでも捜査しているということでしたけど」と、美希風は刑事に言う。

「サイフが抜き取られていたんですか?」

「……そのとおり」

「あの人が手で握り締めていたのは、なんだったのでしょう? 硬貨のように思ったのですが」

鴻池刑事は、美希風を見下ろした。声が幾分硬くなる。

「そう。硬貨でしたよ」

「普通の?」

「記念硬貨などではないね。普通に流通している硬貨さ。百円とか……」

そこで、今度は急に、刑事の話しぶりは砕けた調子に変わった。

「変な感じなのさ。その硬貨の種類がね。百円硬貨が二枚。五十円硬貨が一枚。十円硬貨が五枚だ」

今までは緊張していた香奈も、不思議そうな顔に変わっている。


「犯人が握らせたのでしょうか?」

美希風が言うと、

「なに?」と、刑事が不可解そうに聞き返した。

「空き巣などの窃盗犯だと、げんかつぎに特徴的な痕跡を残したりするそうではありませんか。今回は、まあ、殺人ですけど……」

「銭を握らせる、か……。いや、どんな犯罪者にしろ、こんなことをするケースは聞いたこともないよ」

「合計、三百円……」

香奈も、興味を示して言った。「あの人、なにかを買おうとしていたとか?」

「それにしては、こまごまと硬貨を掻き集めたものだ」刑事は眉をこすった。「そりゃあ、掻き集めるしかない場合もあるけどね」

ズボンのポケットに両手を突っ込んだ鴻池刑事は、ますます体の力を抜いた感じになり、町内の略図が描かれた表示板に凭れかかった。

「硬貨といえば、あの被害者、他にも奇妙な具合で硬貨を所持していてね。まるで、硬貨尽くしだよ。なんなんだろうな、あれは」

「奇妙な具合、というのは？」当然のように、美希風は聞き返した。

「背広のポケットに、十円玉が五十枚入っていたのさ」

「五十枚……」

「台所用ラップで、棒状に簡単に包んでね」

「手には三百円。ポケットには五百円か……」思案がちに呟いた後、美希風は刑事に目を向けた。「五十枚の十円硬貨は、鋳造年が同じだとか、そのような共通点はあったのですか？」

「ほう。鋳造年か」興味ありげに美希風に注視しつつ、鴻池は記憶を探る様子だった。「……いや、そんな特徴はなかったな。年はバラバラだったはずだ。どこにでもある十円硬貨だよ」

「硬貨を何十枚も重ねてがっちりと包めば、人を殴ることもできる凶器になると聞いたことがあります。バラしてしまえば、棍棒《こんぼう》状の物体であったことが判らなくなる……。あの被害者の頭を殴ったのは、鉄パイプみたいな物だと聞きました……。でもなぁ……」

「そう。現実的ではない」相変わらず砕けた調子の姿勢と話しっぷりを続けているが、刑事の目だけは鋭くなって、ベンチに腰掛けている青年を不思議そうに観察していた。「ラップで包んだあの程度では、振りあげただけでバラバラになってしまうだろう。長さだって、あまりに足りない」

「それに……」男達二人の顔を窺うようにしながら、香奈がおずおずと言う。「その十円玉の塊《かたまり》があったのは、殺されちゃった側の男性のポケットでしょう。犯人が持っていたわけじゃないんだから……」

「そうですね」と、美希風は素直に頷いた。

香奈が続けて言う。

「刑事さん。そうしていろいろとコインが残っていたということは、犯人はお金目当てではなかった、ってことじゃないですか？」

刑事はまた苦笑する。

「昨今は、誰もがミステリードラマの主人公らしいですな。君原さん。犯人が十円玉に気がついていたとしても、たかだか五百円ですからね。盗《と》って行こうとは思わなかったかもしれないでしょう。重いだけだ、とね」

鴻池刑事は、風に吹き寄せられて歩道の端を転がっている紙屑を気にしていた。目で追っている。

「無論」パタリ！　と、歩道の上で音がした。鴻池が、爪先で紙屑を押さえ込んだのだ。「偽装も頭には入れていますよ。サイフを持ち去ったのは、物取りの印象を強める目的なのかもしれないし、身元を判らなくすることが主目的なのかもしれない」

紙屑を拾おうとして身を屈《かが》める刑事に、香奈が言った。

「強盗殺人ではないかもしれないのですね？　お金目当ての人が、あの辺をうろついているのかもしれないと思うと、恐かったのですけど……」

「この事件《やま》は、強盗殺人という言葉から受ける印象ほど、冷酷で恐ろしい犯罪ではないようでもあるので、あまり怖がらずに協力してくださいよ、君原さん。――あれ？」

最後の「あれ？」は、紙屑が歩道から取れないために漏れた声だった。ガムかなにかでくっついているらしい。

「殺人で起訴されることになるかどうかも……。破れるなよ」

帽子の鍔《つば》の陰にある美希風の目が、鋭さの結晶のような光を浮かべた。

「はっきりとした殺人ではない、ということですか？　傷害致死や、事故？」

「殴られたのは一度だけで、それも、ごく軽くだったらしいな。内出血が起こるかどうか、という程度さ」

刑事は立ちあがった。

「直接の死因は、脳の血管からの出血だが、もともと、それは病気の部位だった、ってことだ。動脈瘤《りゅう》だな。血管のこぶだ。不運だったんだな」

紙屑をつまんでいる刑事は、残った手で、額の脇をコツコツと叩いていた。

「ちょうどそこに打撃が加わった。こぶが破裂した。そういうことらしい。医者が言うには、頭蓋骨の外のその程度の小さな衝撃が、出血死の直接の原因になったのかどうか、その立証もむずかしいほどだそうだ」

刑事は、すぐ近くのゴミ箱に向かい、続けた。

「因果関係が立証できなければ、傷害致死成立もむずかしい。ま、死体を遺棄しようとした段階で、そいつは殺人者と呼ばれても仕方なくなったわけだけどね」

戻って来た刑事は、

「おっ」と声をあげた。「来ましたよ、車」

美希風と香奈は、黒塗りの乗用車に視線を振り向けたが、美希風はそれをもう一度、鴻池刑事に戻した。

「あの被害者は、長靴を履く必要のある場所で仕事をしているのですかね？」

「それも、まだなんともね……。札幌周辺は晴天続きだが、事件当日に雨の降った土地から身柄を運ばれて来たのかもしれないしな」

車が目の前に停まると、美希風は立ちあがったが、

「乗り込む前に、トイレに行かせてください」

と、淡々とした表情でその場を離れた。

駅前へ歩きながら、携帯電話を耳に当てている。

2

運転席からおりて大股で立っていた若い刑事が、

「ずいぶん待たせるじゃないか」

と美希風に文句を言ったが、これには内心で君原

香奈も同意していた。男性にしては、長かったような気がする。刑事二人と残されて、気詰まりな時間を過ごすハメになってしまったので、なおさらそう感じるのかもしれないが。

当の美希風は、すみません、と丁寧に一礼したが、すぐに驚くようなことを口にした。

「申し訳ないですけど、その車に乗ることはお断りします。私はバスで行きますすよ」

なにを言い出すんだ、この男は、と呆れたのは、香奈だけではなかったろう。

「警察の車に乗っているのを見られるのが嫌だ、というのですか？」鴻池刑事の苦笑には、ちょっとした焦りが混じっていた。「しかし、これはどこから見ても、一般の車両でしょう」

「ナンバープレートを見れば、判る人には判りますよね」

「そうですが、覆面車《ふくめんしゃ》に乗っているからといって、疑わしげな目で見る人間など、そうはいませんよ。

刑事だと思う者もいるんじゃないですか」

「とにかく、お断りします。それに乗るのであれば、協力はお断りしなければなりません」

「ちょっと――」

「少しお待たせすることになると思いますが、必ず行きますので、ご容赦ください」

そう言うなり、美希風は駅に向けて踵《きびす》を返していた。

「ちょっと、あんた。南さん――」

鴻池の強い口調の呼びかけにも、美希風は振り返らなかった。


「ほら、ちょうどバスが来てますよ」

小走りになりながら、香奈は、自分の選択を訝《いぶか》しんでいた。どうして自分までこの男と一緒に行動しているのだろう？　まあ、男臭そうな刑事二人と密閉空間に押し込められて〝連行〟されるのは、気が進まなかった、ってことよね。うん。仕事場と自宅を往復するための慣れた路線バスを利用する、そのほうがずっと気楽である。

バスのタイミングもちょうどよかったようなのに、しかしおかしな青年は、

「慌てることはありません」

と、悠長なことを言い出すのだった。

香奈は足にブレーキをかける。なんで？　と振り返る彼女に、

「次のにしましょう」

と、美希風は相変わらず大様《おおよう》だった。

香奈は吐息をついた。なにを考えているのか判らない男だ。今度は、少しでも体に負担をかけたくない、とでもいうのだろうか。余計な体力を消耗したくないと？

なんとも落ち着かない気分にさせられるが、香奈は一応、青年のやり方に付き合った。眉を若干ひそめながらも、美希風に歩調を合わせて歩く。目的のバス停まであと十メートルほどのところで、バスは発車していった。急げば充分に間に合ったろう。

何系統かのバスの始発になっているバス停だが、どれも赤字覚悟としか思えない路線であるため、バス停には人の姿がまったく残っていなかった。時刻表を確認した香奈は、思わず唇を尖らせた。

「二十分！　あと二十分も待たないと、次のが来ませんよ」

「じゃあ、待ちましょう」

平然とベンチに腰掛ける美希風の横に、仕方なく香奈も腰をおろした。ちょっと乱暴に、バッグを膝の上で弾ませて。

二十分。どうするのよ、そんなに長い時間。と、香奈は愚痴るように思考する。タクシーにするか？　でも、距離はけっこう長いのだ。

そんなことをあれこれと考えていると、横の席で美希風の携帯電話が着信音を鳴らした。

彼は軽い身ごなしで立ち、声の聞こえない場所まで離れて行った。

そしてそのまま、しばらく話し込んでいるが、それもまたいいか、と香奈は思った。話題を探そうと気をつかったり、間の持たない沈黙にぎこちなさを感じなくて済むのだから。

それにしても、かなり長い……。時々、様子を窺うと、何件かの通話をしているようだ。

相当の時間を費やしてから、美希風は戻って来た。まだ携帯電話を耳に当てており、

「……ありがとうございました」

と相手に言って、彼は通話を終えるつもりであったようだが、

「え？　……ああ、そういうことも」

話はそのまま継続されることになったらしい。座りながら、美希風は相づちを口にしていく。

独《ひと》り取り残されて、香奈は手持ちぶさたにしていたが、そのうち、帽子を脱いで膝に載せた美希風の指が、奇妙な動きをしていることに彼女は気がついた。香奈に近いほうにある、左手の動きだ。たとえれば、揃えた指をのばしたままでピアノの鍵盤にタッチしているような動き……。

よく見ると、指の上にコインが一枚載っていた。十円玉だ。それが、人差し指の側から小指のほうへと、クルクルと転がっていく。滑らかな動きだった。裏から表、表から裏。

指の器用な動きが、硬貨を散歩させているようだった。

これも手品なのかしら、と香奈はじっと目を凝らした。テレビでは見たことがあった。手先を用いるマジックを演じる人が、テクニックの一つとして披露したりする。

この青年もかなり器用なんだな、と香奈は思った。携帯電話で話をしながら、一方ではこんな真似も軽々と演じてしまうのだから。

あっ！　というその驚きは、半分声になって漏れたかもしれない。

青年の手が帽子の鍔の下を一瞬通過して出てきた

時には、十円硬貨が百円硬貨に変わっていたのだ。瞬く間の変身だった。そして今度は、その百円玉がクルクルと舞を始める……。

気がつくと、バス停に並んだ人も珍しそうに覗いている。そんな観察もした時、香奈の中にはふと、別の考えも浮かんだ。……この青年がこんなことを始めたのは、もしかすると、香奈の時間つぶしを考慮してのことなのではないだろうか。自分の用件だけにかまけて同行者を放っておくのが気になり、落ち着かないのかもしれない。

香奈は、ほっそりとした青年の横顔に目を向けた。……その端麗な白面《はくめん》は、確かに、人一倍のナイーブさを蔵していてもなんの不思議もなさそうだった。

香奈は、男の白い指に目を戻す。掌《て》の下に消えた硬貨が、また上に現われて動いていく。

まさか……。香奈はもう一つ思った。

死んでいた身元不明の男は、奇妙な形で硬貨を持っていた。今、美希風が操っているのも硬貨だ。もしかするとこの青年は、そんな含みもあって、この手品を選んだのではないのか……。まあ、それは考えすぎか、と、香奈は肩をすくめた。彼ができる手品のネタは、これしかないのかもしれないのだ。

携帯電話の通話を終えるのと同時に、美希風は硬貨を掌《て》の中にパッと握り込んだ。帽子をかぶり直した時には、その硬貨は消えてなくなっていた。

周りに並び始めた人の耳に入らないように、香奈は極力小さな声で同行者に訊いた。

「あの男の人が持っていたのは、なにかの仕事で使う硬貨かもしれないって、言いたいわけ？　小道具とか？」

「いえ」美希風は柔らかく笑う。「小道具ではなく、やはりお金だったでしょうね。私にとっても、もちろんそうです」

「……南さん、マジシャンじゃないの？」

マジシャンではありません、と美希風が否定したのを契機にして、二人は互いの身近な話題を語り合った。香奈の仕事は看護師だった。その夜勤明けなのだ。

しかし、そうした話の流れが途切れると、やはり香奈の頭に浮かぶのは、川で死亡していた男のことだった。

「……名無しの権兵衛《ごんべえ》さんにとっては、あの何十枚もの十円玉は、なにかのおまじないだったのかしら？」

「プレゼントにするつもりだったみたいですよ。名前は、目止木平介《めどきへいすけ》さんです」

「はあっ⁉　め、め……？　なんですって？」

「めどき。目玉の目、止まるの止、樹木の木、で、めどき、です。変わった名字ですよね」

そういう問題じゃない！

「ど、どうしてあなたが、そんなこと知ってるのよ！　名字、って、死んでいたあの男の人の名字でしょう？」

「そうですよ」

あっさりそう言って、美希風は立ちあがっていた。バスがやって来たのだ。

香奈は、自分が辺り憚《はばか》らずに声をあげていたことに気がついた。怪しむような視線が集まっている。

怪しいのは、この男のほうよ！　と、香奈は心のうちで叫んでいた。なぜこの男が、警察さえつかんでいないことを知っているのか？　本当に知っているのなら、なぜ惚《とぼ》けて黙っていたのか？

美希風を追うように、香奈も立ちあがっていた。自制しようと思ったが、声はどうしても大きくなった。

「そうか！　警察が突き止めたのね。それが発表されたの？」

その速報を、携帯電話のなにかの情報チャンネルでキャッチしたのかもしれない。

「いえ。まだ警察もたどり着いていないと思いますよ」

バスが停まり、ドアがあいた。

3

中乗り・前降りのバスが、のどかに乗客を呑み込んでいく。乗客といっても、たったの五人だった。南美希風と君原香奈以外は、小さな女の子と母親、中年の婦人といった顔ぶれだ。

後部へと歩きながら、香奈は後悔し始めていた。この南美希風という男は、本当に怪しいのではないだろうか？　……まさか、あの男の人を殺した犯人？　犯人でなければ、どうして被害者の名前などを細かく把握できているというのか。ミステリードラマでは、よく、犯人は現場へ戻る、などと言っている。この男も犯行現場に戻って来たところでわたしと出くわし、行きがかり上、死体の発見者を演じることになったのかもしれない……。

もしでまかせを言っているのだとしたら、頭がおかしいのでは、と疑わざるを得ないだろう……。

最後部の長いシートの端に、美希風は座った。進行方向に向かって左側だ。同じシートに腰掛けはしたが、香奈は、距離をかなりあけた。

たまたま奇妙な縁が生じた男に翻弄されてばかりの自分に、香奈は多少腹が立ったりもした。不思議と自然に、一緒の行動を取るようになり、ちょっといい感じかなと思ってしまったら、すぐに今度は不可解さや怯えを味わわされた。これでは、感情のジェットコースターではないか。

いったい何者なのよ、この男？　頭脳や性格の構造はどうなってるの？

二分ほどしてバスが発車すると、香奈はしかし、黙っていることが我慢できなくなった。彼女は、美希風のほうへ体を倒し、首をのばした。

「名前以外にも、なにか知ってるの？」

「年齢は五十九歳で、富良野《ふらの》に住んでいるそうです」

「……あの人を、生前から知っていたの？」

「いいえ。先ほど知ったのですよ」

いったい、なにをどうすれば、そんなことを突き止められるというのか。

「まさか、犯人が誰なのかも知ってる、なんて言う気じゃないでしょうね」

「かなりいいところまで見えてきていると思いますよ」

だめだ、と香奈は思った。この男はやはり、頭がおかしいのだ。思い込み過多で、現実と空想の境がなくなってきているのだろう。

犯人、という言葉が耳に入ったのか、数列前の席に座っている少女がこちらをじっと見つめていた。母親のほうの背中も、緊張しているのが判った。

「ちょっと想像力を働かせて、情報を集めてみると、当たりだったというだけなんですけどね」

と語りかけてくる美希風に軽く頷いて、後で聞く、とポーズで示し、香奈は目を閉じてシートに凭れかかった。


ガタゴトと、バスは進んで行く。

住宅街を南へと向かう。六つめの停留場で降車を知らせるチャイムが鳴り、香奈は目をひらいた。親子連れがおりて行った。

バスは走り出し、整理券をいじりながら香奈は、窓の外を流れるどこにでもある景色を眺めていた。本屋の店頭まで溢れている雑誌、化粧品店のウィンドーに重なっている、色の褪《さ》めかけているポスターと、目の覚める美人が笑っている最新のポスター。自転車を走らせる学生……。

民家の数も減ってくる郊外を、バスは進んで行く。ポカポカとした陽気と単調な揺れが、眠りを誘うようだった。香奈は、左の端に座っている美希風に目をやった。

……あっ。この男は眠ってるし。

深くシートに寄りかかり、帽子が顔の上に載せられている。

香奈の動きと心中を敏感に察したらしく、彼は、

「眠ってはいませんよ」

と言った。帽子の下に見える唇が、軽く微笑んでいる。

「一瞬なら、眠ったかもしれませんが」

香奈はまた、少し離れている右側の窓へ視線を向けたが、意識はすでに、景色には集中できなくなっていた。脳裏に渦巻いている疑問を、無視するわけにはいかなくなってきているのだ。もし本当に、南という男が被害者の素性を突き止めたというなら、その手掛かりはなんなのだろうか？　五十枚の十円玉？　男が握っていたという、何種類かの硬貨が、具体的なメッセージになっているのだろうか……？

もっとも、なにかを突き止めた気になっている青年の言葉が、正しいと決まったわけではないのだけれど。

三人めの乗客がおりたところで、それを待っていたかのように、美希風の声が聞こえてきた。

「あの男性の身元を探る手掛かりになったのは、何十枚もあった十円玉でした」

美希風はきちんと座っていた。帽子もかぶり直している。

「あの十円で、なにが判るというのよ？」

香奈は仕方なく、美希風の近くに座り直した。

「少し前までは、十円硬貨といえば、公衆電話を連想したものですよ」

「そうね……。今はすっかり、カード全盛だけど」

「携帯電話《ケータイ》に圧《お》されて、カード受け入れタイプの公衆電話も減っていますけどね。でも、ここで、まだ十円硬貨しか使えない公衆電話を、私は仮定してみたのです。この仮定は、あの男性が発見された場所の道沿いに、病院や療養所が多いという事実と結びつきました」

「……病院がなんだっていうの？」

「入院している人達の楽しみの一つは、外との電話ですよ」

「ああ……」

「電磁波の問題があって、携帯電話《ケータイ》やPHSは使いにくいでしょうしね。私はこれの……」と、美希風はポケットを叩いた。携帯電話を示したのだ。「ナビゲーションシステムを使って、周辺の病院をリストアップしてみました。有名な脳神経外科もありましたが、この手の大病院は違うでしょう。カード式の公衆電話が多数揃《そろ》えてありそうですから」

「なるほど……」

「町立病院とか、個人病院を、まず調べてみるべきでしょうね」

「……あなた、トイレへ行くなんて言って、そんなことを調べていたのね」

「姉にも協力してもらいましたけど。それで、コウゲン陽明薬湯《やくとう》という温泉センターで発見がありました」

「ああ、ラジウム温泉の……」

「あそこには、療養施設もあるんですね。事故に遭った人の身元を調べていると告げて、協力してもらったのですよ。亡くなっていた男性の外見に心当たりがある、ということでした。長いもみあげも特徴的ですからね」

男性の写真や似顔絵は、まだどのメディアでも発表されてはいない。

「その男性が、目止木さんというわけ……」

「富良野の山の中で、猟をしたり木工細工をしたりして生計を立てている方のようです。いかにも人付き合いが苦手だ、というタイプで、麓《ふもと》の町へもほとんど顔を出さない。いつも長靴を履いているんだそうです」

「…………」

「温泉センターで長期の療養をしているのは、目止木さんの姪《めい》っ子です。小学生だそうです。この週末に行く、という連絡が目止木さんから入っていたそうですが、まだ現われていないということです。目止木さんは、一年何ヶ月か前に、一度見舞いに来ているんですね。彼はその時に、『お見舞いの品なら、十円玉でいいよ』と、姪に言われていた」

「じゃあ、やっぱり、あの十円玉は……」

「療養所にもカード式の電話はありますが、一台だけなので、利用者の競争率が高いのだそうです。設置場所としても女の子が使いやすいのは、十円硬貨を使う電話機なんですね」

「その女の子への、お見舞いの品……」

香奈の心の深い場所で、想像力が刺激された。

あの男は、北海道の中央部の山の中から、札幌まで出て来たという……。長靴のままで。

ラップに包まれていたという十円玉の筒も目に見えるようだった。不器用な包み方……。他の可愛らしいお土産と一緒にして、包装紙で包めばいいものを……。リボンぐらいする気にはならなかったろうか……。

少し顔をあげると、強い日差しが目に滲むようで、香奈はまた視線を下げた。

「目止木さんは、マイカーでは来ないそうです」と美希風は静かに言う。「ですから、常識的に考えれば、JR星置駅でおりて、バスかタクシーでコウゲン陽明薬湯の療養所へ向かうでしょう」

香奈は再び想像した。療養生活からなかなか解放されない幼い姪っ子のためにやって来た、無骨な男……。彼も、この道を通ったのだろう……。夜の道……、どんな思いを目止木平介は抱えていたのか……。

そしてふと、隣の青年も同じように目止木の心を推し量っているのではないかと、香奈は直観した。

バスが進むのは、なんとも殺風景な道である。夜ともなれば、もの寂しいまでの景色が連なる、長い道だ。何十年も変わらずにそこにあり続けたのだろう木々の姿が、窓の外を通りすぎる……。車の立てる埃を浴びてはそれを雨に流されてきた、茫洋として気の長い風物だ……。

美希風は、

「温泉センターで寝《やす》んでから、朝、姪っ子を見舞うつもりだったのかもしれませんね」

　そう言って立ちあがっていた。

　慌てて香奈も腰をあげ、通路に出た。

　美希風は、前に行きましょう、という身振りをして、

「目止木さんの具体的な人物像を療養所の職員から聞いたのは、バスを待っている時なんですよ」と言った。「犯人を特定する仮説のほうを、むしろ早くから押し進めましてね……」

「目止木さんの身元より、犯人の素性のほうが早く閃いていたというの？」

「本当に想像だったのですよ。それに従って、念のために手を打っておいてみた、という感じでした。目止木さんの人となりを知って、想像が確信に変わっていった、というところですね」

　美希風は、右側に並ぶ座席に腰をおろした。車体の中程にある乗降口よりは前の場所だった。一人掛けの座席が、縦に一列に並んでいる。香奈は、美希風の前の席に座った。強まっていく日差しを避けてこちら側に移動したのだな、と香奈は解釈した。

「遺体を遺棄した犯人の素性を想像する手掛かりになったのは、目止木さんの掌《て》の中にあった硬貨です」

「信じられないなぁ……。あれだけで、襲った人のことまで判るなんて」

「……襲った、という表現は、正確さを欠くかもしれませんね」どこか物思わしげな目をした美希風は、冷静な口ぶりだった。「刑事さんが言っていたではないですか。打撲自体はとても軽いものだって。本来なら病死と言ってもいいくらいで、タイミングが不運だっただけだ、と」

「死体遺棄のほうの罪が重いくらいだという感じの話しっぷりだったね」

「この上、自首して出れば、罪はかなり軽くなるんじゃないかな」

「自首か……。でも、捜査官が身近に迫りだしてい

るわけでもないのに、そんな気にはならないでしょうね。まだ被害者の身元も判明していない、って報道されているんだし。むしろ、うまく逃げ切れるかもしれない、と思っているんじゃない？」

「でもね、容疑者となってしまってからでは、遅いのですよ」

ここをはっきりさせておきましょう、という口調だった。美希風は真剣な眼差しを香奈に注いでいた。彼女は上半身を後ろにひねり、美希風のほうに耳を向けているのだが、その横顔に、美希風は真剣な声を聞かせている。

「よくあるケースですけど、指名手配された被疑者が、逃げ回ることに疲れて警察署などに出頭すると、これを、自首した、と言ったりすることがあります。でもこれは、自首ではなくて、単なる出頭です。裁判においての情状酌量の要件にはなるかもしれませんが、刑法が規定する減免の対象にはなりません。真犯人が被疑者になってから罪を認めても、それは自首とはならないんです」

「……そう言われればそうね。取り調べの対象になってから罪を白状しに行っても、それは、取り調べに落ちたのと、ほとんど変わらないものね」

「ええ。厳密にいえば、自首は、犯罪事実の発覚前か、被疑者として特定されてしまう前に行なわなくてはなりません」

まるで言い聞かせるような美希風の口ぶりに、香奈は違和感を覚えた。香奈に自首を勧めているのではないか、と思えてくるのだ。……この青年は、わたしを犯人だと疑っているのだろうか、と、香奈は動揺した。第一発見者だから？　そんな単純なことで疑われてたまるものですか、と、香奈は先ほどの美希風への妄想は棚にあげて、憤慨しつつ心を揺らしていた。

「話を戻しますが」と、美希風は言う。「目止木さんが療養所へ向かう道のことを考えましょう」

「え、ええ……」

「目止木さんが前回来た時は、おりる場所に迷ったりしたそうですが、バスを利用したのです。そしてここで、彼の掌の中にあった硬貨を考慮します。百円玉が二枚と、五十円玉が一枚。そして、十円玉が五枚ですね。ここのバス路線の初乗り料金は、二百円です。均一料金ではありません。乗車している間の距離が長くなれば、料金は高くなっていきます」

香奈は、指に挟んでいる整理券をぼんやりと見た。

「目止木さんは、タクシーではなく、バスを使った、と考えるべきでしょう」美希風の声は続く。「一度迷った経験のある彼は、バス停を間違えないように神経をつかっています。夜遅くの田舎ですから、間違った場所でおりたりするとかなりやっかいです。目止木さんは、停留所を逃さないようにすること以外には気をつかいたくなかった。バスカードは持っていない。それで、初乗りの料金である二百円以上のお金をあらかじめ握っておいた」

「おりる時に、料金は幾らかとか、両替とか、ごたごたくしたくなかったのね……。バス料金が幾らだったかなんて、正確な記憶もないし……」

「掌の中にあった硬貨の種類なら、二百円から三百円の間の、幾らの料金でもすぐに払えます」

「そうか……」

ここでまた、目止木平介という男の姿が、香奈の想像のスクリーンに浮かんだ。不器用だけど、繊細さも持っているおじさんなのだ。質実な山男でありながら、おどおどと小心になる場面もあったりする……。街の機械的な動きに慣れていない……。

「最大の問題は、目止木さんが、まだその硬貨を握っていたという点です。つまりあの人は、まだバスをおりていない、、、、のですよ」

「……えっ⁉」

美希風は降車ボタンを押した。

次の停留所が、目止木の遺体があった地点に最も近かった。ガタゴトと、バスは走る。

「バスの中で、揉み合いでもあったのでしょうか？」と、美希風は言葉を継ぐ。「いえ。それよりも、こんなことがあったのではないかと、私は想像しますね。目止木さんが立って歩いているタイミングで、急ブレーキが踏まれた。不意を突かれた目止木さんは、手すりのパイプに頭をぶつけてしまう。そして、倒れた。……犯人はすぐに、目止木さんの様子を見ますが、驚いたことに意識がまったくなく、危ない状態に思えます。人工呼吸などをしたかもしれませんね。救急車を呼ぶか、会社に知らせるか、迷っていたのかもしれません。……そうしているうちに、目止木さんの息は完全に止まってしまいました」

「………」

「あの程度のことで死んでしまうのか、と、犯人は呆然としたでしょう。理性に従えば、事故だったのだ、と申告すればいい事態です。でも、魔が差した……。誰にも現場を見られていない、というのが最大の誘惑だったのかもしれませんね。事故死であっても、犯人は、こんな事件にはかかわりたくないという事情や心理状態にあったのかもしれません……。犯人は、バスの外に遺体を放置しようと決意します」

なにか、しーんと胸に迫りつつある驚愕の真実がそこに見え、香奈は言葉を失っていた。

「捜査を少しでも混乱させるためにサイフを抜き、目止木さんが持っていた整理券も回収します。整理券があったら、すぐにバスが捜査対象になりますからね。掌の中にあった硬貨に、犯人は気がついていたのでしょうか……。気付いていたとしても、死体の指をこじあける気にはならなかったのかもしれませんね。硬貨が重要な手掛かりになるとも思わなかったのでしょう。遺体が川を流れていく間に、硬貨は川底に散らばっていく、と考えたのかもしれません」

美希風は、席を立っていた。

「整理券との帳尻を合わせるために、目止木さんの分の料金は、犯人がポケットマネーで払ったとも考えられます」

運転席横の降車口に、美希風は足を進め、その後ろに、香奈は黙ったままでついていた。

バスの速度が落ちていく……。

「目止木さんの死亡推定時刻である午後十一時に、ちょうどこの路線を、最終バスが運行しています」

気がつけば、美希風の声には熱っぽい翳りがあった。

「私は、落とし物を届けてくれたお礼という方便を使って、その最終バスを運転していた運転手さんの、今日の運行スケジュールを教えてもらったのですよ……」

バスが停車した。

少し先には黒い乗用車が停まり、そばには二人の刑事が立っていた。

南美希風が、運転席に向かって言う。

「殺意などなかった、という申し立ては、通ると思いますよ」

長いシフトレバーに乗った手は震えていた。

オイルの切れた機械のようにぎこちなく振り返る男……。制帽の下の顔は、脂っぽい汗を滲ませている。

その左の頬には、三日月形の薄いアザがあった。

7 ケンタウロスの殺人

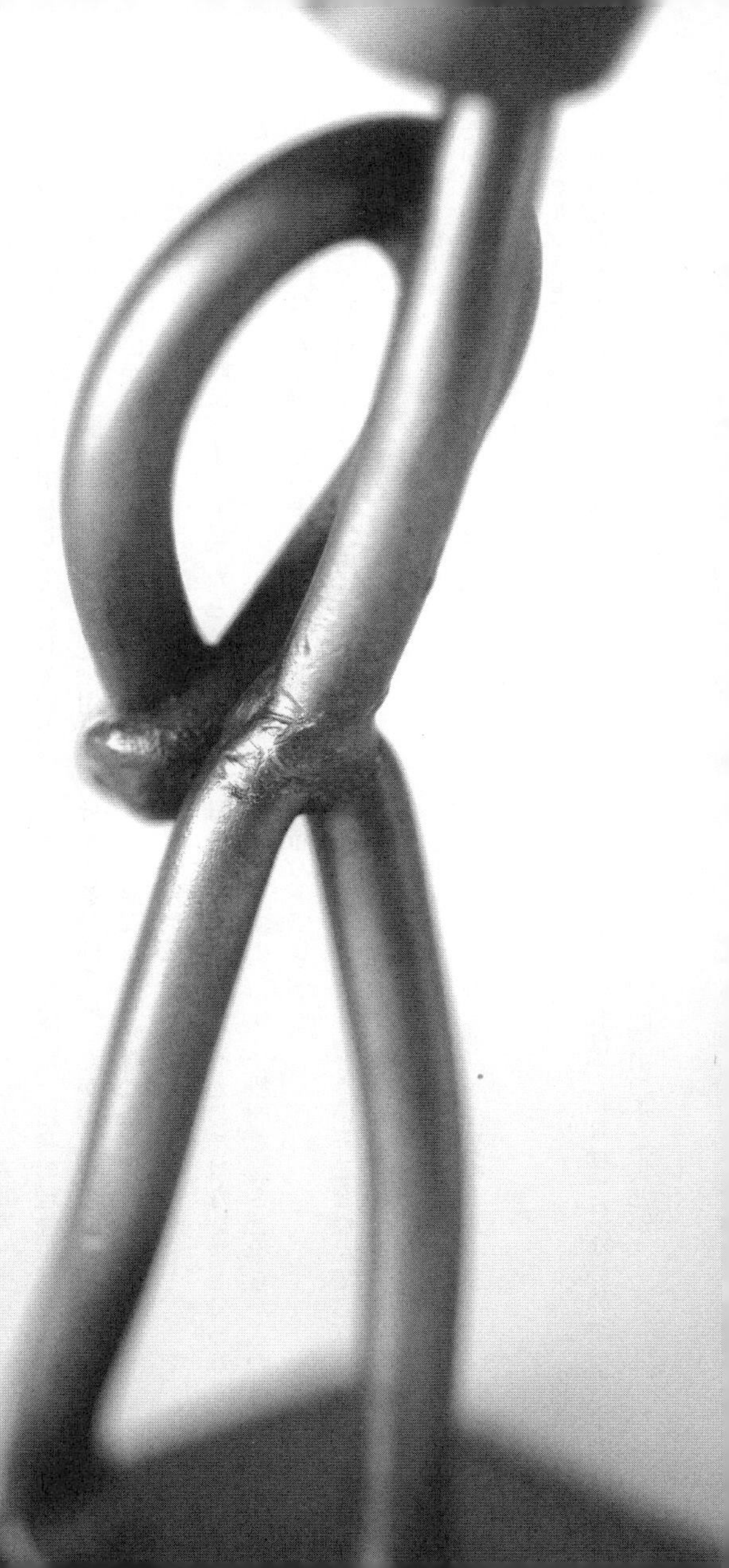

1

客のために冷えた飲み物を用意しようとしていたロナルド・キッドリッジ医師だったが、小型乗用車ほどもある冷蔵庫にかけられていた手は思わず止まっていた。

「あの信じがたい噂は、本当だったというのかね？」

「医師《せんせい》の耳にも、もう届いていましたか。どうやら、噂はそれこそ駿馬《しゅんめ》のように駆け回ったようですね」

　軽口で応じているように見えるバーナム保安官《タウン・シェリフ》だが、興奮の面持ちは隠しようもなかった。ガンベルトを巻いた太い腰に両手を当てたまま、荒馬並に首をグルグルと回したのは、少しでも感情の高ぶりを静めるためか。もう一台の冷蔵庫のような堂々たる体格をした彼は、小さな飾り窓からの陽光を見事に遮っている。

「あれは馬です！」ごつい指が振られる。「間違いなく馬の骨です！　そして、人間の上半身の骨！」

　キッドリッジ医師は、自身の理性に様々な問いかけをする時間を欲したかのようなゆっくりとした動きで、保安官に向き直った。

「その骨が発見されたのは、紀元前……、いや、神話の時代の地層というわけではないでしょうな？」

「違います！　ごく一般的な深さと柔らかさのある地面の下でした！」

　あれはいったい、どういうことなんでしょうな？と興奮の鼻息と共に保安官は首を振る。

　医師は、そんな相手に対して冷静に、

「もっと根本的な確認も必要だと思いますが、保安官」

「なんでしょう？」

「骨と見えるそれは、作り物ではないのですか？模型とか、映画撮影用の小道具とか？」

「本物ですよ！」保安官は、胸と腹を突き出した。

「私だって馬には詳しい。職業柄、白骨とも無縁ではないのです。……少なくとも、馬のほうの骨は本物ですよ。人体のほうも間違いないのですが、ぜひとも医師《せんせい》に詳しく鑑定していただきたいわけでして！」

懇願というには強すぎる力を発散している目で、保安官は医師のハシバミ色の瞳を覗き込んだ。

「郡のシェリフらに報告する前に、事態を正確に把握しておきませんとね。笑い者になってしまう。誰に話したところで正気を疑われる、これはとんでもない事態でしょう」

キッドリッジは、ＯＫという身振りを残し、仕事道具のある個室に向かった。その背中で言う。

「先に戻っていてください。場所は判ります。道具を揃えて出向きますので」

礼の言葉と、勢いのある重量級の足音、そして、パタン！　と閉じるドア……。

ルーペや作業用の手袋を小さな黒革鞄に詰めながら、キッドリッジは日本から来ているお客のことを考えていた。

鞄を手にして、裏口から戸外に出る。手で庇《ひさし》を作り、日差しを遮った。砂色の眉の下で眼窩《がんか》が大きく窪んでいるとはいえ、さすがに、眼球を日陰にするほどではない。やせ形で長身のキッドリッジは六十二歳。壮健なる初老だった。

所々にレビシアの花の咲く小さな丘をのぼっていくと、青年の姿が見えてきた。丘の丸い頂《いただき》で、草を背にして寝そべっている。枝を広くのばすプラムの根本だ。組んだ両手を枕にし、右の膝を軽く曲げて……。顔の上に、ソフトな素材の中折れ帽がかぶせてあった。

平和的で、物静かな気配。

淡雅な一時《いっとき》……。

少しドキッとしたキッドリッジは、足調を緩めた。

樹木の肌の色、日陰の薄緑、日向《ひなた》の濃緑《のうりょく》……、そこは様々な自然の色に満ちあふれているというのに、なぜか、キッドリッジは東洋の墨で描かれている山水画を眼前に広げられたように気になったし、なにより、南美希風がそこにいないかのような印象を受けてしまったのだ。

風のそよぎが葉や草を鳴らし、ツグミがさえずっているが、若者を中心とした気配はとても静かだった。鉱物的なまでに……。彫像であるかのように、とも言い換えられるだろう。周囲と一体になりすぎているためか……?

生命がその体から離れているという、見方によっては不吉な想像を、キッドリッジは難なく振り払うことができた。日本のその青年――南美希風の体からは、死の影はもうずっと前に去っている。彼はすでに健康体なのだ。キッドリッジが腕を振るった手術は最高の出来映えだったし、予後の順調さも確認したばかりである。

一瞬の、ちょっとエキセントリックで興味深い錯覚が消えると、丘の上にはのどかな午後の風景が戻っていた。

キッドリッジの足音に気がついて、青年の腕は帽子に触れた。それを顔から持ちあげながら、肘を突いた上体も起きあがってくる。さわやかな笑顔が、そこに現われた。細面だが、眉や瞳に力があり、濡れているような黒髪が白い額を半分覆っている。

「申し訳ない、南くん。君を一人にしてしまうことになるが、断りにくい野暮用が入ってね」

「例の、奇妙な白骨ですか?」

「ほう。察しがつくかい?」

「かなり威勢よく、保安官の車が走ってきましたからね。それに、手にしておられるのは、正式な医療鞄ではない」

「なるほど。人の体が相手ではなく、骨だろう、ということか」

「私が……」

立ちあがった美希風は、草や土がついていないか、服を点検した。

「ついていってはまずいですか？」

「ん？」続いて、んー、と小考し、「行くだけは行ってみるかね」と、キッドリッジは結論を出した。「他にも、人が大勢集まっていそうだ。いろいろと話も聞けるだろう」

美希風と共に家へ戻ると、キッドリッジは、町へショッピングに出かけている妻宛にメモを残した。

現場へ向かう過程では、医師はまだ半信半疑だったといえるだろう。とても、現実的な出来事とは思えないのだ。

上半身が人間で下半身が馬である白骨が発見された、などと……。

2

南美希風の心臓移植手術を担当した主治医、ロナルド・キッドリッジが生まれ育ったのが、ここ、カナダにも近いモンタナの地だった。未だに生家は手入れよく残っていて、長期の休暇を取って帰省することも年に二度ほどあった。

その休暇のタイミングに渡米の予定が合っていたため、美希風はこの地に招待されたのだった。美希風の定期検診を終えてから、キッドリッジは休暇に入った。

心臓に負担をかけられなかった頃は、旅行を空想して楽しんだものだ、と美希風は主治医に話した。ガイドブックの写真で四季を味わい、時刻表にプラットホームの雑踏を聞き、時には飛行機の走《タキシング》行を思い描いた……。それが、今は、実際にこうして海外を飛び回ることもできるようになった。それが嬉しく、もっともっといろいろな土地を歩いてみたいと、希望が膨らむ。

あなたは私に、心臓だけではなく翼もくれたのかもしれない、と美希風が言うと、キッドリッジはたいそう喜んだものだ。

草原地帯から丘陵地帯……キッドリッジがステアリングを握る車で、二人は現場に向かっていた。オープンスタイルの四輪駆動車だ。からりと暖かい風が、挨拶もそこそこにかすめすぎていく。

キッドリッジに天候のことを問われた美希風は、九月の頭だと、北国以外では日本はまだまだ蒸し暑いですよ、と答えた。

秋の早いこの一帯は、今時分は例年どおりに過ごしやすい陽気だという。遠くにそびえるリトルロッキーの山頂には雪の白さも見え、それに視覚的な涼感を誘われるように美希風には感じられた。ミズーリの大河やカナダからの涼しい風が、遥か頭上を吹きすぎていくようでもあった。

周囲の景色から、木々や草の緑色が減り、剝き出しの土の色が多くなってきた。

低い山の麓を走る細い道は整備もほとんどされておらず、どこへ通じているのかと不安になるほどだった。キッドリッジによると、山の向こうに通じるルートだが、利用する者は滅多にいないというのも頷ける。代わり映えのしない景色が続くそんな寂しい道を埋めるように、何台もの車が停まっている場所に差しかかった。保安官の車もある。

大きく手を振って合図を送ってきた保安官助手の前で、キッドリッジは車を停めた。

「医師《せんせい》の車でも、この先は無理ですよ」汗ばんだ制帽の下で、保安官助手は言う。「歩いていただかないと」

「何分ぐらい？」

「二十分はかかりますね」

「どうする、南くん？」キッドリッジは助手席の青年に笑いかけた。「ここで待っているかい？」

すでに美希風は、ドアに手をかけていて、

「医師《せんせい》がくっつけてくれた心臓の性能、試させてもらいますよ」

「こっちの心臓のほうが不利かもしれないな」

道端には、唐突という感じで表示板が立っていた。縦横、一・五メートル×二メートルほどのプレート部分は、薄い鉄板で造られていて味気なかったが、それを支える両脇の木柱は、トーテムポールめいた複雑な彫刻が凝っている。

〝タウンゼント家所有・北の丘陵〟と、大きな文字が浮き彫りになり、立入禁止、と書かれているようだが、詳細はほとんど判らなかった。というのも、表示板のプレートの表面には、べったりと紙が貼りつけてあるのだ。ローンズ不動産のものだった。

「この辺り一帯の土地は、キース・タウンゼントが所有していたんだ」

と、表示板に目を留めている美希風にキッドリッジは説明した。

「キースは三年前に失踪していてね。息子は広大な土地に興味がないようだし、税金に対処する才覚もない。土地の切り売りを始めているんだよ」

保安官助手の先導で、二人は山道を歩き始めた。

大小の岩があちこちに転がる、荒れ山という印象の地だ。

道々、二人は発見状況などを聞かされることになる。謎の白骨死体の発見者は、土地開発業者の人間達だった。土質検査の技術チームだ。総勢五人。一ヶ月前に〝北の丘陵〟一帯を買いあげたローンズ不動産会社が、土地の有効利用のために、鉱物資源や土質の精密な調査をまかせたチームだった。

試掘していた地面の下から、彼らが人骨を発見したのが、今朝の九時頃だった。バーナム保安官が駆けつけ、もう少し掘り進めると、人骨と一体になっている馬の骨までが現われてきたのだ。ギリシア神話に登場する半人半馬の幻獣――ケンタウロスもどきの骨が発見されたというニュースは町中を駆け回り、それがキッドリッジと美希風の耳にまで達したのが、正午前だった。

山道からもはずれてしばらく歩き、程良く汗をかいてたどり着いたそこは、雑草も所々に群生している土の斜面だった。三十度ぐらいの傾斜を形成している小山の一部で、上にも下にもまだ広く斜面は広がっている。多少は平らになっている地形の一ヶ所に、十人ほどの男達が集まっていた。

近付く美希風達の姿に気付き、保安官が、

「やあ！　ご苦労様です、医師《せんせい》！」

と、がらがら声を投げかけてくる。

「ローズ奥さんは体調が悪くて、ここまでお連れできなくてね」

ローズというのはキース・タウンゼントの母親だよ、と、キッドリッジが美希風に教える。夫はかなり早くに亡くなっているが、七十歳になるローズは、未だに、一種の敬意を持って奥様と呼ばれている。

「あの方は確かに、この土地の以前の所有者だけど、このようなものをお見せすることもないだろう」

保安官は太い首を縦に振って同意を示し、

「ジョンとは連絡がついていますが、到着までにはまだしばらく時間がかかります」

ジョンは、キースのただ一人の子供だという。地方新聞の記者をしている。呼び捨てにするその語調からして、ローズ夫人とは一転、ジョンに対してはさほど敬意が払われていないのを美希風は感じた。

二人のやり取りを聞いている美希風は、穴の近くにいる牧師の姿に目を奪われていた。

額に十字架《ロザリオ》を当てた後、初老の牧師は、手にした小瓶から穴の中に、液体を振りかけた。聖水だろう。祈りの言葉を呟き、真剣な面持ちだった。異形、異端のものに対する抵抗と恐れがこめられているようだった。穴の底にあるものを浄化しようとしている。

そんな牧師の姿を写真に捉えるために、最適のアングルまで素早く体を回したカメラマンがフラッシュを焚《た》いた。メモ帳を手にしたりと、地元の取材関係者らしき男が三人いた。他の数名は、土地開発業者の技術者達だった。

「ローレン牧師、失礼しますよ」

キッドリッジが進み出て、穴の下を見下ろす。

美希風も目を向けた。

穴の直径は、二メートル半ほど。深さは一メートル半。ケンタウロスが横倒しになっている格好だった。骨だ……。人と、馬の……。

地表に近い上半分は土を除かれていて、半ばはまだ埋まっているという状態だった。馬の後ろ足のほうは、まだ掘り返されてはいない。

頭を斜面の下に向け、左半身を見せ倒れているケンタウロス……。土に汚れた、薄茶色をした枯れ枝のような骨……。人の頭蓋骨が、土の底から丸い穴でこちらを凝視している。肩や腕の骨、肋骨……。そして、脊椎の骨……それが、馬の骨の首の辺りにつながっている。馬の骨には首の部分がない。四本足の馬の胴体の上に、人間の上半身が生えているのだ。

軽く唸り声を発した後、キッドリッジ医師は慎重に穴の底におりた。

全員の視線が医師の動きに集中する。

彼は膝を折ってしゃがみ、手袋をした手で頭蓋骨にそっと触れる。

「間違いない……」

ルーペや、骨の響きを聞いたりするための小さなハンマーなどは鞄から出されなかった。必要ない、ということだ。

「本物だ……」

低い声が明言する。

「馬のほうもね」

馬のたくましい肋骨は、ドーム状の檻を形成しているかのようだった。人間の幅広の大腿骨を思わせる、特徴的な肩甲骨。その前部に頸椎《けいつい》の根本があり、そこに、人間の上半身の脊椎が連結しているように見える。

キッドリッジは、人体のほうの白骨を、まずは検分し始めた。頭蓋骨を特に念入りに観察し、地面の上にすべてが出ているので動かせる左腕の骨を持ちあげたりする。指先にもじっくりと視線を注ぎ、

ている。

「男性だ。四十代から五十代だろう」

人間部分の白骨には、ボロボロの布もからみついている。

「埋められてから三、四年かな……」

「外傷はどうです？」と、美希風は訊いた。

改めて白骨を観察してから返事があった。

「見える範囲では、これというものはないね」

そういえばこいつは何者だ？　という視線を保安官が向けてきたので、声に出される前に美希風は、

「死体遺棄事件であるのは、まず間違いないわけですよね」

と、キッドリッジに言った。

「そういうことだ。保安官、これは本物の人骨だから、刑事事件だよ。重大犯罪をさっそく報告するんだね」

穴から出るキッドリッジに手を貸し、その耳元に美希風は囁いた。

「キース・タウンゼントさんの失踪も、三年前ですよね」

3

美希風の目に映るタウンゼント家の邸宅は、ちょっとした大統領官邸《ホワイトハウス》だった。屋根の形が、こちらのほうが四角いのが違いだろうか。高さはホワイトハウスのほうがあるようだが、建坪はタウンゼント家のほうが広いように思える。

ただ、建物には傷みが散見されるし、広大な庭も、草の茂り方や枝のからまり方などに手入れの怠りが感じられ、それが残念だった。

この宮殿級の邸宅に、今ではローズ・タウンゼント一人しか住んでいないというのも、その昔日の豪華さが忍ばれる故に、なおさら痛ましかった。彼女の身の回りの世話をする、話し相手の中年婦人が毎日通って来ているだけだという。

ローズ夫人に話をしに行った保安官とキッドリッ

ジを、美希風は車で待っていた。

ケンタウロスの遺骨が発見された現場は、今では不動産会社が所有しているが、地元の者がお伺いを立てて話を通すのは、やはりタウンゼント家のトップの人間なのだった。それに、あの人骨の男性が死亡したのは三、四年前であり、埋められたのも同時期ぐらいであろうと推測されている。その当時の事情を、タウンゼント家の者に尋ねる必要もあった。身元確認の手続きも必要になるかもしれない。

頭上を横切っていくハヤブサを目で追いながら、美希風は聞き知った事実をまとめていた。

タウンゼント家は広大な土地を所有し、鉱山業や馬牧場の経営、農業、主にクリスマスツリーになる木材の大量販売などで財を成した富豪だった。それだけの富を、チャーリーとローズの夫妻が一から築きあげたのだ。細身のその体形からは信じられないほど、ローズは男勝りのやり手だったようだ。夫に負けず、なんでもこなした。そうしなければ、そうならなければ、まともな生活は営めなかったのだ。ローズはツルハシを握り、牧童顔負けの技術を習得し、材木を満載したトラックを運転した。ここで特筆すべきは、富を築きあげるに従って、彼女がふさわしい品格も備えていったという点だろう。成金的な通俗さやおごりは、ついぞ見せたことがなかった。数年前から健康を害するようになっていたが、町の人間はなにくれとなく彼女を気づかっていた。

夫のチャーリーも、名実ともにモンタナ州中北部の名士になり、敬意を持って領主様と呼ばれた。

チャーリーの死後、領主の名称を受け継いだキースは、父親に比べるとやはり、その才知や器において見劣りがしたようだ。

タウンゼント家の石造りの門の横には、ひときわ大きな、例の表示板が立っている。ここがタウンゼントの屋敷だと、麗々しく書き立ててあるのだ。まるで観光地の案内板である。しかも、読んでいると恥ずかしくなるような自画自賛の文字が並んでいる。

敷地面積が幾らで、州内では何番めの広さだ、とか、石材をわざわざどこそこから運んで来た、など……。

こうした物を立てさせたのはキースだった。ことさら機会を見つけて、あちこちに立てるらしい。寄付金で橋を造れば、そこに自ら表示板を打ち立て、地元への貢献ぶりをアピールする、といった具合である。

失踪当時、キースは五十歳。息子のジョンは、現在二十九歳だ。彼は、土地の管理などをキースの右腕だった男にまかせ、自分は新聞記者という職業を選んでグラスゴーに住んでいる。

保安官とキッドリッジが、前庭の奥にある玄関から出て来た。双眼鏡を使わなくても、それは判った。

二人の姿が大きくなり、あいている正門までもう少しというところで、二台の車が道をやって来た。保安官達の姿に気がついたのか、門から入りかけたところで先頭の一台が停まった。美希風が体を預けている車の鼻先だった。

二台めの、プラチナ色のマセラティも停まり、風采のいい中年男性がおり立っていた。

最初の車からおりたのはジョン・タウンゼントで、陽気な興奮の身振りで保安官とキッドリッジに近付いて行った。

「見てきましたよ、お二人さん！　見ました、あれを！　センセーショナルな映像を、我が『グラスゴー・トリビューン』紙のためにありがとう！」

デジタルカメラを振り回す男は、白い歯を見せた。チェックの上着を着て、かなり大柄だったが、どこか、ふくらし粉で膨らませたような中身の軽さを感じさせる。茶色にも近い長めのブロンドの髪は、後ろに撫でつけられていた。

「あの土地を所有しているのはもうローンズ不動産だし、権利関係や捜査協力などに煩わされることなく取材を楽しめそうだよ」

「楽しめますかね」バーナム保安官はむっつりとした顔だ。「あれは犯罪です。それも、三、四年前に発生したものだと思われる。あなた達にも無関係ではないかもしれませんよ」

「犯罪？　まあまあ、そうなんだろうけど、まるで実物のケンタウロスみたいに見える事実に変わりはないでしょう。ねえ、医師《せんせい》？」

「まあ、そうだが――」

「もちろん装飾的な味付けとしてだけど、本物のケンタウロスかもしれないというロマンを二、三日は引っ張れる。トンデモねたを扱う雑誌や新聞にこのニュースが流れれば、まことしやかに神話時代の化石が復活することになるだろうな」

「化石ではなく遺骨ですよ」修正の声を、美希風は車のシートの中から出した。「しかも、洋服を着ている人馬神というのは、本物かもしれないというロマンに水を差しませんかね」

「洋服？」ジョンは、相手が誰かということもさして気にせず、聞き返してくる。「洋服を着ていた？」

「ボロボロになった生地の一部ですが、まだ幾つも残っていたでしょう」

「そうでしたっけ、医師《せんせい》？」

「化織と思われるものだったな」

ジョンは、うーん、と顎をさすり、

「せめて、毛皮だったということになりませんか、医師《せんせい》？」

キッドリッジは、ジョンを鋭く見返す。「保安官がそれでもいいというのなら、そう発表してやろうか？」

「なんとかなりませんか、保安官？」

「なるか！」

一喝してから、冷蔵庫体形の保安官は、若きタウンゼントを見据えた。

「いいかね、ジョン。その化織の服が、君の父親の物だと鑑定されないことを祈るんだな」

ジョンの顔も、さすがに真剣さを帯びた。

「親爺《おやじ》の……」

彼の後ろのほうから割り込んだ、

「今のところは、具体的な根拠はない、ということですね？」

という声の主は、マセラティからおりていた男だった。五十前後で恰幅がよく、ブロンド。高級そうなデザインと造りのサングラスをはずしたところだった。

「これはタープさん」保安官は微妙な表情だった。一般的な礼儀を示しているようでもあるし、丁寧さの後ろに反発心を隠しているようでもある。「おっしゃるとおり、現段階では、あの不可解な白骨の身元は不明ですな」

「三年前の失踪とかかわる可能性もある、と……」

「タープさんは、またずいぶんとお早いお着きのようで」

「たまたまジョンと落ち合っていたからですよ」と、タープは三十キロ離れた隣町の名前をあげた。「例のスパリゾート施設の件でね。そこへ連絡が入ったものだから、私も気になった。ジョンには言わなかったが、キース氏のことが頭に浮かんでね……」

保安官は、ジョンに向き直った。

「ローズ夫人のこと、ちゃんと目を配ってやりなさいよ」

保安官は自分の車に向かい、キッドリッジもドアをあけて美希風の横の運転席に座った。

「ローズさんには、あの骨はキースさんのものかもしれないと、伝えたのですか？」

「いや。明確なことはなにも言わなかった」キッドリッジは、沈痛な面持ちでシフトレバーに手を乗せた。「でも、こちらの話の言外の意味や要請から、それと察して覚悟はしているだろうね」

4

キッドリッジ医師は、妻にも奇怪な事件のあらましを話して聞かせた。どうせ間もなく、相当に詳細なニュースが町中を騒がせるだろう。

　ゲストの美希風も共に夕食を食べた後、二人の男は町の酒場へと繰り出した。休暇中の、キッドリッジの日課である。事件のその後の進展ぶりをいろいろな方面から聞けるかもしれないとも思ってのことだったが、話を聞き出そうとして取り囲まれたのは、二人のほうだった。カウンターに着くなり両脇の席が埋まって、後ろから肩を叩かれたりする。

　キッドリッジ医師との関係を交えて簡単に自己紹介した美希風の背中を、左隣の大男は盛大に叩いた。

「そうか！　あんたも医師《せんせい》に命を助けられたくちかい！　わしもそうなんだ！　丸太みたいにぶっ倒れた時に、医師《せんせい》に完璧な応急処置をしてもらって、そりゃあ最高の病院も紹介してもらったしね！　おかけで今は、このとおりさ！」

「酒は相変わらずの量なんだろう？」と、あきらめ顔のキッドリッジ。

「それをなくしちまったら、医師《せんせい》、せっかく助けてもらったのに、生きている甲斐がないじゃないですか！　いや、それで、どうなんですか、医師《せんせい》？　馬の下半身と人間の上半身って、骨がちゃんとつながっていたんですかい？」

　キッドリッジは苦笑を抑えつつ、

「まだ半分土に埋まっていて、はっきりとは調べられない状況だったんだけどね……。でも、当然、一体になっているなんてことはないさ。馬の頸椎は太くて、そこに接している人体のほうの脊椎は通常のサイズだったから、嚙み合わないと言っていい」

　頷きながらも、大男は残念そうだった。濃い髭に包まれた、赤ら顔の持ち主だ。

　美希風の右の席にキッドリッジがいて、その右隣には、たっぷりと肉のついた男がいる。頭には毛がなく、福々しい下膨《しもぶく》れの顔。耳たぶが立派なので、全体としては布袋《ほてい》様の顔を彷彿《ほうふつ》とさせる。

　美希風とキッドリッジのすぐ後ろには、椅子をグルッと回して体を寄せてきているメガネを掛けた老人がいた。酔いのせいで、目蓋が重たそうだ。

店そのものは、西部劇の中に出てきそうな趣だった。柱も壁板も、古材とでも呼べそうな、しかし味わいのある木材で造られている。床板の黒さは様々な酒が染みた年輪のようだし、モウモウたるタバコの煙に焙《あぶ》られたような黒光りする柱は、自分一人になると紫煙を吐き出しそうだった。

後ろの老人が、身を乗り出してきて、

「でもね、医師《せんせい》。骨の大きさが違うからって、つながっていなかったとは断言できないのじゃないかい？　生物としては有り得るかもしれない。なにしろ、未知の姿をしているんだからね」

「わしなんか、こんな風に考えるんですわ、医師《せんせい》」

ビールに喉を鳴らした布袋顔の男は、プハーッと満足げに息を吐く。「この、山と森林の土地……、荒々しい原野が今でも残るここなら、大昔、そんな動物が走り回っていても不思議じゃないんじゃないか、ってね。珍しい恐竜の化石も発見されたりしてるでしょう……」

美希風は、昨日目にした野生のコヨーテを思い返しながら、運ばれて来た地元産ビールのジョッキを口に運んだ。

周りの空間を満たすのは、雑然としたおしゃべりの響きと高笑い、タバコの煙、食器やグラスの立てる音……。何十年も変わらない光景なのだろう。

自分の野暮をどこかで恥じるような、腰のない口調で、

「大昔の骨ではないからね」と、キッドリッジは言った。「三、四年前のものだ」

髭に埋まる赤ら顔は、また強く頷いた。今度は少し、真面目な目の色だった。

「その骨はやっぱり、領主の旦那のものなのかな、医師《せんせい》？」

「時期的な一致はあるね。それに、推定年齢も……」

「あれはキースの旦那の骨に間違いないってこと

だ」

　と発言して皆を驚かせたのは、後ろにいる老人だった。四人がサッと振り返っていた。キッドリッジは左側に、美希風は右側に体をひねったので、手にしていたジョッキがぶつかるところだった。

「誰が言った？」赤ら顔が髭を震わせて訊く。「どんな根拠だ？」

　老人は得意そうにメガネをあげ、

「指輪だよ。指輪だ。あの骨は、地面に埋まっていた片方も掘り出されたんだ。そしたら、右手に指輪がはまっていた。それが、キースの旦那のものだったのさ。ローズ奥さんが確認したって話だ。保安官事務所やジョンさん辺りから流れてきた情報って感じだぞ」

「そうかい。旦那のなぁ……」

　と布袋顔の男が嘆息を残してカウンターに体を向け直すと、他の三人も姿勢を戻した。

「旦那は、じゃあ……」赤ら顔の男は、あの骨はキース・タウンゼントのものだとすでに決め込んだ上で、現実的に話を進める。「蒸発したといっても、殺されていなすった、ということなのか……。ねえ、医師《せんせい》、そういうことでしょうが？」

「あの骨の身元が確かにそうなのなら、そのとおりだね」

　美希風は、誰にともなく尋ねてみた。

「キースさんが失踪した時、周辺を捜索してはみなかったのですか？」

「一とおりのことはやったはずだよ」応じたのは、キッドリッジだ。「しかし、ちょっと微妙な問題もからんでいたようでね」

「そうですか」

「詳しいことは私も知らないから、詳細はタウンゼント家に近い人間に教えてもらうしかないだろうと思う」

「しかし、すんごい殺し方をしたもんだな」布袋顔の男が、自分の頭を占めている興味を口にする。

「胴体を真っ二つにしたってことだろう?」

「ああ。すげえや!」急に酒が回ったかのように、赤ら顔がさらに赤くなった。「上と下になぁ……。そんなことをされたのは、旦那がおっ死《ち》んだ後のことだったと祈りたいね、わしは。そうなら、せめて、その苦痛は味わわなくて済んだわけだからな。医師《せんせい》、キースの旦那は、どうやって殺されたんだい? 撃たれたのか?」

「私が見た限りでは、それは不明だ。検死の専門職が答えを出しているかもしれない」

「旦那の下半身は、どこへいったんだ」

と、布袋顔の男がジョッキの中を覗き込んでいると、赤ら顔がガハハと笑いかけた。

「そのジョッキの中に沈んでいるかもしれないぜ」

「やめろよ!」

カウンターの古い傷を眺めながら、それも疑問の一つだな、と美希風は頭に刻んでいた。下半身の行方……、前代未聞の埋葬法……。犯人のどのような意志が、あれほど奇態な白骨死体を形作らせたのか……。

「そもそも、動機はなんだ? なんなんだ?」後ろの老人が声を張りあげる。「人と馬の半分だけを、揃って埋める理由はなんだと思う? 半人半馬の怪物を骨で造る理由だぜ?」

「うーん」赤ら顔が、毛むくじゃらの腕を組み、「正気の人間に思いつく理由なんて、あるのか?」

「普通じゃないよな」せっかくの布袋顔がしかめられる。「そんな変な趣味を持った奴がこのへんにいるなんて聞いたことないし……」

「あの事件が関係しているとは思わないか?」

「どの事件だ?」と、赤ら顔の男が後ろを振り向く。

「ターフさんの女房が殺された事件さ。あれには、い、い、生きているケンタウロスが登場しているじゃないか」

「殺された⁉」反射的に、美希風も後ろへ上体をひねった。「生きているケンタウロスが登場しているですって?」

　他の男達も、驚きの顔を老人に向け、口々に疑問や質問の矢を飛ばした。「なんだ、それは?」「生きているだって?」「あの事件が……?」

　老人は意外な面持ちでいったん体を退いたが、

「なんだ、知らなかったのか?」と、メガネを拳で押しあげると得意げな顔色になった。「ローレン牧師の見たことを信じると、そうなるんだぜ。事件のあった雪の夜、ケンタウロスが歩いているんだ。そうじゃありませんか、キッドリッジ医師《せんせい》?」

「なるほど……」深い眼窩の奥で、追想するかのように目が閉じられた。「そういう解釈も成り立つか。あの足跡と、男……」ひらいた目を、キッドリッジは美希風に向けた。「私は最初の死体検案をしただけなので細部までは知らないのだが、牧師の供述によって奇妙な事態も浮かびあがった、というのは耳にしたね」

「牧師さんの供述というのは?」

　酔いにふらつきながらも、老人は美希風に顔を寄せた。

「窓の外を、男が通りすぎるのを見た、っていう証言なんだよ。怪しいといえば怪しい感じの人影だったそうだ。なにかを……もしかすると人の体を抱いて運んでいたかもしれないってさ。でも、雪に残っていた足跡は、人のものではなく、馬の蹄《ひづめ》がつけたものだけだったんだな。そしてあの事件は、つないであった馬房から夜の間に放したその馬が、ターフの奥さんを蹴り殺してしまった、ってことで決着がついているんだ」

「事故死、ですね」

「そういうこと。頭を蹴られていたんだ。牧師の証言は、無視っていうか、黙殺っていうか、捜査結果の中では触れられなかった。ま、牧師も、ベッドの中から寝ぼけ眼《まなこ》で見ただけだそうだからね。あの当時は、強く異議を唱えなかったはずだ。でも……」

と、老人は、皮膚の固そうな指を全員に向かって振った。

「でも、だ。ケンタウロスの骨が出てきたのなら、あの事件もそいつのせいだったのかもしれない、とも思えてくるだろうが。牧師は、男らしき人物の上半身を見ただけのはずだ。それなのに、残っていたのは蹄の足跡。上半身が人間で下半身が馬の生き物がいたなら、目撃談と足跡の証拠は一致していることになる。な？」

町の男達は感嘆した。赤ら顔の男は膝頭を打ち、

「そんなことがなぁ！」と、手でゴシゴシ膝をこすった。

「な？」そう繰り返し、老人は入れ込む。「あの事件と今回の事件はつながるわけだ。重なるんだよ」

「でもよ……」赤ら顔が天井を仰ぐ。「具体的には、どうつながるんだ？　キースの旦那が、ケンタウロスを思わせる姿で埋葬されているのには、どんな意味があるんだ、いったい？」

「それは……」老人は自分のグラスに手をのばし、それをまさぐった。「……復讐。そう、復讐なんてのは、どうだ？　タークの奥さんを殺したのは、キースの旦那だったとか——」

「おいおい！」布袋顔がたしなめる。「滅多なことを言うなよ」

「例えばの話だよ、例えば。そうだったとするんだ」

キッドリッジも、

「仮説にしてもそれは、あまり言い回らないほうがいいでしょうね」

と助言した。

安心させるように大きく頷き、

「ここだけの話、キースの旦那が彼女を殺したとして、それを見破った人間がいるとしよう」そう、老人は続ける。「そいつが勝手に、そんな風に思い込んだ、としてもいい。そいつは、彼女の敵討《かたきう》ちに出るんだ。タークの奥さん、マレーネが死んだ事件

は、四年前のクリスマス休暇の時分だろう。年が明けた雪解けの頃に、キースの旦那は姿を消した。時期としてはつながっている」

「なるほど、そうだ！」赤ら顔が、バン！　とカウンターの羽目板を叩く。

「旦那は復讐鬼に殺されていたんだ。で、復讐鬼は、旦那の遺体をあんな形に埋める。この男が彼女を殺したケンタウロスなんだぞ、と知らせるためにさ」

なかなか明敏な思考だ、と、美希風は感心した。型どおりとはいえ、想像力の柔軟さと豊かさを感じる。

ここで布袋顔が言い返した。

「それならよ、遺体を晒すんじゃないのか？　人の目に触れるように。これは、犯人に対する復讐なんだ、って」

これも鋭い意見だった。

老人が言葉に詰まったところで、カウンターの男達は体を前に戻した。

「でも、確かに……、なにかあるのかもしれないな」赤ら顔は一杯飲むと、口元を覆う髭をグイッと拭った。「ターフの奥さん、ったって、元はキースの旦那の奥さんだしな」

この思いがけない情報も美希風の感覚のアンテナはしっかりとキャッチしたが、口にはなにも出さなかった。

「ピーター、その頭の中には、いろんな妄想が広り始めているんじゃないのか？」

と声をかけたのは、近付いて来ていたカウンターの中の男だった。腹の突き出た、店主だ。面白がっている。

「キースの旦那が、時にはケンタウロスって生き物に変化するんだ、なんて妄想とかな」

「違いない！」布袋顔もからかう。

「カアちゃんの胸に戻って夢を見たほうがいいぞ」

笑いが起こり、

「そんなことをしたって、もう悪夢しか見ねえ」

と、赤ら顔は息巻く。

少し砕けた雰囲気になったところでそれぞれがアルコールを口に運び、会話が一段落した気配になった。

けっこう奥行きのある謎だったのだな、と、美希風は聞き知った話を整理していた。どこにも例を見ないだろう白骨が発見されたこの土地には、四年前にも不可解な事件が発生していたのだ。当時は黙殺されていたが、その事件には幻の人馬神の姿を投影することも可能だという。そこからすでに、今回の悲劇は予定されていたのだろうか……。

隣の席で店内を見回しているキッドリッジが、窓の外に目を留めた。店の脇にある窓だった。

彼が、美希風の耳に囁く。

「保安官だ。それに、あれはジョン達じゃないかな。……詳しい話を聞きに、行ってみるかい？」

美希風としても望むところだった。料金のコインを置き、二人は席を立った。

5

酒場の喧噪の中、脇の戸口に向かいながら、

「保安官の手助けをしてやってくれないか」

と、キッドリッジは言った。

「手助け……」

「君には、その種の才能がある。日本で若い頃に——今も若いけど、もっと若い頃に、とんでもない連続殺人事件を解決したことがあるんだろう？」

「姉が話したのですか？」

「その後も、いろいろな謎と出合ってそれを解き明かしている。また、こうした事件と出合ったんだ。君の舞台だよ。きっと、保安官の手助けになると思う」

謎を解き明かす自分の才能とやらが新たな段階に向かって開花しているのかどうかは美希風も判断が下せなかったが、〝出合いの能力〟だけは増してい

るだろうと思っていた。様々な人と縁を結べる場が得られ、こうしたエクセレントに不可解な事件と遭遇することにもなる。

戸口から出て左側に、先ほどの窓があった。外の気温は必ずしも充分に暖かいわけではなかったが、酒を入れている限りは長丁場でも座っていられるだろう。満天の星の輝きは、目に痛いほどだった。大量の星の瞬きが、手近なところにある。

窓の前には、屋外で酒席に興じられるように、小卓が設えてある。露天風呂ならぬ、露天テーブルだ。席には三人の男達が着いている……窓ガラス越しに、人声のざわめきと明かりを背中から浴びて。

まずは、遺体発見現場で顔を合わせているローレン牧師。五十代後半の穏和そうな風貌はそのままだった。中肉中背で、グレー一色の、ハイネックシャツと背広を着ている。

もう一人は、ジョン・タウンゼント。酒が回ってきているような目をしている。目の前の小卓には、ウィスキーボトルとグラスがあった。

椅子に座っている最後の男は、美希風とは初顔合わせで、アーノルド・サットンだと紹介された。かつてはキースの右腕であり、今はジョンの代行としてタウンゼント家の資産の管理をまかされている。元は、タウンゼント家の馬牧場――厩舎の責任者だったというが、ジョッキーだったのではないか、と思えるほど小柄だった。身体の若々しい様子とは裏腹に、実際の年齢は五十をすぎているだろう。口髭と同じく眉も濃く、その下にある両目は寡黙な気配だ。

小卓の周りに立っているのは、まだ制服姿のバーナム保安官と、見知らぬ二人の男だった。

「やあ、キッドリッジ医師《せんせい》。先ほどはご苦労様でした」

と声をかけてくる保安官に礼を返した後、彼とジョンの両方にキッドリッジは尋ねた。

「あの骨から、キースさんの指輪が発見された、という噂を耳にしたのですが?」

「ああ……」と応じたのはジョンだった。「俺も見覚えがある物だった。父のだ」

「そうですか……。お悔やみ申しあげます」

美希風も帽子を取って弔意を示した。

その美希風に保安官が、また人定質問めいた視線を投げかけるので、キッドリッジが応えて言った。

「この種の事件が発生した場合、医者として協力できる局面が往々にして生じますが、彼は私のオブザーバーだとでも思ってください」

「ほう」と、保安官。「そのご友人は、医療の専門知識がおありで?」

「いえ、それはありませんが」

「では、なんのオブザーバーなのです?」

と訊き返してきたのは、保安官ではなく、まだ紹介されていない二人のうちの一人だった。彼らは自分から、各々違う新聞社の記者だと名乗った。三つ揃いを着た男と、タバコを咥えたえんじ色のベストの男。ベストのほうが、訊き返してきた男で、名前はパーカー。年の頃は四十。顔の肉付きは薄く、鼻が尖り、顎が鋭かった。

「東洋の顔立ちだけど、アメリカ人?」と、パーカーが問いを重ねる。

「日本人です」美希風は答えた。「キッドリッジさんの所に滞在しています」

「日本人ねぇ。その英語を聞けば判ったかもね。それで、どんなオブザーバーなの?」

これにはキッドリッジが答える。

「謎に切り込む感性が冴えているんだ」

その言葉の後、医師は美希風に顔を寄せ、個人的な口ぶりになって声を小さくした。

「そうだ。手術の後は翼を手に入れたようなものだ、と君は言っていたが、この才能の翼も輝きを増しているじゃないか。ついでに、ケンタウロスにも翼を与えて、天を駆けるペガサスにしてやるというのはどうだい? ちょっと変なルックスのペガサスになるけどね」

　そこで普通の大きさに戻した声を、キッドリッジは保安官に向けた。

「まあ、気楽に助言を聞いてみるといいよ。考慮するかどうかは、その都度判断すればいい。彼、健康体になってからはいっそう、謎解き推理の才能が光っている」

　ふーん、といった様子で、保安官は耳の後ろを掻いた。キッドリッジさんがそうおっしゃるなら、心には留めておきましょう、という程度の反応だった。

「面白いじゃない」と、表情をにやけたものに変えたのはパーカー記者だった。「州警察も動きだしているこの事件、彼らを出し抜けるような活躍ができたら、うちの新聞の記事にしてあげてもいいよ、異邦の人」

　パーカーは三つ揃いの同業者と顔を合わせ、

「『グラスゴー・トリビューン』などとは別格の、我々の一流紙でね」

と笑い合った。

　美希風と共に揶揄の対象になったジョンが、相手を煽《あお》り立てるような視線で受けて立とうとしたが、すかさずその出鼻にキッドリッジが言葉を投げかけた。

「それで、ジョンさん。実は、お父上の失踪した当時の状況を、少し詳しく教えていただこうかと思いましてね」

「え？　……ああ、失踪ね……、あの頃のことね」

「私も、それを再確認に来たところさ」と、保安官はウエストのベルトを引っ張りあげる。

「うん、あれね……」もう一度、ジョンはそう呟いた。グラスを、二本の指で挟んでいる。「いいよ。まだ記憶も鮮明だ。知っていることは話すよ」

　失踪の年月日は承知しているでしょう、と、ジョンは話し始めた。

「三年前の四月五日。雪解けで川の水も増えている頃だ。父はその日、朝から一人だった。俺も祖母も、それぞれ遠出しなきゃならない用事があったんでね。帰って来たのは翌日の昼近くだ。二人とも、ほぼ同じようなタイミングでの到着だった。祖母もあの頃は調子がよくて、長時間の運転もできた」

ジョンは、グラスに残っていた酒を呑み干したが、苦さを感じたような表情を見せた。

「五日の日は、父にとっては休日だったんだ。それで、電話を一、二本した程度で、誰とも顔を合わせてはいなかった……。五日、昼をすぎても姿を現わさないので、だんだん騒ぎになっていった……」

ジョンは、言いにくそうにしている。

「ただ、俺と祖母は、そのうちひょっこり帰って来るだろうとも思っていた」

ボトルからウィスキーを注いで間を作ると、彼はパーカー達記者をにらみあげた。

「記事にしたければするがいいよ。メモ書きが残っていたんだ、親爺のね。五日の日に書いたものであることは間違いない」

「なんて書いてあったんだい?」キッドリッジが訊いた。

「『マデリーンにしよう。かかりきりになるかもしれない』……そう書かれていましたね」

「マデリーン……?」牧師が口をひらいた。「その女性に、心当たりがあるのですか?」

「いいえ。俺も祖母も、初耳でした」

美希風が尋ねた。「お宅に、女性が訪ねて来ていた様子は?」

「なかったなぁ。そんな感じはなかった」

そこで保安官が、当時の捜索状況を思い出すように、

「女の所へ出かけた可能性も強いが、キース氏の車はすべて残されていた。女かその仲間の車で出かけたとも思えるな。正式な捜索願いが出されたのは七日だった。各ルートに聞き込みをかけたが、キース氏を見たという証言はどこからも得られなかった」

「どの人脈をたどっても、結局、マデリーンなんて

女は見つからずじまいさ。仕事のコードネームでもなかった」

「当然、タウンゼント邸周辺、農場や鉱山の敷地も一とおり捜索した」と、保安官が渋面で述懐する。

「どこかで事故に遭遇している恐れもあったからな。しかし、これという発見はなにもなかった」

言葉を切ると保安官は、ジョンとアーノルド・サットンを質《ただ》した。

「あの〝北の丸山《まるやま》〟――半人半馬の骨が発見された場所に、キース氏が出向く理由など、今となって思い当たることはありませんかな？」

「私も、キースさんの遺体確認の知らせを受けてから考えてみたが……」サットンの口は髭の陰でモソモソと動き、低い声を出した。「もっともらしいものはなにも思い浮かばなかった」

「俺も」と、ジョンは首を振る。

「ふむ。やはり、呼び出されたか、遺体となって運ばれたか、だな」


美希風が質問を挟んだ。

「今までのお話の流れからすると、当然ながら、タウンゼント邸周辺に、凶行の痕跡はなかったのですね？」

「なかったさ。血痕も、争いの形跡もね」

「ただ、キースさんの姿だけが消えていた……」ローレン牧師が、そっと胸に手を置いた。「そして、時間がすぎてゆき、謎の失踪事件となっていった……」

「そのうち親爺からひょっこり、電話がくるんじゃないかと思いもしたけど……」椅子に深く凭れるジョンの顔は、窓明かりの逆光に沈んでいた。「外国とか、誰かの別荘なんかからさ……。でも、そんな期待も知らず知らず薄れていった……」

店の中で大きく笑い声が弾け、少しの間ができた後で、パーカー記者が言った。

「あの失踪事件、私も調べてきた」なにかを指差すように、顎を突き出している。「失踪の動機として、幾つか候補があげられていたろう？　まあ第一に、発作的、というのがある。なにもかも、突然投げ出したくなる時が、人によってはあるからな。なに不自由のない富豪にしたって、それはおんなじだ。ところがここで、本当に富豪だったのか、という問題も浮かんできたし、これが失踪動機としての第二の候補になる。タウンゼント家は、基幹の銅山の閉鎖が大打撃になって、経済的には追い詰められていたことが判っている。裕福に育ってきた領主様は、荒波に抗する意欲がなかったのかもしれない。その先に待ち受けている恐れのある敗北から逃げ出したかったのかもしれない」

パーカーは、尖った顎の先をジョンに向けた。

「どう？　あなた達も、こうした動機を徐々に受け入れていったのでしょう？」

「そうだな。……楽ができる経済状況ではなくなっていたのも確かだ。俺は、事業には興味がなかった。商才があるとは思えない。あの経済状況の窮地を巻き返せるとも思えなかった。それに、俺は記者志望だった。どうしても新聞記者になりたかったんだ。だから、後はサットンにまかせて……、背負わせて、グラスゴーへ行ったのさ。ローズ祖母《ばあ》さんも、まだまだ頭はしっかりしていてビジネス的な判断力があるし、人心に訴えかける人望が残っている……」

サットンが静かに頷いていた。

「祖母《ばあ》さんは、俺よりずっとましさ……」

絞り出されてくるようなジョンの声には、酔い以上の濁りがあるように聞こえる。

「俺はね、タウンゼント家の広大な土地に、愛着などないんだよ。考えてもみてくれ……。親爺はあちこちに表示板を立て、立入禁止、立入禁止、を強調していたが、あれは、関係者すら立入禁止、の意味でもあったのさ。キース・タウンゼントは、自分一人で所有地を撫で回して悦に入っていたんだ。父に連れられてハイキングや乗馬に出かけた記憶など、俺にはないい、い、……。タウンゼントの森や山は、俺にとっては見知らぬ土地にすぎないんだ」

　サットンが口をひらいた。

「それは私も同様でした。まかされていた厩舎に関しては、隅から隅まで熟知しています。しかし、それ以外の土地については白紙状態でした。私には、鉱山や温泉施設の経営を向上させたり、大麦や木材を長期的にさばいたりする力量はありません。ローズ奥様の判断に従って力を尽くしているだけです」

　数秒生じた沈黙の後で、キッドリッジ医師が丁寧に言った。

「いや、話しにくいことまで率直に聞かせていただけたようだ、ありがとう。申し訳なかったね」

　ジョンは、椅子の背から体を起こして小卓に肘を乗せた。「そうとも……」医師を上目づかいに見るその目の中には、悪戯っぽい光が灯っていた。「このお返しに、取材にはたっぷりと答えてもらいますよ、医師《せんせい》」

「取材……。ああ、そうでした」

「臓器移植手術の最新現場のリポートがあるんだ」

　サットンや牧師に教える調子で話している。『グラスゴー・トリビューン』の記者の顔で。「共同取材による一大キャンペーンさ。各国から記者が集まってチームを組むんだ。そうそう……」

　ジョンの目が美希風に移った。

「日本からも記者が来るよ」

「それは大変だ」美希風は軽妙に眉をあげた。「実体験者として取材のターゲットにされたりしないうちに、逃げ出すことにしますよ」

「いやいや、南くん。その前に、特異なこの事件を少しはすっきりさせてくれないと」

　キッドリッジは美希風の肩に手を乗せ、それから小卓の席に目をやった。

「それで、もう一つの事件のほうもお伺いしたいのですよ、ジョンさん。ローレン牧師のお話も、しっかりとお聞きしたいのですけどね」

「私の？」

牧師が意外そうな面持ちを前に突き出したところで、戸口があいて人影が出て来た。ついて来ようとしている野次馬を追い払い、男は片手にビールジョッキを握っていた。ゴードン・ターフ。美希風とは、タウンゼント邸の前で顔を合わせた男だ。

「トイレもけっこう込み合ってますよ」

扉を閉め、ゴードンは小卓に歩み寄ろうとする。サングラスは、スーツの胸ポケットに、チーフのように差し入れられていた。

「おや、人数が増えていますね」と、美希風達の顔を見て、足が止まる。

「あなたまでいたとは好都合です」そんな形でキッドリッジが挨拶をする。「実は、皆さんが関係している事件を再現していただけないかな、と思いましてね」

「事件……。なんのことでしょう？」

空いていた四つめの席に腰をおろしたゴードンは、様になる動きで足を組もうとしたが、

「……マレーネさんの死亡事件です」

というキッドリッジの言葉で、リズムが乱れた。姿勢を正すように、ゴードンは足を組み直す。ズボンの皺を整えるためか、生地をつまんで動かした。

「あれか……」

「悲しい事件を思い出させてしまって申し訳ありませんが、あの事件に、再注目する理由が生じた、とは思いませんか？」

「再注目？　……あの白骨発見が関係してですか？」

キッドリッジはそこで、牧師の目撃証言が奇妙に暗示的であるという見方を伝えた。

「なるほど」

ゴードンの顔付きは重々しくなっていた。

「あの夜、ケンタウロスがいたかもしれないわけか……。医師《せんせい》、私が妻の事故死説には納得していなかったことはご承知でしょう？」

ゴードンは厳しい視線を、医師から保安官へと鋭

く切り替えた。

「納得できなかった私は、州警察に働きかけて再捜査してもらった。……結果は変わらなかったがね、ご存じのとおり」

「納得できなかったなりの、理由があるのでしょう？」

「無論、だ」

「その点などを話していただけませんか？　事件の一部始終を。キースさんの遺体があのような形で発見されたことを踏まえれば、マレーネさんの事件にも新しい光明が差すかもしれません。時間や場所を改めてもかまいませんが」

「いや。私はここでかまいませんよ。すぐにでも始めましょう」

　ゴードン・ターフは、強い権限を自覚している議長さながらに、同席している男達の顔を見回した。

「幸い、当事者達が顔を揃えている。それぞれの記憶を持ち出し合えば、より正確な再現ができるでしょう」

　反対意見を声にする者はなく、四年前の事件が語られ始めた。

　天の川がまばゆく煙る星空の下で、ケンタウロスが歩いた雪の夜のことが……。

＊

　闇に静まる雪景色に囲まれているのは、牧場《ランチ》ハウス……。タウンゼント家所有の馬牧場――厩舎にある母屋がそう呼ばれていた。事務所であり、他に、責任者のアーノルド・サットンと、タウンゼント家の者たち用の宿泊スペースもあった。独り者のサットンにとっては、我が家同然の建物だった。

　その広い応接ルームに、男と女が集まっていた。

「厩舎施設は、どこにでも造れるではありませんか」

　ゴードン・ターフの右手の指輪と、その手が握るブランデーグラスは、暖炉の明かりを弾いていた。クリスマス休暇が始まっているとはいっても、ビジネスの話題がメインの席なのだ、と示すかのように、その首にはネクタイが巻かれている。わずかに、緩んではきていたが……。

「老朽化して建て替えを計画しているんでしょう？　潮時ですよ」

暖炉の奥にある薄暗がりでは、サットンが口も目も閉じて壁に凭れていた。長年暮らした相棒の感触を、背中で確かめているかのようだ。

ゴードンの意見に応じるのは、向かい合わせの席に座っているキース・タウンゼントだった。ツイードの上着の下の胸板は厚く、顔の造作などもたくましく大きい。身振りや声も、空けたグラスの数と共に大きさを増している。

「建て替えは具体的な話ではない！」大きいというより、持ち前の野太い声が荒々しさを加えていた。

「潮時などと、あんたが決めることではないぞ！」

「建て替え計画が進行してしまう前である、今の時期こそが、思案のしどころでしょう。ご子息は、賛成してくれているのですがね」

ゴードン・ターフが持ちかけているのは、この厩舎施設をスパリゾート施設に作り替えようという計画だった。ここからは温泉が湧出しているのだが、今はそれを暖房機能に利用している程度なのだ。そしてさらに、ちょうどこの厩舎施設を建て直そうかと考えているという情報を聞きつけたゴードンが、大きなリゾート観光業の拠点として共同での再開発を提案してきたのだ。

「大自然の観光を背景とした温泉リゾートが、州内の各地で好成績をおさめていることはご承知でしょう、キースさん」

「うちが手を出そうとは思わない」

キースは、ロールスロイスのように巨大な本革の長椅子に腰をおろしているが、その右手の少し離れた場所に、息子のジョンが座っていた。

同じ椅子の反対側、たっぷりとクッションの詰まっている肘掛けには、半ばは床に立っているマレーネが優雅にしなだれかかっていた。オレンジ色をした、艶《あで》やかなドレスのシフォンの生地が、その肢体の上を流れている。

彼女の夫はさらに、

「ジョンさんは、この地方そのものの活性化につながる新鮮な事業にご理解を――」

と言いかけるが、キースの感情的な大声がそれを封じた。

「こいつがなにを判っているというのだ！　経営の〝け〟の字も知らない若造にすぎんぞ！」

背けられているジョンの顔は、皮膚が灰色に張りつめている。

「経営のなんたるかを知らないのは、あなたも同じなのではないですか、キースさん」辛抱強く説得に努めてきたゴードンも、さすがに感情を害したという口ぶりになっていた。「大変な人数の従業員を抱えていた、一番大きな銅山を閉鎖しなければならなくなったのは、ついこの間のことでしょう」

「口を慎んでもらおう！」キースの顔は、もはやどす黒かった。「事業経営には、スリム化や再統合が不可欠だ！」

拳を振り回した腕が灰皿にぶつかり、葉巻が転がり落ちていたが、頭に血がのぼっている男はそんなことにも気がつかない様子だった。葉巻をつまみあげたのは、白い指だった。マレーネは体を前屈みに曲げ、腕をのばしている。軟らかな肉がたおやかに変形し、また、別の箇所では細やかな肌理《きめ》で肌が伸びきっている。ノースリーブからのびる白絹めいた腕……、瑞々《みずみず》しく細い指の先を彩るゴールドピンクのカラーネイル。

テーブルの上を白い景色が横切っている間に、主張を交わしていた二人の男は少しずつ息を整えていった。

「無様に騒ぐと、アルコールのせいで仕事の話もできない男と思われるわよ」

マレーネが斜めにキースを見つめていた。

漆黒の瞳と、同じ色のショートの髪……。貫禄《かんろく》にさえつながるかと思える、熟《う》れた情感が、至る所から発散していた。

「無様がどうした」キースは鼻を鳴らす。「それにここは、正式なビジネスの場ではない」

「いいえ」ゴードンの声は、また冷静さを取り戻していた。「私としては、ビジネスの話を進めておきたいですね。そちらにしても、銅山の件は大きな負債を生んだはず。新しい展望は必要でしょう」

「展望は自分で作っている！」

それに対するたしなめの声は、今度はジョンの斜向かいにある椅子から投げかけられた。

「もっと冷静に、お話を伺ったら？」

キースの母、ローズ・タウンゼント。

「あんたは、もう口を出さないでくれ！」

そう怒鳴る男をさらにたしなめる声——それは、部屋の隅にある、読書用椅子にいる男から聞こえてきた。

「お母様にそのような口のきき方をしてはいけませんな、キースさん」

プロテスタントの牧師、ローレンだった。

酒をちびちびとやっているが、この場では異質な存在だったろう。今は居候《いそうろう》の身の上なのだ。ガタのきていた牧師館が、この寒い最悪の時期になって大きく破損。修復工事をしなければならなくなった。暖房も止まり、とても生活できるものではない。そのため、教会に最も近いこの牧場《ランチ》ハウスの一室が提供されているのだった。

——以上が、この夜、馬牧場に集《つど》っていた全員である。男が五人、女が二人……。

すっかり場の空気を変えたほうがいいと判断したのか、ローズが立ちあがっていた。白いセーターと、白い細身のパンツ。窓へと歩いて行く。

すらりとした姿、毅然《きぜん》とした足取りだった。体調の不良が時々出るようになってはいたが、体の芯は、まだまったく萎《な》えていないという印象だった。針金の色をした髪がしっかりと梳《と》かされている。そしてその、頬のこけた顔には、ただの老婦人とは違う、手強そうな意志の片鱗《へんりん》が残っていた。しかしまた一面、子供達を集めた朗読会などでは、とろけるような慈愛の笑みも振りまく女性だった。

「まだ降りませんね」

翳りゆく一大帝国の女帝は、灰色の瞳で冷えた窓の外を見つめる。

紳士然として歩み寄ったゴードンは、ローズの横に立った。

「少しは降る、という予報でしたけどね」

時刻は、十一時を回ったところだった。

夜の底を、降り積もった雪が青白く照らしている。外は静寂の夜……。一面、音を吸収する綿のように柔らかな雪だ。

「あの馬の装飾など、雪の上を走っているように見えますね」

ローズの感想だった。

「本当だ。なにがあるのかと思いましたよ」

それは、ブロンズ製の支柱の上部に造られている、小さな彫刻だった。建物の周りを囲む柵の支柱だ。尾をなびかせて疾駆する馬の像……。その下にある支柱の部分が、降り積もった雪でちょうど隠れていた。

「もう少しよく見たいのでしたら、照明もありますよ」サットンが壁際に歩いていた。「ムードも変わります」

彼がスイッチを押すと、ブルーの照明が雪の原を浮き立たせた。

ゴードンが、感嘆の声をあげて微笑する。「なるほど、これはそれなりに見応えがある」

しかしそこで、一転して闇が訪れた。

「え?」と、マレーネが小さく驚く。

「……停電ですな」牧師は落ち着いている。

他の男達も動揺していないのは、暖炉の炎が赤い照明となって残っているせいかもしれない。

申し訳ありません、と、厩舎施設の責任者として謝罪するサットンに、

「今の照明でブレーカーが落ちたのか？」と、キースが言った。

「そうした例は今までありませんでしたがね……。普通の停電でしょう」

この地方では珍しいことではない。

サットンは慣れた様子で、暖炉脇の収納戸棚の中から懐中電灯を取り出していた。

「一応、ブレーカーを見て来ます」

「俺も付き合おう」

と、ジョンが父親のそばを離れた。

他の家も電気が切れているのか確認しようにも、窓明かりの見える距離に隣家はなかった。

北の端にある納戸部屋に入った二人は、ブレーカー・ボックスに明かりを向けた。別館用や、外灯やロードヒーティング用の野外電源など、ブロックごとにブレーカーがある。どれにも異状はなく、メインブレーカーも落ちてはいなかった。

「やっぱり停電だ」ジョンは踵《きびす》を返した。「暖房は大丈夫だっけ？」

「旧式の温水暖房が役に立つのですよ」温泉を利用したものだ。「独立したモーターで供給していますんでね。馬房もそうです。ただ、部屋を充分に暖めるとまではいきませんから、ポータブルの灯油ストーブが必要でしょうね」

「ストーブ、数は足りそうかい？」

「うーん……、なんとか」

応接ルームに戻ると、サットンは事情を伝えた。

「馬達の様子を見て来ます。それと、それぞれのお部屋にポータブル・ストーブを運んでおきますから」
二、三十分してサットンが戻って来ると、動かせる椅子を動かして、皆は暖炉の周りに集まっていた。

酒に酔い、かなり乱れた席になりつつある雰囲気だった。

「マレーネさんは、いつまでもお若い魅力があっていいわね」

というローズの言葉に、相当に聞《き》こし召《め》している
キースはこう言い放った。

「若い魅力? 違うね。みだら、ふしだら、多情、淫乱。こういった評価こそ、こいつにはふさわしい」

切り返したのは、マレーネ自身だ。

「そんな女にしたのは、誰なのかしらね」

彼女は、キースの二番めの妻だった。他に二人、元妻がいるが——ジョンは最初の妻との間の子供だった——彼女達とは慰謝料の分割払いが残っている程度で関係は絶たれていた。ただ、キースとマレーネの間には、顔を合わせる機会がなにかと生まれてしまう昨今《さっこん》なのである。というのも、新たな夫であるゴードンが、この地方に進出してきたリゾート関連企業の持ち主だったからだ。タウンゼント家の広大な地所の中には、なにかと彼の目を引く物件があるようだった。

「キース」ぴしゃりと、ローズが言った。「ご主人を前にして、なんということを口にするのです」

元姑《しゅうとめ》はけじめをつけて、マレーネには〝さんづけ〟をしている。

「妻の素顔を本当に知り抜いている夫なら、気にはしないさ。そうだろう、ゴードン? マレーネがどういう女か、よく判っているはずだ」

「他人《ひと》の女房のことをとやかく侮辱する前に、自分のところの男どもの手綱も管理しておくことですな、キース」遂に理性が薄れるほど、ゴードンにも酔いが回ったらしい。

「手綱を? どういうことだ?」

「例えば、サットン氏だ」

生々しい感情に曇った酔眼が、小柄な厩舎責任者に向けられた。

「サットンがどうした？」

当のサットンは、困惑して行儀良く立っている。

「お宅の被雇用人は、我が女房殿と、外でけっこう自由に会っているようなんだがね」

人々の様々な感情の波がぶつかり合い、わずかな沈黙が生じた。真っ先に口を切ったのはキースだった。

「つまらん当てこすりだな、言うに事欠いて」

サットンの顔は青ざめるほど強張り、血管を浮きあがらせた首は赤く膨れていた。

「なにを言ってるの」マレーネは夫の発言を相手にしない。

思い直して余裕を見せるように、キースは、

「いや」と面白がった。「本当にそうだとしたら、なかなかやるじゃないか。どうなんだ、サットン？」

口髭の厩舎責任者は、暖炉の脇で薪《まき》を握った。

「奥様……」女帝に言葉をかける。「私は決して、恥辱を浴びせられなければならないようなことは……」

「恥辱とまで言うのも失礼でしょう」

とマレーネは冷ややかに苦笑し、ローズは、

「ええ、判っています」と応じた。「とんでもない誤解があるのでしょうね。……サットン、薪は足さなくていいですよ。座が乱れてきました。これでおひらきにしましょう」

ローレン牧師が腰をあげた。

「こうした飲酒が、律する対象となる類《たぐい》のものですよ。自制しなければね、皆さん」

こうして、応接ルームでの散会は決まった。マレーネは、ドレスと同色の上着を羽織った。

牧師とジョンは、牧場《ランチ》ハウスでの自室に引きあげ、別館を使うメンバーとローズ、サットンが、裏の主玄関に向かった。裏口は三ヶ所にあり、最も大きくてメインとなるものが、主玄関と呼ばれていた。一般的な住宅の玄関よりも豪奢《ごうしゃ》であり、ロートレック

調の馬の絵画が飾られ、等身大以上に大きな嘆きのマリア像――ピエタも置かれている。

ゲストの宿泊場所である別館には、キースが自慢する展示室もあった。タウンゼント家がどうやってこの地を開発してきたか、そして、厩舎がどのように発展してきたか、といった一族の歴史が観賞できるようになっている、見せられるゲストによっては甚だ迷惑な代物だった。展示室に並ぶ愛蔵品に囲まれて眠るために、別館にはキース用の寝室もあり、彼は今夜、そこで寝る予定になっている。

ターフ夫妻とキース・タウンゼント、さらに、火の点検をするためのサットンを加えた四人が、別館へ移動する面々だった。それぞれに、防寒靴やブーツなど、外履き用の靴に履き替えている。

牧場《ランチ》ハウスの周辺一部と、別館との連絡路は、ロードヒーティングが行なわれている。彼らの前には、三十メートル以上の長さで黒い舗装面がのびていた。

「降り始めましたね」

ゴードンが手の平を上に向けた。

チラチラとした白い先触れに続いて、本格的な綿雪が舞い始めた。電気という文明の〝利器〟に見放された牧場《ランチ》ハウス周辺は、均《ひと》しく雪に覆われることだろう。

おやすみの挨拶を済ませた後、懐中電灯をかざしたサットンを先頭に四人は別館へ向かい、同じく懐中電灯を手にしたローズは、牧場《ランチ》ハウスの中を引き返して二階の自室を目指した。

別館のキース達三人は、まだ寝るには早いと、大型ストーブを囲んで酒盛りを再開した。サットンも引き止められ、強引に四人めのメンバーにさせられた。時間と共に、そこで交わされる言葉はあけすけなものへとエスカレートしていった。どの人間からも、感情の歯止めがなくなっていくようだった。

のしかかる広大な暗闇の中、わずかな明かりと炎を囲んで丸くなっている彼らは、さながら、理性から遠のく穴居人《けっきょじん》であったかもしれない。

零時半近く、サットンは雪の上を牧場《ランチ》ハウスに引き返した。

別館では程なく、懐中電灯の明かりがそれぞれの部屋へと動き、それらも一つずつ消えていった。

訪れたのは、凍えるような静寂と透き通るような暗闇だった。


この夜、一つのケンタウロスは生まれた。

何時なのか、ローレン牧師の目は心許《こころもと》なくひらいていった。

ふとんの中だが、少し寒い……。温水を利用したパネル状の暖房器具だけでは、その効果は知れているようだ。サットンに言われたとおり、灯油ストーブは就寝する時に消していた。

いつもは朝まで熟睡するのに、目が覚めたのは、やはり寒さのせいか……。それとも、久しぶりに摂《と》ったアルコールの影響……？

左手にある窓の外は、まだ深い闇だった。カーテンはあけられている。

牧師は、その窓の外を動くものに気がついた。

ぼんやりと、白っぽく見えるもの……。

雪は止んでいる？　淡い月明かりがあるので見えるのかもしれない。

半睡の意識のまま、牧師は視線の焦点を絞った。

人間のようである。男だろうか……。

窓の半ばをすぎようとしている。窓からの距離は、三、四メートルといったところ……。牧場《ランチ》ハウスと別館を結ぶ連絡路の上だ。方向としては、その者は別館から歩いて来たことになる。上半身だけが見えて……。

それにしても、なんという歩き方だろう。どこか普通ではないようだ……。歩き方というより、気配だ。冷えた、雪でできた人間のような……。躍動感……生命感が抜け落ちてしまっているような……。一人だけの葬列だろうか……。

なんと不吉な形容を！

網膜に映る映像を理解する意識が少しだけ強まった牧師は、それに気がついた。人――男？　は、なにかを抱えているのだ。二本の、棒状のものが垂れている……。まさか？　……人間の足？　男は、人間を抱えているのか？　だからなおさら、歩く様に違和感があるのか……。細く見える、足らしきもの……。女？　女の体を運んでいる……？

もっとよく見るべきか、と思った時、その者は窓の枠組みから消えていった。

そして、消えた途端、牧師は今の目撃シーンの現実感を疑った。それほど、不確かな感触しか残らなかった。見えた内容がどこかシュールで、半信半疑にならざるを得ないからか……。

牧師の目蓋は、すぐに閉じてしまった。頭も体も重たかった。

外にいたのは、人間ではないのかもしれない……。雪煙が舞いあがり、それがたまたま人間の姿を形作ったとか……。

いや、しかし……。

牧師の意識の上での問答は、深い睡魔の淵に吸い込まれていった。

牧師の朝は早い。朝日が射し初《そ》める頃、ローレンはゆっくりと上体を起こしていた。目頭を揉み、首を軽く回し、それから彼はベッドヘッドに備えつけられている電気時計に目をやった。

十一時六分？

それで思い出した。昨夜の停電を。時計はあの時刻のままで止まっているらしい。ということは、まだ停電が続いているということだ。

ちょっと長いようだな、と思いつつ、牧師は枕元に置いてある自分の懐中時計を手に取った。五時五十一分だった。

身支度を整え、牧師は廊下に出て洗面所へ向かった。懐中電灯がなくても不自由しない明るさはあった。

洗顔も終えて廊下へ戻った時だった、廊下の先の曲がり角から顔を出した男が、幾分驚いた反応を見せた。アーノルド・サットンだ。

「牧師様でしたか……」

震えがちの声が聞こえる。青ざめていて、目に暗さがあった。

日頃無表情な彼にしてはただならぬ様子だったので、牧師は歩み寄りながら訊いた。

「どうかしましたか?」

悲痛が重みを持ったかのように、彼の両肩が下がった。

「こちらで……」

それだけをようやく口にしたといった感じの彼は、その後、無言だった。体の向きを変えて歩き始めている。牧師も黙ってついて行った。

サットンが足を止めたのは、裏の主玄関だった。

サットンの足よりも早く、牧師の歩みのほうが止まっていたかもしれない。床に横たわるものに気がついたからだ。

「マレーネ様が、このように……」

うつ伏せに倒れている女……。マレーネ・ターフ。上着を羽織った、昨夜と同じ服装だった。

「いったい――、起こさないのか?」

牧師は立ちすくんでいた体を動かして彼女の横に膝を突いたが、すぐに愕然となり、身動きが止まった。マレーネの頭部や顔が、尋常ではなかった。頭部の一部が変形していないだろうか……。その顔の色と、腫れあがった様子……。

「一度、見たことがあります……」軋むような小声が、サットンの口髭の下から漏れていた。「その傷の形……。あれです……。やってしまったんだ……」

「なにがやったって?」

「馬の蹄です……。頭を蹴られたのですよ」

馬の脚力ならば、当然、人間の頭部を砕くぐらい

馬牧場見取図

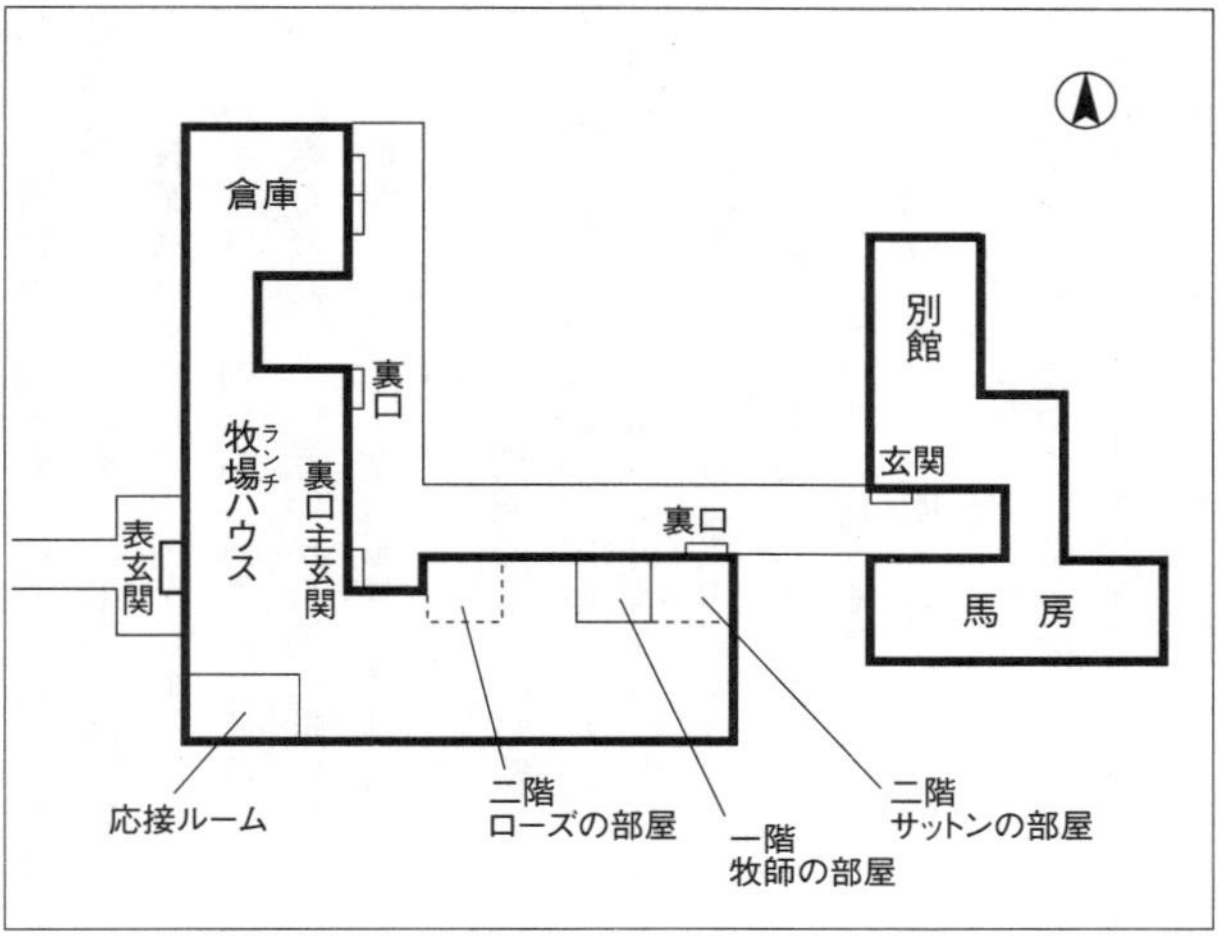

の力はある。

「亡くなって……いるのだな」

「もう完全に……冷たくて……」

出血はほとんど見えなかった。異状をきたした血流が内部に影響を与えたために、顔がむくんでいるのかもしれなかった。

まだ半ば自失しているサットンが目を向けている先を追った牧師は、ここがずいぶん寒く感じられる理由を発見した。主玄関のガラス戸の一枚が、大きくあいているのだ。そのすぐそばに、足を外に向けてマレーネは倒れている。

屋外の地面――舗装路の上に五センチほど、降り積もっている雪……。すぐ外には、馬の蹄の跡が入り乱れていた。人間の足跡もわずかに見えたし、なにかが転がったような痕跡もある。

「ここで、マレーネさんは馬に襲われたのか……」

「そうでしょうね」と、サットンは応じる。「オズマが……。放れていました」

暴れだした馬に外で蹴られ、屋内に逃げ込もうとして息絶えたのか……。いや、あの傷では即死だったろう、と牧師は考え直した。馬から離れようとしてガラス戸をあけ、屋内に踏み込んだところで、馬の長い足に蹴られた、というのが真相に近いのかもしれない。昨晩、ここのドアは錠をおろさないでおく、とローズが言っていた。

馬の蹄の跡は、東にある別館のほうから続いてきていた。別館と馬房はつながっているのだ。

主玄関のところで、牧場《ランチ》ハウスは直角に折れているが、主玄関の前で入り乱れた馬の足跡は、その建物沿いに、北に向かって遠ざかっていた。

主玄関内部にはまだ薄暗い場所もあったので、立ちあがった牧師は無意識に照明のスイッチを押していたが、明かりは点かなかった。

「外は少しずつ明るくなっていますが……」

ドアのガラスに顔を近付けるようにして外を見ていたサットンが、あっ！　と目を見開いた。

「支柱《ポール》が——！」

牧師は、あいているドアから顔を出してそれを見た。建物に近い場所にあったため、かえって死角になっていたのだ。白く塗られた細いポールが、根本近くで折れ、倒れかかっていた。建物に接してかろうじて立っているが、二本の黒い線が切断されて垂れていた。

「電線と、電話線です」サットンが説明する。「それを中継しているポールだった……」

ポール近くにもある馬の乱れた足跡を、牧師は見下ろしていた。

「これも蹴り倒したらしいな、そのオズマという馬は」

「このポールも古くて、脆《もろ》くなっていましたから」眉をひそめながらサットンは頷き、「外への電話は無理みたいですね。館内電話はつながりました……それで、ローズ奥様にこの事態を知らせてあります」

足音が聞こえてきた。

現われたのは、茶色いプルオーバーで身繕いをしたローズ・タウンゼントだった。髪の毛は乱れを残していて、白っぽい顔の皮膚がプラスチックに変貌したかのように無表情だった。

「牧師さんも」と、硬い声で挨拶をしたローズは、「マレーネさんが――」と問いを続けようとしたが、その言葉は立ち消えて、目が床に倒れている女性に吸い寄せられた。

「本当に……」細い手が、胸元をさまよう。「亡くなっているのですね？」

「残念ながら、間違いようはありません」と、牧師が答えた。

「では、どこかへ寝かせるなり……」

「いえ。警察に調べてもらうべきでしょう。それまでは、不用意にいじらないほうがいいです。……毛布でも掛けておくぐらいはともかく」

それと、と、牧師は気が重そうに言葉を続けた。

「ご主人にこのことをお知らせしなければならないでしょうな」

三人以外にも、白いピエタ像が、一つの女性の骸《むくろ》を見下ろしていた……。

ゴードン・タープは、ひとしきり嘆き悲しんでうろたえた後、柱の一つに背を預けて押し黙った。

それはキースも同じだった。遠くを見つめるように呆然としている。

遺体には毛布が掛けられ、それをジョン・タウンゼントはじっと見つめていた。

サットンは、発見の状況を語り終えていた。

馬の面倒を見る必要があったので、彼は陽が差し始めた頃から身仕度《みじたく》を始めていたのだ。彼の部屋は、別館側に近い東端、その二階にある。服を整えながら、彼は窓から下を何気なく覗いた。すると、新雪の上に馬の足跡があるではないか。驚いた彼は、足跡を観察し、状況をつかもうとした。蹄の跡は、馬房のほうから始まり、牧場《ランチ》ハウスの裏側主玄関前を経由して北側へと続いている。彼は階下へ駆けおり、牧場《ランチ》ハウスの北側へ向かおうとした。

サットンは主玄関の前まで差しかかって、惨事を発見したのである。彼は真っ先に、ローズの部屋に電話で知らせ、それから北の端へ出向いてみた。短い渡り廊下の先にある倉庫の一室に、若い雄馬、オズマ号がいた。そこには、干し草などが貯蔵されているのだ。サットンは馬を近くにつないだ。彼にとっては最悪の、馬による事故死という事態に打ちのめされたサットンは、主玄関に戻り、ローズはまだ来ないかと廊下の角から顔を出したところで、ローレン牧師と目を合わせたのだ。

「マレーネの足跡はないよね」

ガラス戸越しに外を見ているジョンが言った。冷えた空気の中、自分の体を抱きすくめるようにしている。

主玄関と別館の間には、今ではゴードンとキースの足跡が加わっているが、それ以前は、明瞭な足跡は蹄鉄《ていてつ》をつけた蹄のものが一組あっただけである。

ローズが主玄関にやって来てから、悲劇は別館のゴードンにも伝えられた。別館の電話とも回線がつながっていた。別館の玄関口には、ゴードンとキースが揃って姿を見せた。彼らが牧場《ランチ》ハウスに来てから、最後に事態を伝えられたジョンが現われた、というのが今までの経緯だ。

「すると……」ジョンが推測を述べる。「彼女は、オズマに乗って来たのか。……まだ暗いうちから、どうしてそんなことを？　彼女、そんなに乗馬好きってわけではなかったでしょう」

誰も口をひらかないかと思われたが、ややあってローズが言った。

「サットン、鞍《くら》がつけられた状態でオズマは見つかったの？」

「はい、奥様。つけていましたね」

のろのろと、ゴードンが面《おもて》をあげた。灰色にくすむ顔で、目と目尻だけが赤かった。

「ここの馬は、馬房につないである時から鞍がしてあるのか？」

「いえ。そのようなことは」

「じゃあ、なんだ、女房が夜中、わざわざ鞍をつけて、馬に乗ったというのか？　なんだってそんなことをする！」

わけの判らない悲劇に彼は苛立ち始めている様子だった。日頃の、スマートな体面を保とうとする努力はまったく見られなくなっていた。

「その人殺しの馬は、倉庫でのうのうと干し草でも食べていたのか？」被害者の夫は、なんにでもいいから突っかかりたいのかもしれない。「倉庫には錠が掛かっていないのか？」

「いえ、掛けてあります。簡単なボルト錠ですが……」上から差し掛けるタイプですから、と、サットンは控えめに申し伝えた。「弾みではずれることも有り得るかと……。扉の前の地面にも、ずいぶんと馬の足跡がありました」

「執拗に体当たりされたり蹴られたりしたら、そんなこともあるかもね」と、ジョンが言う。「昔飼っていた猫も、ドアをあけたよ」

「利口な馬なのに、人に凶暴性を発揮してしまう程度の調教しかできていない、ということか！」ゴードンが吐き捨てる。

「そのようなことはないはずですが……、このような取り返しのつかない事故が起こってしまい、まことに申し訳ございませんでした」サットンは深く謝罪の意を表した。

オズマの気性が激しいのは確かだった。完全に人に服従しているとはまだいえないかもしれない。キースは、そのような馬を調教するのが好きで、今はオズマに一番時間を割いていた。馬房には他に、七頭の馬がいる。

「サットンの落ち度ではないだろう」キースが、やや虚脱している、ひび割れた声を出した。「勝手に馬に乗ったりした者の責任は重大だ」

「なぜマレーネが、夜中に馬に乗る！」ゴードンは顔を覆った。

乱れた雪の痕跡に視線を向けていたローレン牧師は、点々とある雪の窪みに気がついた。雪に埋もれかけた、人の足跡のようだった。

「これは？」

牧師は小声で、近くにいたサットンの注意を促した。

サットンは姿勢を低くしてそれを凝視し、

「どうやら、私の足跡ですね。別館から戻って来た時のものでしょう。まだ雪が降っていましたから。零時半頃でした」

サットンの雪中用ブーツは、主玄関内の片隅に置かれていた。それは今のところ、ジッパーをしっかりとはあげないで使っているので、その垂れた部分が一歩ごとに雪とこすれ、特徴的な跡を残しているのだ。新雪の細い窪みとして、それもわずかに見て取れる。

別館と牧場《ランチ》ハウスの間の、サットンの足跡……、それを見ているうちに――

「あっ！」

牧師は声をあげていた。あの出来事を思い出したのだ。現実とも夢ともつかない、昨夜のあの目撃シーンを。

「どうしました、牧師様？」サットンが驚いている。

「なにか？」

「昨夜晩《おそ》くなんだがね……はっきりと断言もしにくいのだが……私は、別館からこちらへ向かって歩いている男の姿を見たような気がするのだよ」

「男の……」

「その男は、女性のように小柄な体を抱えていたような……」

「なんだって!?」弾かれたように、ゴードンが柱から体を離していた。

他のどの顔にも、驚愕の色があった。

「マレーネを抱えていたというのか？　誰なんだ、その男は？」

「いえ、そこまでは……」

牧師は、急に自信がなくなってきた。あれは、夢ではなく、本当に目にしたことだったのだろうか……？

「間違いなく見たのですか、牧師様？　具体的にはなにを？」

と、ローズにしっかりと見据えられると、牧師はさらに明言を避けたくなってきた。夢か現実か、半々といった手応えだ……。いや、現実だったはずだという感触のほうがわずかに強い。六、七分の割合で、現実だと認める気持ちが勝る。しかし……、目にした映像が、間違いなく女を抱えている男だったのか、となると、さらに確信は薄れてしまう。あまりにもあやふやなような……。

「どんな男だったのです、牧師さん？」

重ねてゴードンに詰め寄られると、ローレン牧師としては言葉を濁さざるを得なくなった。

「いえ……、男性だったのかどうかも不確かなのです……、人間を見たとも言いづらく……」

「なんです、そりゃ」ゴードンは苦々しげに失望の色を見せる。

「薄い月明かりだけでしたから……。目蓋もひらききっていない、半分眠っているような状態で……」

「人を見たと思ったのは、牧師さんの勘違いだよ」

と、あっさりと断言したのは、ジョンだった。「足跡がないもの」

「足跡が……？」キースが外に目を向ける。

「オズマの蹄の足跡しかなかったんだろう？　男の足跡なんて、どこにもない」

「そうでしたね」

牧師自身それを認め、皆も、ジョンが指摘したものは決定的な証拠だ、という顔になった。判りやすくて、動かしがたい証拠。

「……もしかすると」サットンは閃きの色を目に浮

かべた。「牧師様は、馬に乗ってマレーネさんを抱えている男を見た、とか？」

牧師は、記憶を正確に再現してから頭《かぶり》を振った。

「違うでしょう。馬の頭部——首から上などはまったく見えませんでしたからね」

興味を失ったらしいゴードンが、

「靴の底に蹄鉄をつけた男が歩いたわけでもないでしょう」

と冷笑がちにからかったが、ジョンは現実的に応じた。

「その場合は、オズマの足跡がなくなってしまう。それに、これはどう見たって、馬が歩いた本物の足跡だよね」

同意を求められたのはサットンで、馬の専門職としても、厩舎責任者は自信を持って頷いた。歩幅や雪の跳ねあげ……間違いようもなく馬の足跡だった。

新雪に印された足跡は、確かに牧師の目撃談を完全に否定していた。しかし、否定されてみると不思議なもので、牧師は、確かに自分は男と女を見たはずだ、と思えてくるのだった。反発して意地を張っているつもりはないのだが……。

だが牧師はその場ではそれ以上なにも主張しなかったので、マレーネは不幸な事故の被害者ということになった。酔っていて気持ちがハイになった彼女が、夜の雪原を馬で走ろうとして起こしてしまった悲劇なのだ……と。

携帯電話はまだ普及していなかったので、どうやって警察に知らせるかと話し合いが始まったところへ、厩務員の車が雪を蹴散らしながらやって来た。

＊

少し砂っぽいほどカラッとした夜風が、酒場の外を通りすぎた。

明かりの漏れる酒場は、まだまだ盛りの時間が続き、男達の様々な声で満ちていた。

かなり細部まで再現された事件の内容が語られ終わると、キッドリッジ医師が南美希風に言った。

「私もクリスマス休暇でこちらへ戻って来ていたので、保安官に呼ばれて死体を改めたんだ。マレーネの頭部の致命傷は、蹄による傷として特徴的なものだった。倒れた時の傷なども、顔にあったな。死亡推定時刻は、検死官によって零時半から一時半の間と推定された。オズマ号の左の後ろ足の蹄鉄と蹄に、血液反応があり、ごくわずかに残っていたマレーネ・タープの血液が採取された。牧場《ランチ》ハウスや別館周辺は一面新雪に覆われていて、怪しむべき痕跡は一切なかったらしい」

「雪は、何時から何時まで降っていたのでしょう？」

という美希風の問いには、保安官が答えた。

「降ったり止んだりだったので、細かな時間は判らない。ちょっと場所が変わっても降り方が変化するからな。あの辺り一帯は、まあ、だいたい、十一時すぎから二時ぐらいまでは降っていたのではなかったかな」

「停電していた時間はどうです？」

「それは、十一時頃から一時十分頃までだった。……しかし、このことが、なにかの役に立つのか？」

「こういうことじゃない？」と、ジョンが酔いの回った舌を動かして推測を語った。「例えば、あの現場に再び電気がきていたことが判明すれば、オズマが電線のポールを蹴り倒したのは一時十分以降だと決定される、ってね。つまりそれが、マレーネが事故死した時刻と考えてほぼ間違いない」

ジョンは、少し上目づかいに美希風を見つめ、

「南さん、電気はきていなかったよ。各部屋にある電気時計は、進んでいなかった。電気がくれば、自動的に再スタートする時計だからね。他の電化製品の時計も同じだ。つまり、オズマがポールを蹴り倒して電線を切断したのは、一時十分より前というこ

となる」

「マレーネさんの姿が最後に確認されているのは?」

「それは……、零時四十五分ぐらいではないかと思われている」明確さを欠く言葉で応じたのは、ゴードン・タープだった。「あの時はみんな相当に酩酊していたのでね、時刻など頭に入らなかった。サットンが牧場《ランチ》ハウスに戻ったのが零時半であるのは確かだが……、その後、十数分してから我々三人も部屋に引きあげることにした。私と妻、そしてキース氏の三人だな」

ゴードンは椅子に寄りかかり、気怠そうに肩をすくめた。

「恥ずかしながら、妻と一緒に部屋に入ったのかどうかも覚えていないんだ。一緒だったのかもしれないし、彼女は化粧室に行ったのかもしれない……」

その語尾につなげる調子で、ジョンが、

「あるいは、馬に乗るために、馬房にね」と指摘した。

「そうですね」美希風が言う。「事故死だとなると、そう推定されるわけです。マレーネさんは馬に鞍をつけて乗り、一時十分より前、牧場《ランチ》ハウスの裏口の一ヶ所——主玄関に来たところで事故に遭った、と」

そこまで語って、美希風はゴードンに目を向けた。

「これだけの条件が揃っていても、あなたは事故死説に疑問を呈されたのですね?」

「疑問も生まれるだろう」

ゴードンが姿勢を正すと、木製の椅子が軋んだ。

「葬儀も終えて少しずつ冷静な思考力が戻ってくると、納得できないことが多いと思うようになっていったのだ。まず、マレーネが深夜に馬に乗る理由。これがなんとしても不可解だ。気まぐれにしても、雪原唐突すぎる。乗馬はこなすが熱心ではないし、雪原など興味の対象外なんだぞ。それに、思い出せる限りにおいて、あの夜の会話の中では馬の話など出てこなかった」

　彼は、ちょっと咳払いするような音を立て、

「こんな無責任な憶測をする者も中にはいた……あの夜、マレーネは、牧場《ランチ》ハウスにいた愛人と密会するつもりだったのだ、などとな。万が一そうだとしても、こっそり会いに行けばいい。わざわざ、馬に鞍までつけてなどと、正気の人間がそんなことをするかね？　二人で仲良く乗馬か？　馬鹿馬鹿しい」

　足を組んでいたゴードンは、膝の上を一度クルリと指先で撫でると、若干冷静な口ぶりになり、

「他にも、靴の問題がある。マレーネは、あの別館に用意してある室内履きを履いていた。そして、亡骸《なきがら》になっていた時もそのままだったのだ。馬に乗るのに、乗馬用とか、雪上用の靴とかに履き替えなかったのか？　不自然だろう。それに、倉庫の錠……」

「馬が弾みであけたようだ、というボルト錠ですね」

「本当にそんなことが起きたのだろうか？」顎を引いたゴードンは、じっとジョッキを見つめていたが、それとは別のものを覗き込んでいるようだった。

「本当に、そんなことが……」

「つまり」と美希風は言う。「馬のために、人間の手であけられたのではないか、と思われるわけですね？」

「ん？」ゴードンは顔をあげた。「ああ、そうだ。馬のために……。もし――」彼の目は、人を刺すような強い光を覗かせた。「もし、マレーネの死に犯罪的にかかわっている奴がいたとしたら、そいつは、彼女の亡骸は放置したくせに、馬は大事に扱おうとしたのかもしれない」

　捜査した上での自分の判断にケチをつけられていると感じているせいか、保安官は、

「しかし、これ以上、なにをどう推理するっていうんだね、南さん？」と、不機嫌そうに問いかけていた。「牧師の目撃証言に重要性をおいて見たって、

事態がいっそう不可解になるだけじゃないか」

「まったくだ」〝一流紙〟の記者、パーカーは、煽るように笑った。「キース・タウンゼントが半人半馬に擬《ぎ》せられて葬《ほうむ》られていたからって、マレーネ事件にケンタウロスを持ち込んでどうなるっていうんだ？　下半身が馬で、上半身が人間の生物が、マレーネさんを運んだ、と説明するしかなくなるぞ」

「しかし恐らくこの事件は、足跡と目撃談との間に生じている矛盾が消滅して、どちらにも合理的な解釈が与えられた時に初めて、すべての真相を見せるのだと思いますよ。牧師さんも本音では、ご自分の目にしたものを否定することは心苦しいのでは？」

「そこまでは申しませんが……」牧師の微苦笑は、すぐに、真剣に考え込むかのような表情に変わった。「……ええ、私はやはり誰かを見たはずで、それを否定しきるのはむずかしいです」

「否定できないって言っても……」パーカーは苛立たしげに頭を振る。「それは無茶だ。『長靴をはいた猫』ならぬ、『蹄を生やした男』以外のどんな解釈も成り立たなくなるだろう」

「いえ」と美希風は受ける。「推測の入り口となる解釈でしたら、いくらでも生み出せますよ」

「ほう！　そうかね？」

「例えば、どのようなものだい？」と、キッドリッジがもの柔らかく尋ねた。

「牧師さんが目にした謎の人物は、サットンさんかもしれないなどと、まずは想定してみます」

「わ、私を？」酒を呑んでいても抑制のきいていた男の眉が、この時は跳ねあがった。

美希風のほうは冷静で、淡々としている。

「牧師さんが謎の人物を目撃した時刻ははっきりとしていません。ですから、零時半に牧場《ランチ》ハウスへ戻る時のサットンさんの姿を見た可能性もあります。この時、生きているのか死んでいるのか、マレーネさんを抱えていた――いえ、この点で、この想定は否定されますね。零時半の時点でマレーネさんはまだ息をしていて、キースさんやご主人と、別館で話を続けていたのですから」

「考えるにも値しないことではないか」パーカーは、呆れたように目を閉じた。「それで、容疑者としてのサットン氏の出番は終わりだろう」

「そうでもありませんよ」言葉を続けた美希風は、またちょっと表情を固くしているサットンに丁寧に言った。「ご不快なことに付き合わせてしまって、申し訳ありません。あくまでも、検討する隙が残っていることを示すための例として、言わせていただいています」

変わらずに抑えられた仕草でサットンが頷くのを待ち、美希風は続けた。

「牧場《ランチ》ハウスに一度戻って来たサットンさんですが、密かな意図を持って別館に引き返す必要があったとします。彼は、自分の足跡を後ろ向きにたどって引き返すのです。すでに残されている足跡に、うまく重ねていくわけですね。まだ雪が降っているから試みる気になった手段でしょう。足跡の重なりのずれや、後ろ向きの歩行による痕跡の不自然さは、積もっていく雪が曖昧に消していってくれます」

記憶を再生するようにして、ローレン牧師が呟いた。

「確かに……、雪の窪みでしかなかったあの状態なら、足跡の細かな様子などまったく判らない」そこで言葉を切った牧師は、慌ててサットンに視線を送った。「あっ、いや、失礼」

すぐに美希風は言葉を続けた。

「雪がずっと降り続ければすべてが消えてしまいますが、途中で降り止んだ時に備えての安全策ですね。サットンさんはマレーネさんと落ち合い、二人で馬に乗って牧場《ランチ》ハウスまでやって来ます。計画的なものだったのか、アクシデントだったのか、主玄関の所で凶事が発生してしまいます。事後の工作として行なったのは、オズマが独力で倉庫に入ったと装うことでしょうか」

奇妙に説得力があったためか、背景にある店のざわめき以外、座は静まり返った。

「では――」口を切ったゴードンは、暗いほどに真剣な視線で、握り合わせた拳を凝視していた。「そうやって二人で馬に乗っているところを、牧師が目撃したわけか」

美希風は急いで付言する。

「慌てないでください。これでは、馬の首から上が見えなかったことの説明になりません。それに、今のような行動を実際に取った人がいるにしても、それは、サットンさんの屋外用ブーツを履いた誰か、であってもかまわないのですからね」

「いや、しかし――」

気持ちの整理がつかない様子のゴードンが言葉を乱している間に、パーカー記者が言った。

「馬の首が見えなかったことにも説明をつけて解決する、と言う気かい？」

「解決、というなら、そうなるべきだろうと思っています」

「よし！」ゴードンがテーブルの縁を握り締めた。「君――いや、南さん」彼の真摯な目が、南美希風を見上げた。「正式に、解決を目指してくれないか、この事件の。マレーネの死の真相を知らないままではいられない。謝礼は幾らでも出す！」

「謝礼はともかく、私も真相は知りたいですが……」

「むずかしいのかね？」

「現場である牧場《ランチ》ハウスを見て回ることができるのであれば、あるいはもう少しましな仮説も導き出せたかもしれません……」

「では、行こうではないか！」両手を突いて、ゴードンはバネ仕掛けの勢いで立ちあがっていた。「牧《ラン》場《チ》ハウスに入れさせてもらおう！」

「え？　その建物は、まだあるのですか？」

「あるさ。……マレーネの死んだ場所だからな、取り壊してそこに、リゾート施設を造るという気にはなれなかった。スパリゾートは、タウンゼントの他の温泉湧出地に建設したんだ。防寒構造などに多少補修の手が入っているそうだが、牧場《ランチ》ハウスの主要な部分は以前のままのはずだ」

「当てがはずれたんじゃないのか、日本のオブザーバーくん」パーカー記者の唇が、当てこすりの笑いにたわむ。「現場がないのだから推理にも限度がある、と逃げを打つつもりだったとしたら」

帽子の陰で美希風は微笑を返したが、ゴードンは記者の発言を無視し、ジョン・タウンゼントに意気込んで言っていた。

「どうです、牧場《ランチ》ハウスを見て回ることは可能でしょうな？」

ジョンはボトルを逆さまにし、ウィスキーの最後の滴《しずく》を切っているところだった。

「問題ないでしょう。いつにします？」

「すぐにでも！　明日ならどうだ！　――どうだろう、南さん？」

「私はかまいませんが」

ジョンはサットンにも意見を尋ねてから、こちらもかまわないとゴードンに応え、札入れを取り出していた。

「今になって、こんな興味深い展開が待ち受けているとは！」上気するゴードンも、酒代をテーブルに放り出した。

これでおひらき、という動きの中、美希風は星空に目をやっていた。南の低い空に視線を送っている。

「星座のケンタウロス、ここからは見えないようですね」

「でも、ペガサス座は見えるぞ」キッドリッジは天頂を見上げ、指差した。「ペガサスの大四辺形……あれだろう」

仰《あお》ぎ見る美希風は、挨拶でもするように帽子の庇を軽く押しあげた。「……事件の後、オズマはどうなったのですか？」

「星にはなっていないよ」おぼつかなく手を振りな

がら、ジョンが応じた。「殺処分までは、ゴードンさんも要求しなかった」

「まあ、な……。また人間相手に凶暴な事件を起こしたら、処分してもらうという約束になっている」

「オズマは無実かもしれないわけですよね」そう言った後、美希風は保安官に問いかけた。「ところで、あの馬の身元は判明したのですか？」

表の通りに体を向けていたバーナム保安官は、堂々たる上半身を振り向けた。

「あの馬？」

「ケンタウロスの下半身に相当する部分の骨となっている……」

「馬の身元など！」パーカーががなり立てようとする。「そんなどうでもいい――」

「牝馬《ひんば》の骨であるのは判明しているが、どこの馬かなどはさっぱりだな。タウンゼントの厩舎にも、姿を消してしまった馬はいないのですよね、サットンさん？」

「そのような問題はまったく起こっていません」

美希風は次の質問をした。他の人間にとっては、事件にさして関係あるとも思えないことだったが。

「保安官。ケンタウロスの遺骨が発見された場所は、〝北の丸山〟と呼ばれているのですか？」

「そうだよ。元々、チャーリー・タウンゼントによって〝希望の丸山〟と名付けられた山があった。タウンゼント家のサクセスストーリーが、この銅山から始まったんだ。その山のミニチュアのように似た形をしている、というので、〝北の丸山〟と名付けられた」

「では、例の看板、といいますか、表示板があるはずですよね。タウンゼント家の敷地の中の、名刺のような……」

「んー、そうだな、あったような気がする。あったな。もう少し山頂のほうに」

「遺骨の調査をしていたあの時、それが見えましたっけ？」

「……そういえば、あるはずですよね」応じたのは、サットンだった。「何年も前に、設置したという話は聞きましたが、私は見た覚えが……」

「表示板が紛失している？」

キッドリッジが不思議がる横で、美希風は、調べてほしいことをサットンに伝えていた。

どのような意味があるのか、それは意外な内容だった。

それぞれが明日を思い描き、その夜はそれで解散となった。

6

「おーい、本当に寝るんじゃないぞ」

パーカー記者の声を、美希風はベッドの上で聞いた。帽子を顔にかぶせ、仰向けになっている。牧場《ランチ》ハウスの一室。マレーネ事件の時に、牧師が寝ていたベッドだった。当時と同じベッドであり、場所も移動していないという。

美希風は帽子をつまみあげ、北向きの窓を注視した。

乾いた陽光……。日曜の朝。週末の自由な時間を過ごそうとする人々にとっては絶好の日和だったろう。屋内で額を寄せ合い、人の死にかかわる謎を調べている場合ではないかもしれない。

窓の外には制服姿のバーナム保安官がおり、部屋には他に、六人の男女の姿があった。

ロナルド・キッドリッジ医師。ゴードン・ターフ。ローレン牧師。そして、戸口のそばでは、アーノルド・サットンとジョンに両脇を守られる形でローズ・タウンゼントも立っていた。左手で杖を突いているが、杖に頼っているという素振りは極力見せない女性だった。襟元から白いブラウスが覗く、グレーのパンツスーツを着ている。髪は白さが目立ってきているし、かなりやせているが、表面は錆びても揺るがない形を保っている彫像さながらの芯を、今でも彼女は感じさせた。

　この町には現在、かつてなかったほどの数でマスコミ陣が殺到してきていた。失踪していた土地の名士の白骨が、異様な姿となって発見されたというセンセーショナルな話題は、格好の取材対象であるらしい。神話的に奇態な白骨の映像は、インパクトがある。

　牧場《ランチ》ハウスに集まっている面々のほとんどは、張り込んではマイクを差し出してくるテレビクルーらをそれぞれにうまく振り切ってやって来たのだ。ただ、この馬牧場の正門前にある林の木陰に乗用車が停めてあり、その運転席のシートから「よう！」と美希風達の前に体を起こしたのがパーカー記者だった。牧場《ランチ》ハウスに集合する時刻は入手できなかったので、一日中でも張り込むつもりだったという。一流紙の記者を自称するだけあって、定めた狙いに食らいつくしつこさは持ち合わせているようだ、とキッドリッジなどはそれなりに感心はした。


　ここへ来るまでの間に、美希風とキッドリッジは、さらにはっきりとした捜査結果を保安官から仕入れていた。ケンタウロスの上半身は、キース・タウンゼントのものであることが確定した。歯科医に残っていた記録と、遺骨の歯の治療痕が完全に一致したのだ。失踪と同時か、ほどなく死亡し、あの場所に埋められていたものと考えられている。彼の上半身と馬の胴体が別々に埋められ、たまたまあのような形になったという偶然説は否定されている。平らで丸い、大きな石が、判りやすい証拠だった。その石は、人と馬との接触部分のすぐ上――地表側に埋まっていたのだ。人と馬が一緒に葬られた上に、その石が埋め戻されたと見るのが妥当だという。

　キース・タウンゼントの死亡原因は、今のところ不明だった。

「なるほど」窓の外で立っている保安官の姿を、美希風はベッドで横になって見ている。「こうした距離関係ですと、確かに、上半身が見えるだけです」

　事件の時の人影がどのような〝縮尺〟で見えたのか、牧師が再現した後だった。牧師は、あの時の、静謐《せいひつ》に打ち沈んだ葬列のように感じたという印象も、皆に伝えていた。

「保安官並の体形だと、建物から四メートルほど離れているわけですね」美希風は体を起こして帽子をかぶる。「連絡路の幅の、ちょうど真ん中ぐらいですか。もう少し小さな体形の人物であったなら、三メートルぐらいには接近していた計算になりますね」

「どっちにしろ、連絡路にしっかりと足跡が残ったはずだ」

　パーカー記者が言った。上着は違うが、えんじ色のベストは昨夜と同じだった。尖った鼻の影が、顔に落ちている。

「医師《せんせい》」と美希風は、一番窓に近いキッドリッジに頼んだ。「ＯＫです。主玄関で落ち合おうと、保安官に伝えてください」

　キッドリッジは身振りと口の動きでそれを外に伝えた。

　ベッドからおりる美希風は、柔らかな表情で、

「牧師さんが目撃したのは、ケンタウロスでもないし、馬に乗った人でもないようですね。この近距離で目撃したなら、馬の上半身も目に入らなければおかしい」

　パーカーもこれには同意する。

「馬の首が見えなかったのではなく、不審者は馬になど乗っていなかった、と落ち着くわけだ。馬に乗っていたら、そりゃあ、人の上半身の高さがまるっきり変わるからな」

「しかし……」キッドリッジは不思議がる。「そうした不審人物が存在するとして、その人間は足跡を残さずに歩いたことになるのかね？　どうしても、足跡の謎が立ちふさがるな」

「もう少し調べれば、その謎を突き崩す手掛かりも得られるかもしれません」

「それは頼もしいことで！」パーカーが軽口を飛ばす。

「皆さんも、どんな些細なことでもいいですから、思い出したことはどんどん話してみてください」

ローズと、そのすぐ後ろに並ぶジョンとサットンを先頭に、一同は廊下へと出て行った。

主玄関を再度調べ直し、倉庫のボルト錠の造りを確かめ、それから一行は屋外に向かった。応接ルームの外を回り、別館へ進むことにする。

ジョンが話していた。

「冬の間は使わない一帯だから、ここは雪の原になるんだ」

ちょうど、応接ルームの南向き窓の近くに差しかかっているところだった。建物の南側に面して、低い柵がある。

重要な発見――証言があったのは、この時だった。もっとも、それを口にした当人には、そのように大それた意識などさらさらなかったろうが。

「このぐらい雪は積もっていたのですね」

と、美希風は柵の支柱に手を置いた。高さはおよそ一メートル半で、頭頂部が十センチほどの大きさの馬の彫刻になっている。数メートル間隔に支柱はあり、応接ルームの窓の真正面にある支柱に、美希風は触れている。

「ちょうどそれぐらいです」応じたのはサットンだ。口髭を一こすりし、「あの朝、その窓から見た時、馬の像もすっかり雪の下になっていたのを覚えています。保安官を待つ間、みんなその部屋にいたのですよ」

その時、一瞬美希風が身動きを凍らせたように見えた。次の瞬間には、彼はクルリと振り向き、サットンと鋭く目を合わせていた。

「それは間違いないのでしょうね？」

「え？」相手の眼差しの強さに、サットンは戸惑ってひるむ。「ま、間違いないですよ。大変な事故のことを、この部屋で――」

「いえ、そのことではありません。この支柱がすっかり見えなくなっていた、という点です」

「そ、それも間違いありませんが……」

彼の後ろのほうで、

「私も思い出した」と言ったのはゴードン・タープだった。「あの朝……、茫然とした記憶の中にも確かに残っている……。窓から見えたのは、一面の雪だけだ」

「これですよ！　これが、最後の詰めになる手掛りです」美希風は興奮を感じさせる歩調になると、別館に向かって進み出した。「まとまってくる……。そういうことか……」

パーカー記者が追いついて横から言った。

「なにが最後の詰めなんだ？　雪か？　雪がどうしたっていうんだ？」

「降った雪の量が――」

そこで突然言葉を止めた美希風は、不意に急停止した。パーカーはたたらを踏んで、二、三歩前に行く。

「その時の雪の様子ですが」と美希風は、後ろからついて来ている一団に尋ねた。「屋根から雪が落ちてくる場所に支柱はあったのですか？　風の影響で、その場所に吹き溜まりができていたとか？」

サットンとゴードンは顔を見合わせ、ゴードンが答えた。

「そんなことは一切ない、ごく普通の積もり方だった。平らに降り積もった、柔らかな新雪さ」

牧師も同意して頷いている。「普通に降り積もっていましたよ」

「それで決まりです！」

美希風はまた歩き始めたが、その足取りはセーブされたものになっていた。機敏には歩けないローズの歩調に合わせたものだ。

「決まりって、なにがだ？」パーカーが問い詰める。

「雪のなにが問題なんだ？」

「おかしいではありませんか。停電が起こる直前、支柱の上の馬の彫刻が見られているのですよ。まさに雪の上を走っているかのように、足の下まで雪があったそうです」

「だから？」

「あの彫刻の高さは十センチはあります。つまり、朝までに雪は、少なくとも十センチは積もったのです。しかしどうでしょう。問題の連絡路やその周辺の雪は、数センチしか積もってはいなかったではないですか」

「うっ⁉」

声を呑んだパーカーに代わり、キッドリッジが前に進み出て訊いた。

「し、しかし、それはどういうことなんだろう、南くん？」

「男が歩いたはずなのに、馬の蹄の跡しか残っていないという矛盾。そしてこの、十センチ降ったはずの雪が、広い範囲で五センチしか残っていないという矛盾。これらの矛盾に納得のいく説明をつけ、他の事実と並べれば、たった一つのストーリーが見えてきます」

「納得のいく説明だって？」パーカーは声を張る。「無茶を言うなよ！」意気込む口吻《こうふん》で質問が放たれる。「十センチの雪が、どうして五センチになる？」

「消されたのですよ。男の足跡もろとも、厚さ五センチ分の雪は消されたのです」

「ど、どうやって？」パーカーは目をつりあげてしまった。

「どう考えても、ロードヒーティングでしょう。それで溶かしたのです」

皆が呆気にとられた後、ゴードンが拳を振った。

「そんなはずはないだろう。電気はずっと止まっていたのだ」

「そう思い込まされていたのですよ」

パーカーが、キッドリッジが、ゴードンが、そしてジョンが、美希風を取り囲んで口々に質問責めにしていった。

「誰が、そんなことを?」「どうやって?」「すべて説明できるのか?」

「オズマが電線のポールを蹴り倒したなんて、うまい演出でした」と応じて質問の嵐を受け流した美希風は、サットンに尋ねた。「主玄関周辺――いえ、牧場《ランチ》ハウスに、蹄で蹴られたのと同様の傷を生み出せる凶器など、ありますかね?」

「……そのような物は」口髭を押さえてうつむき加減だったサットンが、目に光を宿らせて顔をあげた。

「しかし、別館になら、それらしい物が幾つか……」

すぐそこに見えてきた別館に視線を送りながら、美希風は思いついた様子でさらに訊いた。

「キースさんが失踪した当時、姿を消した馬はいないということでしたが、手綱はどうです、サットンさん?」

「手綱……」

「紛失したりしていませんか?」

サットンは、ハッと思い当たった顔になる。

「そういえば、一組……。厩務員の誰かの不手際だろうと思いましたが、結局は見つからずじまいで……」

パーカー記者は、なにを聞き出したいのかさっぱり判らない質問だ、といった顔をしている。苛立ちと困惑。あからさまなその表情を目に入れたキッドリッジも、半ばは彼に同意して、内心で苦く微笑していた。

「どうして、これほど大きな凶器に気付かなかったのですか」

別館の一階、展示室に入った美希風は、正面の奥にある壁の前で強く言った。

玄関に通じるものと、建物の奥に通じるもの、二つの出入り口がある大きな部屋――ホールだった。キース・タウンゼントの自慢だった、厩舎関連の品々が飾られている。ホールの中央には、馬の剝製までが置かれていた。しかし、その剝製の蹄部分がすべて台に接していることを見て取った美希風は、他に視線を走らせ、奥の壁に進んだのだ。

彼が目を留めている物は、壁に掛かっていた。目の位置より、少し低い高さだ。盾の形をしたプレートから、馬の足の先端部分をコピーした物が前方に出ている。硬質プラスチック製のようだ。

「その蹄鉄形のオブジェが、生産馬協会から授与された記念品なのです」

とサットンが説明した蹄鉄オブジェは、実物と同じ大きさだった。

「それをキース様が、そのように飾れる形にしたのです」

プレートから出ている馬の足――その蹄に、蹄鉄オブジェは取りつけられているのだ。馬の足の部分は、本物そっくりに毛も生えている。

近付きながら、キッドリッジが訊いた。

「凶器って、どうしてそう思うのだい?」

美希風は、足の模型の下側を覗き込み、

「ここを見てください。蹄のそばの毛に、わずかに染みがある。こんな場所に、なにが染みとなって付着するというのでしょう? 調べれば、人の血液だと判明すると思いますよ」

「人の――!」おぞましげに恐れる目を向けたのは、牧師だ。「……凶器」

しばらくは声が絶えた。

次に美希風が口をひらいた時、そこから出てくる声は、短調の調べを持っていた。

「致命傷を負わされるほど馬に蹴られれば、倒れる時に顔に傷ができても当然ですが、顔の傷のほうが先だったとも考えられますね。マレーネさんはここで激しく殴られ、すぐ後ろにあったこの蹄に頭を割られてしまった……」

ローズがそっと目を閉じた。ゴードンは唇を嚙む。

「犯人は、彼女の遺体を牧場《ランチ》ハウスに運んだのでしょう。その姿を、牧師さんが目撃した。運んだ理由は、本人にとってもはなはだ曖昧なものだったのではないかと想像します。あの夜、晩《おそ》くまで呑んでいた人達は、記憶も定かでないほど酩酊していたそうですね。そこに、マレーネさんを殺してしまったショックが重なる。犯人は、ほとんど自失状態だったのではないでしょうか。彼女の遺体を牧場《ランチ》ハウスへ運んだのは、自分のいる場所から少しでも遠ざけたほうがいいという程度の自衛本能が働いたためかもしれません。主玄関にあるピエタの像が気持ちを誘ったのかもしれない……。そうではなく、あそこまで運んで来たところで腕が疲れ、放置していっただけなのかもしれない。彼……犯人はフラフラと、別館へ戻ります」

「別館へ……」苦い塊を押し出すように、キッドリッジ医師はそう口にした。

数秒の沈黙の後、その静けさにそっと乗せるかのような声で美希風が宣告した。

「マレーネさんが亡くなった雪の夜、ここにケンタウロスを生み出したのは、タウンゼントの親子でしょう」

「親子……」

と、ゴードンが喘ぐように言い、サットンは厳しい目の色になり、ローズは、まだ目を閉じ続けていた。

「マレーネさんと別館に残っていたのは二人の男性、ゴードン・タープさんと、キース・タウンゼントさんです。この事件は言うまでもなく、馬による事故死を偽装しようとしていましたし、それはほとんど成功しかけていました。ところが、ゴードンさんは、常にそれに異議を唱えてきたのです。常識的に、この方が犯人とは思えませんね。その上この事件は、マレーネさんを殺してしまった人物とは別の、事後工作をした人物も深く関係してきます。馬を利用した人物です」

そこでサットンさん、と、美希風は当時の厩舎責任者に質問を振った。

「オズマの足跡が、後ずさってつけられたものだという可能性がありますか？」

とんでもなく常識離れした着眼に驚いたという様子になったサットンだったが、彼はすぐに真顔になった。

「そのような足跡でないことは明らかです。馬をちょっと知っている者なら、誰でも判りますよ。それに、きれいに後ずさるなどとは高等テクニックです。うちの馬には、そんな芸当は覚えさせていませんよ」

「それは間違いない」と、ゴードンも認めた。「あれは、前方へ歩いた馬の足跡だ」

「でしたら、その馬を利用して足跡の偽装工作をした者は、当夜、牧場《ランチ》ハウスにいなければなりません。別館にも行けないのですからね。この事件は、別館にいた殺人者と、牧場《ランチ》ハウスにいた事後従犯者によって行なわれたものなのは間違いないでしょう。詳細は、この後すぐに話します。そしてここで、再検討といった意味合いで、ゴードン・タープさんが犯人だったと仮定してみましょう。しかしこの場合、殺人の罪を共にかぶるかもしれない危険を冒してゴードンさんを救おうとする人が、牧場《ランチ》ハウスに――この敷地の中にいたでしょうか？　ジョンさんは、ゴードンさんといいビジネス関係を結びつつあったようですが、命懸けで守ろうとするほどではないでしょう。――以上、推論を重ねますと、マレーネ・タープさんを死に至らしめたのは、キース・タウンゼントさんということになりますね」

美希風の声の響きは、ますます静謐なものに近付く気配だ。

「ゴードンさんが寝た後も、キースさんはマレーネさんと展示室で会っていて、感情の行き違いから凶事を引き起こしてしまったわけです。殺害犯は彼。ただし、足跡の工作をして事故死を偽装したのは、ローズ・タウンゼントさんでしょう」

7

誰も口をきかなかった。

キッドリッジは、ローズの顔を見ればいいのか、美希風の顔を見ればいいのか、判らなかった。

「マレーネさんの遺体を運ぶキースさんの姿を見たのは、牧師さんだけではなかったのではないでしょうか」と、美希風は言った。「ローズさんも、また見てしまったのだ、と私は思います。……ローズさん、そこに椅子があります。お座りになられたら？」

しかしローズは立ったままだ。まだ瞳を閉じている。

ジョンが一歩踏み出した。

「そ、祖母が、なにをやったって言うんだ？」

「……主玄関へ行き、マレーネさんの遺体を確認しました。キースさんが彼女を運んでいる姿を目撃したためではないかと推測しますが、ローズさんは息子さんがマレーネさんを死に至らしめたと知りました。ローズさんとキースさんの性格からして、息子さんが母親に遺体を渡し、助けてくれるようにと懇願したとは思えません。ローズさんは、自分で事態を把握し、打開策を練っていったのでしょう」

さて、という感じで美希風は一拍の間をあけた。

「別館と牧場《ランチ》ハウスをつなぐ連絡路の雪の上には、キースさんの靴跡だけがくっきりと残っていました。連絡路の積雪量は数センチ。零時半に牧場《ランチ》ハウスに引きあげたサットンさんの靴跡は、雪に埋もれつつありました。ローズさんは別館に出向き、部屋の中の息子さんの様子を窺ったのではないでしょうか。キースさんはいびきでもあげて寝ていたのかもしれません。翌朝になれば、自分のしたこともはっきり思い出せないほどの二日酔い状態かもしれないと、ローズさんは推測します。そして、自分の力で可能な限り偽装を施してみようと決断したのではないですかね」

「奥様」と、サットンが呼びかけた。「言わせておいていいのですか？　なにか反論は？」

ローズは目をひらいた。

「かまいません。全部話していただきましょう。……それで南さん、私はその夜、息子の犯行に気付いてから、なにをしたのですか？」

「このプレートの凶器とその周辺にあった多少の血痕を拭き消したのだと思います。蹄による特徴的な傷がマレーネさんの頭に残っているようでしたから、馬に蹴られた事故に見せかけるという案はすぐに浮かんだのでしょう。ただ、雪の上には、キースさんの足跡がはっきりと残っている。どうするか？　そんなことを思案しているうちに、停電が回復したのですね」

「一時十分だ……」キッドリッジは呟いた。

「ローズさんは、ロードヒーティングを使おうとしますが、咄嗟に、停電が続いている状態だったと関係者に思わせることができれば、効果は完璧になると閃いたのでしょう。牧場《ランチ》ハウスの納戸部屋に向かいます。ブレーカーがありますから」

「ブレーカー！」ゴードンが唖然とする。

「屋外ブロック用のブレーカー以外は、すべて切ってしまいます。外灯はスイッチを切って灯らないようにしたでしょう」

「ロードヒーティングだけが働いている状態か！」

パーカー記者は愕然と目を剝いたが、それはキッドリッジたち他の面々も同じだった。まったく表情が動かなかったのは、ローズだけだった。牧師も、感情的な反発心を抑えて深く聞き入る様子になっている。

「送電が再開されてからローズさんがブレーカーを切るまでの間、各種電気時計は数分進んだはずですが、その数分は、十一時頃に停電したという程度の認識の誤差の中に紛れてしまったわけですね。連絡路と一部の敷地では、電気の力で地面の雪が溶かされていきました。私は日本の雪国育ちなもので知っていますが、数センチの雪を溶かすには、二時間近くの時間が必要なのではないでしょうか。アメリカのは、もっと強力なのかな？　ローズさんはこの一時間何十分かの間、計画をあれこれと構築したのでしょう」

「馬を使う計画を……か」ゴードンが低く言う。

「マレーネさんの遺体を馬房へ運ぶ手段も考えたでしょうね。しかし、馬房と別館は建物として一体ですから、キースさんから容疑を逸らす意味は薄くなります。また、現場である馬牧場に限って停電が続いていたことの説明がつけづらいです。反して、主玄関には、すぐそばに電線を支えている細いポールがあります」

何人かの呻き声が漏れた。

「連絡路の雪が溶けた頃は、雪が降っていたはずです。これは、停電の偽装工作が最高の効果を発揮する条件でもあります。ローズさんはロードヒーティングのスイッチも切りました。これで、雪が再び積もり始めます。一度も踏み荒らされたり溶けたりしたことなどない、真《ま》っ新《さら》な雪の状態を作り出せますね」

「いや」

と非難の声をあげたのはサットンだった。

「真っ新ではおかしいでしょう。我々が朝に見た雪には、私の足跡が残っていたのですよ。あなたの説では、私の足跡まで消え去っているはずだ」

「そうだ」

パーカー記者も言う。

「その点は大きな問題だぞ」

「あの足跡も、ローズさんが再生したのですよ。昨夜、仮説の一つとしてお話ししたやり方で」

キッドリッジは思い出して口にした。

「サットンさんのブーツを履き、後ろ向きに歩く……」

「ローズさんはまず、牧場《ランチ》ハウスに戻り、雪が積もるのを待っていました。そして、三、四センチ積もったところで、その方法を取ったのです。ここで、容疑者からジョンさんが除外される理由はお判りと思います。大柄な彼は、サットンさんのブーツを履けません」

聞き手の顔には、驚きと納得の表情が半々に入り乱れた。ジョン自身、意表を突かれたという面持ちだった。

「この足跡の工作は、効果を発揮するかしないかは定かではないけれど、おろそかにはできないから行なわれたものですね。偽装足跡が、すっかり雪の下になってしまう可能性もあるわけですから。しかし同時に、発見されることを前提にした工作でもあります――すぐには止まないだろう雪に、細部の不自然さは消された状態で、ですが。それにしても、まったく足のサイズの違う人間が、自分の靴を履いてこのようなことはやらないでしょう。自分の靴で後ろ向きに歩きながら、サットンさんのあの時のブーツに特徴的だった垂れた部分の痕跡を偽装していく、などというのは不自然すぎます。あの工作は、サットンさんのブーツを履ける人間だからこそ思いつき、実行できたのではないでしょうか」

美希風はローレン牧師に視線を送り、

「牧師さんでしたら、サットンさんのブーツを履けたでしょうか？　しかし、牧師さんが偽装工作犯人なら、怪しい人影を見たなどと言い出さないのは自明のことです」

牧師は細く息を吐いて瞑目《めいもく》し、サットンは口髭を微妙に蠢《うごめ》かしていた。

「あの夜の降雪予報は、少しは降る、というものだったそうですし、ローズさんは何十年もこの地で生きてきた女性です。大雪にはならないという程度の予測はついていたのでしょう。とはいえ、雪の降り方、止み方は、ローズさんの計画に益しました。偽装されたサットンさんの足跡がある程度消えたところで、雪は止んだのです。午前二時ですね。

ローズさんはオズマに鞍をつけます。あの馬を選んだのは、荒い気性のせいか、それとも、本当の凶器であるこの蹄鉄オブジェと、蹄鉄の型が一番近いからかもしれません。ローズさんは、馬に乗って牧場《ランチ》ハウスへ戻ります。荒々しい事故がそこで起こったかのような痕跡を偽装するため、主玄関の前で馬を動かします。そしてこの時に、本物の凶器とその周辺の血を拭った布を蹄にこすりつけたのでしょう」

「すべてに説明がついていく……」ゴードンは、重々しい驚嘆に立ち尽くしていた。「そして、彼女ならやれる……」

「ローズさんは、あらかじめ錠をはずしておいた倉庫にオズマを入れます。外に放したままだと、馬房に戻る恐れがありました。別館に続く足跡は、なに一つないほうがいいのです。残る作業は、一番やっかいともいえる、ポールの破壊ですね。大きな音が恐ろしかったでしょう。ローズさんは、倉庫から大型のハンマーでも持って来て、ポールを倒し、電線を切断しました。その道具を倉庫に戻し、サットンさんのブーツを元の場所に返します。ブレーカーとロードヒーティングのスイッチなども元どおりにします。……以上かと思いますが、いかがですか、ローズさん？」

ローズは口をひらきかけたが、それより早く、サットンが言った。

「私だ。やったのは私だよ。ブーツを履いて再び歩いたのは、私自身だ……」

それも有り得るか、と、キッドリッジあたりは思ったが、美希風は動じなかった。

「あなたが偽装犯人なら、なぜ、倉庫の錠は掛け忘れていた、と言わなかったのです？」

「え？」

「馬が何度もぶつかったりした弾みに錠がはずれた、というのは、やはり無理を感じさせます。あなたなら、『すみません、昨夜はうっかり掛け忘れていました』で済むのではないですか?」

「……」

「もういいのですよ、サットン」

遂にそう言って、ローズ・タウンゼントは椅子に近付いた。肘掛けにしばらく手を突き、それから座面に細い体を預けた。

「あなたのおっしゃるとおりです、南さん」

きれいな灰色を見せる眸《め》が、日本の青年を見上げた。

「そのようにキースを庇《かば》い立てした動機は、母の思いというより、もっと功利的なものだったと考えてくださってもけっこうですよ。さほどの人物ではありませんが、キースはそれでも、タウンゼント家にはまだ必要でした。……南さん、おっしゃるとおり、ぐったりとしたマレーネさんをキースがしずしずと運んでいるのを二階の窓から見たのが、すべての始まりでした。……翌朝目覚めた時、深酒をした後のキースは、自分がしたことを半分は夢の中の出来事だとしか実感できない状態だったでしょうね。いつもそうです。馬による事故という現場の様子はしっかりとしたものだったはずですから、キースも、自分の記憶にかすかに残っている光景や感触は夢なのだと信じかけることができたのではないでしょうかね」

誰もが責めるでもなく蔑《さげす》むでもなく、ただ聞き入っている室内の空気は、重く静かだった。

「もちろん、誰かが真相を隠蔽しようとしていると、キースの理性は察してはいたでしょう。わたしからはなにも申しませんでした。あれからの何ヶ月間か、彼はなにかを言いたそうな素振りを見せる時がありましたが、結局話すきっかけはつかめないままに、息子は姿を消したのです」

南さん、と、老女は問う。

「息子は——キースは、誰に裁かれたのでしょうか?」

男達も、美希風の顔を見た。

「裁いた——そのような存在がいるとしたら」美希風は答えた。「それは、山でしょうね」

「山……ですって？」

か細いローズの問い返しに続いて、男達の声が飛び交う。

「なんだい、それは？」と、パーカー記者が眉を寄せ、「あの山のことなのか？」と、バーナム保安官が訊く。

キッドリッジ医師が、男達の前で手を振る。

「まあまあ、話を聞こうじゃないか」

彼らはいったんは静かになったが、美希風が、

「失踪した日、キースさんはマデリーンと一緒に〝北の丸山〟に入ったと想像されますが」

といったところで、また騒然となった。

「マデリーンなんて女、実在したのか？」と、ジョンは呆気に取られ、「その女がやはり犯人か？」と、保安官が詰め寄った。

今度は美希風自ら、手をあげて質問を制した。

「その前に、皆さんに伝えておくべきことがありました。サットンさんを通して、土地開発業者の意見を聞いてもらったのですよ。ケンタウロス状態のキースさんの遺骨を発見した専門技術者達の意見です。彼らは、あの地点ではちょっとした規模の土砂崩れが起こっていたことを示す兆候は確かにある、と判定したそうです」

「土砂崩れ……」

と、半ば呆然とゴードンが呟き、美希風に目で促されてサットンが言った。

「幅数十メートル。長さは百数十メートルにわたって発生した可能性があるそうです。あの山周辺は荒れた土の地面で、樹木も立っていませんから、土砂崩れの跡が素人目には目立たないだろうということでした。その土砂崩れ跡が、あの斜面になっているのですよ……」

「あの山には、キースさんが立てた表示板があるは

ずだといいます」

美希風は話を再スタートさせた。

「しかし、キースさんの失踪後、何ヶ月かして権利の譲渡を済ませたサットンさんが見回りなどを始めた時には、その表示板はもう目に触れることはなかったのです。キースさんでしたら、表示板の紛失にはすぐに気付き、騒いでいたでしょう。でしたらその表示板は、キースさんの失踪と相前後して消えたと推測してもいいようです」

「相前後して……消えた」

ジョンは考え込み、ローズは泰然として美希風を見守っている。

「さらにもう一つ」美希風は言う。「ケンタウロスの骨の中央部のすぐ上には、平らで大きな岩があったそうですが、人間が土を埋め戻したのなら、そのように労力のかかる面倒なことをわざわざするでしょうか？」

人間なら……。その言葉を聞き、キッドリッジは考えた。では、人間ではないものが……？

「私はこう想像しますね」と、美希風は言う。「失踪した日、キースさんは休日で、屋敷に一人でした。そして、外を出歩いていた彼は、裸馬を見つけたのでしょう。野生の馬なのか、他の牧場からの放れ馬なのか……。その馬が、マデリーンです」

「――牝馬か！」

重なり合う驚嘆の声は、どよめきとなった。

「それで？」キッドリッジは先を催促する。

「マデリーンと名付けたその馬を、キースさんは手なずけようとします。厩舎から手綱を持ち出し、なんとかマデリーンに取りつけることに成功します。鞍は、まだつけられません。馬に跨り、乗りこなそうとします。キース・タウンゼントさんは、そうしたことがお好きなのでしょう？」

「大好きさ！」と、息子が頷く。

「キースさんは時間をかけて、マデリーンと遠出できるまでになります。彼らは、〝北の丸山〟に入ったのです。そして、そこで悲運が襲いかかりました。雪解けのシーズン。荒れ山……。土砂崩れが起こったのです」

「キースさんは、それに巻き込まれたのだね？」表情を曇らせてキッドリッジは訊いた。

「ええ。土砂が斜面を水のように疾走します。キースさんとマデリーンは、斜面の上に左の側面を向けている格好です。土砂に足を取られ、マデリーンは膝を曲げて座り込む形になったのではないでしょうか。そこへ、高速で襲いかかった物がある。もっと上のほうに立っていた表示板です」

「――えっ!?」

ジョンは目を丸くした。サットンも、キッドリッジも、息を止めている。

「表示板も、土や岩に打たれて支柱から倒れたのでしょう。表示板は、大波の上に乗るサーフボード同然だった。流れ下る土砂の勢いに拍車を掛けられ、加速する。そして、その表示板は、表示面のプレートの、下の縁を下り方向に向けていたのだと思います。あのプレートは、薄い鉄板です。下の縁には枠はない。急速度で動いていた場合、それが刃物となるには充分の薄さでした。そして、重さ……。そのプレートが、マデリーンの首の付け根辺りに襲いかかった……」

わっ！　と、ジョンは顔をしかめた。保安官とパーカー記者は、自分が痛みを感じたかのように眉間に皺を刻んだ。ローレン牧師が祈りの言葉を呟く。

「斜め方向のギロチンか……」ゴードンが呻いていた。

「マデリーンの首から上とキースさんの上体が切断されました」美希風は、口調を平静に保とうとするかのように、吐息を一つついていた。「斜面の上から加えられた衝撃のままに、キースさんの下半身は、馬の胴体を下り斜面側に回り込んだ。馬体のほうも、下り方向に倒れていっています。そして、キースさんの下半身の上を、土砂に薙《なぎ》払われるようにして馬体は移動する」

　その時、キースの片足は激しく折れていたのではないかと、医者キッドリッジの想像力は思い描いていた。

「それぞれを押さえ込もうとしていた土砂の量や、ぶつかっていた岩の有無など、他の条件も影響を与えたでしょう。キースさんの下半身はその場に残り、横倒しになったマデリーンの体は下り斜面側に幾分かは流れた。そして、ここで次の条件となったのは、手綱ではないかと思います」

「手綱……？」サットンが小さく声を出していた。

「手綱が、表示板の支柱にあった装飾彫刻にからんだのだと思いますよ」

　んー!!　と唸った保安官は、妥当な想像だと認める顔付きになっている。表示板の形態を思い出す他の面々も、同じ表情になっていった。

「手綱を握っていたキースさんの腕――上半身は、馬体と共に移動する形になったのでしょう。しかし、何秒かでその手も離れ、キースさんの上半身は馬体のすぐそばに倒れることになったと考えられます。一方、手綱は表示板の支柱にからんだままだったので、馬の首は必然的に斜面を遠ざかっていく」

　室内には、幾つもの感嘆の呻きが交錯していた。

「その後、続いて雪崩落ちてくる大量の土砂が、すべてを覆い隠していった……。この時の力の作用で、キースさんの下半身とケンタウロス部分は、もっと離れてしまった可能性はありますね。そして同時に、この最終的な変動の後、人と馬の体にあのような奇観を生み出させる配置が決定したわけです……」

　美希風の最後の説明――「キースさんの残りの遺骨は、あの発見場所より少し上の斜面にあるでしょう」という言葉は、何度もの驚愕に呑み込まれて生じた静寂の空間に広がっていった。

　ふらつくようにして、ジョンが壁に寄りかかった。

「そして……マデリーンの首と表示板は、もっとずっと下った場所に、か……」

キッドリッジも付け加えた。

「土砂崩れによって山の姿がある程度変わっていることに気付ける者は、キースさんしかいなかったろうしな……」

髪の毛を掻きむしったのはパーカー記者だ。

「驚き入った話だ……！」

美希風は、ローズ・タウンゼントに顔を向けていた。

「以上のような配置で遺骨などが発見されれば、私の想像に近いことが起こったと証明されるでしょう」

老いたる女帝の瞳には、頑なさや矜持《きようじ》ではなく、ただ情だけがあった。

「ありがとうございました、南さん。……なにもかも。昨日の事件は、過去の事件を清算するためのすべてを呼び集めるために、あのような姿をしていたのかもしれませんね」

椅子の肘掛けと杖に手を掛け、ローズは体を持ちあげた。

「マデリーン、そしてキースの遺骨をそれぞれ元どおり一つにし、供養することができます」ゴードン・ターフに、彼女の視線は注がれた。「そして、マレーネさんのことも改めて……。馬鹿なことをしてしまった親子です。さっ、保安官、まいりましょうか」

んー、と、バーナム保安官はまた唸った。

「まあ、一応、オフィスで話を伺いましょうか」

美希風は見ていた。

ジョンとサットンがローズのそばを歩き始め、彼女の腕に、牧師が手を添えた。

＊　　＊

日本に戻った南美希風に、ロナルド・キッドリッジ医師からその知らせは届けられた。

馬の首と表示板、そしてキース・タウンゼントの残りの遺骨は、想像どおりの地点から発見された、と。

ジョン・タウンゼントは、少しはしっかりしてきたらしく、パーカー記者はスクープをものにしたが、その内容は、抑制のきいた理性的なものだったという。彼はこの事件の話をする度に、美希風の名を口にしているが、それは記事には載っていない。

8
美《み》羽《う》の足《あし》跡《あと》

1

「僕も、心臓の病気だったんだよ」

本当に見晴らしのいい場所だった。お友達だけが知っている秘密の場所なの、と、美羽《みう》が内緒めかしたのも頷ける。ただ、秘密を知っているお友達の数がどれだけになっているのか、ちょっと心許ない気もするのだ。園児全員が、その中に含まれているのかもしれない。美羽という少女が、隠し事が上手だとは思えないからだ。六歳の少女は、大抵そうだろうけれど。

南美希風と美羽がいるのは、草がふっくらと生えた、緩やかな斜面の上だった。高さにすると、建物の四、五階に相当するのではないだろうか。けっこう歩いたが、健康体の美希風にとっては、楽しいウォーキングだった。

砂浜の海岸線の先に広がるのは、昼下がりの陽光に照らされた土佐湾の海原《うなばら》だ。

高く澄んでいる秋空とその青さを競っているのか、海は陽《ひ》の銀砂をまとって瞬いている。

美羽が、細い首を右にねじって美希風を見つめた。二人は草の上に腰をおろしている。軽く膝を抱える、同じ格好だ。

美希風のさらに右手の眼下には、園《えん》の建物が見え、駆け回る子供達の姿がグラウンドにあった。その歓声までが聞こえるような気がする。

「あたしのパパと、同じ病気ね」

「細かなところは違うかもしれないけれど、心臓という点では同じだね」

美羽は顔を前に向け、膝小僧の上にミルク色の顎を乗せた。

「……パパは死んじゃったけど」

美羽の父親が病死したのは二年前だ。当時四歳の彼女に、父親の記憶がどの程度しっかりと残っているのか……。さらにそれより前に肺炎で亡くなった母親のことはなおさらだ……。

　表情を健気《けなげ》に和らげて、美羽はもう一度美希風に瞳を向けた。

「南のおにいさんは、あんまり、ご病気には見えないけど」

「今では、治っているようなものでね」

「手術したの？」

「そうだよ」

「成功したんだ。よかったねぇ。いしょく？」

「え？　そう。よく知ってるね」

「心臓を、他の人からもらうんだよね」

　美希風は、きちんと説明することにした。

「亡くなった方のね。死んでしまったら、心臓や他の臓器を――」美希風は、目やお腹を指差した。「提供してもいいって、意思表示しておいてくれる人達がいる。きちんと登録してあるんだね。僕は、アメリカの団体に頼んでおいたんだ。もし、心臓が提供されたら手術をお願いします、って」

「でも、待っている人って、たくさんいるんでしょう？」

「そうだね。順番が回ってこないで、死んでしまうこともあるよ。残念ながら、その数は多い……。僕はずいぶん具合が悪くなっていたんで、アメリカに滞在していたんだ。タイミングが合えば、すぐにでも手術ができるように。結局、長く入院することになったよ。お医者さんが治療してくれても、どんどん悪くなっていってね。もう命が危ない、という時になって、ぎりぎりで、提供された心臓が回ってきたんだ」

「よかったねぇ」

「ありがとう。……コーディネーターが――まあ、調整役の人だね――その人が教えてくれたけど、提供してくれたのは、日本人らしいんだ」

「へえ。アメリカにいた、日本の人なのね」

「僕と同じぐらいの年齢の男性らしいよ。犯罪に巻き込まれて死んじゃったんだけど、臓器提供の意思が尊重された——大事にされたんだね」

提供者は、犯罪の被害者であったらしい。その遺体は当然、検死の対象であったが、死因がはっきりしていることなどもあり、故人の遺志どおりに各臓器はすみやかに移植に回された、と美希風は聞いている。

「その男性の、命に対する考え方と心臓のおかげで、僕は今、生きているんだ。その人の、残念ながらなくなってしまった命を受け継いで、僕は健康に生きている……」

「死んでも、ただ消えるだけじゃなかった、ってことだよね」

聞きようによっては深い言葉を前にして、美希風は返事を呑み込んでいた。

まだ夏の暖かさも残している海からの風に、美羽は顔を向けた。

「……美羽のパパとママは、お空の上にいるんだよ」

「うん……」

「美羽も行きたいけど、自分で死んだりしたら、ぜったいに行けないいんだって」

「そうだね……」

「園長先生が言ってた。園長先生ったら、方向音痴のくせに、パパとママのいる場所は判っているみたいなこと言うの。ダイマルさんの配達の運転手さんよりよく知ってるみたいなこと言うんだけど……。園長先生って、両手をこうして、アライグマみたいにしてしゃべるよね。パパ達とは、まだ会えないって……」

「美羽ちゃんのお父さんとお母さんは、お空でちゃんと見守ってくれているよ」

「うん。それで、園長先生は、パパとママの代理なの。女だからママだけど、パパでもあるの。みんなのね」

「今日は僕が、その園長先生の代理だ」

「ええ？」面白がっている、少女の目。

「お父さんとお母さんの代理の園長先生の、そのまた代理」

美希風は帽子を脱ぎ、その中に手を突っ込んだ。

「美羽ちゃん。お誕生日おめでとう」

頭まわりの穴のサイズと同じ大きさのムクムクとしたものが、美希風の手で引っ張り出されてきた。薄ピンク色のそれは、長い耳を垂らし、ズルズルと形を現わしてくる。ウサギのヌイグルミだった。

「わあっ!!」

美羽の歓声があがった。二重の驚喜がこもっている声だった。現われた品と、現われ方。

とんでもない所から突然現われたプレゼントに、少女の目が丸くなり、釘付けになっている。

「パーティーは、他の先生方がちゃんとやってくれるからね」

美希風は、ヌイグルミを美羽に手渡した。

親の手によって育てられない子供や、いわゆる登校拒否の児童を受け入れている児童養護施設で美羽は生活をしている。園長の高桑徳子《たかくわとくこ》は、美希風の恩人の一人だった。この高知に来る前は、彼女は長い間札幌にいた。重い病を持つ学童を支援する施設の重要メンバーだったのだ。中学や高校時分、美希風がどれほど精神的に支えられたことか。

旅行も思いきりできるようになった今、美希風は、元気な姿を高桑園長に見せるつもりでやって来たのだ。

昨日、ゆっくりと顔を合わせた後——高桑は何度も涙を滲ませた——美希風は近くの宿に一泊した。園長は今日、夜までどうしても帰れないので、美希風のマジックの腕を覚えていた彼女は、美羽を驚かせてあげてほしいと、プレゼントを託して行ったのだ。

「わあっ！」

もう一度明るく声をあげた美羽は、ウサギのヌイグルミを抱きしめた。

グルッと体を横へ回すと、彼女は美希風の帽子を夢中でつかみ、中を覗いた。犬が鼻を鳴らすような勢いで隅々まで検分をしていく。手品の種を探した、というより、もう誰も入っていないのかを確認した様子だった。

「手品でしょう、今の？　テレビで見たことある。目の前で見ちゃった！」興奮の口ぶりが飛び出してくる。「その帽子、通販《ツーハン》で売ってるの？」

「通販はどうか判らないけど……」微苦笑の美希風は、帽子をかぶり直した。「普通にデパートで売ってるよ。でも、どれでもヌイグルミが出るわけじゃないよね」

「そっか！　魔法のかかってる帽子じゃないとね！他になにが出せるの？」

「いや、いろいろと……」

「ねえねえ。何個、こんな帽子持ってるの？」

「さあ、一ダース――十二個ぐらいはあるかな」

と答えながら、けっこう増えたよな、と美希風は新しい帽子のあれこれを思い描いた。レザーでできたものや、ウエスタン調……、カジュアルな品が一番多いか……。

姉の美貴子にも言われた。急に帽子に熱中し始めたんじゃない、と。以前からファッションの小道具として何個かは持っていたが、確かに、帽子を買って集めたくなる衝動が健康体になってから強くなっている。自分でも不思議だった。

味覚も変わったみたい、と美貴子は戸惑いを浮かべる。イタリア料理はほとんど食べなかったのに、パエリアとかニョッキなんてのを三日に一度は口にするようになったよね。カクテルが好きになったし、甘いものも食べるし……。

心臓を取り替えるような大手術をしたんだから、体質も多少変わったんだろう、というのが美希風のいつもの応えだ。

人間の体にメスを入れる、その内臓が空気に触れる、というのは、人体にとって重大な出来事であり、今までの機能となんらかの差が生じても不思議ではないだろう。女性にも、出産してから生理的な好みが変わった、という例は多いはずだ。肉体にとっての一大イベントを経験した後の変化は、有り得ることさ。……と、美希風は一応、自分にも言い聞かせるようにしている。

「あたし、ウサギが好きなの。やったね」

美羽は、薄いピンク色のヌイグルミを、高い高いしている。「ありがとう！」

「園長先生や、他の先生方が選んで、買ってくれたんだからね」

「うん！　ありがとう園長先生！」

と、美羽は先生一人一人の名前をあげて礼を叫んでいった。

しかしその声が、

「……でも、いくらウサちゃんが好きでも、他人《ひと》の人形を盗《と》ったりしないよ」と、唐突に翳りを帯びた。

「みんな、あたしを疑ったりしてさ……」

「……盗る？」

「盗ってないよ。おへそのところに笛がついてる、柔らかいオモチャなの。えーと、前の年の今頃……」

「ああ……」

その話の概要は、美希風も園長から聞いていた。

去年の十月初旬の事件……。盗んだのだ、と問題になった品は、ソフトビニール製の、屋外でも遊べる玩具だった。ウサギの形をしていて、高さは二十数センチといったところ。

「うそ、ついてないもん」ヌイグルミの黒い瞳に、美羽は断言する。「あたしの足跡が魔法みたいにパッと消えちゃって、それで変になって……」

少女の顔が、美希風を振り仰いだ。

「南のおにいさんも魔法を使えるんだから、教えて。どうしてあんなことになっちゃったの？　美羽はうそなんてついてない、って、みんなに教えて」

「それは、できれば……」

「魔法で、パパッてやっつけて。ジロウおにいさんは、簡単に謎解きはできるよ、って言ってたよ」

「ジロウおにいさん？」

「ほとんどアメリカに住んでるんだよ。あっ、おんなじだ。同じアメリカだね。南のおにいさんも、アメリカにいたんだもんね」

「そうだね」

「ジロウおにいさんは、お隣の町のしせつで育った人なの。もう、ずっと前に卒業してるんだけどね。美羽や、この園の子とも仲良しなの。月下二郎さん」

「げっか？」

「月の下、って書く漢字なんだって」

そのジロウおにいさんと国際電話がつながった時、美羽は、自分が疑われている不思議な事件のことを話したという。こうした謎めいたケースを解決する才能を持った男だったらしい。月下は、すぐに帰って謎解きをしてあげるよ、と約束したのだそうだ。

「でも、ジロウおにいちゃんは、死んじゃったの……。帰って来られなかったの……」

それ以来、今日この時まで、謎は謎として残ってしまっている。

2

心臓移植後の奇妙な変化の一つに、夢があった。ずいぶん具体的な、内容の似通った夢を、何度も見るようになったのだ。自分以外のもう一人の登場人物は、いつも決まっていた。目鼻立ちははっきりとしなかったが、自分と同じような年齢、そして背格好の男だった。

彼がよく、イタリア料理を食べていた。そして、世界各地への旅行の話をする。話だけではなく、美希風は、自分がその土地を歩いているようなリアルな感覚を体験するのだった。実感を伴った追体験のように……。

その夢は、旅行に強く憧《あこが》れながらもままならなかった長い時間の鬱積が見せているものなのかもしれない、と美希風は分析する。しかしどうして、健康体になってから、そんな夢を頻繁に見るようになるのか……。

もう一つ、夢の中の青年には際立った特徴があった。ミステリーじみた幾つもの謎のことを語ったり、時にはやけに具体的な、犯罪にかかわるシーンを見せたりするのだ。それは決して血なまぐさいシーンではなく、美希風がうなされるようなことはまったくなかった。むしろ、美希風も興味を引かれるタイプの、知的な刺激になる謎めいたシーンや、手掛かりが暗示されているシーンが多かった。そしてこれも、その一つ一つのシーンがとてもリアルなのだ。

それらを本当に体験した事件であるかのように、相手の男は語った。それらをテキストにしていろいろなことを論じた。推理の展開や、恐怖の感触、そして時には、謎のベールの向こうが見えてしまう者が背負うものなどに関しても……。

職業として犯罪にかかわる刑事や弁護士でさえ、関係者からの激しい反発や、悲嘆によって乱れる感情の起伏をぶつけられたりするだろう。まして、法律的には必要のない個人的な他者が介入した場合はなおさらだ、と、夢の中の男は深い思いを呑み込んで苦笑する。したり顔をしたおせっかい、として責めることしかしない関係者もいるだろう。人の死という悲劇に巻き込まれて、つらくならないはずもない……。それでも、行なう意味は大きいのだ。少しでも早く真相を光の下に導き出して得られるものは、なにものにも代え難い安定であることが多い。癒せない傷は残るにしても、救いに近いものが得られたりもする。被害者やその身内などの長期的な心の傷を癒すために、また別の誰かが役割を担《にな》ってそこにいる……。人間達が事件の謎を解くという行為は、基本的には、それぞれの立場で心の平穏を目指すことだろう……。

夢の中の男は、もの柔らかい翳りを持った瞳で微笑む。恐ろしい謎と出合いやすく、そしてその奥にあるものを見通しやすい者の役割は、関係者やその周りの毒を吸い込んで、それを浄化する呪術師みたいなものかもしれないね、と……。

美希風はこんな風に思ったりしている。謎めいた犯罪を解決に導く者の役目は、恐怖の対象でもある犯罪の主体に、名前を戻すことではないか、と。平明な、日常の中での名前を。正体不明の犯罪者なり犯罪を前にして日常が揺らぐのは、そこに厚い謎の壁があるからだ。理解によって得られる安心感など遠く及ばない謎の奥底に、その正体は黒く秘されている。殺人者の正体は誰なのか？　殺人者が、今、すぐそばにいないのか？　次の被害者が作り出されてしまうのか？　恐怖は恐怖を呼び、見えない正体そのものが恐怖になる。場合によっては見えないそれは、人の死命を制する独裁者になり、血に飢えた魔人になる。

しかしそんな恐怖の対象も、仮面を剝がしてみれば、ちっぽけな生身の一個人なのだ。どこかの誰それなのだ。平俗なものである。食って排泄をし、赤ん坊の頃から名札をつけられている。

正体不明のものに個としての名前を再添付し、恐怖の幻想を解く、そんな役割をする者が民間にいてもいいだろう……。いや。理知のシャーマンは、権力と結びつくよりも、大衆と接触してその中で息づいていたほうが健全に近く、様々な局面で役に立てるのかもしれない。

月下二郎という男は、そうした役目を担っていた者の一人だったのだろうか。

長くて短い白昼の夢想から目覚めさせるかのように、美羽の声が美希風の耳に届いた。

「ターくんと、その家の人が、美羽が怪しいってずっと思っていたみたいで……。ターくんとは、また遊ぶようになってるけど……」

　ターくんの家は、園の裏手の斜向《はすむ》かい、北西側にある。一度は姿を消したウサギの玩具、その持ち主が、当時七歳のターくんだ。

「土曜日だったんだよね？」

「漁業組合に、園外学習に行った日。帰って来て、お昼ご飯を食べて……」

　午前中はあいにくの嵐だったので、屋内でお話を聞いているだけだった子供達は少し元気を持てあましていた、と、美希風は園長から聞いていた。

「ご飯を食べてから、お祭りの練習を見に行ったんだろう？」

「うん。夏の間あいている倉庫でやってたの」

　美羽の口から実際に〝証言〟を聞きながら、美希風は事実を整理していった。

　秋祭りの練習が行なわれていた倉庫は、堤防に通じるコンクリート敷きの広い敷地の一角にあり、園の敷地の西、百メートル弱の所に位置している。

　昼食の後、園児の、特に低学年の何人かは、ターくんをはじめ、二、三人の近所の子供達と連れ立って倉庫に向かった。美羽は食器洗いの班だったので、一緒には行けなかった。片付けが終わった後、美羽は一人で倉庫に向かうことになる。

　彼女は表ではなく、裏道を通って行くことにした。個室が並ぶ園の寮棟は、南北方向に長く、西側で裏道と接している。その西面の中程に裏口があり、裏口の向かい側は空き地だった。空き地の北側に、ターくんの家が建っている。寮棟の北側には、帯状の防砂林のように、東西に長く林が茂っている。

　寮棟の裏口から南北方向にのびる裏道は、幅三メートルほどの砂の小径で、美羽は、この道をテクテクと北へ向かった。

　道は程なく、T字路になる。このT字路の南西側の一角を、ターくんの自宅は占めている格好だ。T字路の横道部分は、幅が数メートルに広がっている。北側は遊び場として最適の裏山だし、天然の砂場同然のこの裏道は、子供達には人気があった。東へ向かうと裏道は細くなって山道へとつながり、西へ行けば、倉庫の裏に出ることができる。倉庫とターくんの家の間には、三軒の民家がゆったりと建ち、裏庭を並べている。

雨や風が通りすぎていった後なので、砂地の裏道全体が均《なら》された状態にあり、そこに美羽の足跡だけが点々と印されていく、という状況だったのだ。

北への小径を歩いていた美羽は、T字路の角に差しかかっていた。左へコースを曲げると、ターくんの家の裏口が目に入ってくる。北に面した、東の端に近い場所だ。手すりはないが、比較的大きな階段——ステップによって地面と裏口は結ばれている。そのステップの途中に、美羽はウサギの玩具を見つけたのだ。

彼女はちょこんと、横からステップにのぼったらしい。

「それで、どうしたの?」

「どう、って……」

「玩具には触ったの?」

「触った。触ったけど、起こしてあげただけ」

美羽は、手の中のウサギのヌイグルミの目にじっと見入り、その相手に対して誓いを立てているかのようだった。少し上下に揺すられたウサギは、長い耳を振る。

「お尻を上にして、顔をコンクリートにつけて、ウサちゃん、かわいそうだったんだもの」

ウサギに手を貸した彼女はすぐにステップをおりて、道を西へ向かったという。

倉庫に到着してみんなの中に混じったのが、一時少しすぎだった。園児や友達と話しているし、大人の何人かも美羽の顔を見ている。近所の者のほとんどが、祭りの準備の手伝いか見物に集まっていたようだ。

美羽は、一時半から見たいテレビ番組があったので、二十分すぎぐらいに倉庫を出ている。この時も

現場周辺図

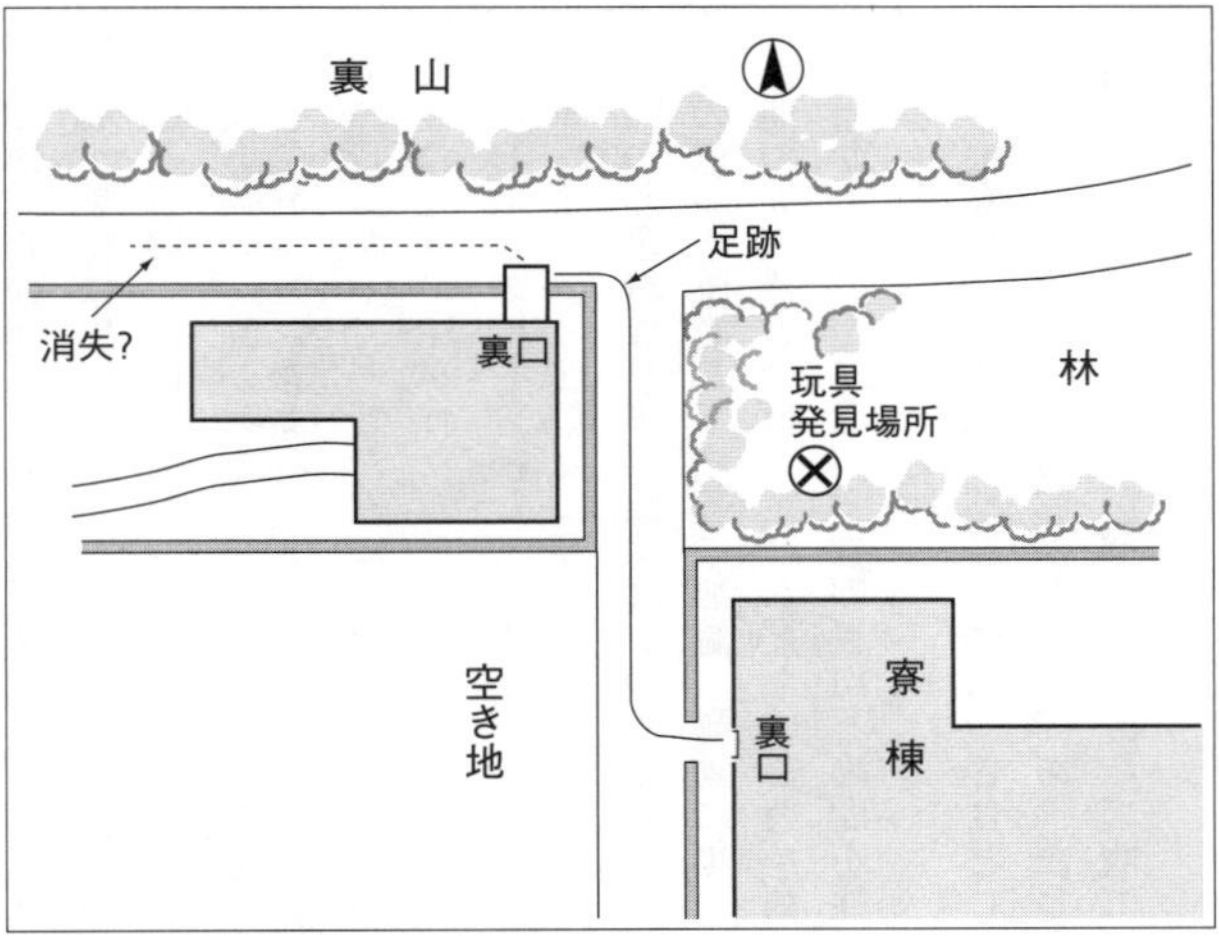

一人だった。そして、来た時と同じく裏道を通っている。

「そしてまた、ちょっとウサちゃんにあいさつしたの」

「あいさつ、ね。声をかけて、すぐに離れたの？」

「う……ん」靴の先が、少しもじもじと交錯した。「少し、おしゃべりしてた。ひざの上にのせて、少しの間、おしゃべりしてた。それからバイバイしたの」

美希風は、少女の目を見て確認する。

「離れる時、その玩具は、ステップの上にあったんだね？」

美羽は強く頷く。「あったよ。ぜったいにあった」

そして、一時五十分頃、倉庫での用件を済ませたターくんの母親が、息子に声をかけ、一緒に帰ることになった。この際、自分の家で遊ぼうと、ターくんは友達を四人誘っている。

家のリビングで数分遊んでから、ターくんは、ウサギの玩具が裏口に出しっ放しだったことに気がついた。友達と裏口——鍵は掛かっていなかった——の外を見てみたが、玩具はない。母親に訊いても、知らないと言う。少年達はステップの陰なども捜したが、その時になって、砂の道に残っていた一組の足跡に彼らの注意が注がれたのだ。その小さな足跡は、寮棟の裏口との間を往復していたが、倉庫のある西のほうには、まったくなにも残っていなかった。

　倉庫へ向かう足跡などまったくなかったことは、ターくんの母親も確認している。無論、騒動に集まって来た他の大人達も全員、足跡などないことを自分の目で確かめた。足跡は、寮棟の裏口との間を往復しているもののみ、だった。

　細かな砂地なので、靴底の型まではっきりとしなかったが、サイズは美羽のものと同一であったし、裏道を通ったのを認めたのは美羽だけであり、他には誰も名乗りでなかった。

状況としては確かにまずい、と美希風も思った。次のような疑いを持つ者を責めるのは酷だろう。ターくんの家の裏口まで行った美羽は、誘惑に負けてウサギの玩具を持って来てしまった。寮棟の裏口へとつながる足跡が残っていたんだっけ、と彼女も気付く。それで、咄嗟の嘘をついた。ターくんの家の裏口に行ったけど、それは、倉庫へ行く途中に、ちょっと立ち寄っただけなのだ、と。子供の浅知恵で、少しはもっともらしくなると思ったのかもしれないが、西へ向かう裏道に足跡などないことを計算し忘れていたのだろう。本当のところ彼女は、倉庫へは表の道を使って往復したのに違いない。……この推測は、必ずしも強引なものではないし、偏ったものでもない。

　事件のあった日、あれをどこに隠したんだよ！　とターくんに責められ、美羽は混乱しながら、倉庫へ往復する途中にちょっと触っただけだよ、と正直に話したのだ。しかし、ターくんやその友達は、これを信じなかった。大人のほとんどもそうだろう。美羽が主張するとおりの足跡がないのだから、それも無理はなかった。

美羽は、倉庫から東に向かう帰路、ターくんの家の裏口からの自分の足跡を当然目にしているし、そこを最後に離れる時、玩具はステップにあったと断言している。

それがなぜ……。

「その玩具は、林で見つかったんだね？」

「寮棟の向かいの所……」

もう一つ、美羽にとって不利だったのは、彼女の個室の位置だった。個室といっても二人部屋だが、それは、寮棟の二階にあった。北西の角部屋で、北側に——つまり林に向かって窓がある。ウサギの玩具が見つかったのは、その窓からさほど離れていない林の中だった。美羽の部屋の窓からなら、女の子の力でも、発見された場所まで玩具を投げることができそうに思えるのだ……。

美羽を疑う人間は、こう考えるだろう。玩具がないといってターくん達が騒ぎ始めているのに気がついた美羽は、怖くなり、自分の部屋にあった玩具を遠くへ投げ飛ばしたのだ、と。美羽は、一人で部屋にいたという。

「みんな、あたしを疑って……」

「みんな、じゃないだろう？」

「あっ、うん。園長先生や他の先生達は、美羽を守ってくれた。美羽の味方のお友達も、何人もいた……」

美羽の味方にしても、筋の通った具体的な反論ができなかった、ということだ。

「コウくんなんか、あの頃あたしにいじわるしていたから……」

「美羽ちゃんが疑われるように、なにかをしたかもしれない、と思ったのかい？」

後ろめたそうに、少女は頷き、

「あの時、植木鉢を割られたお家《うち》があって……。コウくん、よくそんな悪さをしていたから……」

しかしそこまで口にしたところで、美羽は、よくない考えを振り払おうとするかのように顔をあげた。

「でも、コウくんや、あの頃あたしを仲間はずれにしていた人達とも、今ではお友達になっているの。ターくんとも。悪いことをしたなら、黙っているなんて、できないと思う……」

なるほど。内心で美希風は頷く。仲良くなっていく過程のどの段階か、あるいは仲良くなってからの長い時間の間に、やましいことがあるのなら絶対に打ち明けずにはいられないはずだ、という受け取り方なわけだろう。

悪意の持ち主は、どこにもいないのだろうか……。

悪意といっても、不審な扱いを受けた物は玩具が一個だけである。どう考えても子供の〝事件〟なのだが、しかし、謎として成立している現象が子供離れをしている。あまりにも大きく重い現象が現われている。そのアンバランスこそが、美希風が最も着目する点だった。

〝現場〟に続く足跡は、美羽のものだけだった。裏道を通らずに〝現場〟に至るルートは、ターくん宅の中を通り抜けて裏口へ出るものしかないそうだ。裏庭から直接ステップをおりることもできるが、その裏庭一帯は土の地面であり、足跡の類は一切なかった。裏庭からステップに接近した者がいないのなら、家の中からステップに出るしかなくなるという。

ターくんや、その身近な友人の誰かが犯人でないならば、その人物は、空き巣同然に、他人の家を通り抜けたことになる。これがまず、アンバランスに重たい仮説となってしまう一点だ。

次に、犯人は倉庫のある西側から裏道をやって来たと仮定する。自分のその足跡を、犯人は美羽の足跡ごと消し去ったわけだ。……ウサギの玩具をいじるために？　これが、馬鹿げているほどにアンバランスな仮説の第二点だ。

何十メートルもの距離にわたって足跡をきれいに

消し去る偽装工作などを、子供が発想するだろうか？　また、実行できるはずもないだろう。それは大人であろうと同じだと思う。不自然さを残さずに足跡を消し去るという大掛かりな工作は、どだい不可能ではないのか……。

　なにか、大きな力が必要だと思うが……。

「ジロウおにいさんは、単純な答えが残っている、って言ってた」

　月下二郎……。

「珍しいけど、起こることだろう、って」

　起こること……。

　そう。発想のとっかかりを大きくひっくり返してみると、現われた謎を生み出し得る現象が見えてくる……。

　園のグラウンドからは、子供達の姿が消えていた。グラウンドの北側にある、園の母屋。その奥、少し離れた海際には、問題の倉庫も見えている……。

「犯人はどこにもいない、という説明なら、できるかもしれないよ」

　と、南美希風は言った。

3

　美希風に向けられる美羽の目が、大きく丸められている。

「犯人……、いないの？」

「いないほうがいいだろう」

「……そうだけど、ウサちゃんを盗もうとしたのは、じゃあ……？」

「風じゃないかな。特別な風だ」と、美希風は答える。「美羽ちゃんは、竜巻って、知ってる？」

「あう？　うん」と、意外さを交えながら少女は頷く。

「家を壊して、車を飛ばして、大変な被害を発生させる竜巻はよく知られているけど、ミニ竜巻といえそうなものもあるよね。つむじ風が大きくなったような竜巻だ。広場で発生して、周りの人を驚かせて逃げ惑わせたりする」

「ある。見たことあるよ、テレビで……」

「美羽ちゃんを困らせた事件があったのは、嵐が通りすぎた後だった。大気が乱れていて、竜巻が発生する条件が揃っていたとしても不思議ではないね」

驚きがすっかり全身に行き渡ったというように、美羽は口をあんぐりとあけていた。

「美羽ちゃんが倉庫から寮棟へ戻った後、海の上か、倉庫の裏の広場でミニ竜巻が発生したとしよう。それは、東西方向にのびる、幅数メートルのルートに従って移動した。近所の人が大勢集まっていた倉庫だけど、ここでは秋祭りの準備が行なわれていたから、太鼓を叩いたり、大工仕事をしたり、いろいろと大きな音が響いていたんじゃないかな。屋外のミニ竜巻の音が気にならなかったとしても不思議ではないね」

「う、うん……」

「裏道沿いの民家には誰もいなかったんじゃないかな。いたとしても、裏庭の向こうのミニ竜巻には、けっこう気付かないと思うけどね。誰にも気付かれることなくミニ竜巻は裏道を進み、砂を舞いあげていく」

美羽は、ふぁあっ、というような驚きの声をあげた。「美羽の足跡が！」

「そう。ミニ竜巻が通った後は、裏道の表面はまた、均された状態に戻っていた。巻きあげられた砂が、自然な状態で降るからね」

美羽の頭が、強く縦に振られる。

「さて、ターくんの家の裏口に差しかかったミニ竜巻は、どんな悪戯をしたか？　ソフトビニール製のウサギの玩具を空に吸いあげたんだね」

「わあっ！」

「他にも、よその家の植木鉢を倒すような悪さもしたようだけど」

「ああっ。あれも！　あれも、そうなんだ」

「裏口と倉庫の間の足跡はミニ竜巻に消されてしまったけれど、裏口の大きなステップの陰から南へ続いている足跡はそのまま残ったんだね」

裏口周辺の足跡には、つむじ風の影響が多少は残っていたのではないかと、美希風は推測する。倉庫との間に続く足跡の一部が薄くは残っていたとか、寮棟の間との足跡も、ステップの近くでは砂をかぶっていたりした、とか……。しかし、ターくん達はまず、見当たらない玩具を探そうと、地面におりて探索をしている。微妙な痕跡は、自分達の足跡で踏み消してしまっていたのだろう。

「竜巻に巻きあげられた物体は、かなり遠くまで飛ばされるからね。ウサギの玩具も同じで、少しは離れた林に落下した。ミニ竜巻は少しずつ勢力を弱め、林の先か裏山の中に消滅した……。そういうことじゃないかな、美羽ちゃん」

しばらく呆然とした後、少女はヌイグルミを目の高さまで持ちあげた。

「そういうことだったんだ！」ビックリしたね、と、相棒と感情を分け合っているかのようだ。「……誰も、あのウサちゃんを盗ったりしていなかったんだね」

事件発生時に的確な目的意識を持って調べれば、ミニ竜巻の痕跡も見つかったのではないか、と美希風は想像していた。各民家の裏庭に、いつもよりひどく砂埃の被害があったかもしれないではないか……。月下二郎という男は、そのへんを聞き込みで確認してから、猜疑の暗雲を晴らそうとしていたのかもしれない。

美希風は、美羽を見やった。

「ちょっと大胆な仮説だけど、園長先生や主だった人達に話してみようか」

「みんな、びっくりするぞぅ」

そして同時に、ホッとするだろう。美羽の無実を周知のものとしたい彼らは、一応は成立する説明がほしかったはずだから。

美羽が、あっ！　と声をあげた。

「これって、オズなんだ！」

「え？」

「あたし、いま読んでるの。『オズの魔法使い』」

「ああ……」

「ドロシーと愛犬のトトは、竜巻で飛ばされちゃうんだよ。そして、不思議な国に行っちゃうの」

「じゃあ、美羽ちゃんの一部は、不思議な国に行っているのかもしれないね」

「一部……」少女は半分笑った。「変なの。足跡だけ。足跡だけ旅をしているのね」

自分の家に帰りたいドロシーとトトは、その力を持っているかもしれない魔法使いに会うため、いろいろな冒険をしていくことになる。途中、臆病者のライオンや、わらでできたカカシ、ブリキの木こりなどと出会い、旅を共にして……。

「そうか……。美羽ちゃんの一部がドロシーなら、この南おにいさんはブリキの木こりなんだな」

「え？　どうして？　体、かたそうじゃないけど」

「ハートのほうの問題だね。オズの木こりは、失われていく体をブリキで置き換えてもらったけど、心をなくしてしまっているだろう？　その心をもらうために、旅をしているんだ。僕は、心臓をもらったけど、感じて震えるハートはなくなってしまったんだ」

「感じる……？」

「心臓は、ドキドキと血液を送り出してくれているけど、運動をした時などとは別の場面でもドキドキとするでしょう？　美羽ちゃんなら、好きな男の子と出会った時とか、とてもきれいな絵を見て感動の興奮をしている時とか」

「う、うん」

「僕の心臓からは、そうしたドキドキが抜け落ちているんだよ。情緒的っていうんだけど、そうした刺激を受けた時のドキドキ感がなくなってしまっているのが、今の僕の心臓なんだ」

移植された心臓では起こり得るケースらしい。身体と心臓との、情緒的なマッチがまだできていないため、と考えられている。感覚器官や脳が情緒的な刺激に反応して情報を伝達しても、移植された心臓はそれに同調できないのだ。

情緒的な心臓の高鳴りを美希風が感じたのは、あの時だけだった。目止木平介の事件で、悲鳴が耳に飛び込んでくる前の、あの数分間……。あの時だけだ……。

「素晴らしい小説のページをめくっていく時とか、美羽ちゃんのような可愛い女の子を見た時とか――」

「ごますり」

「そういった時の鼓動の高鳴りが、僕の中から消えてしまっている……。僕はねぇ、日常のけっこう些細なことでハートが震えるほうだったんだ。それは、壊れそうな心臓を愛《いと》おしく感じさせてくれる瞬間でもあった。あのハートの感覚は、壊れそうな心臓がちゃんと機能していることの証のようなものでもあった……。それがなくなってしまって、寂しい感じはするんだよ……」

美羽は、真面目な顔になっていた。

「そう……」彼女は、ヌイグルミの胸を、ポンポンと叩き、「でも、きっと大丈夫だよ、南のおにいさん。ブリキの木こりさんも、願いが叶うはずだもの」

そうだね。と、美希風は応じた。

そして思う。

恐らく自分は、ハートのその部分を取り戻せるなにかと出合うために、これから旅を続けるのだろう、と……。

美希風はふと、ずいぶんと具体的に、『オズの魔法使い』の一節を思い出していた。

ブリキの木こりが語るシーンだ。

みんなは心を持っているので、決して悪いことはしない。でも、自分には心というものがないことをよく知っているから、どんなものにも、むごいことをしたり、不親切なことをしたりしないように、よくよく気をつけているんだ……。

木こりは言う。

「すべて心を持っているものはみな、じぶんをちゃんとみちびいてくれるものを持ちあわせているんだよ」

凪《な》いだ海の水平線に浮かぶ陽《ひ》の銀鱗が、空との境界を描いていた。南にある綿雲の隙間からは、細い陽光の帯が何本も降り注いでいる。

しばらくじっと雄大な光の絵画を眺めていた美羽が、また、あっ！　と声をあげた。

「あたしの足跡、パパとママの所へいったんだ！」

美希風の視線は、空の高処《たかみ》へスッとあげられた。

「なるほどぉ！」

「あたしの足跡を吸い取った竜巻は、お空へのぼったのかもしれないよね」

「いやー、きっとそうだよ」

ミニ竜巻は、勢いを減じて木々の中に消えたのではない。細く長く、上空へとのびていったのだ。そう想像することは許されるだろう。

「美羽ちゃんのお父さんとお母さんは、美羽ちゃんの足跡だけでもほしがったのかもしれないね」

「うん！」

「見えるような気がするなぁ。地面から空の上まで、点々と続いている美羽ちゃんの足跡が」

「ハシゴみたいだね！」

真っ直ぐに空を見つめる少女の瞳の輝きから、美希風は目を離せなかった。

彼女の瞳は純粋に、まばゆい青さを映しているが、見る者はその中に、ひと刷《は》けのもの悲しさの色も感じ取ってしまう。

この美羽や、どんな子供だって、与えられた運命《さだめ》を生きていく。

運命、宿命……。

そんな言葉を頭の中に響かせながら、美希風は自分の思いを紡《つむ》いだ。

宿命という言葉、概念は、なにやら重たい響きを持つが、生まれたこと、そして生き始めたことが、各々にとってすでに宿命だろう。自分は命をもう一度与えられたようなものなのだ――そう美希風は改めて確信する。

そうであるならば、自分は、その命のままに、それを生きさってみたいのだ。

宿命の先にあるものに、たどり着いてみたいのだ。なにが待っていようと、その道のままに……。

本編必読後のあとがき

このような形で本書を出版できたことに対して、光文社ノベルス編集部の鈴木一人《すずきかずと》氏に幾重にも感謝したい。彼は、刑務所の中からの打診にも二の足を踏むことなく（踏んだのかもしれないが）曇りのない目を向けてくれ、上司達をかき口説いて私の原稿を活字化するゴーサインを勝ち取ってくれたのだ。そうして、塀の外と内とで原稿のやり取りが始まった。

元々私は、自分なりになにかを表現するのが好きな質《たち》であったようだし、推理や論考をこねくり回すのも性《しよう》に合っていた。その私が、私をこのような境涯に追い込んだあの男——月下二郎の最期を知ったのだから、それを自分の手で描いて残しておきたくなったのも当然だったろう。興味深い生涯であり、なかなか味のある因縁を見ることができるというのに、それを埋もれたままにしておくのは、かえって罪ではないか。私がそれを発表したからといって責められるはずはない。

月下二郎の死——それも込み入った殺人事件の渦中での殺害——を私に知らせてくれたのは、的場俊夫に他ならない。彼は、私が逮捕された後、謎めいた事件で力を発揮する月下に興味を持ち、友人付き合いを始めていたのだ。それにしても、ヴァージニア州の地方検事の家を訪れるはずだった夜の知らせには、的場も愕然としたことだろう。月下二郎が殺された、というのだから。

ちなみに、あの事件を解決したのは私である。当地の警察は、真犯人ベンジャミン・リッグスの思惑にまんまとはまり、マイケル・ギルバートと月下二郎を殺したジェンナ・ダナムが自殺をしたと考えたようだった。現場から警察の手が離れて後《のち》、私は的場に現場の様子を最大限観察してもらった。その結果、絨毯に鏡像関係の染みがあることが判ったのだ。まだ新しい、恐らく紅茶――アイスティーによる染みだった。一方の形の反転形が、一メートルほど離れた場所に薄くついている……。これはどういうことか？　絨毯が二つに折られ、しばらくそのままの状態だったことを示しているのではないかな。染みの位置や形の向きから、折られた形も把握できる。そこまで判明すれば、トリックを見破るのはむずかしいことではない。私にとってはたやすいことだった。後は的場に指示し、小道具にふさわしい形状と特性の品を探してもらえばいいことだった。そうして、すでに建材として設置されていたが、樹脂製の薄い板がリストにあがってきた。マイケル殺しの謎解きも含めた全体像を的場に話してやると、それは現地の警察に伝わり、彼らがうまく責め立てた結果、リッグスは自供に至ったのだ。

この私でさえ、不運もあって刑罰に服する憂き目を見ているのだ、リッグス程度の小才なる者が計画に成功し、のうのうとしているなどとは許されることではない。

マイケル・ギルバート殺しの真相は誰でも想像できることであり、月下もそれぐらいは推測していただろうと踏んで、私はあのようなストーリーに仕上げたのだ。

私に屈辱を与えた月下に対するわだかまりは、私の中に強く残っていた。それは、憤りであり、敵愾心であり、復讐心にも近く、もしかするとライバル心であったかもしれない。失策といっていいだろう彼の死を知って快哉を叫ぶほど、私は狭量ではないが、ざまあないな、というか、冷笑を交えつつ溜飲が多少下がったのは事実だった。しかし同時に、するべきことを失ってしまったような喪失感に駆られたのも一方の事実としてある。私があの男に、なんらかの裁きを与えてもいいはずだったのだ。裁きが大げさなら、もう一度対決して白黒を決するというようなことでもいい。少なくとも、出所した後にあの男の姿を追い、そのしくじりやみじめな敗北の体験をこの目で確かめてみたかった。

その機会が永遠に奪われたと思って鬱々と日々を過ごしていたが、そんなある時、実に興味深い知らせが届けられたのだ。再び的場俊夫からだった。

月下二郎の死から一年ほど経った頃だろう。社会部の科学担当に人事異動になっていた的場がアメリカで移植医療の取材をしていて、奇妙な事件、奇妙な日本人に出会ったのだ。現地では『ケンタウロス事件《ケース》』と呼ばれていた、偽装事故死と白骨死体が登場する事件だった。この怪事件を解決に導いた青年が心臓移植手術の当事者でもあり、それについて取材をしていた的場は、ある符号の一致に気がついた。南美希風は、ヴァージニア州で移植手術を受けているのだが、その日時が、月下二郎の心臓が提供された日時と重なっているのだった。南は、日本人の青年から心臓を提供されたとコーディネーターから聞かされていた。

ダナムという黒人の部屋で発見された時、月下はまだ死が決定的ではなかったため、近くの巨大病院に運ばれたのだそうだ。ほどなく死の宣告はされたが、彼は臓器提供の希望者であったため、捜査上必要な剖検と並行して臓器摘出手術も行なわれた。致死性の毒物が投与されたのではないことが確認された時には、すでに、彼の心臓や他の臓器は保冷されて搬送に向かうところだったという。

細かく取材を重ねた結果、的場は、月下の心臓が南に移されたのはまず間違いないだろうと確信したのだ。

面白いではないか。

その南美希風という男も、事件に首を突っ込んでは真相を看破する、犯罪者の仇敵であるらしい。まさに、もう一人の月下二郎だ。そこで私は、月下に対して果たせなかった返報の思いを、この青年に移行することにした。この男の心の平穏を少し揺さぶってやるのもいいではないか。自分に第二の命を与えた男が、どのような死を迎えたのか、それをつぶさに知らされるというのはどのような気分だろう。提供者が無惨に殺されたから、その心臓はもらえたのだ。殺人者にも感謝したまえ。そんな、不当で無神経な毒を含んだ刃《やいば》を、その青年に突きつけよう。

そうした意味で、この一冊は報復の書なのだ。この世でただ一人、南美希風に向けて書かれた報復の書なのだ。彼の背景にいる、月下二郎に届けるべきものなのだが。

ただし、実名で書くことだけは鈴木氏が認めなかった。その制約は、私も受け入れざるを得ないではないか。それを了解しなければ書籍にならない。従って、南美希風は仮名である。

だが、当人には、それが自分のことであると判るだろう。この書を読めば、他のすべての条件の一致からそれを知る。さあ、彼は手にしてくれるかな。

フィクションといえば、最後の『美羽の足跡』事件は一切が私の創作である。南美希風が月下二郎の育った施設の近くで彼の人生とクロスした、などという事実はない。少なくとも、今のところは。しかし私も、なんとも甘ったるい話を書いたものだ。これは、月下二郎らに対して少々意固地で意地の悪い意趣返しをしてしまったことへの反動であったかもしれない。私とて、夢から引き離されて不自由な時間を過ごしているのが自分自身の罪の結果であることを認めるぐらいの理性はある。そんな理性が、自嘲しながら顔を若干覗かせたのかもしれない。私の重苦しい意趣返しだけに読者を付き合わせるのもどうかと、気が引けたのだろうか。

まあ、鈴木氏はこのおさまりを気に入っているので、そのまま掲載しておこう。

自分でも驚くほど様々な人格を演じ分けたという実感があり、気恥ずかしいながらも執筆は楽しい作業であった。

この作品集は『オズの魔法使い』をモチーフにできるかもしれない、と提案してくれたのは鈴木氏だ。言われてみると、なるほどと思った。著名な童話であるそのシリーズには、自分が描いた絵の中の川に落ちて溺れた人間のエピソードがあるし、ブリキのきこりの心臓など、まさにピッタリの寓意である。他にも、エメラルドの都市へ向かう道のことや、固有名詞など、モチーフを細かくちりばめておいた。

一切が創作であると書いたばかりだが、南美希風に現われている趣味嗜好の変化は本当のことである。月下二郎のそれと一致してきているのだ。こうした事実もあり、的場は、月下こそが心臓の提供者であろうと確信を深めたのだ。

このような変化は偶然なのかどうか、そしてなぜ起こるのかなどといった判断は、読者個々におまかせする。


この作品は、いささか身勝手な毒を込めた報復の書だと記したが、南美希風にこちらが望むような傷を与えられるかどうかは確定の限りではない。ショックを受けたとしても、それは一時のこととしてすぎ去る場合もあるだろう。南美希風は、月下二郎の生き方を引き継ぐことに、意義深い価値を見いだすタイプではないかとも思える。

少なくとも今のところ、南美希風は宿命に腹をくくり、活躍を続けている。『一角獣薬局事件』は私の好む話だが、読者諸氏には知られていないだろう。『アリバイの城《キャツスル》』事件などの顚末《てんまつ》はご存じのとおりだ。

以上、小さき窓の下、鷲羽恭一が記す。探偵めいた役回りもこなしてきた先輩として。

卯月凶日

【引用文献】

『オズの魔女記』グレゴリー・マグワイア著／廣本和枝訳（大栄出版）
『オズの魔法使い』ライマン・フランク・バーム著／松村達雄訳（講談社）

【初出】

1　密室の矢　鮎川哲也編『本格推理③』（一九九四年四月　光文社文庫）
2　逆密室の夕べ　鮎川哲也編『孤島の殺人鬼　本格推理マガジン』（一九九五年十二月　光文社文庫）
3　獅子の城　書下ろし
4　絵の中で溺れた男　書下ろし
5　わらの密室　書下ろし
6　イエローロード　書下ろし
7　ケンタウロスの殺人　鮎川哲也編『本格推理⑨』（一九九六年十二月　光文社文庫）収録の「白銀荘のグリフィン」を大幅に改稿
8　美羽の足跡　書下ろし

お願い――

この本をお読みになって、どんな感想をもたれたでしょうか。「読後の感想」を左記あてにお送りいただけましたら、ありがたく存じます。
なお、「カッパ・ノベルス」にかぎらず、最近、どんな小説を読まれたでしょうか。また、今後、どんな小説をお読みになりたいでしょうか。読みたい作家の名前もお書きくわえいただけませんか。
どの本にも一字でも誤植がないようにつとめておりますが、もしお気づきの点がありましたら、お教えください。ご職業、ご年齢などもお書きそえくだされば幸せに存じます。

東京都文京区音羽一―一六―六
（〒112―8011）
光文社　ノベルス編集部

本格推理小説　OZ《オズ》の迷宮《めいきゅう》

2003年6月25日　初版1刷発行

著　者　柄《つか》刀《とう》　一《はじめ》
発行者　八木沢一寿
印刷所　公和図書
製本所　ナショナル製本

発行所　東京都文京区音羽1　振替00160-3-115347　株式会社　光文社
電話　編集部03(5395)8169
販売部03(5395)8114
業務部03(5395)8125

落丁本・乱丁本は業務部へご連絡くだされば、お取替えいたします。

ISBN4-334-07523-1
Printed in Japan

KAPPA NOVELS

KOBUNSHA

「カッパ・ノベルス」誕生のことば

カッパ・ブックス Kappa Books の姉妹シリーズが生まれた。カッパ・ブックスは書下ろしのノン・フィクション（非小説）を主体としたが、カッパ・ノベルス Kappa Novels は、その名のごとく長編小説を主体として出版される。

もともとノベルとは、ニューとか、ニューズと語源を同じくしている。新しいもの、新奇なもの、はやりもの、つまりは、新しい事実の物語というところから出ている。今日われわれが生活している時代の「詩と真実」を描き出す——そういう長編小説を編集していきたい。これがカッパ・ノベルスの念願である。

したがって、小説のジャンルは、一方に片寄らず、日本的風土の上に生まれた、いろいろの傾向、さまざまな種類を包蔵したものでありたい。かくて、カッパ・ノベルスは、文学を一部の愛好家だけのものから開放して、より広く、より多くの同時代人に愛され、親しまれるものとなるように努力したい。読み終えて、人それぞれに「ああ、おもしろかった」と感じられれば、私どもの喜び、これにすぎるものはない。

昭和三十四年十二月二十五日